我们这十年

"强富美高"新江苏建设故事

江苏省作家协会 编

江苏凤凰文艺出版社

图书在版编目（CIP）数据

我们这十年："强富美高"新江苏建设故事／江苏省作家协会编．—南京：江苏凤凰文艺出版社，2022.10
 ISBN 978-7-5594-7104-8

Ⅰ.①我…　Ⅱ.①江…　Ⅲ.①报告文学—中国—当代　Ⅳ.①I25

中国版本图书馆CIP数据核字(2022)第151925号

我们这十年："强富美高"新江苏建设故事
江苏省作家协会　编

出 版 人	张在健
责任编辑	周　璇　周凯婷
装帧设计	徐芳芳
责任印制	刘　巍
出版发行	江苏凤凰文艺出版社
	南京市中央路165号，邮编：210009
网　　址	http://www.jswenyi.com
印　　刷	南京新洲印刷有限公司
开　　本	718毫米×1000毫米　1/16
印　　张	19.75
字　　数	300千
版　　次	2022年10月第1版
印　　次	2022年10月第1次印刷
书　　号	ISBN 978-7-5594-7104-8
定　　价	68.00元

江苏凤凰文艺版图书凡印刷、装订错误，可向出版社调换，联系电话 025-83280257

编 委 会

毕飞宇　　汪兴国　　鲁　敏　　黄德志
尹荣尧　　常胜梅　　金　凌　　刘大威
吴正峻　　邵峰科　　潘　剑

序

汪兴国

进入新时代,特别是党的十九大以来,江苏省委、省政府团结带领全省人民始终牢记习近平总书记对江苏工作的谆谆嘱托,全面贯彻落实党中央重大决策部署,紧扣"强富美高"总目标,砥砺奋进,坚定不移贯彻新发展理念,推动高质量发展,高水平全面建成小康社会,经济社会发展取得历史性辉煌成就,为全面推进社会主义现代化建设奠定了坚实基础。

站在"两个百年"奋斗目标的历史交汇点上,在开启现代化建设新征程的关键时刻,回望新时代十年"强富美高"新江苏建设的历程,有无数极不平凡的成绩值得我们铭记,有太多感人至深的故事等着我们书写。我们文学工作者有责任、有义务拿起手中的笔,追寻江苏这十年发展的独特足迹,描绘"强富美高"新江苏建设的恢宏画卷。

为此,2022年2月,江苏省作家协会启动了"书写新时代,献礼二十大——'强富美高'新江苏建设故事"主题采访创作活动。在江苏省科技厅、生态环境厅、住房和城乡建设厅、交通运输厅、文化和旅游厅等部门的大力支持下,组织20位作家深入全省各地进行采访,以非虚构的方式、散文化的创作手法,抒写新时代江苏科技创新引领江苏实体经济发展、生态大保护绿色转型、大运河文化、现代综合交通运输体系构建、美丽乡村和历史文化街区建设事业中涌现的先进人物和感人事迹，推出《我们这十年："强富美高"新江苏建设故事》一书。

这次采访创作活动围绕以上五个方面的主题，选取了 20 余个具体采访对象进行深度采访，包括江苏省产业技术研究院、苏州工业园区、连云港康缘药业，南通沿江地区生态修复和保护、太湖治理、徐州生态修复及无废城市建设、大运河三湾改造、黄海湿地及长江生物多样性保护，南京颐和路历史文化街区、南京小西湖历史风貌区、苏州平江历史文化街区、兴化市千垛镇东罗村、宿迁市宿城区耿车镇刘圩村，南京溧水区"四好农村路"、苏锡常南部高速和五峰山长江大桥、徐连高铁、连云港港城联动，扬州中国大运河博物馆、涟水县淮剧团、江苏非物质文化遗产传承人等。从选题策划、组织采访到撰稿创作和审稿编辑，前后历时近半年时间，克服了疫情防控给采访创作带来的种种不利影响，现在这部主题文学作品即将付梓，呈现在广大读者面前。

在新的历史方位上，在新的奋斗征程上，我相信，我们这部非虚构文学作品集必将会激励全省广大干部群众以"争当表率、争做示范、走在前列"的新姿态，奋力谱写"强富美高"新江苏现代化建设新篇章，满怀豪情地迎接党的二十大胜利召开！

2022 年 7 月

目 录

第一章 科技创新引领江苏实体经济发展

科企鹊桥通银汉,研创星河度春风 / 吴聪灵 ……………… 007

波光潋滟金鸡湖 / 杜怀超 ……………… 019

康缘,追述中药之源 / 陈 武 ……………… 031

第二章 生态大保护绿色转型发展

沧桑巨变 / 储成剑 ……………… 049

母亲湖,我们如何守护你 / 徐 风 ……………… 062

三湾:在大运河的深情处 / 周荣池 ……………… 079

只此青绿,谁持彩练当空舞 / 张晓惠 ……………… 091

江海"故友"来 / 徐向林 ……………… 105

第三章 现代综合交通运输体系建设

美丽乡村"幸福路" / 李 樯 ……………… 127

用肩膀扛起的桥 / 张文宝 ……………… 139

港城联动,一座城市的丝路花雨 / 王成章 ……………… 153

我们的家,在遥远的工地上 / 钱兆南 ……………… 169

第四章　大运河文化建设

踏入一条河流 / 王　峰 …………………………………… 191

"涟水现象"惊艳戏剧舞台 / 龚　正 ……………………… 205

他们,让非物质文化遗产之花绚丽绽放 / 修　白 ………… 218

第五章　美丽乡村和历史文化街区建设

回首看见平江路 / 叶　弥 ………………………………… 239

一汪碧水润东罗 / 庞余亮 ………………………………… 249

延续历史文脉,塑造城市灵魂 / 育　邦 …………………… 268

乡村如画赛江南 / 张荣超 ………………………………… 282

留住记忆,以人为本 / 杨莎妮 …………………………… 292

第一章

科技创新引领江苏实体经济发展

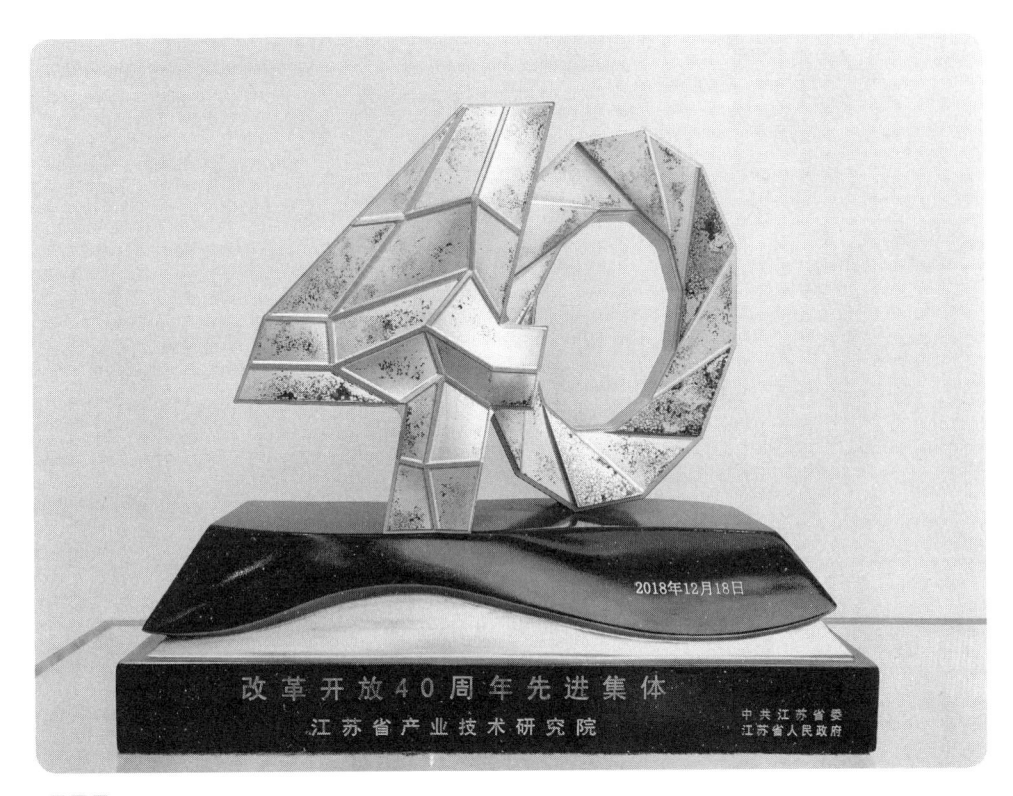

江苏省产业技术研究院荣获"改革开放40周年先进集体"称号

作家吴聪灵（右）听取江苏省产业技术研究院工作人员介绍"科技体制改革试验田"发展之路

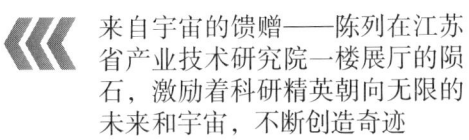

来自宇宙的馈赠——陈列在江苏省产业技术研究院一楼展厅的陨石，激励着科研精英朝向无限的未来和宇宙，不断创造奇迹

◀◀◀ 信达生物制药（苏州）有限公司外景

◀◀◀ 江苏省产业技术研究院工作人员评估研发项目的生态系统可行性

◀◀◀ 江苏省产研院引进培育的集萃药康生物已是上市品牌

长三角国际研发社区建筑全景

康缘药业智能化工厂提取现场

作家杜怀超（右）采访信达生物制药（苏州）有限公司工作人员

◀◀◀ 信达生物制药（苏州）有限公司研发人员工作场景

◀◀◀ 信达生物制药（苏州）有限公司副总裁谢红伟（左）介绍企业科研成果

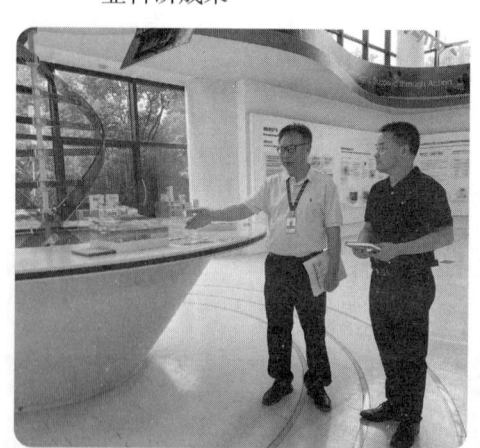

◀◀◀ 信达生物制药（苏州）有限公司研发实验室工作场景

科企鹊桥通银汉，研创星河度春风

——江苏省产业技术研究院的九年历程

吴聪灵

君子生非异也，善假于物也。

两千多年前，著名思想家荀子在《劝学》中如是教导后生。明晰其义，既有对善用外物资源之重要性的提点，也包含了对活学化用既有知识，生成更高日用智慧的良好期待。

不只是中国古代先贤，后来者还有德国哲学家恩格斯。他在《自然辩证法》中提出，劳动创造了人本身，制造和利用工具是真正的劳动之始。而技术的萌芽，始于制造工具。

可见，人类的文明化与智慧提升的历程，就是不断制造新工具服务生活，以及持续技术更新提升生活品质的过程。

较之于制造并利用具体的生活与生产工具，人们面对不断创新的社会局势，适应时代需求积极求解，开展"从无到有"的创造性工作，其创造物，是前所未有的平台与机制，这又是怎样高端的"君子善假于物"？

今天讲的是从一个想法开始，一路创造奇迹的江苏省产业技术研究院之过去、现在与未来。

"死亡之谷"的跨越者

> 天行健，君子以自强不息。　　　　——《周易》

早慧的中华文明所化育的黎民，勤劳善良，怡然于农耕文明之美与乐，于"天人合一"的生态环境与人伦秩序中和谐自安，对于西方国家科技革命的早先几轮风光，并不以为意。至近代，坚船利炮冲开国门，几番血雨腥风之后，才终于重获国家主权。

中国人民再度站起来，向前走，是一次以自身文明与历史文化成果为根基，理性认识并借鉴西方文化的过程；也是融汇古今，中西合璧，以自身文明的新成果开启盛世重光的创新之路。

在全球一体化的新局面下，如何于科技革新的浪潮中紧随时代步伐，乃至发挥科技的重要作用，后来居上？从改革开放至今，国家相关政策的出台莫不是对新时代科技创新助力国家自立自强的有力支持。

然而，一个事实是，在全球业界，从科技研发到企业初建的过程，被喻为"死亡之谷"；从产品投入生产到大规模产业化之间的鸿沟，被称为"达尔文之海"，这一谷一海，无不表明从科学技术研发到产业化乃至服务社会产生效益这一过程的漫长与艰辛。

但人类克难攻坚的探索精神，不甘止步于斯，尤其是对新的文明时期科技发展之重要性有深刻认识乃至教训的中国人民来说，更是如此。

2013年12月，矢志于跨越"死亡之谷"的江苏省产业技术研究院正式成立。这一经江苏省人民政府批准成立的新型科研组织，是全省创新体系的重要组成部分。这也是全国率先开辟的一块科技体制、机制改革创新的"试验田"。

春风吹开第一枝，为何起点是江苏？

看看其时江苏的发展状况，不难找到答案。

2013年，作为全国的人口、文化和经济大省，江苏的整体发展到了一个新的阶段。此时人均GDP超过1.3万美元。按照国际惯例，在这一阶段，创新在经济社会发展中的作用和影响力度会较此前的阶段有较大的提高。江苏的制造业规模当时已是全国最大，但整体业态仍然处于产业结构的中低端。制约其提档升级的主要原因，就是缺乏核心技术。此时，若能解决好产业发展中的核心技术问题，就可以支持江苏的经济发展顺利地迈上新台阶。不然，在此停滞就容易错失新的发展机会。

如何解决好核心技术问题？这就需要建立一个平台，专注来做产业技术研发。

此外,江苏原有的发展方式已经不能支撑下一步的快速发展。要跨越"中等收入陷阱"带来的种种制约与困境,必须转方式、调结构。

产业创新链中有两个重要环节,一是从科学到技术的转化,二是从技术到产品的转化。目前的瓶颈制约,主要集中在从科学到技术的转化这一环节,高校院所不愿做,企业自身又做不了。聚焦解决这一问题,其难度就好像给银河两岸的牛郎织女架起一座天人相会的鹊桥,非如此不可大力推动基础研究成果的产业化。

既然这一平台是指向解决全球性难题的服务,就需要全新的建设思路、机制、管理方法与激励措施、用人措施等。一个机构挂牌成立了,意味着一系列的创新与探索也开始了。前者,是通天的志向明确;后者,是落地的务实之行。

总书记寄语:"举轻若重"

> 上古之人,其知道者,
> 法于阴阳,和于术数。
>
> ——《黄帝内经》

2014年12月13日,江苏省产业技术研究院迎来了一位特殊的客人。习近平总书记顶着夜色来此调研,并对多项新成果给予充分肯定。

当听说碳纤维复合材料气瓶能让火箭大幅减轻重量时,他饶有兴趣地接过气瓶,捧在手上掂了掂,幽默地称赞说:"举轻若重。"

他在听取介绍后,提出科技创新工作的"四个对接"——强化科技同经济对接、创新成果同产业对接、创新项目同现实生产力对接、研发人员创新劳动同其利益收入对接。

江苏产研院刚刚成立一年,很是年轻。但在接受总书记考察时,底气十足。彼时,江苏产研院已攻克全球首套制浆造纸废水零排放成套工艺等一批关键技术。在核心技术的催化与助力上,可谓活力无限。

"试验田"是如何激活一池春水的?江苏产研院院长、长三角国家技创新中心主任刘庆深有感触。

刘庆,"长江学者"特聘教授,金属材料工程领域专家,曾先后任清华大学金属材料研究所所长、教育部先进材料重点实验室副主任、重庆大学材料学院院长、重庆大学副校长等职,参与创办多家高科技公司。如此"产学研"结合的丰富工作履历,也使得他在参与产研院的整体机制与发展战略设计时,有了很多切身经验与独到视角。

刘庆表示,深耕科技体制改革"试验田",江苏产研院不断在新型研发机构运行、科技产业对接、提炼企业需求、提升科研人员收益等领域进行大刀阔斧的改革和探索。

江苏产研院在全国首次提出了"团队控股、轻资产运行"的专业研究所建设运营模式,让团队既拥有研究所的运营权,还拥有研究所成果的所有权、转让权和收益权,极大激发了团队积极性。

培育未来产业,针对前瞻性、引领性技术创新项目市场融资失灵的问题,江苏产研院积极探索并实施了"拨投结合"模式,充分发挥财政资金在重点产业技术创新项目中的引导作用,并保证团队在项目发展中的主导权。以此方式全球范围内引进人才团队,组织实施填补国内空白的前瞻性、引领性技术创新项目43个,其中9个已达成研发目标。培养未来人才,江苏产研院与60余家国内知名高校院所建立合作,以产业真需求、技术真难题作为培养课题,坚持"项目制""多平台""双导师""全过程"的培养机制,共联合培养了超3000名集萃研究生,既解决了产业技术需求和人才需求,又促进了产业链与创新链的深度融合。"先投后股方式支持科技成果转化"和"科教融合培养产业创新人才"这两项改革举措,已成功入选国家"全面创新改革年度任务清单"。

"7年多来,江苏产研院始终坚持科学到技术转化的定位,着力破除制约科技创新的思想障碍和制度藩篱,在提高财政资金使用效率、加强产业技术研发机构建设和高层次人才队伍建设等方面探索系列改革举措,初步建成了以市场为导向、企业为主体、产学研用深度融合的产业技术创新体系。"刘庆说。

一千天的一千项成果

> 上士闻道,勤而行之。
>
> ——《道德经》

机制优化运行便捷所带来的利好,很快体现在科技成果转化带来的切实产出上。

至 2016 年年底,成立 1000 余天的江苏产研院,累计已经成功转化近 1000 项科技成果,有 300 多家科技型企业在此衍生、孵化、结果。

从 300 万元到 3000 万元的距离有多远?江苏省产业技术研究院膜科学技术研究所对此有着真实体验。该所结合企业需求,对花 300 万元从南京工业大学"买"来的科研成果进行深度开发,最终以 3000 万元的价格推向市场,产生了 10 倍的增值效益。

截至 2021 年年底,江苏产研院已衍生孵化科技型企业 1100 家,累计向市场转移转化技术成果 6100 多项。

在江苏产研院膜科学技术研究所中,仲兆祥教授团队主要研究基于膜分离材料的超高效 PM2.5 捕捉技术,可将 PM2.5 剔除率提高到 99.99%。基于此,2015 年相关产业化公司成立,2016 年产值超过 2000 万元,2018 年产值突破 6000 万元,成果在中国石油化工集团公司、恒逸石化股份有限公司、山东京博石油化工有限公司等国内大中型企业推广应用 100 多项,近两年为应用企业累计新增产值超过 20 亿元。

新冠肺炎疫情期间,以膜材料为核心的防疫口罩支援了国内外上百家单位的抗疫工作,成果获得了"江苏省科学技术一等奖""中国石油和化学工业联合会技术发明一等奖"等奖项。

膜科学技术研究所衍生、孵化的百余家公司创造经济效益超百亿元,成为国内乃至国际膜材料产业领域的产业集群。

作为首批产业化公司的江苏久吾高科技股份有限公司已在创业板上市,成为全球最大的陶瓷膜产品供应商之一,产品出口 50 多个国家和地区;

江苏九天高科技股份有限公司在新三板挂牌,成为分子筛膜龙头企业。

把研发作为产业打造,把技术作为商品销售。在这块科技体制改革的"试验田"里,江苏产研院积极探索科研成果转化的创新机制与运营之路,迎来了豁然开朗的良好局面。

2018年,江苏产研院被江苏省委、省政府授予"改革开放40周年先进集体"荣誉称号。同年,中央财经委员会办公室将江苏产研院列为践行习近平新时代中国特色社会主义经济思想、深化科技体制改革典型案例,要求全面总结,适时向全国复制推广。2020年10月,作为江苏唯一的试点科研单位,江苏产研院被国家科技部等九部门确定为"赋予科研人员职务科技成果所有权或长期使用权试点单位"。

鹊桥妙音引群贤

山不厌高,海不厌深。
周公吐哺,天下归心。

——《短歌行》

在中华民间故事"牛郎织女"的传说中,横跨茫茫银河的鹊桥,是由喜鹊们衔了五彩绒线及枝叶之类,披星戴月合力不倦搭建而成的。因此,才有"金风玉露一相逢,便胜却人间无数"的七夕佳话。

如果说,江苏产研院的机制平台是完成了鹊桥的模板蓝图,那么,在科技研发领域的高精尖人才、领军人物,平台就要着力吸引与召唤的"报喜之鹊"了。而这座横跨"死亡之谷"的鹊桥所需要担当的职能,远不止于一年一度的"七夕之会",而是要时刻在线、应需而动、出招见效。

如何吸引顶级人才,并创造条件以支持他们充分发挥自身的积极性?神话故事中无经验可借鉴,产研转化的路上,却有机制可探索。

在构建之初,江苏产研院就大胆提出"团队控股,轻资产运行"的专业研究所建设运营模式。即场所、设备和资金由地方园区和研究院共同提供,所有权属于国有;团队、地方园区和江苏产研院共同现金出资,组建团队控股的轻资产研究所运营公司,研发收益归运营公司所有,增值收益按股权分配。简单来说,就是团队不仅拥有研究所的运营权,还拥有研究所成果的所有权、转让权和收益权。公司最大的股东是团队,他们在研究所的创新劳动所获收入全部归公司,因此,团队积极性非常高。

2022年4月,比较医学研究所(江苏集萃药康生物科技股份有限公司)鸣锣上市,成为江苏产研院首家上市的专业研究所。这主要就得益于"团队控股,轻资产运行"的专业研究所建设运营模式。目前,该研究所已累计形成超过2万种具有自主知识产权的商品化小鼠模型,成为全球最大的小鼠品系资源库。

对于加盟专业研究所,江苏产研院实行"一所两制",同时拥有在高校院所运行机制下开展高水平创新研究的研究人员和独立法人实体聘用的专职从事二次开发的研究人员,两类人员实行两种管理体制。

"一所两制"举措的实施,特别是独立法人实体的建设,充分调动了地方和企业的积极性,大大促进了高校院所研究人员创新成果向市场转化。

在科研经费的分配上,产研院探索了"合同科研"制,突破以往机械的支持方式,不再按项目分配固定的科研经费,而是实行合同科研管理机制,根据研究所服务企业的科研绩效决定支持经费额度。科研绩效由合同科研绩效、纵向科研绩效、衍生孵化企业绩效等方面进行综合计算,这种计算方式,有力地促使研究所更好地服务企业,完成科研成果的转化,充分发挥市场在创新资源配置中的决定性作用。

"彩虹桥"感召国际精英

有朋自远方来,不亦乐乎。

——《论语》

三年稳健行,四年流星步。在吸引人才的路上,江苏产研院的触角开始伸向世界各地,把全球的技术专家吸引到江苏来,助力科技强国之伟业。

为实现引领产业发展的核心使命,为江苏新兴产业发展和传统产业转型升级提供有力支撑,江苏产研院探索"项目经理"制,围绕产业需求,以市场化方式和国际化视野,全球招聘专业化领军人才,组织实施集成创新项目。赋予项目经理组织研发团队、提出研发课题、决定经费分配的权力,集中资源,着力攻克重大关键技术。

这一举措,实现了重大科技项目组织实施模式的创新。在积极服务地方产业转型升级的同时,也在一些关键领域实现了科技转化的速度提升,科技创新的能力从跟跑者到并行者,直至成为领跑员。

2016年11月,第五届国际产学研合作论坛暨跨国技术转移大会召开。会上,哈佛大学工学院与江苏产研院签订了框架协议,拟逐步推进纳米光电材料、半导体材料、生物传感等技术领域的合作。来自欧美、亚洲、澳洲100多家机构的200多名技术专家、跨国技术转移专家、高校院所及企业负责人等,也纷纷带着技术到江苏寻求合作。

在此专题会议之前,江苏产研院早就在谋划大篇章了。

与苏州相城区签署合作协议共建的长三角国际研发社区,主要功能就是吸引国际顶尖研发型企业落户。类似平台还建到了全球创新最活跃的地区,旧金山、哥本哈根、多伦多、斯图加特、波士顿、休斯敦、伦敦、洛杉矶等地都有了海外平台或代表处,为遴选顶级机构进行高层次联合研发奠定基础。

为了方便与国外顶级高校院所开展战略合作,还建立了国际合作资金池,促进原创技术成果的二次开发。只要技术被专业研究所或江苏企业认可,并愿意出钱搞开发,资金池的资金就匹配支持。以此方式,省产院与美国哈佛大学、加州大学伯克利分校,英国剑桥、牛津大学等数十家高校开展战略合作,并与多家研发机构建立战略合作伙伴关系。

施建新是江苏产研院从海外引进的碳化硅外延CVD设备领域的项目经理。经过深入交流和对其项目的前瞻性、战略性、原创性及可行性的充分论证,江苏产研院协助他和团队,对碳化硅外延设备项目在江苏乃至全国的市场、具体商业化的可行性等展开调研,以期加速碳化硅产业中游模组、功率器件等相关产业的发展,助力供应链结构改进,提升江苏及全国的半导体行业。

2020年9月,按照江苏产研院"拨投结合"模式,项目团队落地苏州工业园区,成立重大项目公司"芯三代半导体科技(苏州)有限公司"。经过一年多的发展,公司取得重大阶段性研发成果,研发的样机产品基本测试验证成功,获得1.3亿元A轮融资,并已开始洽谈B轮融资。

随着信息技术、新材料、制造装备、生物医药、能源环保等高科技领域数百位全球高层次专家的加入,"项目经理"制也在促使许多看似难以企及的高新技术得以加速转移、落地。

越来越多海内外创新的种子,开始在"试验田"内生根发芽。此后,来自不同领域和科研战线的成果落地转化,产出效益。

从连通科企的鹊桥,到吸引国际精英的彩虹桥,江苏产研院的发展既是视野格局的拓展,也是品牌影响力提升带来的自然蜕变。

长三角科技一体鹏飞

北冥有鱼,其名为鲲。

鲲之大,不知其几千里也;

化而为鸟,其名为鹏。

鹏之背,不知其几千里也;

怒而飞,其翼若垂天之云。

——《逍遥游》

2018年11月,长江三角洲区域一体化发展正式上升为国家战略。这块我国经济发展最活跃、开放程度最高、创新能力最强的区域,从此刻起,开始承载了非同寻常的国家使命。习近平总书记强调,长江三角洲地区不仅要提供优质的产品,更要提供高水平的科技供给来支撑全国高质量发展。

在此背景下,2021年6月,长三角国家技术创新中心在上海揭牌成立。这是国家重点布局建设的3个综合类国家技术创新中心之一,由上海、江苏、浙江、安徽共同建设。

独立的法人主体地位、活力拉满的人才选拔制度和公平透明便捷的分配绩效评价机制，以及多元化投入的市场化运作机制……自 2013 年江苏产研院"从无到有"的伟大构想开始，到日益成熟完善复制加升级的灵活运作机制，这一系列的成果显化与体系完善，都为长三角国家技术创新中心的"完美出场亮相"提供了宝贵的第一手经验。

长三角国家技术创新中心按照"一套机制、一个团队、一体化运行管理"方式，经过 5 年发展，实现了"六个一"的目标。即高水平、高标准建设专业研究所 100 家，研发人员规模超过 5 万人；海内外战略合作机构各 100 家，集聚全球高端创新资源在长三角落地转化；共建企业联合创新中心 1000 家，提炼挖掘解决企业愿意出资解决的技术真需求；布局建设创新综合体 10 家，打造一个数字化信息平台，建设一批促进创新要素高度集聚与深度融合的物理空间；每年与海内外高校联合培养研究生 1 万名，打造未来产业技术创新人才高地。

从江苏到上海，从辐射一省到涵盖长三角地区乃至全国，新平台的动力系统是全面升级的，核心目标亦然。刘庆表示："未来，我们将作为长三角产业技术创新一体化的践行者，深耕长三角科技体制改革试验田，打造长三角产业技术创新生态，推动创新要素集聚与融合，构建长三角产业技术创新体系，提供高水平科技供给，成为推动长三角一体化高质量发展的核心引擎！"

展望新天满眼春

> 道，犹行也，气化流行，
> 生生不息，是故谓之道。
>
> ——《孟子字义疏证》

立足现状，展望未来；明确目标，笃力前行。江苏产研院的今天，是 9 年历程的硕果累累。鹊桥人的明天，有渐次舒展的瑰丽愿景。

硕果一：深耕科技体制改革的"试验田"。

江苏产研院探索形成了八项改革举措：一所两制、合同科研、项目经理、团队控股、拨投结合、股权激励、三位一体、集萃大学。以上举措现已成为科技产业创新可套用发扬的"示范模板"。

硕果二：构建产业技术创新体系。

江苏产研院持续打造集创新资源、企业需求和研发能力于一体，以市场为导向、产学研用深度融合的产业技术创新体系。在创新资源端，面向全球集聚创新资源，建了7家海外离岸创新平台，海外创新网络覆盖19个创新活跃度高的国家和地区，同时与72家海外和62家国内知名高校与研发机构建立战略合作关系，共同开展产业技术研发与人才培养。在研发载体端，以江苏产业需求为导向，全球化整合创新资源和国际化团队，已在先进制造、新材料、生物医药、信息技术和能源环保等领域建设研发载体68家，累计向市场转移转化技术成果6200多项，衍生孵化科技型企业1200余家，服务企业超1.8万家。在产业需求端，与江苏细分行业龙头企业共建联合创新中心，开展战略研究和技术需求征集提炼，目前已与204家省内龙头企业建立联合创新中心，累计征集企业提出的技术需求700余项，企业意向出资金额约23.8亿元，对接达成技术合作429项，合同额总计11.02亿元。

硕果三：营造产业创新生态。

江苏产研院从人才、金融和空间等三个方面，营造促进产业技术研发与转化的创新生态。

人才生态方面，构建由战略科技人才（顶尖人才）、领军人才（项目经理）、骨干研发人员（集萃研究员）和集萃研究生（博士后）等共同组成的人才体系。截至目前，江苏产研院已累计聘请233位项目经理，引进189名JITRI研究员。与国内知名高校联合培养超过3000名集萃研究生。

在金融生态的构建与维护方面，通过江苏省产业技术研究院有限公司，采用支持设立早期创投基金等方式，撬动社会资本，围绕创新链部署资金链，构建有利于研发产业发展的金融生态。已支持体系内相关专业研究所成立了14支偏向早期与细分赛道投资的市场化基金。

在空间生态方面，着力打造标杆性的创新综合体。在南京，依托江苏产研院南京江北新区新址，启动建设研发产业园区，目前已完成基础设施和配套保障的建设,满足载体入驻条件;在苏州相城,共建长三角国际研发社区,目前已有20余家机构入驻。

依托上述两个园区,产研院积极打造促进创新资源高度集聚与深度融合的空间载体,实现信息共享交流、供给技术综合解决方案、交叉融合创新创业等核心功能。

面向未来,"十四五"期间,江苏产研院将以促进江苏产业高质量发展为主题,以深化体制机制改革为根本动力,聚焦构建引领产业发展协同开放的技术创新体系,营造面向产业创新需求协同高效的生态系统,增强对江苏产业高质量发展贡献度和建设具有集萃特色的现代科研机构治理体系四个战略方向,全面推动江苏产研院高质量发展迈上新台阶。

预计到"十四五"末,基本完成产业技术创新体系建设,在战略必争领域、产业前沿领域及江苏省重点领域布局建设一批高质量研发平台载体,攻克一批关键核心技术,成为推动江苏高质量发展的核心引擎。

一条"从科技到生产力"的光速转化带,带给人民生活的便捷与品质提升,通常并不体现在研发人员与企业的工作日常记录上。可每一项技术带给民生的惠利与便捷,是无形而直接地渗透到百姓的生活细节中的。

从2000多年前荀子《劝学》君子的谆谆教诲,到今天国家领导人的殷殷寄语,中华文明千百年来传承不息的"仁者爱人"之精神内核,"为生民立命"之初心笃行,无不鲜活地涌动在产业技术研究领域的创造者、发明者与生产者的血脉里。

波光潋滟金鸡湖

——苏州工业园区开放创新发展10年印记

杜怀超

说是园子,却不是我们日常意义上的园子,蔬菜、篱笆和农具的组合,用瓜头梨枣完成岁月的订单。这个园子,是十分丰富的园子。在这广阔的空间里,不仅包含绿蔬,还有树林、公园、社区、工厂、学校及居民。谁能想到,昔日的"烂地泥塘路草荒,空房宿鸟鼠嚣张"的田地,随着第一批园区人在油菜花田里搭起帐篷,挑灯夜战,硬是把一个洼田密布、阡陌纵横的水田乡村,打造成一座高楼林立、流光溢彩的现代化创新之城,通过"学习借鉴"到"品牌输出",从"世界工厂"到"全球化资源配置"的华丽蝶变,一跃成为跻身世界一流行列的高科技园区,她,就是无数天南海北游客的打卡地——苏州工业园区。

金鸡湖:波光潋滟的天光

对园区的认知与印象,首推金鸡湖和月光码头。堆金叠银的金鸡湖,盛大、饱满、开阔和旖旎的秀色,抢占了园区的所有风头,成了她的专有代名词。到园区必到金鸡湖,就像到苏州必须要去虎丘一看,否则就算白跑一趟。

《孟子·尽心上》曰:"民非水火不生活。"《管子·禁藏》曰:"食之所生,水与土也。"湖是水的集合,水是大地的气血。园区的妖娆,与湖是密不可分的,有金鸡湖、独墅湖、阳澄湖等,金鸡湖是湖中之湖。姑且不说湖水的波光潋滟、澄澈通透,她的美不平铺直叙,不一览无余,这种跌宕起伏、神秘深邃,来自四围的人群和建筑,还有湖心的一座小岛。岛上还有茶社、绿植,乘快艇或游船两三分钟上岸,即可进入城市中心地带的"世外桃源"。岛的存在,一下子就把人与湖的距离拉到了生活的深处,无限亲切、柔软和缠绵。

漫步岛上,不论你怀有某种闲适的情调,还是繁忙芜杂后的休憩需要,尽可远离高楼、远离人群,背着包,带上一本书或一杯茶,静静地坐在绿树掩映、供人小憩的木椅上,看万物在日光下沉思不语,看空中飞鸟疾飞而过。来去之间,何人会品咂这园林城市的日子该怎样度过?湖的西北方向矗立着一个巨大的摩天轮,以一种镂空的镜像,穿过人群的目光。许多人只是匆匆而过,头也不回,胆小。只有那些初生牛犊不怕虎的人,成为轮上的勇士。这也不要紧,我们可以把她想象成一台巨大的留声机,正转动着一张属于城市的唱片,一支大地的乐章,彼时在我们耳畔响起。舒缓的节奏、优美的浅吟,隔着湖面卷起来的波纹,一浪浪抵达心底,慢慢地,你就会融化在乐曲的柔和里,进入一种超然物外之境,什么都可以想,什么都可以不想。

这算是传说中的闹中取静吧?这是金鸡湖独有的美丽。能在时尚商场、域外美食风情和密集的人群之外,保存着遗世独立的湖泊,这算得上是新时代的奢侈了。是的,金鸡湖就是这么"奢侈",她从自然的大美里,读懂人与山水的关系,从容、静谧。城市的美丽,不只是属于那些高大豪华的楼宇,属于园区的中心商务区,同样也属于某个角落的寂静、安宁。白天,能在岛上静静听上一曲《绿野仙踪》,你就会获得一份苏轼式的"快哉之乐"。

晚上的金鸡湖则是另一番风情,除了建于岸边的各种咖啡店、外国风格的酒店,还有一些遮阳棚下的露天休闲卡座,一个不能不去的码头,名字叫"月光码头"。有月亮的金鸡湖,月光从空中倾斜下来,给整个大湖镀上一层水银,光芒闪烁,宛如天上宫阙富丽堂皇;没有月光的晚上,那隐秘在内心的月光则从游客的心底升起,充溢着他们青春的身体。站在码头上,眼前湖水汤汤,对岸的万家灯火闪闪烁烁。故乡的味道立马从远处漫溻过来。

码头、月光。这是适合谈情说爱的地方,一块属于年轻人的世界。在金鸡湖的目光里,不是只有密集的商场店铺,也有在水一方的情爱。人生活在大地上,最美的风景自然是生活,是生活里无处不在的烟火。一天的忙碌、喧嚣之后,人安静下来,月光码头就是最好的去处。三三两两,随着夜晚的静谧、湖水的翻腾,加上月光的推波助澜,从陌生到熟悉,从凝望到依偎,码头把彼岸的幽会呈现得淋漓尽致。码头边始终泊着两三艘游船,等你扬帆起航,或少年归来。

也许有人会提出异议,生活的每一天不能都是月光、阳春白雪,也要有日常的柴米油盐。这些打造金鸡湖风景的人早就想到了。几年前,一条十多千米长的环湖步道,像缠在湖腰上的丝绸,打通了园区众多地标的空间联系,成为园区的华丽乐章。夏夜,湖风吹来,阵阵清凉,市民和外地来的游客,挽着亲人或爱人的手,沿着步道,在树林、湿地、湖面、现代建筑等场景中穿越,从岸边,逐渐蜿蜒到湖中央,这时,人在湖上,湖在人群中,人与湖浑然一体,清水洗尘的感觉传遍全身,所有的尘埃和不快一扫干净,内心开阔如湖,一种有容乃大的通透的醍醐灌顶。

曾有人这样形容坐拥三湖的苏州工业园区:金鸡湖畔搞经济,独墅湖畔好读书,阳澄湖边来养生。暂且不表独墅湖。诚然,作为国家级旅游度假区,阳澄湖半岛度假区是园区加快转型升级、发展旅游产业的主战场,在生态休闲上同样有着另一种风情。单就金鸡湖和阳澄湖来说,一个是都市里浓妆艳抹的少女,一个是乡野里充溢着原始风情的少女。对很多从乡村进城的人来说,与乡土靠近,总是带有亲切感。周末一到,我带着家人驱车沿着中环,行驶十来分钟,即可抵达阳澄湖畔一个叫"美人腿"的地方。这是阳澄湖边一块陆地,形状像美女的一条腿,所以当地人美其名曰"美人腿"。阳澄湖与金鸡湖不同,是一个接地气的湖泊,水边有树、芦苇、油菜花,还有一些叫不出名字的野草,丛生在水边、岸边。沿湖是簇拥的度假饭店,典型的苏式建筑,粉墙黛瓦,加上诗情画意的渔具装饰,还有文化气息浓郁的店名"东林渡""江南春色""湖之畔"等,走进店铺,惊艳你的,是摆在门口两边的水产品,各种咸鱼挂在竹竿制作的支架上,整齐地倒立着,令人垂涎三尺。

吹完湖风后,我们绕过度假区饭店,取车奔向清水村——"美人腿"。凭借着经验,我们找到那户人家,敲门,按照约定好的,来这家买绿色蔬菜,还有他家喂养的鸭子、鸭蛋。村子里人很少,见到的多是一些年纪大的人。据他们自己说,一部分人家搬迁到了镇上、园区,年轻人都去了城里,只有一些故土难离的老人,还守在家里,侍弄着门前的空地,菜地里青菜、莴笋、菠菜挤挤挨挨。他们有时候到镇上去卖菜，也有城里人开车来村里买。老人家从地里扒拉着新鲜的萝卜给我们，满不在乎地说："多带一点，这些菜都是日头照的，浇的是阳澄湖的水，干净，吃起来贼香。"

独墅湖：科技创新的乐园

独墅湖与其他两个湖气质完全不同，有拒人千里之外的姿态。

独墅湖的水，不滋养鱼虾、风月和蔬菜，她与创新、上市、高校有关。她的水似乎不在地面上，而是蓄于云端。

一个"独"字，道出了她内心全部的秘密。

走进独墅湖科教创新区，映入眼帘的，不是摩天大厦或什么豪华商场，只有清一色的来自国内外的知名高等院校，比如新加坡国立大学、悉尼大学、中国人民大学苏州校区、西安交通大学苏州校区等，它们围绕在独墅湖旁边，在绿树和灌木的掩映下，用一种无形的知识力量，在人间传递。不知道为什么，尽管我也曾多次驱车来到这里，而且在苏州大学独墅湖校区参加过活动，可是一见到传说中的知名高校，空气中瞬间有了紧张的气氛，整个人和树木、校园建筑完全被定格了。时间在那一刻停止了转动。如果说这些高等学府在告诉你，这是读书的圣殿，那么紧挨着的冷泉港亚洲、中国科学院苏州纳米所等近250个研发机构和平台，还有苏州纳维科技有限公司、苏州亚盛药业有限公司等3500家高科技企业，鳞次栉比，告诉你的则是知识与科技力量的完美结合，是一种无法想象的爆炸性力量，可是我们谁也没有见过她的真相，只能在脑海里浮想联翩。

独墅湖是神秘的，也是令人望而生畏的。漫步这里，会从内心生出敬畏感，还有对科教力量的崇拜。

2018年落户独墅湖畔"世界名校区"的牛津大学高等研究院（苏州），专注于具有挑战性的创新项目的技术开发和企业孵化，科研方向瞄准生物医学工程、纳米技术和先进功能材料、环境技术和能源等领域的研究，她的加入，一下子把园区推到了世界的舞台。为什么世界顶尖名校落户这里？用牛津大学高等研究院（苏州）创院院长、英国皇家工程院院士崔占峰自己的话说,与苏州园区现代化的人文环境和良好的工业基础有关。这种说法从某种意义上提升了苏州工业园区某些方面在国际上的位置。因为这个研究院是牛津大学建校800多年来在海外建立的第一个研究院。

与之比邻的,是中国科学院苏州纳米技术与纳米仿生研究所。

纳米,一个渺小而闪亮的词语击中了我。

纳米,原来是一种比微米更小的长度单位,即毫微米。世界首个集材料生长、器件加工、测试分析为一体的纳米领域大科学装置——纳米真空互联综合实验站就在这个所里,不能不令人慨叹。

细微之处的探求,到底有无尽头?毫微米之后呢?从中国科学院苏州纳米所、纳米真空互联实验站负责人那里得知,纳米真空互联实验站是由91米长的超高真空管道互联起来,科研人员通过扫描隧道显微镜,可以对半导体材料表面进行形貌的观察,通过物性的调变可以反过来指导材料生长。这个大装置,是全球最大的纳米真空互联实验站。

走进这里,你能感受这些来回穿梭的管道所带来的震撼。中国正在以一种精卫填海的决心打破国际对中国的束缚,这微小的光芒,将来必然以无限的中国力量震惊世界。

生物制药技术是园区三大技术之一。

成立于2011年的信达生物制药在苏州已经安家十多年了。对苏州的热爱,对独墅湖的钟情及对老百姓的情怀,成为创始人俞德超科研创新的动力:"我最初的梦想就是创办一家国际一流的高端生物制药公司,开发出老百姓用得起的高质量生物药。"

这是他长久以来的梦想。后来正如他所愿,2019年,该公司研发的抗肿瘤新药"达伯舒"在国内上市,这是国内首批自主研发的免疫治疗抗肿瘤药物之一,价格仅为同等规格进口产品的40%左右。国际有关专家认为,"达伯舒"为肿瘤患者提供了创新且高效的治疗模式。

信达生物的成功,带动了园区另一家药业公司,即基石药业(苏州)有限公司的发展,该公司在香港联交所主板发行上市,成为继信达生物之后,园区第二家赴港上市的未盈利生物科技公司。这家不满6岁的年轻企业成立以来发展迅速,目前已建立起以肿瘤科为重点、包括14种肿瘤候选药物的产品研发管线,由其自主研发的国内首个全人源 PD-L1 单抗 CS1001 已启动第二个中国Ⅲ期试验,备受业内关注。

"百川东到海",这些成就的取得,可以说也有着独墅湖的恩泽。"水利万物",这个观点也得到了飞利浦医疗(苏州)有限公司总经理桑迪普的肯定。他已经定居苏州八个年头了。由于工作原因,他去过全球很多地方,但最终还是在风光秀美的园林之城苏州定下来,他对独墅湖情有独钟。

当然,不止一个"桑迪普",越来越多像桑迪普这样的海外人才选择"扎根"园区,定在独墅湖。

园区把人才作为发展的重要战略资源,深化改革人才发展体制机制,不断优化人才发展环境,以宽广的胸怀广纳天下英才。通过国家级重点人才工程计划,吸引了成百上千人聚集于独墅湖,全球创新发展资源正向这片热土加速集聚。2017 年 1 月,哈佛大学韦茨创新中心落户园区,瞄准生命科学、精准治疗及大健康领域的相关项目;2018 年 11 月,牛津大学高等研究院(苏州)在园区正式启用,总面积约 2 万平方米……

在园区,有一个新的词语诞生了:"B 村。"这个词语让人联想到北京的中关村、美国的硅谷。"B 村",就是园区的"中关村""硅谷"。已经聚集了 400 余家生物医药类创新企业的苏州生物医药产业园,人们形象地称其为"B 村",她从拥有 50 余项在研项目、获批 8 项临床研究批件的康宁杰瑞,到上榜 2018 年全球创新 1000 强公司的百济神州,再到量产中国首个抗癌药呋喹替尼胶囊的和记黄埔……"B 村"声名远扬。

在中国生物技术发展中心最新公布的国家高新区生物医药产业竞争力排名中,从 2016 年开始,园区连续多年获得国家经济技术开发区综合排名第一,跻身世界一流高科技园区行列。截至目前,园区创新主体快速壮大,高新技术企业总数超 2000 家;研发水平显著提升,税务部门备案企业研发投入超 170 亿元;创新活力持续迸发,三大新兴产业产值达 2800 亿元。园区已经成为国内领先的生物医药产业创新创业基地和技术创新中心。

2018 年,园区生物医药、纳米技术应用、人工智能三大战略新兴产业,分别实现产值 800 亿元、650 亿元、250 亿元,年均增幅 30%。到 2021 年,三大新兴产业预计实现产值 2800 亿元。在国家级经开区综合考评中,苏州工业园区实现三连冠。

这就是凤凰涅槃后的独墅湖,呈现着科技创新发展的园区气象的独墅湖!

多年来,创新基因早已厚植于苏州工业园区的肌体,从一片白露茫茫的茭白荡,发展成为一座现代化产业新城;未来,这里更将瞄准国际化创新高地、高端化产业高地,奋力书写新时代改革开放的新篇章。"学习借鉴"之余,园区也在"输出品牌",实施"园区经验"走出去战略,国内有苏宿工业园、新疆霍尔果斯经济开发区、宁夏银川苏银产业园等,海外有中国—白俄罗斯工业园、中国—印尼"一带一路"科技产业园等。"园区经验"正在海内外遍地开花。

钟南街:教育一条街

我是2013年走进苏州园区的,2014年正式定居于此,算是新苏州人。老苏州人把姑苏称为"老苏州",园区则是"洋苏州"。老苏州有老苏州的优势,比如深厚的文化积淀和历史渊源;洋苏州有洋苏州的优点,如创新、年轻、朝气蓬勃等。如园区教育、钟南街的变化,正是园区开放创新发展中不可多得的镜像。园区10年来的教育变化,都反映在这条由寂静转为喧闹的宽阔大道上。

我家就在钟南街大道边上。近在咫尺的距离,使得我能把钟南街上发生的一切变化都尽收眼底。钟南街是一条南北向的街道,这也是园区规划的特征,所有的"道"都是东西向,"街"则是南北向。在园区的所有街道里,那时的钟南街,应该说是处于一种"寂寞沙洲冷"的位置,位于湖东繁华的边缘,尽管这个边缘向东,还有锦溪街、星华街。钟南街是当时城乡的分水岭。作为从洼地水田上建起来的园区,钟南街以东,我们依然可以看到旷野、麦田、芦苇,而钟南街以西,是写字楼、金融机构、前卫时尚潮流的繁华之地。两种光景,一冷一热,是10年前园区的真实状况。唯一能看到希望的,就是处于建设中的几处工地,一个是一家综合性大型商场,一个是苏州大学附属儿童医院。出租车司机对当时的园区印象是鸟不拉屎的地方。车子来了后,甭想带到回头客,他们轻易不愿意到园区来。

谁承想,一个猝不及防,像从一个梦境里醒来一样,再次睁开眼睛打量,你完全会被眼前的一切震撼。钟南街上、创建于2012年的东沙湖学校,建校时候学校师生员工共计仅有两三百人。冷清的校园在周围稀疏生活小区中,显得更加落寞、冷清。令所有人都不敢相信的是,五六年之后的某天,当地报纸《姑苏晚报》刊登出"爆炸性"新闻,昔日的东沙湖学校,已经成为现今教育上的"沙湖帝国",学生人数暴涨,从原先的几百人已经发展到六七千人,成为整个苏州义务教育中的一所"航母型"学校。学校周围,小区比春笋长得还要旺盛、蓬勃,一到下班、放学的点,钟南街塞满了人群、车辆。更加让人不可思议的是,钟南街完全被另外一个名字代替,即"教育一条街"。彼时,在不足三四千米长的钟南街上,密集地簇拥着很多学校,比如海外人才学校、新加坡国际学校、星汇学校、星汇幼儿园、苏州工业园区工业学校,还有后来为了满足教育的需求、不得不扩建的两所学校,一所是东沙湖小学分校,另一所是从原先东沙湖学校分离出来的东沙湖中学。各校人数在逐年攀升,学位已成为园区人关心的头等大事。

在学校林立的空隙里,商场、儿童医院、小区、公寓等也挤进来,把原先瘦弱苗条的街道喂养得丰满臃肿,车水马龙已经是钟南街的日常,每天堵上一回车也成为必不可少的节目了。

人流、车流、建筑群等,这是园区经济飞速发展的侧影。

赵先生来自苏北,目前已经成为园区一家学校校长,在他身上,浓缩着园区教育发展的光和影。十多年前,一则人才招聘启事把他从苏北招过来,他以人才引进的方式落户园区,与新创建的学校一起成长。十多年后,他已经从一名优秀的学科教师,成长为园区校长队伍中最年轻的领导。

教育的核心是人才。多年来,园区做到抓住先机、打造现代化的智慧教育;坚持以人才结构优化引领教育转型升级,不断完善人才引进机制,加大高素质人才储备和引进力度,实施校长职级年薪制度、教师星级年薪制度;园区根据教育发展实际,改革骨干教师评选办法,扩大区级骨干教师培养规模。据2019年数据显示,园区现有在职公办直属教师7500余名,区级以上优秀骨干教师2700名,比例约37%。

"学校办学优质与否的判断标准在于师资和课程。"赵校长说道。目前，他的学校致力于为教师专业发展创建多样化发展的平台，依托学科联盟、骨干教师共同体、名师工作室等资源，加大优秀教师培养力度，构筑"善学习、能合作、敢创新，适应全面推进素质教育和新课程实践"的教师人才高地；同时借助地方"水八仙"文化资源，把文化课程和地方特色课程相结合，形成科学合理、接地气、有活力的基础人才培养智慧模式。

"智慧教育"是园区现代化教育的一大特色，成了园区教育的新标签。2017年，"智慧教育大数据应用实验室"和"智慧教育数字化学习实验室"园区智慧教育两大实验室在苏州工业园区教师发展中心（景城学校内）正式落成。其中，智慧教育大数据应用实验室聚焦"数据应用"，智慧教育数字化学习实验室构建了"生活化学习""自适应性学习""自主探究学习"等学习新模式，不同的功能体验区，满足师生多种形态的数字化学习，并且为实地教学、网络教研、异地授课、创客教育等提供场景支撑。电子屏幕上，园区每所学校的师生比、教师学历、职称和平均年龄等信息可即时查看，还能实时进行联网安全监控，甚至连食堂配送、准备学生饭菜的全过程都能看到，集中、有效地保证了校园安全。而智慧教育数字化学习实验室中，每一个学生都可以通过"易加"平台所提供的"三大金库"（资源库、课程库、试题库）实现有效学习。在线课堂、未来教室、易加互动、线上教育等模块完美地将线上和线下教育相结合。目前，园区有22个"未来教室"，园区"易加"平台已经推送了63300多节微课视频。

集展示、交流、研究、培训、体验五位一体的两大实验室，为大数据应用和数字化学习搭建了大平台，为园区教育迈向"智慧教育"的新高峰提供了强大的支持与保障。

苏艺：优雅深沉地绽放

园区不只是属于经济的，同样也是属于文化艺术的。

在园区，有三个地方，是喜欢文化气息的人必到的打卡地：诚品书店、苏州文化艺术中心和金鸡湖西岸的李公堤。读书、艺术，跟园区经济发展、科技创新一样,成为园区闪亮的主题。参加读书会、参加作家作品分享会、听音乐会、看舞台剧、赏美术展等,成为苏州工业园区居民的日常。

园区文化建设,从无到有、从单一到多元,多年来,先后打造了青年话剧节、金鸡湖双年展、金鸡湖艺术节、国际青年歌唱家艺术节(苏州)等品牌活动,拥有苏州芭蕾舞团、苏州交响乐团两支艺术团。作为园区的文艺圣殿的金鸡湖的畔苏州文化艺术中心,自建成后,累计吸引了30多万名观众走进剧场,感受文化艺术的魅力。

老苏州有老苏州的千百年积淀,如苏州评弹、昆曲等,新苏州有新苏州的文化创新,如戏剧、芭蕾舞和交响乐等开创了新的艺术领域。

话剧是苏艺演艺内容的重要版块,也是园区观众最早接触的舞台艺术之一。经过多年培育,苏州园区戏剧文化不断发展,从2011年的"话剧艺术节"到2015年的"戏剧元年",再到2018年的"青年话剧节",苏州的戏剧发展经历了从"探索"到"深耕",再到"发酵壮大"的过程,戏剧土壤也日渐肥沃。苏艺的舞台吸引了赖声川、孟京辉、田沁鑫、林奕华,以及濮存昕、蒋雯丽、袁泉等中国话剧界优秀的导演和演员。2014年,苏艺首度试水在演艺厅小剧场连演21场《两只狗的生活意见》,每场上座率均超过95%;2017年年初,长达八小时的《如梦之梦》登陆苏州,演出票提前两个月售罄,超过70%的观众来自外地。如今,苏艺引进的戏剧类、音乐剧类项目广受青睐,经常出现"一票难求"的观演盛况。

作为苏州园区的两张文化名片,苏州芭蕾舞团和苏州交响乐团立足本地,从国内走向了国际。苏州芭蕾舞团先后在拉脱维亚首都里加及波兰第二十六届比得哥什歌剧节演出原创芭蕾舞剧《唐寅》。这是芭蕾舞团继2015年作为波兰演出史上首个受邀的中国芭蕾舞团亮相歌剧节之后,再一次获得波兰观众的青睐。自2007年建团至今,苏州芭蕾舞团共创作了7部大型舞剧,累计演出1956场次,足迹遍布12个国家,近70座城市。自2015年以来,苏芭已有《卡门》《西施》《胡桃夹子》《罗密欧与朱丽叶》《灰姑娘》《天鹅湖》等多部作品走出国门。

苏州的文化底蕴和人文风采孕育了苏芭。坚持文化自信,也是园区人新时代的追求。当一部芭蕾舞剧登上舞台时,它所呈现的不仅是一场演出,同时还表现了东方文化的实力。

中华文化是根,是魂。与之相媲美的是苏州交响乐团,每当夜幕降临,人们相约走进金鸡湖畔音乐厅听一场音乐会,已经成为生活的一部分。我曾有幸得到朋友馈赠的一张苏州交响乐团音乐会门票,于是欣然前往苏州文化艺术中心。坐在苏州文化艺术中心演奏厅,看着台上身穿演出礼服的乐手们,手里拨动着二胡、古筝,嘴里吐纳着竹笛、唢呐;一瞬间,竹林、丝绸、马群等映象潮涌而来。众多的器乐,多声部的合奏、独奏,把一生二、二生三、三生万物的"道"淋漓尽致地呈现出来,乐声时而婉约,时而低吟,时而激荡,时而雄浑,时而万籁俱寂,时而万马齐鸣,把整个音乐大厅渲染成超现实时空,有远古的惊雷、有奔腾的江水、有咆哮的黄河、有苦难的日子、有不屈的命运,还有时代的赞歌!

苏州交响乐团赴法国、德国、新加坡、日本、中国台湾等国家和地区巡回演出,累计观众超过7000人次。2019年,苏州交响乐团举办了《极致俄罗斯》《彼得与狼在好莱坞》《法兰西之约》三场音乐会,邀请国外知名钢琴家、指挥家同台演出。东方文化和西方文化碰撞融合,传统文化和现代文化交相辉映。同年,苏州交响乐团还站上了纽约联合国总部的舞台,奏响了中西交融、年味十足的中国新年音乐会,将中国文化的种子播撒全球,也将苏州的城市形象根植于人们心间。

文化与艺术关乎着人的内心与精神世界。文化的丰盈是园区人幸福指数的重要加分项。苏州园区人深谙其中的道理,开展高规格的品牌文艺活动。金鸡湖双年展、苏州青年话剧节、国际青年歌唱家艺术节、金鸡湖艺术节……园区人如数家珍。

作为艺术街区的李公堤,这里已经成为园区美术"双年展"的主战场。2012年,园区首度引入这一当今国际艺术最具特色和震撼力的展览形式,为市民打开了"艺术看世界"的窗口。以第四届金鸡湖双年展为例,在一个月的展期内推出了雕塑、绘画、设计三大主题展,以及艺术形式丰富的外围展共27场展览,展示了500余位中外艺术家创作的约3000件艺术作品,吸引了近千万人次的参观。跟其他文化艺术活动一样,"双年展"努力接轨国际,让市民在家门口就能欣赏来自全球的艺术作品,了解世界的发展;同时,将苏州这座城市推向世界,以文化的力量彰显城市品牌。

经过多年的发展蜕变,园区依托政府支持、企业搭台、群众参与等多方联动,多元文化齐头并进,高雅文化更是成为点缀城市气质的闪亮明珠。园区用近30年的深耕和培育,以文化艺术演绎城市精神,铸就了一张城市"最美名片"。有"红磨坊"苏州文化艺术中心,先后获评"中国电影金鸡奖永久性评奖基地""国家大剧院歌剧电影展映基地"等殊荣。从"文化荒漠"到"文化绿洲",园区以文化"软实力"持续助推城市品牌与影响力扩大,提升人民幸福感。

在园区随便走一走,看一看,不管是街头巷尾,还是城市广场,不经意间,你总是能与名家大咖的雕塑精品邂逅。文化艺术的滋养,让年轻的园区更加靓丽美好。目前,园区已形成了"环金鸡湖文化艺术娱乐融合集聚区""环独墅湖文化创意设计融合集聚区""环阳澄湖文化旅游融合集聚区"三大文化产业集聚区。截至2021年,园区文化发展绩效考核连续7年保持苏州全市首位。未来,这座文化新高地还将捧出更多精品佳作。

苏州园区,一方集生态、科技、教育、文化为一体的土地,曾有诗人把她誉为"梦想天堂":"啊,这就是阳光和大地之子/看啊,这就是中国梦的苏州版/……又是春天/万物萌动着生长的激情/脚下是列祖列宗耕耘过的大地/头上是星光灿烂一轮东方月亮/透过岁月烟云/我们清晰地听见/月下织机咿呀,远方驼铃悠长/啊,我们已经站在新时代新的起跑线/请加入我们,我们向世界发出邀请/请为我们祝福,祝福中国的新时代!……"

回望园区,一幢摩天建筑,如彩虹桥般矗立在朝阳升起的东方,她被美其名曰"东方之门"。站在国际化的园区行列里,苏州园区所展示的,不只是科技创新、绿色生态的新标高,还有新时代教育与文化的国际样板,这不正是代表着中国元素、中国气质、中国气派的东方美学吗?

苏州工业园区,在高速发展的时代列车上,正穿过东方之门,越走越远,越走越精彩!

康缘，追述中药之源

陈 武

我没有机会和肖伟先生聊"康缘"二字的来历。望文生义，就是和健康结缘的意思。因为，对所有人来说，健康都是第一位的；人们终其一生，都在追求健康。有了健康，才拥有一切。所以，健康是一切事业的前提和保证。和健康结缘，是每个人梦寐以求的事。而对于"康"和"缘"，典籍上也有明确的解释。先说"康"字的来历及演化过程：从《甲文编》到《古玺》，再到《战文编》《说文》《篆隶表》《金文续编》《说文解字》等，一路下来，大致知道，"康"是由商代甲骨文的"庚"字逐渐演化而来的，演化的过程，也是不断结缘的过程，其中意趣，也颇值得玩味。一家在国内国际有影响力的中药制造企业，在品牌打造上，在每一个细节上，都和中国传统文化有着紧密的牵连，或隐喻、或暗示、或追求、或创新，正是康缘文化的体现，也切合了中医药传统的精髓。康缘，和健康结缘，就是一个以传统中医药理念为宗旨，以科技创新为追求的大型药企。

2022年2月16日，中国传统元宵节刚过，人们还沉浸在喜庆的欢乐中，连云港市第一人民医院就传来了好消息，"肖伟院士神经医学研究和发展工作室"在该院落户。该院的内部新闻是这样介绍肖伟的："中国工程院院士、江苏康缘集团有限责任公司董事长、中药制药过程新技术国家重点实验室主任、中成药智能制造国家地方联合工程研究中心主任。"这里的每一个关键词，都代表着这个行业的顶尖水平，也是这个行业的担当。"作为我国制药工程学科有影响力的学术带头人，肖伟院士在新药创制、生产过程质控、智能制造领域取得了系统的基础和应用研究成果。"这种肯定的句式，和太专业的术语，我们普通人也能大致理解其中的要义和权威。在当天的揭牌仪式上，肖伟在现场向与会的医药界人士表示："今后将依托康缘团队的技术优势和中药制药过程新技术国家重点实验室等国家级平台优势，不遗余力地支持连云港和连云港市第一人民医院的建设，促进港城医药联合、转化与创新，大力推动全市医药卫生事业新一轮高质发展。"肖伟的表态并不是形式上的客套，而是实实在在的工作。接下来，他做了一场极具权威的学术讲座，讲座的题目是《血小板活化因子受体（PAFR）拮抗剂——银杏二萜内酯葡胺注射液创新药研发》，和前面提到的"质控""智能制造"等术语不同，如果说这些术语，我们通过字面，还能体会到大体意思的话，这次学术讲座的题目，就让我们这些非专业人士一头雾水了，"血小板""活化因子受体""拮抗""银杏二萜内酯葡胺"，就算你的文学思维再活跃，想象力再丰富，也无法了解这些词的真相，而真相的背后，就是肖伟及他带领的团队所付出的辛劳。

通过肖伟的讲座，我们知道，缺血性脑卒中患病率高、死亡率高、致残率高。抗血小板药有出血风险，神经保护药物缺乏循证证据。研究表明，拮抗血小板活化因子受体（PAFR）是缺血性脑卒中治疗的新途径，银杏叶中的二萜内酯类一直被认为是强效的天然 PAFR 拮抗剂。肖伟院士及其团队通过多年研究，发明了银杏二萜内酯拮抗 PAFR 效应最佳成分组合和高效提纯新工艺。研制上市的银杏二萜内酯葡胺注射液，显著提高了缺血性脑卒中治疗的临床疗效。其研究也推动了 PAF 受体拮抗剂治疗缺血性脑卒中成为中国专家的共识，银杏二萜内酯为 1 级推荐、A 级证据。这就是肖伟报告的核心。用老百姓通俗易懂的话说，缺血性脑卒中就是脑梗，即脑部血液系统突然被堵塞或短时间血流缓慢引起脑组织供血不足、供氧不足，长时间可引起其他局部坏死即梗死。这种病症一直以来都具有突发性和高危性，是生命中的"杀手"，同时致残率极高。我周围的朋友，就有这样的患者，通过治疗，完全康复的不多，多多少少会留下后遗症。我曾去医院看望过脑梗病友，他的后遗症算是比较轻的，但也无法拿筷子自行用餐，要靠别人帮助才能进食。在病区里，我还看到他的病友们都在努力做各种康复。这些病友有歪嘴的、有斜眼的、有跛脚的、有胳膊无法弯曲的、有脖子拧不过来的、有脑袋横在肩上的、有一步只挪两三厘米的,还有在轮椅上被人推着的。他们的行状,让探望者和陪护者都非常难过、非常痛心,也非常无力——空有爱心而无法帮助病人。肖伟院士和他的团队所开发、研制的这款新药,即银杏二萜内酯葡胺注射液,其功能就是活血通络,用于治疗脑梗死的急性期、恢复期(中风病中经络痰瘀阻络证),其处方组成为银杏内酯 A、B、K。该药获得的荣誉是:国家医保品种、进入临床路径释义(神经内科分册)、中国脑卒中合理用药指导规范、中国脑梗死中西医结合诊治指南、血小板活化因子受体拮抗剂治疗缺血性脑卒中中国专家共识等多项指南共识。已申请发明专利 56 件,其中 28 件已获授权;获得 2018 年度国家技术发明二等奖,2019 年中国专利金奖,列入国家"863 计划"、江苏省科技成果转化专项资金项目和国家重大科技成果转化项目。如今,银杏二萜内酯葡胺注射液,已经是治疗脑梗死急性期和恢复期的主要用药。

这只不过是近十年中,江苏康缘集团的重要科技创新成果之一,往前上溯当然还有更多科技成果,但我们只从银杏二萜内酯葡胺注射液这一成果中,来领略肖伟及其团队的创研精神,即可窥一斑而知全豹。

从银杏二萜内酯葡胺注射液这个药名中,我们发现了一个关键词,银杏(这里的银杏指银杏叶)。一枚小小的银杏叶,居然能产生这么大的能量和疗效,真是太神奇了。在一般人的认知中,银杏只是一种植物,如果生长在道旁,不过是城市普通的绿化树,如果成片种植形成规模,不过是以收获果子获利的果园,如果生长在人家的院子里,不过是庭院里的观赏树种。但是,在肖伟这样的中医药学专家的眼里,银杏叶中的二萜内酯类,就是强效的天然 PAFR 拮抗剂,就是挽救人生命的良药。很多年前,我还不知道银杏叶中的二萜内酯类,也不知道强效的天然 PAFR 拮抗剂,更不知道它能有利于治疗脑梗死的急性期、恢复期,这些非常专业的知识,即便是在和好友吴舟的交往中,也很难听到。

说到吴舟,在接到任务要写"康缘"、写肖伟及其团队时,我脑海中出现一系列康缘的元素,比如总部的大门,遍布市区的多家门店,甚至康缘的家属区康泰小区,在次第而现的人事中就有吴舟。他是江苏康缘集团的老员工,是国家注册执业中药师,特别专注于中草药的研究和中药学的科普,出版过《百树治百病》《百饮治百病》《百鱼治百病》《云台百草》《云台本草》等著作,我也曾在报纸副刊上,为他开设过关于花花草草的小品文专栏。他退休后,江苏康缘集团为他专门建立了吴舟工作室。我曾多次在他的工作室聊天,看到他制作的一个个中草药标本,有的浸泡在漂亮的玻璃容器中,像活的一样栩栩如生;有的像一幅国画小品,挂在墙上,精美绝伦;有的陈列在柜子里,神态各异,熠熠生辉。我们的聊天是开放式的,在说到一些设问式的话题时,他语言所表露的都是董事长肖伟先生对他如何关心,对他的工作室及中草药标本的制作方面如何支持。吴舟的父亲也是江苏康缘集团的老员工,出身中医世家,是著名国药老字号松寿堂的第四代传人,笔录过许多有价值的民间单方和传统验方,老人90多岁高龄去世后,肖伟在百忙中出席追悼会,并送了花圈。我和吴舟历经30多年的交往,开始也是缘于中草药,那时候还是20世纪80年代后期,吴舟在连云港医药采购站工作,我们都为《科技汇报》写稿子。我对中草药的兴趣,是因为我父亲在一家乡镇供销社的废品收购站工作,受上一级药材公司的委托,代收各种中药材,为此还专门去药材公司培训了半个月,带回许多彩色招贴画,到村头巷尾张贴。我喜欢那些招贴画,每张画上都有数十幅各种中药材的彩色图片,我把拿回家的招贴画贴满了整整一屋子。我每天都能看到这些画,知道了车前子、枸杞子、板蓝根、益母草、柴胡、黄芪、蝉蜕、蛇蜕等,特别是对于我们身边的野生植物,原来都叫它们的土名,现在终于能对上号,知道它们的学名,会在下湖割草时,从许多杂草里指出来,向小伙伴们炫耀,甚至能说出它们的功能和药效。更重要的是,我还接受过收割40公斤益母草的任务,那是我父亲布置的,当时药材公司以八分钱一斤收购野生的益母草,我父亲就让我全部承包了。和吴舟相识后,我用那点从招贴画中学到的药材知识和他交流,他居然把我引为知己。那时候,他就跟我讲起他们单位曾在1984年,组织了一支以年轻人为主的云台山药源普查队,进入广阔的云台山山区,进行药源普查。那真是一段难以忘怀的峥嵘岁月,在那支普查队伍的五人骨干里,就有年轻的肖伟。我后来多次随吴舟一起爬云台山,观察野生植物,采摘野果,制作标本,写小品文章,就是受吴舟绘声绘色讲解的影响。2014年7月24日,在吴舟的QQ空间里,我惊喜地发现了一篇好文,题目叫《光影留痕:30

年前的那次药源普查》,用多幅老照片和文字说明的形式,回忆、记述了那次有声有色的大普查,我看到了20多岁精神抖擞、英姿勃发的肖伟和吴舟,还有普查队的其他骨干,他们风餐饮露、攀岩爬坡、精细作业,体会到他们熬更打点、伏案疾书的行状。在一张张具有历史价值的照片中,有一张摄于1984年5月16日正午时分,他们在向导的带领下,攀登上江苏省最高峰——花果山玉女峰,他们虽然刚刚登顶,但没有一丝疲劳感,从他们的一张张笑脸上,亦可以看出胜利的喜悦。年轻的肖伟拿着柳条帽,穿着中山装,身上是交叉背着的挎包和水壶,脚上是一双高帮解放鞋,笑望着远方。在他们的加持下,云台山的海拔又增高了一米多。接下来的图片,是在玉女峰下的山坡上测量样方,统计样方内药用植物的种数和株数,大家都戴着柳条帽,在烈日下埋头工作,从他们不同的身姿上,可以看到他们的专注,他们的聚精会神,他们对事业的执着,仿佛也在隐秘地昭示着未来的人生之路。有一张肖伟坐在山坡上、小溪边野餐的照片,特别珍贵,吴舟在图说中写道:"普查队员肖伟(现江苏康缘集团董事长),当年他参加工作才两年多一点,跟我们一起加入了药源普查队,整天在山沟里摔打。我们是本地人,自带的午餐有蛋炒饭、有鸡蛋饼,也有粽子什么的,而对一个吃食堂的外地大学生来说,就没有这些口福了,也只能每天买几块烧饼带着,但他吃起来和我们一样的香。"从照片上还能看出一些细节来,比如其他四个人,都躲藏在背阴的阴凉里,以防止太阳的暴晒,只有肖伟一个人坐在阳光下,在他周围是峻峭的岩石和石缝里的杂草,那个朴素的白色帆布挎包在阳光的照耀下十分显眼,而肖伟略显特立独行的、敢于接受山里阳光暴晒的挑战精神,是不是在昭示他内心的坚强和执着?和他紧密相随的挎包不仅是用来装食物的,还装着普查工具和笔记本等,笔记本上的普查记录,就是激发他们科研指引、开拓创新的最初的源泉。那时候他们多年轻啊!在数十幅照片上,肖伟除了那张吃饼的野餐照,其他都处在工作状态中,有一张照片,是肖伟和吴舟采到了一株稀罕的白薇,这是一株全株白薇,有根有茎有叶,两个戴柳条帽的青年小心地用手托着白薇,紧紧地注视着,把白薇当成了他们的宝。在锦屏山一处崖壁上,肖伟攀到山岩上,采下了一株爬山虎,接下来,又和吴舟一起压制标本。这些照片,仿佛把人带回38年前,回到了他们年轻时就立志献身于中草药伟大事业的身体力行的实践中。山峦起伏的云台山上,留下了肖伟等早期药源普查者的踪迹,山体和无数植物上,也滴落过他们辛勤的汗水。云台山处在中国南北气候的结合部,山上草木葱茏,奇花异草无数。虽然老照片上没有他们搜集银杏叶及其果实的照片,但作为药源普查者,他们肯定也调查、登记了银杏及其果实。老照片中,还有一张肖伟亲手填写的《连云港市药用动植物普查登记表》,在工整的密密麻麻的名目中,就有银杏。如果要做一个合理的猜想,那时候,肖伟未必会想到多少年后,他能带着他的科研团队来研制银杏二萜内酯葡胺注射液,但是,他在决定研制银杏二萜内酯葡胺注射液的时候,脑子里一定想到过当年的大普查,一定想到过当年他亲眼看到并攀爬、抚摸、记录过的数株千年银杏树。明朝诗人顾乾,在《云台山三十六景》里有一首咏隔村崇善寺的《祇林银杏》,诗曰:"双树标银杏,摩云散碧阴。枝临八极远,根入九源深。老态经寒暑,延年阅古今。大材难售世,胜踪寄祇林。"诗人在序引里称这两株银杏为"神树"。在云台山大桅尖南坡上的悟道庵前,也有两株高大的树龄达1300余年的银杏树。这两棵银杏树,每棵腰围都达5米左右,显出一副沧桑之态。据吴舟考察,像这样树龄在千年以上的古银杏,连云港共有28株,其中雌树有26株,雄树2株。云山乡白果树村有一株植于唐代的银杏树,树高20余米,远看似一株,近看是5株连体,盘根错节,十分繁茂。

这些千年以上的银杏巨树,当年给药源普查员肖伟什么样的提示,现在我已无从猜测,但是从他多次谈话和讲座中可以推测,在后来公司花费大量财力和人力来研制创新新药银杏二萜内酯葡胺注射液时,一定是有充分的理由的。在某一年的全国"两会"期间,肖伟接受了江苏省广播电视总台《新@财经》栏目记者陈怡的采访,肖伟讲了一件事——他刚大学毕业不久,来连云港医药公司工作,遇到公司的一个老药师,让他辨别几种药材的事。肖伟讲道:"他当时抓了十几味药材,我大概能认得的只有几个。他就跟我讲,尽管你们是大学生,但还是有很大欠缺的,一个标准的学中药的、做中药的人,应该是什么样的呢?看到药材就知道它是什么,或者闻一闻以后,就知道它是什么,如果闻不出来放在嘴里尝一尝也应该知道它是什么。你什么时候可以毕业呢?在你眼睛上蒙上一块布,我交给你这些东西,你放在手里摸一摸就知道是什么的时候。当时这对我启发很大。"可能正是这个老药师的现场考试,才促使肖伟参加那次意义深远的药源普查,才进一步坚定了他要深入研究中药学并走中医药创新的这条路。但是,我们的野生药源越来越稀缺,这也让肖伟忧心忡忡,也是在那次"两会"上,肖伟的"两会"提案就是关于保护中药材资源方面的,他在接受采访时说:"外国很多做天然植物的企业,无论是药品还是保健品企业,做的规模都比较大,在我们国内销售比较大的是银杏制剂,他们就建有很大的银杏原料基地。"肖伟再一次提到银杏和制剂,可见这一方向的研究,已经融入他的思想深处。在谈到如何利用传统的经方、典方、古方,以及现代科学技术,"解码"这些经方、典方、古方时,肖伟认为,中药是具有文化属性和药品属性的双重结合体,如果文化属性夸大得太多,就很难回到药品的属性上。所以它不仅承载着文化属性——文化属性是对中药学历史的肯定,更重要的是,中药学必须要有药物的属性,如果没有药物的属性,他认为我们中药是不会有前途的,也不会有希望。中药的创新,首先要从成分上确定它能治疗某种病,然后是实验做下来它确实有效了,再次是确定工艺、技术和标准,最后是拿到临床上去做实验,要做一期临床、二期临床、三期临床,如果有效,那才有效。有了这样的理念,在技术和人才的投入上,就必须不惜加大财力。因此,康缘药业现代中药研究院就应运而生了。

有了现代中药研究院,就有了一支专业化的正规军。多年来,康缘药业聚焦病毒性感染性疾病、妇科疾病、骨伤科疾病、心脑血管疾病等中医药优势病种,研究开发了47个基础明确、靶点清楚、机制清晰、现代医学认同的创新中药,在同行中处于领先地位。公司共获得药品生产批件203个,其中42个品种为中药独家品种。目前公司产品共有107个被纳入2020版国家医保目录,其中甲类47个、乙类60个、独家品种23个;共有43个品种进入国家基本药物目录,其中独家品种6个。为了直观地说明以肖伟院士为首的康缘药业现代中药研究院的成果,特别是这十年来的创新成果,略做如下介绍:

第一是抗感染线上的主要品种。这里介绍的是热毒宁注射液、金振口服液、杏贝止咳颗粒。热毒宁注射液原为国家中药2类新药,其处方组成为青蒿、金银花、栀子。该药临床上用于治疗上呼吸道感染,中医辨证为外感风热引起的高热不退、鼻塞、流涕、头身痛、咽喉肿痛等病症,历经数十年研发,申请发明专利达77件,其中32件已获授权,列入国家重大专项项目,被评为国家重点新产品、江苏省高新技术产品。进入成人流感急诊专家共识(2019版)唯一推荐的中药注射液;先后列入国家卫健委《新型冠状病毒肺炎诊疗方案》试行第六版和第七版。2013年10月荣获中国专利金奖。金振口服液原为国家中药6类新药,其处方组成为山羊角、平贝母、大黄、黄芩、青礞石、石膏、人工牛黄、甘草。该药的功效为清热解毒,祛痰止咳。主要用于小儿急性支气管炎符合痰热咳嗽者,表现为发热、咳嗽、咳吐黄痰、咳吐不爽、舌质红、苔黄腻等。该药是国家医保乙类品种、国家基药品种,且均为独家。被纳入2017年《儿童肺炎支原体肺炎中西医结合诊治专家共识》、2012年《中医药治疗手足口病临床技术指南》等多项诊疗指南共识。该产品历经数十年研发,申请发明专利25件,其中14件已获授权。2018年荣获中国专利优秀奖。杏贝止咳颗粒的主要功效为清宣肺气,止咳化痰。用于外感咳嗽属表寒里热症,其处方组成为麻黄(蜜炙)、苦杏仁、桔梗、前胡、浙贝母、百部、北沙参、木蝴蝶、甘草。该药为国家医保乙类品种、国家基药品种,且均为独家。2020年纳入《江苏省新型冠状病毒肺炎中医辨治方案(试行第三版)》。

第二是妇科线上的主要品种。这里选了桂枝茯苓胶囊、散结镇痛胶囊两种。桂枝茯苓胶囊原为国家中药4类新药,处方组成为桂枝、茯苓、牡丹皮、白芍、桃仁,用于原发性痛经、子宫肌瘤、慢性盆腔炎性包块等疾病,可治疗妇科血瘀证。该药是国家医保甲类品种、国家基药品种,且均为独家。已申请发明专利58件,其中42件已获授权。桂枝茯苓胶囊的临床价值受到广泛认可,纳入2019版中华医学会《盆腔炎症性疾病诊治规范》等多项诊疗指导文献,还获得多个高质量奖项。桂枝茯苓胶囊是唯一获得国家科技进步奖的妇科中成药,第一个获得中华中医药科技进步一等奖的妇科中成药。并且2017年、2018年连续两年获得中华中医药学会中药大品种非注射类、妇科领域科技竞争力排行榜第一名。散结镇痛胶囊原为国家中药4类新药,处方组成为龙血竭、三七、浙贝母、薏苡仁,该药用于子宫内膜异位(痰瘀互结兼气滞证)所致的继发性痛经、月经不调、盆腔包块、不孕等。该药是国家医保乙类品种,且为独家。该药源于古代经典方,历经公司数十年研究,已申请发明专利9件,其中3件已获授权。被纳入中国中西医结合学会《子宫内膜异位症中西医结合诊治指南》等。2014年获得中华中医药学会科技进步一等奖;2018年获得"中药大品种科技竞争力排行榜"第三名。

第三是骨科线上的主要品种,如腰痹通胶囊、复方南星止痛膏、筋骨止痛凝胶。腰痹通胶囊原为国家中药3类新药,处方组成为三七、川芎、延胡索、白芍、独活等,主治血瘀气滞,脉络闭阻所致的腰痛,症见腰腿疼痛,痛有定处,痛处拒按,轻者俯仰不便,重者剧痛不宜转侧;腰椎间盘突出症见上述症状者。该药为国家医保甲类品种、国家基药品种,且均为独家。腰痹通胶囊是孙树椿主任医师在多年大量临床的基础上,探索研究得出治疗腰椎间盘突出症的有效药方。该处方历经多年研发,已申请发明专利8件,其中3件已获授权。被纳入2019年《风湿病中西医结合诊疗指南》,被权威推荐为强直性脊柱炎、腰椎间盘病使用。荣获2016年中华中医药学会科学技术奖一等奖;2018年"中药大品种科技竞争力排行榜"上榜产品,被江苏省科技厅评为江苏省第七批自主创新产品。复方南星止痛膏原为国家中药3类新药,处方组成为生天南星、生川乌、丁香、肉桂、白芷、细辛、川芎、徐长卿、乳香(制)、没药(制)、樟脑、冰片;辅料为松香、石蜡、凡士林、液体石蜡、水杨酸甲酯。该药具有散寒除湿、活血止痛功效,用于寒湿瘀阻所致的关节疼痛、肿胀,活动不利,遇寒加重。为国家医保甲类品种、国家基药品种,且均为独家。被纳入2019年《风湿病中西医结合诊疗指南教材》等;2017年被江苏省科技厅认定为高新技术产品。筋骨止痛凝胶为6.1类中药新药,处方组成为醋延胡索、川芎、威灵仙、伸筋草、东北透骨草、路路通、海桐皮、防风、花椒、牛膝、薄荷脑、冰片。该药于2020年4月13日获得国家食品药品监督管理总局颁发的新药证书及生产批件,具有活血理气,祛风除湿,通络止痛功效。用于膝骨关节炎肾虚筋脉瘀滞证的症状改善,症见膝关节轻中度疼痛、僵硬、活动不利,腰膝酸软,舌质偏红或边有积斑苔薄白,脉弦或滑。该药为国家医保药品,是首个专用于膝骨关节炎的中药新药(凝胶剂)。

第四是心脑线上的主要品种,如银杏二萜内酯葡胺注射液、天舒胶囊/

片、通塞脉胶囊/片。关于银杏二萜内酯葡胺注射液，如前所述，不再赘言。天舒胶囊原为国家中药3类新药，全方由天麻、川芎组成。天舒片主治瘀血阻络或肝阳上亢所致的头痛日久、痛有定处，或头晕胁痛、失眠烦躁、舌质暗或有瘀斑；血管神经性头痛见上述证候者。天舒胶囊/片是国家医保甲类产品，是《神经系统疾病药物治疗学》治疗偏头痛中成药唯一推荐用药，《前庭性偏头痛诊疗多学科专家共识》治疗前庭性偏头痛中成药唯一推荐用药，《中医临床诊疗指南释义》偏头痛瘀血阻络证推荐用药。荣获2013年度中华中医药学会科技进步一等奖、2014年度中国专利奖优秀奖，列入国家重大新药创制和江苏省高新技术产品项目。通塞脉片其处方组成为黄芪、当归、党参、玄参、金银花、石斛、牛膝、甘草。功能主治为培补气血、养阴清热、活血化瘀、通经活络。用于血栓闭塞性脉管炎（脱疽）的毒热证。该药为国家医保乙类品种，被纳入《中西医结合糖尿病足防治中国专家共识（第一版）》，医促会《中国糖尿病足诊治指南（2020版）》，中国医师协会中西医结合医师分会内分泌与代谢病学专业委员会2021年4月发布的《糖尿病足病中医病症结合诊疗指南》等系列指南共识。

长期以来，特别是近十年来，江苏康缘集团现代中药研究院，一直坚持"体制创新""科技创新"双轮驱动，整合中药制药过程新技术国家重点实验室、国家博士后科研工作站、国家认定企业技术中心等科技创新平台，形成国际先进的创新药物研发体系和高层次人才集聚基地，该研究院的实验室面积达3.7万平方米，仪器设备原值1.6亿元，每年投入研发经费占销售收入的10%。研究院还创造性地应用了一系列新技术、新工艺、新设备、新辅料，形成了以工业色谱、膜分离为代表的中药提取精制新技术；以中药注射剂为代表的中药制剂新技术；以定量指纹图谱、数字化制药技术为代表的中药全过程质量控制新技术；以中药制药过程自动控制技术、中药制药过程分析技术为代表的中药制药过程控制关键技术——实现全局优化策略下的中药制药过程系统工程控制，奠定了公司在中药行业的技术领先地位。

肖伟深知，人才是第一财富，是第一生产力，也是创建活动得以持续开展的重要支撑。目前，康缘集团现代中药研究院拥有一支博士、硕士比例在60%以上的200多人的科技研发队伍，其中何梁何利基金科学与技术创新奖获得者1人,享受国务院特殊津贴6人,全国创新争先奖1人,江苏省双创人才2人、双创团队1个,江苏省"333高层次人才培养工程"6人,省六大人才高峰8人。

如果一定要牵强附会,我对于"康缘"二字还有另一种理解,"缘"也有"源"意,康缘也即在追述中药之源。在宏大的中华药源宝库中,康缘集团现代中药研究院正在发挥他们强大的科研力量,把古老的中药传统验方作为基础,加上新工艺研究,使研究成果转化为药品,让传统古方、经方、典方焕发新的光芒。比如桂枝茯苓胶囊,就是来自汉代张仲景的《金匮要略》中的桂枝茯苓丸;再如天舒胶囊的处方组成源自宋代赵佶《圣总目录》中的大芎丸。这些古方,都是肖伟所重视和偏爱的,特别是桂枝茯苓胶囊,他曾多次做过相关的学术报告。

让我们再次回到本文开头肖伟院士在连云港市第一人民医院所做的报告,一个多小时的报告,全场鸦雀无声,专家、学者、医生们都在静静地听,血小板活化因子受体(PAFR)拮抗剂——银杏二萜内酯葡胺注射液创新药研发的成功,不仅给患者带来了福音,也使医护人员感到欣慰——有了这种新药的临床运用,病人的症状可得以有效缓解,并且康复。同时他们也感受到,肖伟及其科研团队对于中医药的执着研究和创新精神,一定会有更多的新药用于临床,为人们的健康提供更可靠的医学保障,也为中医药的传承和发扬光大,为中医药走向世界,做出贡献。

第二章

生态大保护绿色转型发展

◀◀◀ 江苏九里湖国家湿地公园（原煤矿采煤塌陷地）

◀◀◀ 国内首个滨海类世界自然遗产
　　——盐城黄海湿地

◀◀◀ "城市伤疤"变身"城市氧吧"
　　——南通滨江五山地区

南通东布洲长滩公园

苏州吴中区消夏湾湿地

昔日脏乱差的南通青龙港成为市民休闲健身的好去处

◀◀◀ 徐州金龙湖宕口公园

◀◀◀ 盐城条子泥"720"高地栖息的候鸟

◀◀◀ 运河三湾全景图

作家徐风（右）在安仁颐养院采访

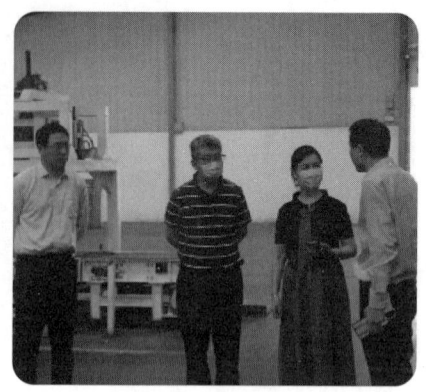

作家张晓惠（右2）在江苏新春兴再生资源有限责任公司采访

作者张晓惠在徐州市生态环境局与潘安湖湿地公园、金龙湖宕口公园、九里湖湿地公园等单位负责人和一线建设者代表及市局相关处室负责人座谈。

沧桑巨变

——南通沿江地区生态修复保护纪实

储成剑

南通市五山地区的滨江片区沿江岸线14千米是长江南通段重要的生态腹地和城市发展的重要水源地。行走在平坦、宽阔、整洁的长江大堤上，不远处的黄泥山、马鞍山、狼山、剑山、军山临江而立，满目郁郁葱葱，处处鸟语花香。

南通在发展经济过程中，长江沿岸曾经布满了"伤疤"，近几年来，在全市上下同心勠力的整治之下，这些"城市伤疤"才逐渐"痊愈"，进而蝶变为令人欢欣鼓舞的"城市氧吧"。

艰难抉择

长江是中华民族的"母亲河"，长江经济带是"一带一路"倡议在国内的主要交汇地带。2016年，作为一座拥有长江干流岸线166千米的滨江城市，南通吹响了"沿江地区生态修复保护战"的集结号，位于主城南端的五山及沿江地区，堪称这一"战役"的"主战场"。

长江岸线的生态破坏，与沿江分布的众多污染企业密不可分。要打赢这场特殊的"战役"，只有"腾笼换鸟"，将这些污染企业撤离出去。如此"伤筋动骨"的事情，无论是对于地方决策者，还是企业本身，都是一场严峻的挑战。

"从我们社区的名字就可以看出来，我们洪江过去就是洪水泛滥之地。"狼山街道洪江社区的许蓉蓉书记介绍说，"这里的居民过去不是种粮，就是打鱼,大家都是靠天吃饭,没有别的增收渠道,老百姓的生活十分穷困。到了20世纪七八十年代,随着港口、码头的建设和一些企业的陆续进驻,这一带的经济发展才渐渐有了起色。村民们纷纷进厂上班,有了稳定的收入,生活条件也就逐步转好起来。因此,要说我们这里的居民对这些港口、码头和企业没有感情,那是说瞎话。"

谁说不是呢?改革开放之初,农民能够进厂当工人,自然是一件值得庆贺的事情。而对本地村民来说,即便不能成为企业的正式员工,也有不少机会到附近的工厂里打打零工,或者给厂里的工人缝缝补补,都可以增加收入。村民们的房舍也日益吃香了,有的租赁给外来工人居住,有的自己用来开小商品店、小吃店……总之,很多年以来,长江边上的这些港口、码头和工厂的的确确带动了这一片区的经济快速发展,也给当地老百姓带来了很大的实惠。

就说港口吧。自近代以来,南通港口一直是城市发展的引擎。2008年,南通港的年吞吐量就已达到2.6亿吨,位列全国内河港口前三名。因此可以说,南通的发展能有今天的成绩,沿江的这些港口、码头、工厂功不可没,也正是由于这些企业的有力支撑,南通多年来一直稳居苏中经济强市的地位。

然而,一个不争的事实是,在地方经济长足发展、老百姓生活日益改善的同时,随着南通沿江开发的不断拓展,沿江企业的体量、数量持续攀升。南通沿江地区在生态环境方面也付出了沉重的代价……

因为港口、码头、工厂遍布,五山沿江地区土地、水源污染严重,不必说农民种粮种菜收成锐减,更令人唏嘘感叹的是,农民亲手种下的粮食和蔬菜,自己却不敢食用。

而由于众多硫黄、沙石、铁矿石露天堆场的存在,弥漫的粉尘更是让当地居民苦不堪言。老百姓白天不敢晒被子、晒衣服,晚上睡觉不敢开窗户。正如许蓉蓉书记所言,那时候,要是晚上开着窗户睡觉,第二天早上起来,家里就落满了灰尘。

除了粉尘污染,还有噪声污染、异味污染、水体污染……这些都严重干扰着老百姓的正常生活。

"我20世纪90年代刚到南通环保部门工作的时候,因为污染问题,江边的老百姓和附近的水泥厂、油脂厂、造船厂、油库、化工厂等企业经常发生矛盾冲突,封门、打架这类事情时有发生。那时候,企业的生产工艺、污染防治和管理水平的确都处在一个比较低的层次,我们环保部门总是不断接到老百姓的投诉。"现任南通市生态环境局宣传与教育处处长的陈昊回想往事,依然不住地摇头。

尤其是河道的污染,更是让老百姓怨声载道。临江社区的钱影风书记介绍:"2016年的时候,我们辖区就有150多家大大小小的企业,这些企业的污水相当一部分排放到临江河和海港引河内,造成河水发黑发臭,到后来,河里几乎连鱼虾都看不到了。而在裤子港水域,终年停靠着许多外地来的渔船,江面和河面上充斥着酒瓶、菜叶、纸袋等各类生活垃圾,如此脏、乱、差的环境,用惨不忍睹来形容并不为过。"

一方面享受着沿江开发带来的经济红利,一方面承受着生态环境破坏带来的诸多恶果。因此不难理解,当地的干部群众对这些遍布沿江的港口、码头和工厂又爱又恨、感情复杂。

"近江不见江,近水不亲水",这样的状况着实令人痛心和沮丧。原同心社区的黎立书记介绍说:"那时候,聚集的企业占据了我们的沿江岸线,仅仅是中远船舶配套有限公司、中远钢结构有限公司两家企业,差不多就把我们全村的沿江岸线封锁住了。村民甚至戏谑说,他们几乎都忘记了长江的存在,只有等到下大雨时,江水倒灌了,将家门口的低洼地淹没成茫茫一片,他们这才恍然醒悟,原来自己的家是住在长江边上的。"

这样的话颇具荒诞意味,却并不夸张。不得不承认,慷慨的长江给南通人民以饮水之源、灌溉之利、产业之兴,而交织成片的老港区、破厂区、小景区、旧校区及杂乱的居民区也让沿江地区的生态环境遭受了极大的破坏。是啊,这些年来,我们只顾对长江索取,却忽略了对她的保护,"母亲河"早已不堪重负了。

生态环境的日益恶化,让老百姓对沿江的污染企业抱怨不已。不过,怀有怨气的不只是老百姓,那些备受诟病的企业同样有着难言的苦衷:多少年下来,产业单一、设施老旧、技术落后、效能低下、能耗和排放不断增加……所有日益凸显的问题,都让这些企业的发展举步维艰。

隶属于南通港务集团有限公司的狼山港区紧邻主城区,受场地制约,其集装箱吞吐量,硫黄、铁矿砂等散货业务都难以拓展。一些水泥、造船、化工产业,也因布局较早,质态落后,普遍存在高污染、高能耗、高排放的问题。有一年省里派督查组来这里暗访,发现当地饮用水水源保护区内竟有多座码头从事危化品装卸作业,部分危化品甚至直排长江,严重威胁到市民的饮水安全……

现实而迫切的问题摆在了市领导们的面前,也摆在了沿江地区广大干部群众面前——如何在"守"与"退"之间权衡利弊？如何在"得"与"舍"之间做出选择？

选择当然是坚定不移的,实施沿江生态修复保护,切切实实"还江于民",这不仅是贯彻落实中央决策部署的要求和体现,也是对广大市民与整个城市的未来负责。

为了做好前期调研,市委、市政府主要领导一次次带领相关部门负责人沿江踏访,除了五山及沿江地区,他们还从如皋港到圆陀角,从长青沙到海永、启隆,坐船看,实地看,甚至还动用无人机"空中看"。大家越看眉头皱得越紧,越看心情越沉重……

凝心聚力

2016年9月,南通市委、市政府成立南通沿江地区建设指挥部,将南通沿江地区生态修复工作直接放在市级层面统筹推进。指挥部由市委主要领导任组长,常务副市长任总指挥,各相关部门及主城崇川区的主要负责人作为成员。与此相关的各种重要方案和指令,都由指挥部直接发布。

同年12月,南通市委常委会明确提出,将南通沿江地区整体打造为集森林公园、时尚休闲、滨江旅游为一体的动静相宜的高品质公共活动空间,集中展现南通"山水文化、滨江风貌"的城市个性和特点,建成"面向长江、鸟语花香"的"城市客厅",并据此制定了一系列时间表、任务书和路线图……

自从启动五山地区的生态修复保护之后,五山沿江地区的干部群众都还清晰地记得,市委、市政府主要领导、分管领导都是江边"常客"。他们或是骑车,或是步行,沿着长江岸线一段一段实地勘察,仔细分析研究,完善工作方案。

实施长江沿线生态修复保护,撤离临港企业是重中之重。临港产业不搬,"还江于民"就等于一句空话。如何让这些产业的损失降到最低程度?如何为这些产业谋求更好的出路?如何实现港与城从相互挤压到协调共生的根本转变?这些都是打赢这场"战役"的关键所在。

亿吨大港、10多家央企国企、百余家中小企业……历经了几十年的集聚和发展,沿江工业的体量已经十分庞大,腾挪难度之大不言而喻。

在深度调研的基础上,市委、市政府召集各相关部门统一思想,一次又一次研究谋划,从而确定了南通沿江生态修复的总体目标——既要建好黄金水道、黄金水岸,也要打造绿色走廊、彰显大江风光,进而推动南通沿江地区更高质量发展。

2017年3月,沿江五山地区总体规划在南通城市博物馆向社会公示,广泛听取社会意见和建议。一石激起千层浪,面对这一即将开启的浩大工程,有人拍手叫好,有人不无担忧……毋庸置疑,这一前所未有的生态修复和保护工程,堪称南通城建历史上投资力度最大、措施最有力的工程之一。

"战役"一经打响,作为主城区的崇川区及其所属各街道责无旁贷地冲在工程一线。在这场史无前例的战斗中,党的各级基层组织纷纷行动起来,贡献出巨大的能量和才智。狼山街道党工委激励党员干部亮明身份、冲锋在前,及时解决群众的所需所求。他们还成立了五山"同心圆"党建联盟,一次又一次走进企业和社区,开展生态知识普及、生态搬迁故事宣讲、生态理念传播……一些党员企业主也纷纷行动起来,在这场特殊的"战役"中争当表率。

"我是一名企业主,更是一名党员。我们的厂房就在长江边上,多年来的经营和发展一直比较稳定。市里下决心修复保护长江岸线,必然涉及我们这些沿江企业的搬迁。当我第一时间听到这个消息时,心里所想的只有两点:第一,我要服从全市发展大局,不拖后腿;第二,企业如何搬迁、如何生存?"谈及当时的沿江企业搬迁,曾任南通海威化纤设备厂法人代表的卢均说,"领导找我签字的时候,我二话没说就签了。我当时做了最坏的打算,实在不行，就把企业关了。因为我们的员工都是本地人，企业搬迁到较远的地方，员工上班会很不方便。"

然而，这家企业后来的命运令人意外。卢均介绍说："当时，狼山街道、闸桥社区党组织领导经常来找我，为我们企业的出路分析研判。他们建议我们可以采取和别的企业合作的方式生存发展，并且为我在周边县（区）物色了几家企业。"

通过交流、磋商，南通海威化纤设备厂最终和江苏华宇印涂设备集团有限公司达成了合作意向。两家企业在2018年合并之后，不久便推出了"废气处理装置"等新产品，开拓了新的业务和市场，企业焕发出崭新的生机，原有的业绩增长了十多倍，员工收入翻了一番。因此，卢均常常感慨，"长江大保护"战略不仅给南通市民带来福音，也给我们企业带来新的发展机遇。2020年，新冠肺炎疫情发生后，卢均还以个人身份主动给社区捐资，用于疫情防控。

闸桥社区三组有一户家庭，因为困扰于老人房屋产权、赡养等多种问题，对拆迁工作十分抵触。社区工作组的党员干部主动上门，耐心讲解搬迁政策，一次次召集家族成员调解内部矛盾，终于妥善解决了该户的家庭问题。在社区党组织的感化下，他们从一开始的抵触和不配合，到后来的理解与支持，并且在第一时间签约、腾房、交房，为其他拆迁户带了个好头。

正是在党和政府各级组织春风化雨般的关心和动员下，在"以地换保""年终分配"等暖心政策的感化下，五山沿江地区的民房拆迁工作顺利推进。狼山脚下的军山社区，只用了33天时间，就完成了生态旅游服务配套区（新开）项目居民A标段的征房拆迁工作。

"我们同心社区2016年就整体搬迁了，老百姓不仅住上了新房，还有退休工资，心里都很满足、很踏实。"刚从同心社区居委会主任岗位上退下来的金果苹如是说。

金果苹是同心社区有名的"纠纷调解员"，很多拆迁矛盾、邻里纠纷在她那里都得到了圆满的解决，社区居民都亲切地称她"金大姐"。

她介绍道："我们同心社区的拆迁安置工作主要体现了三个字——帮、搬、办。'帮'就是在拆迁之初，就预先帮助居民找到临时居住的房源；'搬'

就是在安置房建好之后,社区协助居民搬家;'办'就是主动为辖区居民办理拆迁补偿等手续。这些贯穿拆迁安置全过程的温馨之举,赢得了老百姓们的拥护和称赞。"

随着"长江大保护"工作的不断推进,绿色发展的理念越来越深入人心,越来越多的企业、群众主动加入这一"战役"。自2016年以来,五山沿江地区先后关停并转"散乱污"企业203家,退出沿江港口货运功能,修复腾出沿江岸线12千米,新增森林面积6平方千米,森林覆盖率达到80%以上。

在这场声势浩大的"战役"中,除南通五山沿江地区一马当先、冲锋在前外,处于五山上游的如皋长江段和下游的海门、启东段也协同跟进,各地、各部门都拿出壮士断腕的勇气和决心,打响"产业退、港口移、城市进、生态保"的全面决战。

如皋市拆除了长江沿线31座沿江非法码头,腾地803亩,全部复垦复绿。保护修复后的5.5千米的长江岸线,如今已经成为居民休闲赏景的好去处。为将长江禁捕退捕工作落到实处,该市还对区域内登记在册的31户长江渔民,由市政府统一征收、买断渔船、网具等捕捞辅助工具,并给予一次性补偿。如今,在地方政府积极稳妥的引导下,渔民们纷纷转岗转业,开启了另一种有保障、有奔头的新生活。

临江新区位于海门南端,拥有16千米的沿江岸线,总面积74.78平方千米。2019年,海门以功能转变为主导,加大对化工产业的整治和转型力度,先后关停化工企业8家,转型企业2家。这片曾经以化工产业为主的工业园区如今已经华丽转身为高科技产业园区,200多家生物创新医药企业聚集在此,各类高科技人才纷至沓来,园区年产值突破了百亿元。而随着张謇公园、东布洲长滩公园粉黛花海等景观项目的规划建设,昔日的沿江工业带早已转化为名副其实的风光带、科技带。

海门境内的青龙港,历史上曾经是启东、海门人前往上海的必经港口,由近代实业家张謇先生一手创办。20世纪80年代是青龙港发展的鼎盛时期,日输送旅客近8000人次,日进出货物万吨以上。后来,由于航道不畅和区域经济结构调整,青龙港的作用逐步衰退。1999年清明节,青龙港结束最后一班客轮的任务后退出了历史舞台。闭港之后的青龙港日益显出荒凉、破败之态。而在此处与长江相通的青龙河,因为沿线分布着众多老旧小区和化工企业,污染日益严重,导致排江水质一直不稳定,这也成了地方党委、政府的一块"心病"。2020年,海门决定不惜一切代价整治河道污染,由常务副市长牵头,分管副市长蹲点,排查整治青龙河沿线排污口,先后关闭了15家化工企业,累计投入4亿元用于区域整治、水岸共治。如今,以码头为核心的历史文化景观和景观生态绿地建设主体部分已经完工。沿江的亲水平台,早已成为市民观赏江景、休闲锻炼的好去处。

启东是江苏第一缕阳光升起的地方,也是长江入海前的"最后一站"。为了跑好长江大保护的"最后一棒",该市以打造"北纬32°最美江海岸线"为目标,着力于"长江口绿色生态门户"建设。2020年1月13日,原"启东市经济开发区滨江精细化工园"取消化工园定位,园区内的58家企业关停51家,其中44家在长江一公里范围内的企业全部列入关停名单。依托滨江临海的区位特点和江海自然景观,启东沿江建成了一条总长约18千米、展示三水交汇景观和长江文化的标志性文化景观大道,沿线的碧海银沙、黄金海滩、郁金香花海三大景区吸引着大量的游客前来旅游观光。而该市位于崇明岛上的启隆镇,也凭借其独特的地理位置,无缝对接崇明世界级生态岛建设,以最严格的环保标准,大刀阔斧砍掉了区域内多家砖瓦厂、钢铁厂和养殖场,进而大力发展现代服务业、都市农业以及休闲度假、生态旅游业,维护一方"净土"。

绿色家园

在实施五山地区沿江生态修复保护过程中,原本零散分布的绿化点变成了连片的绿化带,甚至成为南通的绿色地标。焕然一新的五山景区,加上后期不断扩展延伸的园博园、滨江公园、南通植物园、啬园等新绿化造林区域,一大片气势恢宏、遍布城区的城市森林已然形成,南通的老百姓也因此拥有了自己的"城市绿肺"。一幅色彩斑斓、生机盎然的滨江"山水图"很快在南通大地悄然绘就,且逐渐形成了林地、自然保留地、湿地、水体层次互生的优良生态体系。

"这一庞大的工程,共分为七个板块,由城建集团(南通城市建设集团管理有限公司)和狼山管理办(南通狼山风景名胜区管理委员会狼山管理办)负责工程建设。其中,城建集团发挥了主力军的作用,几个大的板块都是由他们承担的。"狼山旅游度假区党工委委员、纪工委书记、管理办副主任王辉元介绍说,"因为时间紧、任务重,当时市里主要领导经常到工地上来察看工程进度和质量,大家都承受了很大的压力,吃了很多苦。白天在工地上抓建设,晚上还要开会商讨亟待解决的问题。"

明确了任务,规定了期限,大家都一心扑在工程上。为了抓进度、赶工期、抢时间,各个施工队之间不时总会发生一些这样那样的矛盾。为此,狼山旅游度假区党工委书记、管理办主任成宾等领导经常待在工地上现场办公,协调关系,解决问题。王辉元书记也整天泡在工地上,那段时间里,单单是套鞋就跑坏了三双。

仿佛一夜之间,昔日散乱不堪的长江沿线已被大片的绿色景观覆盖。无论是行走在沿江大堤上,还是穿行于江边的林荫小道,秀丽宜人的风景都令人无限陶醉。

"成果来之不易。"谈及五山及沿江地区的生态修复和保护之所以在短短几年里发生"沧桑巨变",成宾感叹说,"这样的巨大变化,是贯彻落实习近平新时代中国特色社会主义思想,坚持生态优先、绿色发展,践行'绿水青山就是金山银山'理念的结果;是市委、市政府坚强领导、高点定位、强力推进的结果;是全市各部门、各单位和社会各界鼎力支持、协力推进的结果;也是广大建设者和管理者和衷共济、团结奋斗的结果。"

2018年10月15日,南通如愿捧回了"国家森林城市"的荣誉奖牌,为南通又增添了一张"国字号"的绿色名片。一年之后,"2019中国森林旅游节"在南通举行,活动主题为"绿水青山就是金山银山——江海之约·森林之旅"。在这次盛大的活动上,南通沿江地区的"绿水青山"所呈现的生态风光,令来自全国各地的宾朋为之瞩目。

这场"生态大战"让城市靓丽起来,也让越来越多的企业感受到了转型升级的急迫性和必要性。而那些眼光前瞻、行动较早的企业更是为自己当初的选择暗自庆幸。

江山农药化工股份有限公司的前身为国营南通农药厂,始建于1958年,是一家在国内颇有影响的老牌农化企业。早在十年前,江山农化就完成了整体搬迁,其后又对产品结构进行了大刀阔斧的调整,坚决淘汰了一批高排放、高污染的产品。自整体搬迁以来,公司累计投入10亿元,引进新设备、新技术,实施了多轮清洁生产改造,从源头减少"三废"产生。公司在循环利用、综合利用方面做足了文章,构建了氢、水、氨、酸等多条内外部循环线,综合利用产业链,进而实现了资源共享、能源节约和梯级利用。特别是在末端治理方面,公司始终对标国际、国内、行业领先企业,持续投入、改善提升,将环保治理打造作为公司的主要核心竞争力,进而被工信部认定为首批全国清洁生产示范企业。

从"粗犷"到"精细"、从"生存发展"到"绿色发展",江山农化将环保压力转变为发展动力,不断优化布局,拓展发展空间,在做优、做强现有产品链的同时,寻求更绿色、更环保的新产品。公司主要产品畅销国内外,市场竞争力稳固增强,各项业绩为行业内企业所瞩目。

"绿色之城"水更清了,天更蓝了,空气也更加清新了。连续三年,南通的PM2.5浓度全省最优。连续两年,南通的空气质量优良天数比例均位居全省首位。优美舒适的城市生态造福于民,也吸引了众多客商来此投资兴业……

"那天见到总书记的时候,我的心情真是激动得无法形容!从过去的脏乱差,到现在的'城市客厅',作为五山地区的居民,我们见证了这一巨大的变迁。"谈起2020年在长江边和习近平总书记的相遇,退休于南通轴承厂的老刘依然心潮澎湃。

老刘家拆迁后被安置在荟景苑,新居在四楼,有电梯,舒适又方便。没事的时候,老刘总爱到附近的南通植物园转转。他计算过,从出家门到植物园大门,不紧不慢地步行,12分钟就能到达。推窗满眼绿,出门即公园,老刘对这样的生活心满意足。

"我现在就在家门口上班,每个月工资5000多元,这样的好生活以前想都不敢想。"58岁的张志平,曾在长江里捕鱼20多年,现在则成了狼山派出所驻同心社区的一名户口协管员。"弃捕上岸"后的这几年里,他用自己的经历鼓励身边的渔民上岸,主动为上岸渔民办理居住证。这些上岸的渔民有的进了工厂上班,有的从"捕鱼人"转换成"护鱼人"……

生态环境越来越好,一些久违的"老朋友"也回来了。2019年,江苏省作家协会组织一批作家来南通采风,在五山滨江地区,当大家忽然瞥见一群江豚在清澈的江水中游弋嬉戏时,一个个不由得激动、兴奋地叫喊起来。

江豚可是国家一级保护动物,对水质、环境的要求特别高,被人们称为"活化石"和"水中大熊猫"。过去,由于长江污染,这些小精灵早就淡出了人们的视野。而现在,它们的"重出江湖"怎能不让人惊喜雀跃呢!

76岁的赵荣娟是较早看到江豚重现的一位市民。她说:"我23岁嫁到五山地区时,沿江一带还没有开发,那时候我们是经常可以看到江豚在长江里出没的。然而,随着沿江工厂的不断增多,长江的水质越来越差,江豚也越来越少,后来干脆不见踪影了。谁知道时隔几十年后的今天,随着长江沿线环境的整治修复,长江水又恢复了从前的清澈。当这些'老朋友'忽然重现在我眼前时,我这心里真有一种说不出的滋味。"

为了满足更多市民对回归江豚的好奇,2022年3月初,南通电视台还做了一档直播节目,让更多的市民通过荧屏观赏长江中的江豚。

贾涛根是一位耄耋老人,爱好摄影,拍了一本厚厚的摄影画册《百鸟千姿》,里面呈现的都是南通本土的野生鸟类。

贾老爱好摄影,尤其喜欢拍摄鸟类。从退休之初一直到现在,贾老始终致力于鸟类的影像资料拍摄。近20年来,他背着相机穿行于南通城乡,穿行于五山、江滨和海边,拍下了各种野生鸟类,也拍下了南通生态的岁月变迁。这位老新闻人说起拍摄鸟类,就有一种抑制不住的兴奋:"我观察并记录鸟类,其实就是在观察生态环境,观察人与自然和谐相处的密切程度。如今,五山地区的生态环境改天换地,各种野生鸟类越来越多,我为家乡的绿色发展感到欣慰和自豪!"

而就在狼山旅游度假区的军山东南麓,还有一处面积约40公顷的"世外桃源"——军山自然生态保留地。这里分布着生态保育区、生态缓冲区、生态试验区3个区域。生态保育区作为生物多样性核心区域,实行封闭管理。据专业人士统计,目前生态保育区内有植物468种、动物360多种,被专家学者誉为江海平原上不可多得的"野生生物基因库"。

以前每逢节庆长假,许多南通人总是习惯到外地游览,一方面欣赏美景,一方面放松心情。现在,南通人似乎更喜欢"窝"在自己的城市里,和家人在附近走走转转,把假日时光安放在本地的山山水水里。

是的,自己的城市山清水秀,处处风景,何必还要舍近求远忍受"堵堵堵""挤挤挤"的煎熬呢?为了丰富游客旅游体验,滨江景区还在7千米沿线增设了"西林览胜""介山寄傲"两座配套休闲驿站,供游客放松小憩。

"我们生活的城市,有蔚蓝高远的天空,有处处可及的青山绿水,有翩跹鸣唱的鸟儿,有纯净清新的空气……这就是市民实实在在的幸福!"狼山街道党工委副书记陈勇说,"不过,我们已经不仅仅满足于生态环境的向好,现在,我们还在居民中积极倡导'精神生态'的理念。"

所谓精神生态,指的是市民文明程度的提升。退休老党员胡兰高自从接手狼山关工委工作后,一直致力于青少年地方文化的传承教育,甚至还打造出一个"城山文化传承民俗园"来。在他的力推下,狼山街道的15个社区分别建立了自己的文化品牌:龙文化、山歌文化、港口文化、佛教文化、张謇文化、刺绣文化、风筝文化……可谓多姿多彩。

"按照现在的房价来算,我现在也可以算是'千万富翁'了。"临江社区的吴湛老人乐呵呵地说,"拆迁之后,我们搬进了高端的安置房,没有苍蝇、蚊子困扰,进家门要换鞋,吐痰也得处处注意……整个生活习惯都改变了,我们正在适应和享受城市的文明生活!"

绿水青山造福了南通百姓,也为南通的经济腾飞插上了羽翼。2021年南通市GDP总值突破1.1万亿元,增速位居全国24座万亿城市第三。与此同时,单位GDP能耗江苏省最低,水质国考断面改善幅度江苏省第一,空气质量优良率江苏省最高……

这是一片涅槃的土地,这是一片希望的土地。

守好绿色门户,推动生态发展,建设宜居家园,共享美好生活……南通实施"长江大保护"的生动实践和艰苦努力,赢得了社会各界的肯定和人民群众的赞许。

生态保护、绿色发展,南通人没有松懈,也丝毫不敢松懈。当下的南通正按照习近平总书记的指示,保持历史耐心和战略定力,一张蓝图绘到底,一茬接着一茬干,确保一江清水绵延后世、惠泽人民。

2021年,南通市出台了《南通市关于加大污染减排力度,推进重点行业绿色发展的指导意见》《"三线一单"生态环境分区管控实施方案》等一系列文件,这些文件所彰显的既是战略决策,也是坚定决心,更是切实举措……

"草木葱茏五山秀,烟波浩渺一江清。"地处长江下游的南通,正以力争上游的目标定位,深情续写着"长江大保护"的时代新篇!

母亲湖,我们如何守护你

徐 风

引 子

说太湖是我们的母亲湖,绝非矫情。

她的历史有多悠久,风情有多美,她给人间带来了多少财富,她养育了多少人间豪杰,派生了多少传奇故事,其历史记载和定论,以及文人墨客的诗文礼赞,卷帙浩繁,不计其数。即便撤去所有的光环,只留下一种直白的说法,那也非常了得:全国河道分布密度最大的太湖流域,其水系循环是以太湖为中心来运转的。在水系"两进三出"的汇水与分水格局中,太湖就是掌控全局的那个总开关。

处长江三角洲,居江海之集汇,拓南北之要津。这就是太湖。

古人说包孕吴越,其气象大则大矣。苏锡常,杭嘉湖,包括大上海。这些流光溢彩的所在,都与太湖的养育息息相关。

如果把太湖水系比喻为一个人体,那么,江南地域的千万条河流就是人体的血管。它们纵横交错、密如蛛网。而太湖,就是心脏。像人体心脏承担输出、回流血液的重任一样,担当着为整个水系集纳与输送水量的重任。

千百年来,人们临水而筑、依水而居,借船为马。水波摇曳中光影交错,拱桥巷陌里风情入骨。太湖何止是"母亲湖",她也被世人称为"天堂湖"。

时光流逝,岁月不居。

流淌了千年的太湖,突然有一天,被迫与一个不应出现的词联系在一起：污染治理。

这是一个日新月异的时代。工业、农业现代化的步伐，总是让人们停不下来且喘不过气。经济的飞速发展给我们带来了太多的真金白银，但没承想，日益恶化的环境反过来也污染了我们的土地、河流、空气，最终伤害了我们自己。

首当其冲就是我们的母亲湖——太湖。

蓝藻，蓝藻！

回想农耕时代的岁月，沿太湖的农民，把一种叫湖淀的漂浮物看得很重。专家说它的含氮量很高，是非常好的有机肥料。

其实，湖淀就是蓝藻。

当年的太湖还没有污染。清澈的湖面上，难得有小面积的湖淀集聚。湖岸边的每一座村庄都会组织人手去捞湖淀。但很多时候，出去捞湖淀的农船晃荡了半天，也捞不到半船湖淀。

没想到，几十年后，湖淀变成了人们口诛笔伐的蓝藻。

2007年，太湖蓝藻污染事件爆发。

一时间，造成无锡全城自来水污染。生活用水和饮用水严重短缺，超市、商店里的桶装水被抢购一空。

专家解读，蓝藻暴发的主要原因，是水源地附近蓝藻大量堆积，厌氧分解过程中产生了大量的 NH_3、硫醇、硫醚及硫化氢等异味物质。

一位作家这样写道："蓝藻事件让无锡人深感痛心，就像被母亲打了一个巴掌。"

一位诗人这样写道："母亲在呕吐，母亲在呻吟，母亲的晦暗的脸色，让我们倍感痛心。"

要问无锡人对太湖的感情，他们能发自内心地、饱含深情地喊一声：母亲湖。

尽管环太湖城市有苏州、无锡、常州、湖州、嘉兴等，甚至苏州拥有的太湖水域面积比无锡更多。但说起太湖，人们不自觉想到的还是无锡。无锡市歌就是《太湖美》,政府用"太湖"为新的科创带命名,以"太湖"为名的剧院、广场随处可见。灵山胜境、拈花湾小镇、鼋头渚、红沙湾……太湖的每一个角落,都是无锡人的"心头宝"。

然而2007年夏,太湖爆发的那场蓝藻污染事件,深深刺痛了无锡人。

就是在这一年,无锡的每一条河流都有了自己的"河长",这在中国乃至世界的河流史上尚属首次。

这个河长,不是一个虚衔,而是由当地党政一把手担任的实职。

河长们上任,都是要立"军令状"的。

每一条河流是否清澈,是否符合人们生活健康的若干指标,都有了量化的规定。

出台《无锡市进一步深化太湖水污染防治工作意见》等多个专项规划或方案,让太湖蓝藻防控体系和安全度夏工作机制有了依据。

出台《关于对污染防治攻坚不力市(县)、区人民政府实施严格惩戒措施的实施办法(试行)》,对落实主体责任不到位的主要领导约谈、曝光,形成一级对一级负责、层层抓落实的工作格局。

对于这些红头文件,我们可以这样说:大河长可以对小河长提出要求,但前提是,他自己先要把大河管好。俗话说,大河灌,小河满;大河管小河,小河管小沟。

这十几年,无锡建成的污水处理厂,多达49座。它们每天处理的污水有多少?251.2万吨!还有一个让人欣慰的数字是:无锡城区生活污水集中处理率达到95%以上。

问题是,昔日的蓝藻变得"狡猾",它们随风飘荡游走,只要有合适的条件,它们就会肆意集聚、膨胀、蔓延,并且散发出令人难以忍受的恶臭。

风向决定蓝藻走向。当各路打捞大军在漫长的太湖沿线地毯式搜索蓝藻的时候,天青青,浪盈盈,我们的"母亲湖"轻轻嘘了一口气。

无锡人是务实的,作为太湖儿女,他们对"母亲湖"的倾心治理,不仅仅是为了完成任务,更不是为了规避自上而下的压力,而是立足于自身家园的安宁,为了"母亲湖"的圣洁无瑕。

笔者以电话方式,采访了无锡市蓝藻治理办公室主任陈旭清。电话里的老陈干练务实,二话没说,就给了我许多数字。在他看来,蓝藻打捞本身就是一场旷日持久的"战役"。其胜负当然要用数字来体现。

"1800万吨!这是自2007年以来,无锡累计打捞蓝藻的总量,打捞量占全太湖打捞量的90%以上。"

老陈说起这些数字,颇有自豪之感。

文学关注的,却是数字背后的人。

2008年大学毕业就到无锡太湖开展藻类监测的张军毅,现任江苏省无锡环境监测中心生态监测科科长,他十几年如一日地投入蓝藻监测事业,太湖和实验室是他事业的两点一线。

哪里有蓝藻,哪里就有追踪者的焦距、定位,然后就是奋力"围歼"。

不知走过了多少条河流,不知蹚过了多少亩水面。只有湖水的清澈,才会让追踪者心头敞亮。

在剿灭蓝藻的战役中,像张军毅这样默默无闻的工作者,有太多太多。

长年累月,春夏秋冬,一双双"监测"的眼睛,就如一艘艘冲锋舟,在太湖的波浪间奔突、徜徉,寻找着幽灵般游走泛滥的蓝藻。

原无锡市蓝藻治理办公室主任、现任无锡市河湖治理和水资源管理中心副主任陈旭清,每天的工作就是追着风走,观察太湖蓝藻的流向,确保高效打捞蓝藻。

一开始是骑着一辆自行车,沿着湖边奔走。后来有了汽艇,追踪蓝藻的效率大大提升。老陈介绍说,蓝藻层会在风力作用下,向下风处聚集。无锡地处太湖北部,夏季太湖盛行东南风,无锡就处于下风向,整个太湖生长的蓝藻主要向太湖无锡水域集聚,加之无锡市湖岸线绵延曲折,湖湾众多,如贡湖湾、梅梁湖、竺山湖等,这些湖湾多变的地形地貌使蓝藻易进难出,也使得无锡成为太湖蓝藻暴发的重灾区和打捞的主战场。

每天早晨起来,先要观测风向。如果刮东南风,他们就往西北方向奔去,如果刮西北风,他们就往东南方向走——蓝藻最活跃的盛夏,高温40多摄氏度。老陈和同事们的皮肤都被烤得起皮,但是,一闻到蓝藻的臭味,他们就什么都顾不得了,打捞、打捞,还是打捞。年复一年,日复一日。

自2007年太湖水危机爆发以来,无锡市政府更加重视在太湖蓝藻治理方面的资金扶持力度,在购置蓝藻打捞处置办设备、新建藻水分离站、健全信息化系统、推动太湖蓝藻科研项目、健全体制机制等方面,下了功夫,出了实效。

老陈说,蓝藻这东西,不光在湖里臭,捞上岸还是臭。湖里干净了,岸上的污染又开始了。怎么办呢?一团蓝藻,其实99%都是水,只有1%是蓝藻。藻水分离,在过去也靠人工,这个工效太低,蓝藻滑腻腻的,水分如何挤干?还是要靠科技的力量。老陈告诉我,无锡市政府下了大力来投入,截至2021年,无锡市现有藻水分离站14座、藻水分离车7辆、蓝藻处置船8艘、蓝藻磁捕船1艘,全市藻水处理设计总能力达6.65万吨/24小时;共有蓝藻打捞船98艘、蓝藻运输车船64艘、水草打捞船19艘、加压控藻船6艘、增氧曝气船24艘、增氧曝气机70台及各类吸藻泵等装备,共建成锦园、张桥港、庙港、符渎港及十八湾沿线等11座加压控藻深井。

现在先进的设备一天一夜可以处理6.4万吨蓝藻。不但减少了蓝藻运输成本,也最大限度地减少和防止"二次污染",并为蓝藻无害化处置、资源化利用提供了技术支持。

30亿元!这是十多年来,省、市在蓝藻打捞处置方面共计投入的资金。

对付蓝藻,还是要用科技人才。十多年来,无锡研发了加压灭除蓝藻水华、智能化蓝藻打捞等新技术,并成功应用于十八湾蓝藻离岸打捞、加压控藻深井、应急控藻船、藻水分离站提能改造等项目建设,为实现太湖蓝藻治理由被动打捞向主动防控转变迈出了坚实的步伐。

过去打捞蓝藻,基本靠人工。机械化打捞船的作业效率是人工打捞的30倍以上。

然后,输藻管网建设,也提高了蓝藻运输的效率,增强了沿线打捞点持续打捞的能力。

现如今,蓝藻处置已然走向无害化、资源化。经过不断研究、探索、建设和完善,无锡创造性地形成了以藻泥干化焚烧为主、生物有机肥生产为辅的环保、高效、安全的藻泥无害化处置体系,并积极开展蓝藻深度脱水和资源化利用新技术的研究应用。

甚至,被处理过的蓝藻,变成了国外抢手的"藻粉",还出口到美国,为国家赚取外汇呢!

"华莱坞"

导弹呼啸飞来,大厦瞬间火光冲天;英雄纵身跃起,穿越在摩天大楼之间;突然,电闪雷鸣切换成惊涛骇浪,小艇瞬间冲上浪尖,刹那又跌入谷底……

这是在华莱坞拍电影。

"华莱坞"在哪儿?

在无锡的太湖边——"华莱坞"是业界对无锡数字电影产业园的简称。它的前身,是无锡最大的轧钢厂——雪浪初轧厂。

曾几何时,高大的厂房,浓烟滚滚的烟囱,烈焰升腾、钢水出炉,都是工业文明的标配。

至今,还有4根高达百米的大烟囱矗立在云天下,就像4个意味深长的惊叹号。

湖水被污染,城市被污染,空气被污染。企业的转型升级,成了执政者心头的一盘大棋。

"华莱坞"——国家级数字电影产业园,就是无锡市滨湖区转型发展、绿色发展的一个缩影。

2007年太湖水危机后,无锡所有沿太湖的相关企业,都在逐步关停并转。雪浪初轧钢厂最红火时,一年销售百亿元、税收一亿元,很多人放不下这块心头肉。甚至有人认为,如此自剪羽翼,无异于自伤自残。

军令如山。雪浪初轧厂整体搬迁。老厂房被改造成了电影产业园。

为什么会做电影产业?

此地紧靠三国影视城、欧洲城、央视拍摄基地,为了形成产业链,决策者们目标明确、思路清晰。

"我们深入考察了美国、欧洲等地的电影基地和制作公司,研究分析了国内怀柔、横店等地影视产业发展模式之后,将数字电影产业作为这个电影园区的主攻方向。"园区负责人施娟女士告诉笔者。

不以外景拍摄为主,而是以数字电影拍摄为龙头,以后期制作为基础的数字电影产业基地,这是施娟女士给华莱坞的定位。

踏进园区,依然有一种老厂房的味道,但与影视元素的相融,没有一点违和感。

昔日工厂的货运码头,被打造成了湖光水景区。

陈旧的老车间,改造成了时尚街。

华东地区最地道的"民国街"也在此复原,当我们置身其中,那种发黄泛旧、有包浆、年轮的民国味道,扑面而来。

这里有供人们参观了解影视制作业的各种"瞭望点",你可以了解"泰坦尼克号"沉没时,是如何拍摄的;还可以体验阿凡达是如何骑上飞龙穿梭云间的。

原来是运送货物的厂区大道,现在做成了一条风情别致的步行街。这里还有一家以电影为主题的书店,你可以在此尽情浏览古今中外的电影原版影片、画报、碟片和书籍等。

而园区15座专业的影棚中,水下特效棚、虚拟拍摄棚处于国内领先水平。

在园区的一处拍摄基地,工作人员向笔者展示了一种虚拟拍摄技术:一位知名女演员,悠闲地在空荡荡的绿幕前行走,显示器上立马出现自动合成的场景:高大的绿植、室内豪华的办公桌椅、巨大的落地窗,以及窗外的高楼大厦,合成得天衣无缝,看起来完全像是实景拍摄。

而在另一个场景中,一位"肌肉男"演员穿上动作捕捉服表演,显示器上看到的,却是身穿机甲的武士在做出相同的动作。

与传统绿幕拍摄需要后期制作、合成不同,虚拟拍摄所拍即所得,这就意味着工作流程从先拍摄后制作,变成了边拍摄边制作,制作周期可以大量缩短。

负责人施娟告诉笔者:要实现这种流程再造,首先要有强大的算法算力,可以当场实现影像合成和初步渲染;其次要有5G支持,才能实现海量数据几乎无延时传输,使导演在现场就可以看到"准成片"效果。

听起来真是稀奇。施娟说,还有一种方式可以使拍摄变得更简单,那就是用LED显示屏搭建拍摄空间,播放的影像可以模拟各种场景,例如拍摄摩托车在隧道中疾驰的场面,演员可以在原地表演,LED影像飞速后退,配合电脑编程控制灯光,在演员脸上打出变幻的光影,就可以达到以假乱真的效果。她表示:"这样拍摄既可以确保演员的安全,又可以避免封路的麻烦,还可以自如模拟太空、极地等极端环境,已经在业内普及开。"

在这里,中国电影工业的进步可以被清晰感知,从10年前特效团队整体来自国外,到如今只有几位总监来自国外,特效制作基本由中国团队完成。2019年年初上映的《流浪地球》被视为中国科幻电影开始崛起的标志,主特效制作就是园区企业墨境天合,如今《流浪地球2》也在制作中,计划于2023年春节播出。

行走在电影园区,工作人员指点着一座座影棚告诉记者,《中国机长》剧组曾在1.2万平方米的影棚内搭建了完整的飞机内景;8号棚在拍摄《中国医生》时复制了一个方舱医院;如今,综艺节目也要追求电影品质,《追光吧!哥哥》和《为歌而赞》都是在这里录制的;包括哔哩哔哩跨年晚会、央视网络春晚,都是在园区录制的。2021年,83部园区重点拍制影片上映播出,其中包括电影《长津湖》《刺杀小说家》《我和我的父辈》《你好,李焕英》《悬崖之上》《守岛人》,电视剧《功勋》《理想照耀中国》《雪中悍刀行》等;由园区重点企业星皓影业出品的《澎湖海战》被列入了"十四五"时期国家重点影片。

"电影工业4.0的核心是智能化,算法算力驱动着拍摄、制作流程再造,5G使数据无延时流动,云技术实现全球协同,人工智能把建模、剪辑等环节变得极为迅捷,科技给电影带来的最大改变就是制作过程智能化。"

这是园区相关领导对电影园区未来发展的理念。据他们的"剧透",园区将围绕核心技术建设实验室和技术平台,投资2亿元,打造2个智能虚拟拍摄棚,另投资2亿元建设存储和渲染云平台。按规划,园区三期投资20亿元,四期投资10亿元,五期投资10亿元,最终要实现管理、拍摄、制作、孵化、全球协作等诸多平台的智能化。

当被问到无锡国家数字电影产业园在世界电影版图中的定位时，园区相关领导说："我们想成为国际化电影工业园区的一个标杆。如果说电影是造梦的艺术，那么园区愿为全世界的造梦人提供一个'造梦工厂'。"

从轧钢厂到梦工厂，作为国家新闻出版广电总局唯一批准设立的国家级数字电影产业园区，无锡国家数字电影产业园自2013年运营至今，已成功发展成为国内领先的一个现代影视产业基地。作为一个产业成功转型的生动例证，未来3~5年，园区将引进影视及其衍生产业企业500家，集聚影视人才3万~5万人，实现影视及其相关产业年产值300亿元。

"母亲湖"水浪打浪，惊涛拍岸续华章。华莱坞，中国骄傲！这是太湖儿女向"母亲湖"交出的一份沉甸甸的答卷，也是太湖儿女在新时代写下的让世界惊叹的华章。

生存·生活·生命

让我们把视角从太湖北岸移到太湖西岸。

阳山荡。离太湖不到十里地，一片明澈的活水，灌溉滋润着周边广袤的土地。从地理位置上说，她应该是太湖母亲膝下的一个女儿。传说西晋时，当地出了一个"除三害"的英雄周处，他少时经常到阳山荡边放牛玩耍。正巧某日，有潜龙在水底作法，吐出大量白沫，因风急浪高，周处只能在一座石桥下躲避，不料一个巨浪打来，呛得他睁不开眼。口中更是呛进了不少白沫。谁料想，那潜龙吐出的白沫竟让周处顿时感觉力大无比、无所不能。

之后周处上南山射虎，下太湖斩蛟。神威四方，有口皆碑。都与阳山荡的潜龙吐出的白沫有关。

这一片活水，也是曾任北京大学校长的物理学家周培源童年嬉戏、游泳的福地。说这里物华天宝、人杰地灵，亦不为过。

20世纪90年代，周培源回故乡访亲，在阳山荡边，人们陪同他走进一家工厂，这里绿荫繁茂，小桥流水，空气清新，鸟语花香。他以为走进了一家公园。接待人员告诉他，这里是一家乡镇企业——宜兴市第四化工厂。

周培源很难相信,一家乡镇化工厂的环境竟然如此优美!他问:"谁是厂长?"一个内向的汉子从簇拥的人群后面走过来,憨厚地笑笑,说:"周老您好!我是化工厂厂长柯良生。"

一转眼,很多年过去了。"花园工厂"的美誉,一直与化工厂——后来的宜兴市中正实业有限公司紧密联系在一起。

稍有常识的人都知道,大凡化工厂,都会与"污染"二字有勾连。但是,即便是在办厂初期的1976年,柯良生就已经有"既要金山银山,也要绿水青山"的环保理念。当时中正企业开发的系列产品,都把绿色环保放在首位。1986年6月3日的《新华日报》,刊登了一篇题为《想要金山银山,先保绿水青山》的通讯,文中报道中正企业为了保护和优化环境,放弃了一个能为企业获取厚利的年产千吨环氧乙烷项目的事迹。

柯良生是一个热爱生活的人。什么才是美好的生活?在他看来,四季飘香的花木、清新可人的空气、舒适宜人的环境,应该是现代人生活的重要指标。

作为一家有着40多年历史的老企业,最多时拥有400多名工人,一直是当地纳税大户之一。每年,企业的荣誉像雪片一样飞来。柯良生是江苏省劳动模范,不过他最看重的,还是"环保先进"和"花园工厂"这两块奖牌。

"拍白鹭,去中正。"这是当时流传在本地摄影爱好者中的一句口头禅。良禽择木而栖。每到春、秋两季,大批的白鹭栖息在中正企业的绿荫和花丛中,成为当地非常惊艳的一景。

在这里工作的职工,都有一种自豪感。不仅是因为柯厂长人好,给的待遇好(旅游、体检。优秀的资深员工,还会得到企业颁发的铂金戒指),更因为这里优美的工作环境。

伴随着改革开放的进程,一晃40余年过去了。

2017年,太湖"保卫战"打响!

2019年,按照政府要求,太湖流域的化工企业一律关停转产。宜兴市中正实业有限公司率先响应政府号召,宣布经营了40多年的企业实施关停。

工人们离开企业时,表情是依依不舍的。他们理解政府的政策,但更为企业的关停感到惋惜。一些刚办厂时与柯厂长一起同甘共苦的老职工忍不住热泪盈眶。

下一步怎么办?

有人建议,把工厂搬迁到苏北某经济薄弱地区去,那里的投资政策宽松,帮扶的力度也更大。

关于企业转型,其实从2012年开始,柯良生就在考虑这个问题。但一个老企业的转身并不容易。这里必须提到一个人,柯良生的儿子柯建君。他原是一名优秀的刑警,曾荣立公安部二等功。因为父亲执掌的企业发展需要,1998年,他脱下警服,转行企业管理。他勤奋敬业,善于学习,而且站位高、思路开阔,被关停的企业何去何从,他早就与父亲有过多番探讨。早年办企业,是为了摆脱贫困,说白了,是为了生存;后来企业发展了,大家的温饱解决,口袋里有钱了,生活保障不再是问题;企业关停其实是一个机遇,父子俩最终达成共识:绿色环保、颐年康养。

生存——生活——生命。今天的人们,要从善待生命、颐养天年的角度去思考未来。作为一个有着40多年历史的老厂,它最大的资源,就是一直被誉为"花园工厂"的企业环境。这一片土地共128亩,三面临水,一面靠山。在柯氏父子看来,如果用来做一个公园式、校园化的老年颐养康复中心,让更多的人享受健康并获得晚年的乐趣,让康养的理念照亮更多人生命的最后路程,这才是最好的选择,也是从最大程度上不辜负这片太湖边的土地。

此时柯良生年事已高。他很欣慰的是,儿子柯建君观念前卫、思路清晰,身体力行、一马当先。儿媳贾舒,《宜兴日报》原副总编辑,一位优秀的记者,也辞职前来加入"颐养康复"的事业中。他们共同为未来的颐养院起了一个朴素的名字:安仁。

安仁颐养院的内涵是什么呢?

以文化康养为手段,以生命提升为目标,采用半校园式管理,解决未来老年化问题,打开和引领养老新视野。

挺新鲜。

这么说吧,40年前柯良生办厂的梦想,是让大家脱贫致富过上好日子;40年后,他的儿子柯建君、儿媳贾舒的梦想则是:让劳者圆大学梦;让学者圆田园梦;让孤独者圆集体梦;让思想者圆实践梦;让每一个希望被尊重的老人,安详自在地安排自己的生命规划。

说到底,安仁颐养院不是办企业的概念,不是想着如何积累财富,而是一个公益养老项目。

乍一听,有点匪夷所思。

"当时,我们其实有很多转型、转产的机会,可是我们偏偏选择了公益养老这样的项目,很多人不理解,更不看好!"

柯建君在接受采访的时候如是说。

那么,安仁颐养院这个项目的构想与框架,与现有的养老机构有哪些异同,它的缘起又在哪里呢?

柯建君坦言,其实,阳羡安仁颐养院的最大缘起,就是中国和世界的大环境与大背景。

据他观察,中国现在已经逐步进入老龄化社会,不过现在还是在初期迈向中期的阶段,但很快,就要进入老龄社会。

但我们生活的现实是,社会养老机构及养老护理人员资源的缺乏与严重滞后。

作为一直有着社会责任担当的企业,柯氏父子始终在思考:如何跳出传统的思维和认知,来看待老龄化问题和老年人的生命价值?如何为当下有需求的老人打造一个别样的生命家园,让他们的晚年生活有质量、生命继续呈现向上的昂扬的姿态?

柯建君、贾舒夫妇通过对周边养老行业的考察,大致把目前"市场化养老"机构分为以下几类:

第一类:家庭养老。中国人素有"养儿防老"的传统概念,这也是许多人喜欢家庭养老的主要原因。但是,随着一对小夫妻养多对老人问题的突出,家庭养老也面临很多挑战。

第二类:机构养老。这是由养老院、福利院、老年公寓等养老事务执行机构,为老年人提供系统化、标准化的养老服务模式。与家庭养老相比,机构养老是通过付费方式获得起居照顾服务的养老模式,分为公立机构和私立机构两种。像政府主导投入的敬老院,服务群体以孤寡老人为主。当下比较多的、以商业介入为主的所谓"地产养老",吸引了一部分白领和知识分子,因为他们能够接受"抱团养老""候鸟养老"等养老理念,资金、时间、身体条件也都允许。

第三类:社区居家养老。它是由政府牵头,依托社区,依靠专业化服务,以家庭为核心,为居住在家的老人提供相关养老服务。当然从功能上分,还有普通养老、医养和康养等区分,政府对不同类别的养老机构,支持补贴力度也不一样。

"我们常把人生比喻成五层楼,像金字塔一样,解决底下三层只是解决最基础的问题。第一层是物质层面的,就是为你的生活提供一定的帮助,这是最底层的。第二层,物质层面的问题解决了,可以出去旅游,或'候鸟式养老''休闲式养老'等,但还没有跳出物质欲望的范围。第三层,前两个问题基本解决后,就有了琴、棋、书、画等精神上的需求与进阶。但是归根结底来讲,人生是金字塔五楼,不到四楼和五楼,就谈不到生命的终极和自我价值的真正实现。第四层楼是慈善公益。也许很多老年人会说自己年纪大了,也没能力了,做不了什么慈善公益,其实当你在做慈善公益的时候,你的心灵会得到滋养。"

柯建君的侃侃而谈,让我内心受到极大震动。真没想到,这位当年驰骋在公安战线打击"车匪路霸"的神勇刑警,这位驰名一方的实力派企业家,对人生与生命,有着如此深刻的解读!

"当然,人生最高的,还是第五层楼,就是一切以心为归,也就是说我们的生命,不能随着年纪的增长而停滞;相反,要随着年龄的增长去升华,要让老年人的生命境界能够不断提升。"

一个非常具体的问题是,如果安仁颐养院不按照企业的思路去办,那么,投下去的每一分钱都不可能有相应的回报。因为,"民办非企"最重要的一条准则就是,不存在利润分成。

而安仁颐养院第一期的投资额是一亿元人民币。

这一个亿投下去,便是血本无归。

柯建君的理念却是,归零本身,就是一种心灵回归。

这,需要多么强大的内心支撑啊!

2020年某月的一天,矗立了40余年的中正企业厂房,陆续被轰隆的推土机推倒。昔日鸟语花香的厂区,变成一片废墟。

废墟即重生。安仁颐养院的蓝图,从这一天起,正在慢慢变成现实。

许多老职工赶来围观。泪水挂在他们依依惜别的脸上。

更多的人还不能理解,为什么好端端的厂房,不能转产干点别的,却要去办一个不赚钱的颐养院?

柯建君跟他们说:"办这个颐养院,是为了提升更多老年人的生命质量。"一些人可能会听得一头雾水。

可见理念非常重要。

柯建君和妻子贾舒商量,在安仁颐养院落成之前,先办一个安仁坊——这是一个浓缩版的安仁精神颐养家园,完全公益性质。

阳羡安仁坊——走进这个古色古香、充满幽静书香的空间,人的内心会顿时安静下来。贾舒告诉我,这里所做的一切,不外乎关爱弱势、回归心灵、智慧养老。其最重要的支撑,当然是优秀的中国传统文化。

具体地说,便是以"茶阅空间,安仁书院"为业态,以"公益运营,公益服务"为目标,开展"以文化馈赠心灵,让关爱提携生命"的坊间生活,践行"自利利他"的安仁理念。

目前,阳羡安仁坊开设了宜兴传统文化师范班、永嘉禅宜兴一期班,共有学员60多名。同时,还成立了阳羡安仁坊宜兴义工之家,现有义工70多名。成立了宜兴阳羡安仁合唱团,有成员40多名。

"自开班以来,我们先后邀请苏州大学、西南政法大学、苏州虎丘书院等高校和国学专业研究机构的专家教授和老师为师范班同学上课。除了国学经典,师范班还开设了书画、太极等课程,上课时间为每月一次,每次两天。课堂上大家认真研习《大学》《中庸》《学记》《孝经》等传统经典,感受中华传统文化的无穷魅力。永嘉禅班也是每周一次集中学习、禅修,大家在学修中不断提升自己。阳羡安仁合唱团每周活动一次,由专业的老师义务带领大家进行学唱练习,合唱团成立当天在保利剧院登台,为参加传统文化公益讲座的嘉宾表演节目,国庆节时还代表社区参加宜兴市社区歌咏比赛,演唱了

《我和我的祖国》等歌曲,深受大家好评。"

安仁坊负责人贾舒如是说。

这个师范班的成员,都是对传统文化有浓厚兴趣的市民朋友,来自社会的各个行业。他们当中,有机关文员、企业老板、文学爱好者、退休人员、自由职业者等。

2020年新冠肺炎疫情暴发,安仁坊第一时间发动大家捐款,很快将筹集到的10万多元善款捐给武汉灾区。与此同时,安仁坊在安基金总部的支持下,第一时间将价值50多万元的抗疫物资,包括测温枪、医用酒精、医用口罩、手消液、消毒剂等送到宜兴各乡镇街道和部分社区,受到社会好评。他们还先后送出装满学习用品的"仁人书包"300多个,赠送给镇江市先锋村、宜兴新街小学、扶风小学等单位。

今天的安仁坊,就是明天的安仁颐养院。最美的阅读空间、最安逸的精神栖息地和最仁爱的公益践行场——这便是两者之间的纽带。由此延伸开去,会变成一棵绿荫环抱的大树,上面结满爱心的果实。

应柯建君邀请,2022年4月的一天,我来到安仁颐养院的建筑工地采访。只见吊车轰隆、人来人往。在原中正企业被推倒的废墟上,一栋栋高楼正在拔地而起。这里是图书馆,那里是理疗楼;这边是康养中心,再过去是娱乐中心;还有那边,是景观绿化、沿河步道,那个最核心的建筑,是教学楼。柯建君如数家珍地介绍着。

整个颐养院,就是一个大花园。

第一期建设规划,将有170个房间,300个床位。

将来入住这里的老人,并不限于当地,而是全国范围。只要对安仁的理念有共鸣,真心加入,按照"先来慢到"的原则,就会在这里获得一席之地。

柯建君特别提到,工地上每天都会有一些志愿者来做义工。开工一年多,义工队伍已经发展到70多人。

在工地一角的临时办公室,我遇到一位从扬州赶来做义工的青年女子李娅。她的职业是一名会计,业余爱好中医,喜欢传统文化。

我问她:"您不是本地人,为什么会在这里做义工?"

她答:"我业余学中医,必然要接触到祖国的优秀传统文化。一个偶然的机会,我从圈子里看到安仁颐养院正在筹办的消息。她的办院理念非常吸引我。耳听为虚,眼见为实。我来到了宜兴,先是见证并体验了安仁坊的活动教程,内心很受教益。然后我来到安仁颐养院的建筑工地,被这里热火朝天的建设景象所吸引。我发现,在这里忙碌的人们,除了建筑工人,其他的几乎都是义工。我和大家有一个共同的想法是,既然安仁颐养院是为了社会的公益事业在尽心尽力,我们理应加入这个奉献大爱的行列,为安仁颐养院早日落成并且赐福于广大老年朋友,尽自己的绵薄之力。"

站在工地上远眺,不远处的阳山荡,碧波粼粼,白鹭翱翔。柯建君感慨地说:"面对这么好的山水,我常常想,我们今天所做的事,总会被子孙评论的,能不能经得起历史见证,能不能真正造福社会,我们自己说了没用,要时间来说话。"

是的,柯建君创办安仁颐养院的核心理念,就是要努力提升老年人的生命质量,更重要的是人的内心升华。也就是说,一个人老了,可以安然面对生老病死,不需要任何额外的依赖。

他认为,人生很长,最艰难的路程,也许就是生命的最后一千米。这最后的一千米非常重要,除了延伸其生命的长度,关键还在于提升生命质量,而不是"苟活"。

柯建君想把颐养院建得像一个生命学院,或者像一所老年大学,而且是全日制寄宿。首先,组织院里的人学习传统文化。因为文化能开阔人的眼界。其次,艺术熏陶。因为艺术可以陶冶人的情操,提高人的自信心。最后,启发公益慈善。它有一个非常重要的核心,就是当你去做一件善事的时候,你的内心就会充满喜悦,这种喜悦,跟你得到什么物质报酬,是不一样的。

柯建君坦言,如果第一期顺利落成,那么3~5年后,第二期就会加快展开。容量可以达到800~1000人。当然还有三期,二期最后是以高端的方式回归,它的建筑风格可能更接近于宋代的,安逸超拔但不张扬,完全适合老人自主生活。他们终极的目标就是实现生命的超越。

看起来这是太湖之畔的一个尊养晚年、敬重生命的故事,似乎与太湖治理没有直接的关系,但是,太湖边自毁厂房的废墟,以及从废墟上重新站起的力量,就像一个巨大的惊叹号,让我们见证了什么是壮士断腕、从头再来!

在废墟上重新谱写的大爱生命的蓝图,以及在蓝图上冉冉升起的楼宇,难道不是在太湖的怀抱里,写给母亲最深情的诗行吗?

日夜奔流的太湖水,一定能读懂这个故事。

结　语

夏天又到了。无锡人的心,习惯性地开始绷紧。

从2007年开始,年年如此。

14个夏天安然度过。其背后,无锡人民付出了多少心血,只有"太湖母亲"知道。

如今您若随意选择一段湖堤散步,风是清凉的,水是明澈的,空气是清新的。

无锡人依湖而生,更依湖而兴。2022年的农历新年第一会上,无锡市领导还直抒胸臆地喊出了"全面打造世界级湖区"的目标。

世界级湖区是什么样子?无锡市领导描绘说:"目前世界比较知名的综合型世界级湖区有日内瓦湖、华盛顿湖和西湖。其中,华盛顿湖以优越的生态环境、浓厚的科研氛围、高精尖的产业集群闻名遐迩。"

按照世界级湖区的标准,无锡人感到差距还比较大。

尽管,通过14年的治理,无锡太湖水质藻情达2007年以来最好水平,但太湖无锡水域藻型生态环境未根本改变,太湖长治久安的拐点尚未出现。

正因如此,围绕建设世界级生态湖区,无锡在新一轮治理太湖攻坚战上,将坚持"外源减量、内源减负、生态扩容、科学调配、精准防控"的总体思路,突出上游重点地区,突出减磷控氮,在排污口排查整治、涉磷企业调查整治、城乡有机废弃物处理利用示范区建设、重大工程项目建设等4个方面持续发力。

灵性的山,柔情的水,都是太湖母亲的容颜。每一缕晨光和落霞都会见证,太湖儿女为了守护母亲湖,正在日日夜夜奋战、搏击。

三湾:在大运河的深情处

周荣池

"扬州是个好地方。"

公元前486年,吴王夫差开凿邗沟,岸边的城市以河而形、傍河而生、因河而兴。隋朝时,隋炀帝杨广在邗沟的基础上开挖南北大运河。扬州境内的运河与2000多年前的邗沟,1400多年前的南北运河大部分吻合,扬州市区的运河段从瓜洲至湾头全长约30千米,蜿蜒狭长的水道是历代文人墨客、富商高僧进入扬州的主要道路。从唐代开始,大量的江南漕粮就在此集中运往京城。由于扬州地势北高南低,上游淮河流经这里时,水势直泻难蓄,漕舟、盐船行至此地常常浅阻。明万历二十五年(1597),时任扬州知府的郭光复奉巡盐御史杨光训之命,沿河舍直改弯,用增加河道长度和曲折度的方式来抬高水位和减缓水的流速,解决了当时的水运难题——河流蓄水量少。从4月至7月,他率民工自南门二里桥的河口起,往西开挖新河,再折而南,复转弯向东,从姚家沟接原来的河道,令运河左拐一下,右弯一下,如蛇爬行,转来折去,在姚家沟接通原来的河道,形成曲折的"三湾"。

滨江傍河的扬州城是豪情的、诗情的,也是深情的——一句"让古运河重生"的时代嘱托,让古老的大运河春意盎然、生机勃勃,而三湾则是几千里运河中最深情的地方。如果说运河南北串联的城市是一条华美的项链,那么三湾就一定是闪耀其上的一颗最闪耀的宝石,闪现着古老与时代的光华。

1

河流滋润万物生长,三湾有最美丽的景色,赓续着古老文化的源远流长。这是最生动,也是最深远的承载和表达。

剪影桥上,看河水汤汤中有南来北往与古往今来。这是一座现实的桥,也像是一座虚拟的桥,它汲取了扬州的非物质文化遗产剪纸艺术,别出心裁地采用豪放风格的现代材质和工艺,将剪纸艺术透空的感觉表达出来——是实的,也是虚的;是古老的,也是现代的;是今天的,也是未来的。剪影桥上,看到的是虚实相生的景色,今天的日色还是当年的日色,当年的月光还抚慰着今天的一切,而她自己也是一道风景线,见证着大水之上的前世今生。又有凌波桥,223米的长度在几千年的时光浮沉中不值一提,桥下的波光也不只是过去的模样——未来正是被这下承式系杆拱形式所书写的扬州之水的魂魄,在延续,在抒情,在诗情满怀地走来。

听雨榭边,你一定能听到南宋诗人蒋捷的《虞美人·听雨》:"少年听雨歌楼上,红烛昏罗帐。壮年听雨客舟中,江阔云低、断雁叫西风。而今听雨僧庐下,鬓已星星也。悲欢离合总无情,一任阶前、点滴到天明。"雨是河流的补充,也是河水飞翔的样子,运河之水在天地之间流转,是一种大美的意境,也是一种富有意蕴的辗转,更是在深情里得以永恒的诗句——听雨就是听万物生长的意境,听前世今生的故事,听南来北往的传说。

观鸟屋前,你看到的是运河边古老居民的生机盎然。鸟是运河之水的"领路人",它们让运河的目光投向更高远的天空。三湾中拒绝游人进入的核心保护区里水草丰茂,湖水清幽,众多鸟类在此栖息——人们可以看见它们飞翔的壮观与诗意,就像汤汤运河之水在鸟的羽翼上腾挪辗转。没有一种诗情比飞翔更令人心动,那些精灵一般的羽族是运河篇章最动人的标点。

津山远眺的假山,看的是扬州人对山的向往和想象,是平原儿女诗意的独绝高峰。扬州的山林是心怀里的、是脑海里的、是诗情画意里的。7000吨石头重不过人们的情思和创意,12米的高度写不完扬州人直指云霄的豪情,4000平方米的津山也铺陈不了古运河绵延不绝的意境,或"挑"或"飘",扬州园林的手法刻画出山体的险峻,是没有高山的扬州人在平坦的世界里造就的奇崛情怀。

琴瑟桥上,听到的是琴弦上流淌出来的古意。声音比形式更能征服人心,琴弦和古老的河水一样延绵不绝。一曲《广陵散》即便失传了,杳无音信,但一定藏在扬州及中国的心灵深处。桥像是琴,琴也是摆渡古今的桥。琴瑟桥顶的钢筋好似琴弦,琴弦中间是筝码,一台大型古筝立在天然湿地风光之中——它没有一点声响,但已然在你的心胸里一直奏响。

乐水园里,游的是水的乐趣。水是扬州城的来源,是依水而居的扬州人心心念念挂碍的流动。让古运河重生,就是让运河之水一直流淌在人们的生活里,成为一种依靠、一种方法,也成为一种信念。乐水的扬州人在三湾描绘了一组微缩湿地景观,让人们用科学视野去体验水、感受水,更铭记水。乐水园里的水从古老的运河而来,引入湿地中进行净化处理,清澈的流水滋养着万物,就像宜居的扬州城的一个缩微景观。经过净化后的水重新回流到运河之中,就像是一次深情的对话和交流,没有一句累赘的言语,在流淌中成就最美的风景。

运河美,在三湾,第一自然是美景。河水汤汤,草木葳蕤,鱼鸟腾跃,有现实的美,深情才有依靠,一切才能成立。三湾景区之美首先就是在"绿水青山就是金山银山"的理念下,致力于将扬州东南片区打造成城市"生态修复、城市修补"实践区。三湾景区累计完成项目范围内城中村搬迁700多户,堵住了生活污染的源头;通过水系疏浚、生态水岸线修复,加大河流排污管控等举措,让运河三湾的河更宽、天更蓝、水更清。景区内种植了500多种绿色植物,东、西两大片区的植被与湿地核心区形成呼应,绿色生态长廊和"绿肺"的功能充分显现。生态中心内树木繁茂,绿草如茵,亭台轩榭,碧水环绕,绿色成为该区域的底色、发展主色和鲜明特色,中心重新焕发了世界文化遗产古运河的生机和活力,三湾景区已经成为扬州城市南部的新名片、湿地生态保护的新标杆、公园体系建设的新亮点,为城市东南片区的更新改造增添了引擎动力。

2

樱花开放的季节,去看唐风古韵的博物馆,古老运河的信息被诗意地收藏其间,就像花朵收藏了春天的秘密。

在古老的大运河畔建博物馆,是扬州城传承和弘扬运河文化的题中之义。运河从古老的扬州开始流淌,从吴王夫差的邗沟到隋炀帝疏通南北运河及至今日依旧波光潋滟,大运河扬州段始终是黄金水道,见证着历史的来来往往——她的心中藏着太多的故事,她的记忆里有太多的秘境,这些都存在于与运河有关的物与情之中。一座博物馆也许未必能讲完运河的故事,但她总能抒发一种自豪而美好的情绪,让后人在波涛声中记住这条大河的前世今生。运河博物馆建在扬州似乎毫无争议,但扬州有太多的物理地点可以承载或者见证波涛上的往事,所以建在扬州哪里又成为一种"幸福的烦恼"。五年前这一个构想刚刚提出,按照江苏省大运河文化带江苏段建设调研座谈会精神,扬州人就中国大运河博物馆选址展开思考,根据当时的建设条件和环境基础,结合生态禀赋、历史因素和文化资源,紧扣大运河主题,梳理出符合城市总体规划和土地利用规划的6处选址初步方案,分别为邵伯镇、蜀冈西峰、湾头镇、南门遗址区域、三湾片区和瓜州镇。经过多轮对比论证,三湾片区最为合适。从历史角度看,三湾开凿于明代,"三湾抵一坝",延缓水流,保障航运,是古人尊重自然、顺应自然、利用自然的伟大水利工程遗址;从现实角度看,三湾片区与主城区距离适宜,规划空间较大,与瘦西湖景区南北呼应,也是推动城市东南片区改造、加快南部城区升级、促进城区均衡发展的关键节点区域;从未来角度看,三湾片区的目标是打造成为具有鲜明标志性、可读性、辨识度的运河文化地标,让人们一提到大运河就想到江苏,一提到大运河江苏段就想到扬州三湾。

就这样,如同当年吴王夫差挖下第一锹土,运河三湾的大运河博物馆在纸上落下宏大的愿景与期待,并定名为扬州中国大运河博物馆。博物之博,是物证的广博,是时空的广博,也是胸怀的广博,是要在运河长子的故地为运河建庙立碑——要在这里让人看到扬州运河是中国的,也是世界的。邗沟是世界上最早的运河,扬州则是世界上最早的,也是中国唯一与古运河同龄的"运河城"。唐代,南北大运河的航运开始兴盛,扬州成为四方商贾云集的宝地。一时间,"广陵为歌钟之地,富商大贾,动逾数百"。鉴真东渡日本是从扬州出发的,日本数百名求法的僧人也都在扬州登陆,古代扬州,波斯、大食等国来中国贸易的阿拉伯商人随处可见。两宋时期,为了使扬州城更加靠近运河,南宋建炎二年(1128),在运河边的蜀冈下修筑"宋大城"。清朝时期,康熙、乾隆帝都曾六下江南,都经过扬州并多次在扬州驻跸。从历史的角度说,没有古运河,就没有扬州古城;古运河的兴衰史,也就是扬州古城的兴衰史。古运河孕育了扬州城市,贯通了扬州湖河,扩大了扬州地域,奠基了扬州文化。古运河已经成为扬州文化的重要组成部分。

运河哺育了扬州,是扬州的"根",而在扬州建大运河博物馆更要体现运河是中国的"根脉"之一。建这样一个集文物保护、科研展陈、休闲体验为一体的现代化综合博物馆,是要展示运河过去的魅力,展现当下的风采,更要指向未来的风向。这是历史交给大运河畔的扬州儿女一个巨大的时代命题。滨江沿运的扬州人有眼光、有胸襟,也有胆识,因为他们知道这不仅是一篇地区的文章要去做,而且是一篇关于三千里运河的大手笔,更是这个大时代的鸿篇巨制。博物馆由全国建筑大师张锦秋院士领衔设计,整体建筑风格呈现唐代风韵,与文峰寺的文峰塔、高旻寺的天中塔形成"三塔映三湾"的文化景观,由博物馆、大运塔、今月桥组成,今月桥连接博物馆与大运塔,馆内设主题展厅、考古研究所、文创零售、餐饮、儿童体验、小剧场、文物库等功能区。

一串串数字默默无言,但就像是一串串坚定的脚印,在古老而充满朝气的运河畔踏下往上生长的节奏。博物馆建设资金投入约16亿元,总建筑面积约为7.94万平方米,其中博物馆本体约7.45万平方米,建筑高约23.98米;大运塔约4935.27平方米,建筑高约99.6米。古运河南来北往亘古不变,江淮水长流常新连通古今。"新"是运河的源泉,"新"是运河的精神,"新"也是运河的命脉——如果当年没有那一锹开天辟地的土打开新天,没有后来一次次改变与拓宽的新变,运河也许只是一个古老的传说。而正是千百年来的变化与革新,才让古老的大运河能始终成为沟通南北的黄金水道——"新"也更应该是博物馆的精神与魅力。如果博物馆只是陈列一些古旧的物品,那只是记忆和实物的堆砌;如果博物馆只是那些展柜挂画的安静内容,那只是一种平淡的记录;如果博物馆只是到此一游的经历,那必然是没有任何情绪的相逢——当然,追逐常新的扬州人一定有自己的胸襟和胆识,他们是运河之水上的闹潮儿,要闹出一朵朵崭新的浪花。运河博物馆里的内容是古老的,但技术的创新让博物馆里的一切充满生机。这是运河之水流淌出的时代之音,用科技的手臂把古老的运河展现给日新月异的时代。大运河博物馆整体结构体系采用装配化钢结构,采用工厂化加工,现场安装,施工速度快,装配化程度高;结合工程自身特点及施工难点,应用建筑业10项新技术中的8项、28子项,省推广应用新技术5项、9子项,取得了良好的社会效益、经济效益和环保效益;通过建筑信息模型(Building Information Modeling,BIM)技术模拟漫游,实现可视化交底,做到科学利用、合理布置。这些创新的技术手段让中国大运河博物馆已获得"江苏省装配式建筑示范工程""江苏省装配化装修示范工程""江苏省BIM技术应用示范工程"等多个奖项。

扬州中国大运河博物馆整体馆型采用了巨型船只造型,同时融入风帆元素,就像运河边一艘即将扬帆起航的巨船。大运塔则以唐塔的风格设计,塔高百米,可通过馆顶建设的长虹卧波式长廊进入高塔。大运塔距离文峰寺的文峰塔大概1.2千米,距离高旻寺天中塔大约4千米,站在三湾风景区最高的观景台远眺,南、北两方分别可以看到一座塔尖:北边是文峰塔,曾是唐代高僧鉴真东渡日本的起点;南边是天中塔,曾是清朝皇帝的行宫所在。文峰塔、大运塔、天中塔在运河边形成了"三塔映三湾"的景观。运河之水波涛汹涌,留下了许多美好的事物和故事,它们可能是在一件青铜器上,一块碑刻中,或者在一本书的字句之中——从春秋至当代反映运河主题的古籍文献、书画、碑刻、陶瓷器、金属器、杂项等各类文物展品,成为博物馆最珍贵的细节和最迷人的情绪,它们在现代的灯光里展陈给后人最光彩照人的形象。运河博物馆的展览以"运河带来的美好生活"为总体定位,设有"大运河——中国的世界文化遗产""因运而生——大运河街肆印象"两个基本陈列,以及"运河上的舟楫""运河湿地寻趣""大明都水监之运河迷踪"等9个专题展览,运用传统与现代展示手段,以多样化的展示形式,全流域、全时段、全方位地展现了中国大运河的历史、文化、生态和科技面貌,被誉为中国大运河的"百科全书"。

流连气势恢宏的展馆,让我们翻开这部百科全书的篇章,去欣赏运河边这一幅幅"最扬州",也是"最中国"的壮美图景,她是一个城市、一条河流乃至一个国家的骄傲。

"大运河——中国的世界文化遗产"作为全景展示中国大运河历史面貌与文化价值的通史展,展览分为"运河沧桑、王朝基业""天工慧光、中华勋业""融通九州、社稷鸿业""泽被天下、万民生业""通古达今、千秋伟业"5个部分,以紧握历史脉络的叙事方式,着力开拓世界文化遗产的宏观视野,全力撷取运河沿线省市的亮点特色,通过文物、辅助展品、图表、照片、场景、模型等多种手段进行展示。同时,展览还创新性地引入5G技术,在展厅中设立了独特的沉浸式体验空间,全景呈现运河之美,实现全流域、全时段、全方位解读中国大运河。

"因运而生——大运河街肆印象"展览通过"盛世东都、汴水繁华""财赋京师、富甲齐郡""漕运枢纽、往来盐商""人文江南、鱼米水乡"4个部分来呈现不同历史时期大运河沿线的城镇景观,反映运河沿线人民的勤劳智慧与美好生活。"再现"隋、唐、宋时期,元、明、清时期隋唐大运河、京杭大运河和浙东运河河段的"城市历史景观",打造了一个有历史场景和真实业态、让观众身临其境、可以互动体验的展厅。

看完基本陈列,便是9个专题展览,它们是运河文化广度的延伸,也是大运河细致的注脚,用不同的形式展示了一条通达古今而又面向未来的伟大河流。

"中国大运河史诗图卷"是穿越时空凝聚而成的艺术结晶,以浪漫的笔意诉说千年汩汩流淌的大运河故事。画卷总长135米,高3米,其中上卷长43米,下卷长64米,书法题跋长28米,以江苏省书画家为主创成员,大运河沿线8个省(直辖市)的15位书画家共同参与,历时一年半,数易其稿而成。画卷通过全新的视角,从时间、空间、人文、自然等多个维度,将诗、书、画、印和谐交融,分为"中国古代伟大创举"和"新时代辉煌篇章"两个部分,勾勒大运河2500多年的开凿与发展历史,呈现运河沿线的四季自然风物与繁华景象。

"紫禁城与大运河"呈现的是自隋唐"北通涿郡"开始,大运河在各个历史时期,于政治、经济、军事、文化、商贸等方面,一直发挥着十分重要的作用。自元、明、清以来,京杭大运河成为中国最重要的经济动脉,紫禁城所需各种物资多由此而来。"紫禁城与大运河"分为"运河漂来紫禁城""天下美物聚宫城"两个部分,阐释了紫禁城营建与大运河的密切关系,并以北上宫廷的瓷器、漆器、玉器等文物将清代宫廷生活片段一一呈现。

"隋炀帝与大运河"讲述的是扬州因运河而兴,隋炀帝的一生与扬州、与运河相牵绊。展览以文物为主体,配合场景再现、文字展板,通过明、暗两条线叙述了隋炀帝与扬州及大运河之间千丝万缕的关联。明线为隋炀帝杨广的人生历程,从受封晋王、坐镇扬州(古称江都),到称帝之后三下扬州,再到大业梦碎、江都宫变,一夜殒身失国;暗线则是将隋炀帝的个人抱负融入中国大历史的演进,客观呈现隋朝的历史功绩,包括振兴文教、开凿运河、改革礼乐等,重新审视隋朝运河的规划、营建及其对后世的深刻影响。展览以隋炀帝杨广乘坐龙舟南下,自作《早渡淮诗》为引,徐徐展开这个历史人物与大运河的故事。

"世界知名运河与运河城市"以运河为纽带,以具有共同运河文化基因和身份认同的运河城市为主体,从世界遗产、水利智慧和城市风情三个方面,探索世界运河的渊源,诠释运河城市特色。通过展厅中包括6条世界遗产运河在内的15条代表性运河阐述了世界运河的遗产价值。堰坝、隧道、船闸等水利建筑物是运河和城市沟通的桥梁,展览着重阐释其在路径选取、建设方式、运营管理上凝聚的人类智慧。

"大运河的非物质文化遗产"展览则分为三个部分。第一部分名为"乐韵流淌",运河两岸的传统音乐、曲艺、戏剧在舞台上轮番亮相,乐器、戏服、皮影的制作也值得一看,假如你仍意犹未尽,还可以在"唱吧"亮亮嗓子;第二部分"形色天成",映入眼帘的五彩中点缀着玲珑可爱图案的作品,年画的印制、核舟的雕刻、苏绣的针法,传承人在中心区现场展示传统美术、技艺;第三部分"民俗万象",观众可在沉浸式的影音空间中领略节庆民俗,在二十四节气的轮回中寻觅季节的味道,带孩子抓个周或是驻足观摩一下传统的祝寿礼,体验仪式感的同时,顺便听听运河沿岸的方言。

"运河湿地寻趣"主要面向少儿群体,互动性强。在"长长的运河、满满的湿地"板块中,有运河流经区域的自然风貌、生态环境、湿地概况、动植物种类等展示。"鱼儿的乐园、鸟儿的天堂"位于展厅中央,通过复原的湿地场景,活态展示静水动物和植物群落、浮游生物群落、底栖生物群落和沉水植物群落等湿地生态,辅以对湿地供给服务功能、调节服务功能、支持服务功能和文化服务功能等的介绍。展览空间以大自然的绿色为主色调,烘托主题,融入运河各类生态元素,直观地呈现运河湿地和谐共荣的生态面貌……

走在博物馆的园路上,带着古意的樱花一瓣一瓣落下,那像是唐朝或者更远的消息,也是从大唐意境里一直绵延到今天的风韵。博物馆里那些虚虚实实的呈现,和花朵一样充满诗情画意,如果花朵一直开放,运河边的一切定然会永世绚烂。

3

扬州运河三湾景区现为世界文化遗产、国家水利风景区。

运河的兴盛源于她是一条活态的河流,活是活水,更是运河两岸欣欣向荣的生活——她是一条人民造就的河,也是一条为了人民的河。水是扬州城的生命来源,城市的活水应该为百姓的生活所流淌——而生态是扬州作为荣膺联合国人居奖城市的题中之义。扬州得天独厚的地理优势造就了古城"兴于汉、盛于唐、鼎盛于明清"的辉煌历史,京杭运河发达的盐运和漕运,带来文化商业的繁荣,让扬州成为依水而建、缘水而兴、因水而美的历史文化名城。2014年6月,中国大运河被列入《世界遗产名录》,扬州作为大运河的原点城市、中国大运河申遗牵头城市,贯彻落实关于大运河文化带建设的重要指示精神,全力打造国家文化公园,争做运河遗产保护、运河生态文明、运河文化产业、运河特色乡村建设和运河文化研究与国际交流的示范。

2015年,"三湾景区"被列入扬州市委、市政府主导的30项重大城建项目之一,是扬州市十大生态中心之一,也是扬州公园体系建设五大核心公园之一。经过三年建设,景区核心版块于2017年9月建成并对外开放,2018年12月20日被评为AAAA级旅游景区。2019年9月27日,时任江苏省省长的吴政隆、前国家文化和旅游部雒树刚部长共同为中国大运河博物馆开工及大运河国家文化公园标志揭幕,三湾景区的发展紧紧围绕大运河国家文化公园建设这一总体目标,打造历史文化与现代文明交相辉映、国家标志与地域特色有机结合、个体建筑与山水环境高度协调的三湾文旅文创片区,奋力创建大运河国家文化公园江苏先导段的扬州示范区。景区内两座跨古运河大桥独具地方特色、富含古城历史文化底蕴,园区景观地貌再现了"青山隐隐水迢迢"景随步移的画面,已经成为展示扬州园林建设工匠、工艺水平的"第一展场"和大运河文化经济带建设的"第一亮点",使之成为塑造城市形态、提升城市价值、留给年轻一代成长记忆的历史性工程。景区被水利部授予"古运河水利风景区"称号,亚洲城市发展中心制作专题片向国内外宣传景区建设成果。2021年10月14日,在云南昆明举办的《生物多样性公约》缔约方大会第十五次会议生态文明论坛发布了第五批"绿水青山就是金山银山"实践创新基地名单,扬州市广陵区成功入选。扬州市广陵区位于万里长江和千年运河的交汇点,长江经济带、大运河文化带、长三角一体化发展三个国家战略区域在这里叠加。

抚今追昔,三湾及周边地区所属的扬州广陵区也曾经有过令人感到不安的过往。几年前,这里还是城郊接合部的棚户区、外来拾荒者的聚居区和高污染企业的集聚区,垃圾成堆、污水四溢。2013年,扬州市委、市政府开始对三湾的环境进行综合整治,首先就是把片区里面的化工厂、养猪场、养鱼场和垃圾场全部搬迁。近年来,扬州市投资31亿元,搬迁了691户居民、89家企业,开展河道清淤、绿化建设,推进三湾湿地保护修复。三江营湿地公园位于广陵区头桥镇九圣村南端,是长江、夹江、太平江三水交汇处,更是南水北调东线工程的源头,每年约有7亿立方米水量由此输送北上。扬州前后投入6000多万元,关停了2个非法码头、4家畜禽养殖场、1家水上餐厅和1家化工企业,目前三江营水源地长江岸线无一污染源。为了大力推进三江营省级湿地公园建设,现已对近900条河道疏浚整治全覆盖,基本保证了河道"水清、岸绿、流畅",保证内河入江水质安全。此外,还成片造林1650亩,清理湿地公园内各种污染源,共修复500多亩湿地。

三湾景区始终秉持以人民为中心的发展理念,在抓好重点工程建设的同时,注重配套设施建设的协同推进。3000米健身步道沿线树成林、花成海,城市书房、雕塑小品、休闲运动服务设施点缀其间,为市民、游客提供了健身休闲好去处,"文起来、动起来、乐起来"已经成为人们的生活新风尚,市民游客的获得感、幸福感、安全感持续增强。三湾景区在2017年荣获全省

"最美跑步线路"和"最佳网络人气"两项殊荣,2019年被省委宣传部授予"最美运河地标"荣誉称号,2021年成功入选省自然资源厅首届"最美生态修复案例"。三湾公园内种植了大量的绿色植物,种类多达1500多种,绿化覆盖率达83%;鸟类100多种,黑翅长脚鹬、金眶鸻、红头潜鸭等珍稀鸟类也在公园里安了家。5年的时间,三湾完成了蝶变。从曾经的"脏乱差"到如今的"新绿肺",运河三湾由一处城市"伤痕",经历过整治"阵痛"后,蜕变成城市名片。"老城"变"新城",这片城市发展的洼地正逐渐成为城市创新发展的高地。

生态是底色,文化是亮色。文化古城扬州已有2500多年的历史,文化底蕴是这座城市的命脉。文化进景区、文化在景区、文化成景区,这是三湾作为一张城市新名片所追寻的新发展路径。"无限定空间非遗进景区"——在保护传承非遗资源的基础上,突破时间、空间、形式的限制,在景区内吃、住、行、游、购、娱各环节,植入形式多样的非物质文化遗产展陈、体验活动,让游客在景区内全程感受、全程共享非遗活态魅力。通过提升非遗项目融入性、增强非遗展示互动性、渲染非遗活动代入感,充分满足游客"求新、求奇、求知、求乐"的旅游愿望,吸引更多人到江苏感受美的风光、美的味道、美的人文、美的生活,收获美。

作为江苏省省级重点项目,大运河非遗文化园项目集中展示了扬州与运河文化相关的非遗项目,让更多市民、游客在了解、体验中热爱家乡、喜欢扬州、传承运河文化。大运河非遗文化园作为扬州中国大运河博物馆的配套项目,是对标《大运河文化保护传承利用规划纲要》内容,优化"综合性文旅项目"的创新开发模式。建成后的大运河非遗文化园将集"非遗、艺术、剧院、影视、休闲体验"等功能为一体,致力于让游客在体验博物馆室内精彩展陈之余,在户外全方位地感受运河文化的魅力,再现运河人家风貌,成为新时代运河幸福生活的创新性表达。项目占地约503亩,总建筑面积约24万平方米,为2021年省重点项目。当前完成的一期工程规划用地面积约为99亩,总建筑面积2.2万平方米,主要包括非遗文化演艺、非遗大师工作室、非遗文化体验、文创产品零售及商业等,已于中国大运河博物馆同步开街运营。后期开发建设将引入央企平台的建设运营公司,塑造更高品质的公共活力空间体系和更高品位的文化传承聚集地。

扬州市深耕细作大运河文化保护、传承与利用,建成雕版印刷、扬州剪纸等传统文化重点传承保护基地,以群众喜闻乐见、具有广泛参与性的形式展示传承运河文化。扬州中国大运河非遗文化园作为大运河博物馆重要旅游休闲配套项目,在充分展示扬州中国大运河这一非遗项目的同时,结合文化和旅游需求,打造集非遗项目、文化艺术、旅游等为一体的文化街区。随着扬州城市的扩容,过去城南的"三湾"成为今天扬州城市南部的重要发展区域,近年来相继建成了扬州三湾湿地公园、三湾体育公园、三湾城市书房等,成为扬州城内重要的文化旅游景区和百姓休闲场所。在此基础上,大运河国家文化公园江苏段的建设,也将"三湾"作为重点选址。矗立在"三湾"古运河畔的扬州中国大运河博物馆,是城中之馆、园中之馆,水映馆美、馆映园美,让大运河与扬州、江苏乃至全中国建立起了更密切、更广泛、更美好的联系。运河三湾景区聚集了扬州雕版印刷技艺、扬州剪纸、扬州雀笼制作技艺、扬州刺绣等代表性非遗项目,巧夺天工的传统手工艺吸引了不少游客。大家徜徉其中,不时停下脚步仔细观看与体验,感受扬州深厚的历史底蕴和丰富的文化内涵,深切体会传统文化的魅力。

"北有瘦西湖,南有古三湾。"三湾,就像是三声动情的咏叹,是大运河最让人动情的地方,是扬州人的好地方。

只此青绿,谁持彩练当空舞

——徐州市从"煤城"到"美城"蝶变之纪实

张晓惠

碧翠山峦,清澈湖水。草木蔓发,烟柳桃红。

晨曦初上,千年故黄河蜿蜒穿城而过,京杭大运河绕城缓流出莹绿灵动。东方霞霓,就在这山峦这湖水这草木花朵上映染片片绯红。如此清新静谧,如此绚丽晶莹。

这还是那有着老工业基地和资源枯竭型城市之称,有着"半城煤灰半城土"之说的徐州吗?眼前这分明是"一城青山半城湖"的大美徐州!

只此青绿,谁持彩练当空舞!

从"工业锈带"华丽转身为"生活秀带"

徐州市贾汪区潘安湖的神农码头原是采煤塌陷区,经生态修复蝶变成湖阔景秀的国家湿地公园,成功实现了转型。

1. 碧水翠山,此处最"潘安"

春日芳菲,潘安湖桃花绽开满目绯红,堤岸柳树垂下满湖绿意。

大湖泱泱,水波荡荡。十几座大小岛屿活水相通,36座石桥相连,南悦桥、七贤桥、连璧桥、溪缘桥、思晋桥、回眸桥等,桥桥都有寓意深远的名字,寄托着百姓对美好生活的期许;岛岛也都有好听形象的名字:鸟岛、蝴蝶岛、琵琶岛、颐心岛、醉花岛……其中以吸引了60多种鸟类栖息繁衍的鸟岛最为迷人,天鹅、大雁、鸳鸯,还有徜徉在草坪花丛间、见到人得意扬扬展开美丽尾翅的孔雀等。这里是水和桥的天下,花与草的天下,岛和鸟的天下。

美!可又有谁能想到眼前这如诗若画的湖景秀色,曾是徐州市面积最大、塌陷最严重的沉陷区?

为了发展工业,开采地下煤,当地把整个绿水青山的肥田沃土生生挖空了。大片挖大片塌,小片挖小片塌。条挖塌成沟,圆挖塌成坑。天长日久,大片良田塌成起起伏伏的沉陷区。周边矿宅区和村落,多是一汪汪、一片片的污泥浊水,有的进了屋,有的没了膝。潘安湖街道的规划师王宝玉回忆起这座湖的过往,语气仍然沉重。

从老照片上可以看到过去的塌陷区,大地上一个个黑洞,如一双双无望的眼眸发问苍天:这个样子如何是好?

绿水青山就是金山银山!一场大规模的愚公移山式的整治运动轰轰烈烈开始。徐州人积极调动运河水,把沉陷区清污连片,京杭大运河与泥沙滚滚的黄河日夜竞赛,终于生成碧波万顷的潘安湖湿地风景区。成功创建国家 AAAA 级景区、国家湿地公园、国家水利风景区、全国首批十大湿地旅游示范基地。如今的潘安湖,坑洼灰败早已无影无踪,呈现出碧波万顷、湖阔景美、飞鸟蹁跹的动人景象。

潘安湖生态湿地公园为集"基本农田再造、采煤塌陷地复垦、生态环境修复、湿地景观开发"于一体的全省首创项目,既打造了全国采煤塌陷治理的里程碑式项目,又提供了资源枯竭型城市生态环境修复再造的典范,是在全国具有示范性作用的重大项目。

当年塌陷区一带受污泥浊水困扰的矿工和农民,都已住进潘安水镇和香包客栈所在的国家一级模范村。村风、村貌、村文化、村经济都是全国一流水平,村民们喜欢跑到街道办公室,看那一墙挂着的各类证书喜不自禁:绿水青山就是金山银山!

塌陷区所在的潘安村,据说是晋朝才子潘安到此旅居之地。历经千百年岁月的洗礼之后,仍然作为一个美男子的符号被现代人熟知,才华横溢的古代四大美男之一的潘安,流连此处而留下的足迹和故事,是不可多得的历史文化元素,此湖最终定名"潘安",也是百姓对大湖丽水最美好的愿景。如若哪日潘安云游至此,面对此湖秀美之景,想必也是满心欢喜、流连忘返!

农家乐小院青砖黛瓦、红木雕栏,集吃、住、休闲、文艺表演于一体;做工精致的五彩缤纷香包、香囊从这儿挂到了高铁站、机场的售卖亭。全国文明村、全国民俗文化村马庄村抓住辟建神农广场的机遇,将全村的文化娱乐活动和民俗文化艺术广为推广。潘安村3200多亩生态农庄和高效农业产业园,兼具生态休闲观光和苗木培育功能,与湿地公园相得益彰。昔日,煤矿曾给这里工业带来百年的繁荣;而今,潘安湖湿地又给这里带来万物生机。

潘安湖主岛码头汉白玉牌坊刻有一副对联:"风皱湖心月;船犁水上云。"今日如此秀雅美丽的潘安湖,更在老百姓心中铭刻着一座丰碑:"绿水青山就是金山银山。"

2. 匠心独具,在"疮疤"上绣花

金龙湖宕口遗址公园,山青水碧,一步一景,草木花树,如诗如画,流淌着宁静岁月的美好音符。

踏上木质栈道,一级、两级沿山势蜿蜒而上,见绿草滴翠,红花若云。正值周末,栈桥上、瀑布前、柳树下,处处都有新人在拍婚纱照。

依山傍水景色秀丽,绿树红槭相映成趣,瀑布流泉争奇斗艳,栈桥曲折山路蜿蜒,水榭茅亭尽显温婉,移步换景让人流连。

石林听涛园很有江南风格,典雅、淡秀;唱竹揽翠园清朗、幽静,刚竹、紫竹、凤尾竹、湘妃竹等点缀园中。阳光洒进竹园金线万缕,层层叠叠的竹叶在微风中窃窃私语,细碎、脆亮、清澈,又有些许梦幻,时光悠远,人世真切,如此美好。日潭、月潭、珠山瀑布、山间云梯……参观游览者络绎不绝。这宕口遗址公园,步步是景、处处生花,令人刹那恍惚:这是在彭城还是江南?

很难想象,几年前这里是一片废弃的采石场。此处珠山海拔140米,从20世纪50年代就开始无序开采,直至资源枯竭形成废弃矿山,影响着周边居民的身体健康,破坏着城市环境。

"这些地方,不治理就是一个大疮疤,成为徐州城市发展的心头之痛。破坏容易,治理起来却相当困难,一如在疮疤上绣花。但我们一步步往前走,最终克服了修复难题。"说起当初修复治理时的情景,经济开发区生态局局长王宁感慨万千。

尤其值得赞扬的是宕口遗址公园的建设理念："修复生态,覆绿留景,凝练文化,拉动经济。"在桃红柳绿间留下一些真实的遗迹,保留公园的沧桑前世,后来人会更真切地感受当下的美好。金龙湖宕口公园被国土部誉为废弃矿山治理的典范之作。

眼前这块石灰岩斑驳依旧,记载着那年那月"面朝大山背朝天"的采矿人的多少艰辛?如若这石块能开口,会向南来北往的游人讲述多少沧桑过往?这一砖一瓦也如双双眼睛,见证了前人辛劳、奋斗的足迹,也欣喜着今日的岁月静好、繁花似锦,更彰显着对今日建设者的尊重。

天朗气清、惠风和煦的日子,一定得来这儿走一走,在青翠欲滴的竹叶间,观着日潭、月潭的粼粼水波,再在临水长椅上坐一坐。拥惠风习习,听鸟雀啾鸣,直让人感念,这乾坤清朗,这岁月静好。

> 青石板路上,碾过了历史风轮。
> 悠悠大湖间,回荡着沧海桑田。
> 古朴的风味,摇曳于小桥流水。
> 烟雨如梦,人若在江南醉……

是谁的歌声清灵婉约,自远处隐约飘来?

3. 楚风汉韵,湖光山色最相宜

湖水清澈,芳草萋萋,曲桥、花架点缀湖面,亭台水榭环绕其间。湖心岛以栈道与湖岸相连,时有水鸟掠水而过,间有鱼儿跳波嬉戏。这就是九里湖生态湿地公园了。

百年"煤城"的徐州藏有极为丰富的煤矿,位于九里区的庞庄煤矿是其中之一。数十年的地下开采,造成了地面的塌陷,至2008年年初,已达31.2平方千米。这些煤炭塌陷地,大多积存了水,深浅不一,最深处有6米。但水面并不是一个整体,有的变成了一个个鱼塘,有的变成了垃圾堆放场,还有的在无水处建起了小工厂,因而外貌杂乱无章,并造成了严重的污染。

将这片塌陷地的一部分水面,改造成"生态地标、绿色客厅、发展引擎、靓丽名片",建设成九里湖生态湿地公园,是实施徐州市"东进、南扩、北造、西延"战略的大手笔,更是加快建设生态文化新区和绿色能源之地的"点睛"之笔。蓝图已出,目标已定,徐州的生态湿地建设者雄心勃勃、自信满满。

这就是一场攻坚战!九里湖国家湿地公园从2015年10月开始修订规划方案到2017年6月13日通过国家林业局验收只有一年多的时间,其中留给工程施工的工期只有八九个月的时间。如此巨大工程量的施工任务,如何完成?谁来完成?需要胆识、需要谋划,更需要一支拉得出、打得响的建设队伍。

为了确保在国家林业局验收之前完成建设任务,九里湖建设倒排工期,严格按照工程节点施工。施工中把雨天当成晴天干,夜晚当成白天干,采取24小时人歇机器不歇的车轮战术,昼夜施工。太阳、月亮与湖水都记住了建设者们的身影。

于道平难忘8个月的建设岁月,其间他跑烂了4双鞋子。时任泉山区园林局局长兼任九里湖国家湿地公园建设领导小组办公室主任的于道平,一方面负责协调与上面的各项工作,另一方面就是整天泡在工地上,与施工单位和建设者在一起加速度赶工期。晴天一身土,雨天一身泥,人瘦了、脸黑了,那跑烂了的4双鞋子是这段日子最好的见证。

花儿盛放,草木葳蕤,湖面鸥鸟飞翔出灵动轻盈,山峦叠翠润泽着春和景明。这一草一木、一花一树、一砖一瓦、一漆一画,蕴含着多少人的智慧、心血和汗水!

这十年间,徐州共计消减工矿废弃地7300公顷,消纳利用煤矸石、废石块(渣)等1100多万吨、城市建筑垃圾等固体废弃物270万立方米。潘安湖、九里湖等1.67万公顷采煤塌陷地,九里山等100余处采石宕口,从"城市之废"化身为"城市之肺"。百年煤城荡涤掉煤灰,重现河流绕城、湖水映城、山水相融、人水相亲的"泉城"风采,"绿水青山就是金山银山"在这里得到了生动的印证。

踔力奋发,呈现绿水青山中生灵万物的翩跹舞姿

"山清、水秀、林茂、田整、湖净、草盛",在蓝天白云下深呼吸,在青山碧水中舞翩跹。这是徐州生态保护修复的目标,也是生于斯长于斯900多万徐州人的深切期盼。

1. 清凌凌的湖水绿莹莹的坡

大湖泱泱,水波浩渺,岸边草木蔓生,湖空百鸟飞翔。午后的阳光在湖面上铺陈金光道道,一派辽阔明媚的样子。

"您是没有见过几年前这河的样子。那时谁要是愿意住在这沛县沿河边,那纯粹是跟自己过不去。"市生态环境局宣教中心主任曹晓煜笑道。

整治之前,这里的老百姓都直接把生活垃圾、生活污水入河,城区污水管网老旧、截污不彻底、雨污分离比例较低等都是重要原因。每当河水上涨时,化肥农药都流入河,久而久之,水黑了、质差了。夏天里,杨絮与蚊虫漫天飞舞,许多人路过都捂着口鼻小步快跑。村民都不敢在室外晒晾被子,别提多遭罪了。

沛县毗邻南四湖和京杭大运河,位于"南水北调工程""全国重要生态系统保护和修复重大工程""大运河国家文化公园建设"等国家重大战略工程叠加的节点位置。这湖质污染情况必须得下大决心治。徐州政府痛定思痛:这丰沛运河段治不好,还谈什么生态文明建设,还谈什么"绿水青山!"

"人民对美好生活的向往,就是我们的奋斗目标!"面对百姓的期盼和时代的要求,一场轰轰烈烈的生态修复攻坚战在沛县打响!

那边曾是一座货运码头。码头上拉煤的货船、货车来往穿梭,噪声大、扬尘多,周边村民都不敢开窗户,水面时常漂浮着货船排放的"柴油花",水体"颜色斑斓";后来,这里被改建成一个驾校,车来车往,噪声问题依然严重。如今,沿着施工现场步行,放眼望去,湖面波光粼粼,两岸树木错落有致,岸坡灌木丛生,一派生机盎然的景象,生态环境向好趋势已经显现。

沛县生态局的张安华副局长,见证了这一变迁:"为了生态环境修复,沛

县将寸土寸金的生产岸线退让搬迁,偌大的码头,说拆就拆,拉煤车不见了,垃圾清理了,场地也平整了,这充分体现出沛县铁腕治污、修复生态环境的决心。"

南四湖流域——

2021年,徐州启动了南四湖流域丰沛运河生态修复提升项目,其中包括沛县沿河东环路至入微山湖河口段约6.6千米,苏北堤河与沛县沿河交汇段约3.2千米,项目范围约270.5公顷。整个项目分为"沁""清""满"3个空间段落,分别对应"沁园春""清平乐""满江红"3个词牌名。

山水有相似,文化各不同。沛县沿河项目设计总负责人、正和生态李宝军对该项目有着深入的思考:如果说优美生态造就了一个地方的潜力和底蕴,那么优质文化造就的就是一个地方的气质与灵魂。

沛县历史悠久,底蕴深厚,是汉文化的重要发祥地,也是汉高祖刘邦的故乡。为传承沛县历史文化,设计团队在"缝合生长、双向润城"的整体设计概念引领下,以"生态叠加文化",通过净水生态修复、生物多样性保护等举措,引申至"万物各得其和以生、各得其养以成"的三生融合目标。通过"词牌意境提取与之相契合的生态空间场景构建"的设计手法,努力营造"今月曾经照古人"的文化审美体验。

走过生态缓冲地的"雨水花园","沁"空间段落,一座形似"握手"的廊道,生动地展现了孔子、老子两位先贤晤面的历史瞬间,其设计创意取自孔子问道于老子的典故。月圆廊下静坐,仿佛可以感知时空的穿梭,感受多文化触点遥相呼应的楚风汉韵,感悟儒道聚首的无声文脉。

2. 在每一抹绿色中翔飞鸣唱

每一分努力都蕴含着对这块土地浓浓的期盼,每一项生态改造都渗透着对彭城天蓝水绿的愿景。

近年来,徐州下大力气对新沂骆马湖、铜山小沿河、贾汪龙吟湖、沛县龙湖等重要湿地区域退化湿地进行修复。目前,徐州市建有省级以上湿地公园8个,其中国家级湿地公园4个、省级湿地公园4个;建成湿地自然保护区2个、饮用水源地保护区7个、湿地保护小区80个。全市自然湿地保护率达到66.3%。徐州饮用水源地的安全保障能力显著增强,老百姓从一方碧水中收获了更多的幸福感。

龙吟湖的前世今生——

鱼逐水草而居,鸟择良木而栖。生态好不好,鸟儿都知道。

一只、两只、三只,数只白鹭以细巧的长脚在龙吟湖畔演绎出灵动的舞步;一朵、两朵、三朵,几十亩向日葵绽放出漫野璀璨的金色。龙吟湖水泛起粼粼波光,清澈见底。

这儿以前竟也是坑坑洼洼、满目疮痍、寸草不生的采煤塌陷区。总面积约4400亩的龙吟湖采煤塌陷区位于贾汪城区西部,北至转型大道,南至鹏程大道,西至四清村,是贾汪城区最大的一块采煤塌陷地。遗留采石矿坑、宕口与废弃工厂遗址,矿渣堆积,崖壁裸露,矿坑深浅不一,最长有上千米。

如何彻底解决该片区脏乱差的现状,进一步改善生态环境?如何构建科学有效的防汛体系,解决水土流失,增加有效耕地面积?如何提升耕地质量,让当地百姓、村民满意?

这世上有的是想做事的人,但做成一件事又需要多少人的智慧、心血与汗水的付出!

需要资金,需要科学规划,更需要切合实际的配套工程建设方案。唱着"大风起兮云飞扬"的徐州人,开始了龙吟湖采煤塌陷区修复、湿地净化型生态安全缓冲区项目工程。总投资约2亿元,总工期298天,对龙吟湖采煤塌陷区"田、水、路、林"等进行全面治理。通过实施水系沟通、土地整理、水生态修复等基础设施配套工程,改善龙吟湖片区整体生态环境,使该片区湿地生态系统功能明显提升,实现区域内污染零排放,打造环境宜人、四季常青的生态旅游示范区,最终形成经济可持续发展,自然生态和谐共生的局面。

安国湖,野生动植物的天堂——

春意盎然,行走在沛县安国湖湿地,宛若行走在江南水乡。辽阔的水面在春阳下泛着粼粼波光,绿树红花在湖畔相映成画。

那是天鹅吗?是的!数只小天鹅在水杉林翩跹起舞。

那是什么鸟儿?是震旦鸦雀呀!许多鸟儿在湖面上鸣叫飞翔。

这安国湖水面上竟有89种鸟类,其中如震旦鸦雀这样的国家重点保护鸟类有10多种;155种维管植物,水杉、银杏、野大豆、野生莲和榉树,这些国家重点保护野生植物比比皆是。安国湖,名副其实的野生动植物的天堂。

在安国镇境内的张双楼煤矿,由于多年开采,造成15000余亩土地塌陷,周边环境不断恶化,给群众生产生活带来极大不便。安国湿地项目于2012年5月经省林业厅批准为省级湿地,于是一场依托采煤塌陷地,结合南水北调尾水导流工程进行建设,规划建设面积10平方千米,总投资5亿元的全县最大的生态工程拉开了帷幕。

"美丽安国、生态家园",水质净化、湿地景观、生态修复、环境保护、大汉文化,每一个层面的设计都饱含着建设者的深情;每一个项目的实施都蕴含着徐州人对这块土地的深深爱恋。

十里芦苇荡、百果花园岛、千亩荷花塘、万鸟栖侯区组成的天然生态区、表流净化区、缓冲隔离区、湿地宣教区、休闲娱乐区和管理服务区,流光溢彩地呈现在世人眼前。

岁月不负有心人。前些日子,沛县安国湖又佩戴上一枚"国字号"勋章:国家林业和草原局公布了2021年国家湿地公园试点验收结果,全国共新增44处国家湿地公园,安国湖国家湿地公园,是此次通过国家湿地公园试点验收的"江苏唯一"。

夕阳余晖下的安国湖湿地公园五彩斑斓,空中飞翔的鸟群为这块湿地增添了灵动与活力,如诗若画。

大黄山森林公园,来一次深呼吸——

是湖景林地,是蜿蜒山谷,是生态苗圃,是自然湿地。徐州城区附近,竟然有大黄山森林公园这么一个水灵秀美的地方!

从主入口处到平桥通园,再到彼岸成花,有景石厚重的铭牌,大气恢宏的乔木,还有"彼岸成花"的诗意盎然。

蜿蜒山谷的彩叶花谷,曲径通幽,移步易景。每年花开时节,如云似霞,蔚为壮观。

大草坪、荷花荡、芦苇荡、竹林、生态岛、水杉岛,草木清香,步步是景,景景大美。值得称道的是梯田苗圃为城市的天然供养提供强且有力的"绿色心肺"。

大黄山森林公园,距市中心15千米,一期总占地面积53.3公顷。自2014年7月公园建设以来,徐州经济技术开发区采用多种技术手段对原为煤矿塌陷地的公园原址实施生态修复、复绿造景,使得这个昔日以黑色调为主的"老煤城"展现出令人惊叹的秀丽风姿,成为徐州东部绿色生态休闲娱乐的"天然氧吧"。

累了、乏了,来大黄山森林公园走一走吧!让绿意浸染心腑,深深地吸上一阵氧,放松疲累的身心,元气满满地走向下一段生命旅程。

3. "时光隧道"边的大工程

置身其中,脚下是金,身边是金,前面一眼望不到头的金钩,抬起头来还是璀璨满目的金黄。这就是远近闻名的银杏"时光隧道"了。

今日,在这"时光隧道"村外的武河大堰,徐州人又开始了大动作。热火朝天施工的工地上,银杏景区生态安全缓冲区建设工程正在紧锣密鼓地进行。生态安全缓冲区建好后,姚庄的水环境能得到大幅改善,遇到夏季雨水多的时候,再也不用担心水排不出去,再也不用担心发生危及村民生命财产安全的状况。同时,通过打造的活水系,游船可直达"时光隧道",新的旅游观光区开设,村民又可以多条致富的途径了。

银杏景区生态安全缓冲区建设项目总面积约0.397平方千米。主要工程包括河道拓宽清淤、管涵建设、水生植物种植、水生动物投放及生态缓冲带建设等,新增生态河流景观岸线1100米。围绕银杏生态景区以建设服务民生为目标,保障水利功能完善的农村生态体系,综合采取"河流生态整治、村庄沟渠生态修复、银杏林水源涵养体系建设"等措施,建设集约高效、配套完善的供水、治污工程体系,打造了一个具有"多级净化"功能的区域型生态安全缓冲区。

近年来,徐州下大力气打造生态安全缓冲区。邳州市铁富镇姚庄银杏景区"生态保护型"、丰县欢北农村农田复合污染尾水"生态涵养型"、沛县龙固镇龙湖湿地"生态净化型"、睢宁县故黄河房湾湿地"生态保护型"、新沂市城市生活污水处理厂尾水改排工程、铜山区汉王玉带河区域"生态保护型"

生态安全缓冲区等,这片片缓冲区仿佛一颗颗翡翠,镶嵌在城市周边,熠熠闪光。对此,徐州市生态环境局拾新建副局长很是自豪。

"您再来,可以乘坐游船去银杏时光隧道,再游游姚庄。"市生态环境局宣教中心的婧婷笑得很甜。

撸起袖子加油干,合力演奏"百年煤城"蜕变重生之磅礴交响曲

当时光的车轮驶向又一个百年发展的快速车道时,坚持"干就干最好、闯就闯新路"的徐州人撸起袖子加油干,吹响了处理固体废弃物的冲锋号,开启了生态文明建设的新征程。

1. 以智管废,运河畔国家级的"绿色工厂"

新春兴(江苏新春兴再生资源有限公司)厂区前的一汪池水里,尾尾红锦鲤欢快地游动,蓝天白云倒映在池水中,构成一幅很好看的风景画。

新春兴是国家"城市矿产"示范基地、国家火炬特色产业基地、国家认定企业技术中心、国家高新技术企业,也是国内首家通过环保部核查公告及工信部、环保部准入公告的再生铅企业,并于2018年10月被工信部授予"国家绿色工厂"称号。秉承"生态化、资源化、智能化"的发展理念,对废铅酸电池能够做到"吃干榨净,利废无废"。新春兴的工艺技术具有超低生产成本、高效产出的优势。

新春兴是一家具有40年历史、专业处理废铅酸蓄电池的企业,目前具备年处理废铅酸电池100万吨,年产再生铅60万吨的生产能力。40载砥砺奋进,新春兴从小作坊到行业翘楚,从邳州春兴到中国春兴,再到世界春兴。"我们新春兴人以逢山凿路、遇水架桥、披荆斩棘、乘风破浪的勇气和精神,创造了一项又一项'以智管废'的奇迹。"总经理马成刚很是自豪。

新春兴自主研发的废铅酸蓄电池处理设备,获得30余项国家专利,是自动化无缝连接的再生铅企业,能够年处理85万吨废铅蓄电池,年处置8万吨废塑料,年处置5万吨含铅废物,变废为宝,节约资源,在一定程度上节

约国家大量矿山资源,延长开采期限,大大减少铅矿资源的消耗。

作为国家级"绿色工厂",新春兴自主研发的环保创新型全自动废铅蓄电池破碎分选系统,可彻底分选各类废铅蓄电池,分选物料精细化水准居国际领先水平;专有的 XCX 多室节能环保熔炼炉为国内首创,实现负压操作,自动连续封闭式加料,热能互换,渣含铅小于 1.5%,节能高达 20% 以上;其生产和生活废水全部循环利用不外排,实现增产不增污,甚至减污。新春兴在生态修复治理过程中,实现了场地固体废弃物"全利用"和"零新增",并消纳利用煤矸石、废石渣等固体废弃物 1100 万吨、城市建筑垃圾 270 万立方米。

2. 创新引领,"无废城市"建设的奋进之路

快递包装、塑料制品、报废汽车、废旧电子产品……随着经济社会发展一日千里,固体废弃物产生量快速增长。如何将固体废弃物对环境的影响降至最低,让人们不再面临垃圾围城?徐州以"创新引领、转型驱动、协同增效"为方向,成立"以智管废"智慧管理平台,不断创新思维和方法,大胆探索和实践,逐步形成越来越多的"徐州创新"。

在徐州市一中我们看到,书架是由废弃的门芯板做成的;破旧的门框变成了条凳;赤橙黄绿青蓝紫的墙饰原材料来自落叶树枝、塑料瓶、废纸箱,鲜活、素朴且精致。这是徐州市一中的师生打造的绿色环保"无废书屋"。

"我们创设无废书屋,将绿色环保的种子撒入孩子们的心田,培养学生的文明习惯、环保理念,也带动着家庭和社区。"市生态局的石莉介绍,像徐州市一中这样的"无废书屋",徐州目前已建成 35 个。

"轰隆轰隆",随着一阵有节奏的运转声,一颗颗黑色的活性炭从机器中吐了出来。"这就是我们的饱和废活性炭再生利用的工序。"新盛绿源再生资源科技有限公司吴宣惠总经理介绍。在徐州市循环经济产业园内,新盛绿源再生资源科技有限公司采用热再生工艺,将一吨吨废活性炭变成再生活性炭投入市场,全市工业产生的废弃活性炭都集中到这里实现再利用,每年能够减少二氧化碳排放 7 万吨。

自 2019 年 4 月,徐州市正式入选"11+5"无废城市试点建设以来,占地

2365亩,投资60亿元的徐州循环经济产业园作为"无废城市"建设的重要平台载体,逐步开始了医用废塑无害化安全利用项目、综合材料处置(危废)项目、饱和废活性炭再生利用项目、污水处理、建筑垃圾项目等的建设与运营,为徐州市生态环境建设和"无废城市"建设做出了很大的贡献。

徐州创新建设囊括五大源固废全流程数据的"以智管废"智慧管理平台,匹配建成42家危废经营单位,危险废物年处置能力达34.469万吨。"通过几年努力,百年煤城徐州实现蜕变。"曹晓煜的自豪之情溢于言表。

3. 化废为宝,创新农作物秸秆的多元利用模式

以前这里熊熊的大火四处蔓延,一望无际的麦田总是上演"火烧连营",空气中弥漫着麦秸秆焚烧的气味,甚至因浓烟弥漫,出现过车祸伤及路人。近十年来,徐州立足机械化大农业优势,探索形成了秸秆高效还田及收储用一体多元化利用模式。

沛县2021年小麦秸秆总量达35万吨,"三夏"期间,该县大力推广秸秆收储利用,让秸秆生"金"变"银"。江苏鸿发生物科技有限公司在麦收期间,公司投入打捆机、联合收割机、运输车等100多辆机械设备,仅用7天时间,就在魏庙镇5个草场收储秸秆1000多吨,用于牛饲料、造纸原料。徐州还鼓励公司、企业、个人深入田间地头开展专业化收储服务。培育了一批以徐州昊源生物燃料有限公司、邳州市彦东农业发展有限公司等为代表的骨干收储企业,形成政府引导、市场主导、企业和农户广泛参与的市场化运作机制。目前,徐州已建成秸秆收储中心及临时收储站点1200余处,全市秸秆收储能力达150万吨,秸秆收储运体系已覆盖全市全部涉农街道办事处。

在睢宁县官山镇,经过收割打捆一体机"吐"出的秸秆"草卷面包",会被运往该镇秸秆收储中心,在那里,这些打成捆整齐码放、堆积如山的秸秆,等待着变成"软黄金",供下游企业使用。"您没见过吧?这草卷面包上可以培植双孢菇,长势旺盛菌盖厚实而圆润。仅这一项,每年就能消化小麦秸秆6万吨,实现产值3亿元,带动官山镇24个村平均增加集体收入近30万元。"市生态环境局的卓盼给大家介绍。

睢宁长青生物质能源有限公司,80米高的生物质高效锅炉烟囱和冷却塔冒着蒸汽。这个项目年处理农林废弃物超过40万吨,年发电收入2.17亿元,年销售蒸汽收入1亿元,纳税1300万元。按农林废弃物燃料300元/吨的平均价格,每年可带动周边农民增收1亿元……

"把青春融注于每一片绿色,把汗水洒向每一条江河。"同车的婧婷音色很好。这是什么歌啊?宇飞很自豪:《环保卫士之歌》!"让大爱浸染每一座青山,让梦想炫亮每一片云朵……"几位生态环保人一起唱了起来。

尾　声

青绿山水,谁持彩练当空舞!

徐州人勇担时代使命,以强烈的责任感扎实做好全国"无废城市"试点建设工作,勇探索、做先锋,强担当、聚合力,成功走出一条老工业基地和资源枯竭型城市的绿色转型发展之路,终于有了从"一城煤灰半城土"到"一城青山半城湖"的华美蝶变。徐州更是一举荣膺"联合国人居奖",高分蝉联"全国文明城市"、三次入选"中国最具幸福感城市",先后获评国家生态园林城市和国家环保模范城市,成功跻身全国首批"无废城市"建设试点。

大风起兮云飞扬!

从"煤城"到"美城"的华丽蝶变,这里有决策者运筹帷幄的大手笔、大智慧;有从"壮士断腕"到"壮士断臂"的大决心、大气魄;有生态环境工作者的殚精竭虑、拼搏奋斗;有建设者的胼手胝足、砥砺前行;更有市民百姓的勠力同心、全力以赴。青山绿水是悬挂在徐州人胸前最为璀璨的勋章!徐州奋力完成着绿色转型的"时代考题",抒写着青山、碧水、蓝天、净地的梦想与传奇,向时代、向人民、向大地、向未来交上了一份满意的答卷。

江海"故友"来

——生物多样性的江苏故事

徐向林

盐城黄海湿地,天空蔚蓝,海面如镜。

扑喇喇——鸟儿挥动着翅膀,轻盈的身子腾空而起,数十万只鸟儿卷起滚滚"鸟浪",遮天蔽日,越过滩涂湿地,越过阻海长堤,奔向它们的"大食堂"。

海堤的东侧,潮水刚刚退去。潮湿的滩面上,身形酷似蜈蚣的沙蚕奋力地蠕动,指甲盖大小的螃蟹匆匆忙忙地赶路,弹涂鱼瞪大着双眼弹跳嬉闹,透明的脊尾虾弓着身子想找新的藏身之所,斑斓的文蛤晃动着短短的须足努力想挪个窝,泥螺顶开舌盖张着嘴巴大口呼吸……它们不知道,随着"鸟浪"的袭来,它们将成为鸟类的腹中食。

这场猎食,看起来很残酷,可这就是大自然的生存法则。对于处在食物链底端的海洋底栖生物,虽有怜惜,却无遗憾。因为当鸟类清光了海滩上的食物后,新的海潮又如约而至,一切如旧,不留伤痕。

万物各得其和以生,各得其养以成。于此而言,海潮、海滩、海洋生物、鸟类,构成了黄海之滨生生不息、充满生机的生物多样性。

醒来,东方息壤

渺渺云烟,滔滔海潮。一览无余的阳光给浩瀚的海波镀上了一层碎金,沉醉于蓝天白云下的大海在奔腾,在欢呼。

海风轻扬,我站在盐城黄海湿地东台条子泥狭长的海堤上放眼东望,浩瀚无垠的潮间带湿地尽情地向前方铺展,伸向天边,不断刺激着我的视觉,调动我的想象力。

条子泥,是盐城东台近海区域呈南北走向的巨型沙洲,南北长约 30 千米,东西最宽处 10 多千米,窄处仅几百米,从空中俯瞰,因港汊似条形,故称条子泥,这也是一块刚刚苏醒的"东方息壤"。

"息壤"中的"息",是长大的意思,合起来意指自己长大的土地。条子泥因"潮涨一片汪洋,潮落一马平川",故而又被称为"东方息壤"。

翻开史料后,我们会发现,条子泥的生长史,堪称一部"沧海变桑田"的演变史。

往前追溯数十年,东台条子泥这个处于长江、淮河南北相夹的中间区域,彼时还是一片汪洋大海。黄海的旋转波由北攒涌着南来,东海的前进波自南向北推进,海水在此处汇合相拥后,迎面的碰撞会让它们各自卸下从长江、淮河携带而来的泥沙,经过潮汐日夜托举和不停推送,海边淤长出大小不等的沙洲。其中,条子泥就是东台近海最大的沙洲,其成陆时间不过区区数十年,因此,这里既是长江冲积平原上最为年轻的土地之一,同时还因不断"向海生长",成为太平洋西岸和亚洲大陆边缘面积最大的海岸湿地,并且是黄海生态圈内面积最大的连续分部泥质潮间带湿地。

条子泥涨潮时一片汪洋、落潮时则成茫茫海滩。据统计,落潮后露出水面超过一平方千米的沙岛多达 500 多个,形成蔚为壮观的沙脊群,这样的景观,全球仅有两处。

可这片神奇的土地,差点消失在百万亩滩涂围垦计划中——

时光回流到 1986 年,这一年,联合国教科文组织的一批专家应邀到东台考察当地的人文历史,这批专家到了东台后,给当地人出了一道难题:他们想找个地方走走看看。

这可难坏了接待者,东台全境没有一个对外开放的景区,这里没山没湖,看什么?

"带专家们到海堤去吧,看看那里的海。"有人提出了建议。

"看海?黄海哪有什么看点?"接待的人犹豫起来。考虑了一番后,似乎除了黄海,再也找不到合适的地方。最后,接待者只得硬着头皮,带着这批洋专家走上了海堤。

这一走不打紧,这批专家来到东台沿海,眼前一望无际的原生态海滩令他们像发现新大陆般兴奋地赞叹:"太壮观了,这里是太平洋西岸唯一未被污染的海滨净土!"

专家的话点醒了盐城人。当时新一轮国际产业转移的浪潮已经叩岸中国,引领改革开放风气之先的沿海地区率先开启了工业化征程,在当时发展线近乎重合于污染线的特定历史条件下,盐城沿海地区却因缺少出入港口、交通闭塞,成为中国第一波工业化浪潮中的"缺环"。而恰恰就是这个"缺环",保住了一方净土。

净土之净,来自人类的有效保护。2005年1月,东台市出台《严禁化工等污染项目进入沿海地区的决议》,这份自我约束的决议,在当时的条件下可谓难能可贵。东台画下的生态红线,成为人们守住沿海净土的底线。

工业推进不到沿海,农业却可以抵达。2008年,为增加农业用地、大力发展养殖业,江苏省发改委、沿海大开发办公室发布《江苏沿海滩涂围垦开发利用规划纲要》,计划围垦210万亩沿海滩涂。条子泥是该规划的重中之重,10万亩滩涂被列入一期围垦计划,用作海水养殖。

一期围垦结束后,二期又将有12万亩进入围垦。东台对此充满了期待,如果一、二期围垦成功,不仅会带来巨大的经济收益,而且能圆上沿海大港梦。

可是,如若真的实施了,"东方息壤"有可能不复存在!

紧要关头,党的十八大胜利召开,生态文明建设成为一项重要国策,全国各地为生态让路的案例层出不穷。在这样的背景下,盐城雷厉风行地推进生态优先、绿色发展战略,条子泥二期围垦计划也由此被永久性叫停。

这叫停的背后,也经历了一个曲折的历程——2014年10月,盐城提出依托地处黄海湿地的珍禽、麋鹿两个国家级自然保护区,积极申报世界遗产。

一个月后,世界自然保护联盟派出蒂尔曼·耶格、索娜利·高什两名专家到盐城黄海湿地进行现场考察评估。这是一次极其严格的考察,两名专家抛开事先规划的线路,在黄海湿地上完全凭着自己的感觉走,她们用自带的仪器、专业的知识和挑剔的眼光,审视着这个东方秘境。有些地方,她们要反反复复走上好几次;有些现场提出的问题,陪同专家组考察的同志闻所未闻。

最终,挑剔的专家给出的评估结论,相当令人满意:

"黄海湿地的全球价值毋庸置疑,中国政府倡导的生态文明建设理念让全世界都很震撼。

"这样一个经济发达、人口稠密的地区,申报世界自然遗产,会成为全球自然遗产的典范。"

专家的评估结论,让盐城人为之欣喜。曙光,似乎就在眼前。

然而,开局的顺利,并不意味着此后征途的一帆风顺。波折在专家现场评估后出现了,在评估报告中,提及了东台条子泥。参与评估报告论证的部分国际专家认为,东台条子泥是世界濒危鸟类勺嘴鹬的停歇地,但条子泥是当地滩涂复垦工程,自然生态保护前景仍有不明朗之处。

这段话,在报告中虽只有不长的篇幅,却极其醒目。甚至,关乎整个申遗的成败。

当时,东台条子泥一期围垦工程已经完成,二期围垦工程即将开工。故而,盐城在申遗时,避开了条子泥,把北起珍禽保护区、南至麋鹿保护区的近百公里海岸线纳入了一期申报。

但这样有所保留的"答卷",评估专家不太满意。他们把这张"答卷"退回给盐城,让盐城重新选择。

世界遗产委员会的专家为何如此重视条子泥?盐城申遗组的专家给出了答案,原来,条子泥海堤东侧新生的海滨湿地,因上游客水和海洋双向输送的大量营养物质汇聚于此,构成了浑然天成的食物链生态系统,再加上亚热带季风气候,使得此处成为世界九大候鸟迁飞线路之一的"东亚——澳大利西亚"候鸟迁飞线的中间位置,吸引了大量的候鸟在此栖息、觅食、换羽、越冬、繁殖。

答案找到了,一道难题也摆到了盐城人面前:一边是滩涂复垦开发,一边是候鸟栖息地保护。怎么选择?

为响应国家政策,黄(渤)海湿地国际会议在盐城召开,盐城借此机会在大会上响亮地做出承诺:东台条子泥列入世界遗产提名地,停止开发并不再开发!

这一承诺,彰显了"功在当代、利在千秋"的东方智慧,呈现了中国坚定维护生态环境的信心和决心,也由此驱散了萦绕国际自然保护组织专家心头的疑云,拓开了盐城通向申遗的成功之路。

与此同时,盐城与时间赛跑,以打造生物多样性样本的要求,加速对条子泥湿地的修复与治理,围绕湿地周边开展河道疏浚,新建坡式护岸,提高流域供水能力,改善流域水环境,设立东台条子泥湿地公园,开展微地形改造和湿地修复。同时落实长效机制,建立海岸带生态环境网格化管理制度,明确沿海各单位的生态环境保护与监管责任;建立常态化的岸滩和海漂垃圾清理机制,确保海滩常态化保持清洁状态,建立健全科普宣教机制,举办滨海生态保护论坛,开展科普大讲堂、科普宣传教育等活动……这一系列保护动作,行云流水,一气呵成,干净利落。

自诞生以来一直沉寂的条子泥湿地,开始苏醒了。2019年7月15日,以条子泥为核心区之一的中国黄(渤)海候鸟栖息地(第一期)被列入世界自然遗产。

为鸟让路

条子泥,一年四季变换着不同的景色。

春、夏季节,蓝天丽日,草木葳蕤,条子泥湿地绿油油一片,充满着生机与活力,犹如一幅幅意境高远的水墨丹青,水光天色、海风沉醉;秋冬时节,芦苇渐黄,芦花飞白,大片大片的盐蒿子呈现出鲜艳的红色,秋水长天,四处静谧,水墨丹青被转换为层次分明的巨幅油画,引人入胜、惹人哲思。

这里不仅"颜值高",而且"生态好"。

条子泥的好生态,不光是人们发自心底的夸赞,更是鸟儿用翅膀投票选出来的。

候鸟是生态的晴雨表。候鸟的迁徙是一个艰辛的过程,也是一个自由选择的过程。八千里路云和月,烟波浩渺的大海,磅礴起伏的群山,摩肩接踵的繁华都市……都在它们的翅膀下掠过。它们是以自足适性的态度去生存和迁徙的。

它们选择了条子泥,足见此处是它们理想中的生存佳境。

条子泥的潮水水位是江苏沿海最高的,潮涨潮落的平均落差为4米,最高达到6米。每当海潮奔涌而来的时候,在海滩上饱餐一顿的鸟儿就得四散飞开,以避开潮水。如此一来,处于原始自然状态的条子泥湿地,对候鸟来说,就如找到了一块风水宝地,却不能遮风挡雨,栖息得不安心,且时时有危险来袭。搞清了这个道理,也就能解开条子泥湿地在进入世界遗产前,虽有候鸟来此栖息,却数量不多且逐年减少的谜团。

为给候鸟打造一个温馨的家园,让黄海"故友"常来常往,2020年,条子泥就近从海堤内的围垦养殖区专门辟出720亩区域,对其进行人为垫高,用以阻挡海水涨潮时的汹汹潮水,并遵循"生态自然修复为主,人工适度干预为辅"的改造方针,在尊重自然规律的基础上,通过栖息地营造、裸滩湿地恢复、岛屿建设等措施,成功打造出一块固定高潮位候鸟栖息地。

这块栖息地,因面积达720亩,故称"720高地"。"这片海每天涨潮一次,每次涨潮两个多小时,当潮水处在高潮位时,在滩涂上觅食的候鸟,都能飞到内陆四处寻找立足之地。"东台沿海经济区负责人吕洪涛告诉我,"720高潮位栖息地原先是一片鱼塘,候鸟无法停歇。后来,我们与承包鱼塘的渔民协商,动员他们退渔还湿,为鸟让路,从而营造出鸟类生境。"

720高地内,经过湿地微地形改造、湿地修复、环境整治和封闭管理,成为鸟类极为理想的栖息地。其间遍布沼泽、树木、芦苇、花草、盐蒿等海滨植物抢占着各自的地盘,当然,它们也学会了妥协和礼让,在"你中有我、我中有你"的和谐氛围中共生,共同营造着鸟类的温馨家园。

这块从围垦养殖区"摘"出来的栖息地,占地不大,发挥的作用却很大。720高地修复一年多来,飞临条子泥栖息的冬、夏季候鸟越来越多,其中有黑羽白腹的秋沙鸭,黑面白身的黑脸琵鹭,还有珍稀的黑嘴鸥、东方白鹳、小青脚鹬、卷羽鹈鹕等。而自带"饭勺"、一脸萌态的勺嘴鹬,全球只有600多只,来到条子泥栖息的数量现已占到了全球数量的近60%。此外,不远万里飞行而来的火烈鸟,更是给滩涂湿地燃起了火一样的激情。

经专业观测记录,与申遗前对比,两年间条子泥湿地鸟类"家族"不断壮大,新增22个种类,已记录鸟类418种,其中有国家一级重点保护动物21种,国家二级重点保护动物71种。

这块地貌独特、安宁祥和的栖息地,自然也少不了在盐城越冬的常客——丹顶鹤的身影。那些在黄海滩涂上奔跑的野生麋鹿也喜欢来到此处抢滩。

勺嘴鹬、丹顶鹤、麋鹿,是当地人津津乐道的黄海湿地"吉祥三宝"。而条子泥,就是"吉祥三宝"会聚的首选地。

2021年10月,《生物多样性公约》缔约方大会第十五次会议在昆明召开,东台条子泥"720高地"从全球258个申报案例中脱颖而出,成为联合国19个"生物多样性100＋全球特别推荐案例"之一。

除打造720高地外,条子泥另划出黑嘴鸥繁殖地2800亩,专职人员24小时巡护,保证鸟类繁衍生息。

那天,我走进条子泥湿地采风,在长长的海堤上,我遇见了北京林业大学"东亚—澳大利西亚"候鸟迁徙研究中心的贾亦飞博士,他常年带领他的研究团队在此观测候鸟,他兴奋地告诉我:"去年我们的团队在这儿观测到1150只小青脚鹬,今年达到1160只,比去年多了10只。这已是条子泥小青脚鹬数量连续两年突破学界预估。"

贾亦飞博士研究的是湿地生态学,水鸟是他的最爱。自从条子泥这个东方秘境被打开后,贾亦飞就成了这里的常客。"这里不仅火烈鸟增多,还有很多鸟类的数量也在稳定增加,说明这里的湿地修复和管理是有效的。"

临近中午,我在专业人员的带领下,走进北京林业大学"东亚—澳大利西亚"候鸟迁徙研究中心条子泥研究基地,北京林业大学生态与自然保护学院杨洪燕博士正在专心分析底栖生物样本。只见高倍显微镜下,肉眼不可辨的小虾小蟹、小螺小贝等陈列其上。

见我一脸茫然,杨洪燕解释道,这些都是勺嘴鹬等迁飞水鸟的食物,被称为"底栖生物"。其中,弹涂鱼是底栖动物的代表,弹涂鱼喜欢爬出水面,待在退潮后的滩涂上。每当落潮时,都能看到滩涂上无数的弹涂鱼跳来跳去。这也是"弹涂"鱼一名的来历,意即弹跳在滩涂上的鱼。

"食物对于鸟类的迁徙非常重要。这些是我们从条子泥湿地不同区域采集的底栖生物样本,都需要进行专业数据分析。"顺着杨洪燕手指的方向,我看到满满三个冰柜内,整整齐齐码放着各种样本,为了候鸟的食谱,他们可真是煞费苦心。

长期以来,有一个问题始终萦绕在我的脑海里:这些海滩,生成的时间虽然不长,为什么过去候鸟栖息得少,而现在越来越多?

通过这次条子泥之行,我找到了答案。过去,这片海滩上也有候鸟栖息,但数量不多,这是此处的自然条件使然。而现在,这片海滩有了人类的刻意保护,有了茂密的森林和丰富的植物物种,有了"720高地"这样的栖息地,有了它们赖以生存的海洋底栖生物……来此栖息的候鸟品种、数量越来越多,也就是自然而然的现象了。

当然,我这样的解释也许不够专业,毕竟,栖息地牵涉到海洋生态、森林、湿地三大生态系统等诸多专业性的问题,要把这一系列专业问题解释清楚,并非易事。

专业的问题,自有专业的人士去回答。我仅从一个作家的个人立场去假设:假如我是一只候鸟,面对食物的诱惑,面对人类友好的欢迎态度,面对适宜的、温暖的栖息地,我为什么不飞来呢?

我想,我一定会飞来的!

生态外交

我第一次在黄海湿地见到章麟的时候,他正忙着接待一批从欧洲来的观鸟者。

章麟身着洗得发白的牛仔裤,背着高过肩头的登山包,普通话里偶尔夹杂着山东方言,他的语速快得像惊起的飞鸟,但咬字吐词十分清楚,听他说话并没有语言障碍。

他有一个新鲜的身份——"鸟导"。

"鸟导"这个职业听上去很新鲜,其实,在欧美发达国家早已有之。"外行看热闹,内行看门道。观鸟的专业性很强,如果没有专业的人加以指引,大多人只能看看热闹。"章麟的这番话,引起了我的强烈共鸣。

的确如此,我在黄海湿地也多次观过鸟,可那么多鸟,我叫不出它们的名字,不知道它们的来历和习性,也就"看看"而已,看过之后,除了"那里的鸟很漂亮,鸟很多"诸如此类的表述,再往深处讲,我就讲不出了。

而这,绝不只是我一个人的感受。我问过我的许多同龄人,他们能辨认的鸟类除麻雀、燕子、喜鹊等几种常见鸟类外,能辨识超过10种鸟类的人十分鲜见,超过百种鸟类的更是少之又少。

而章麟,他认识的鸟类多达上千种。他给人当"鸟导",不仅能如数家珍地告诉你,你看到的是什么鸟,来自哪里,飞向何处,全球数量有多少,鸟有什么习性等,还能根据观鸟者的需要来选择观鸟地,这么说吧,只要你想要看的鸟,他都可以带你去看到。

当然,成为一名"鸟导",章麟花了不少工夫。1999年,19岁的章麟从老家山东考入南京航空航天大学。每到周末,他都远足至南京紫金山观鸟,从早到晚,一看就是一整天。他因此被同学戏称为"鸟人"。不过,他的同学也跟着这位"鸟人"享受到看鸟、赏鸟的乐趣。

大学毕业后,章麟到上海航空公司担任空管员,天南地北地四处飞行,给他的观鸟带来了极大的便利。"工作的那几年,可以毫不夸张地说,我几乎看遍了全中国的鸟。"章麟自豪地说。

2006年的劳动节,章麟来到北京门头沟观鸟,恰巧遇上一群来此观鸟的大学生,然而他们的专业知识不足,看得兴味索然。

章麟见状,主动上前给他们讲解,让这群大学生见识了神奇的鸟类世界。事后,这群大学生硬塞给章麟500元钱,这是章麟第一次做"鸟导"拿到的酬劳。

从中得到启发的章麟,一发而不可收,走上了"以鸟养鸟"之路。为了开阔自己的视野,他从航空公司辞了职,特意去了一趟德国和北欧,向外国的"鸟导"学习经验。

"当一名合格的鸟导不是一件容易的事,需要做很多努力。"章麟告诉我,首先,"鸟导"要见多识广,他身上常年备有鸟类大百科之类的画册,每看到一种从未见过的鸟,他就要比对画册确定鸟的种类,为防止比对失误,还要长时间对鸟进行跟踪,最终加以确认。其次,要熟悉观鸟地的地理环境,有些鸟类的栖息地十分危险,如果不事先了解,很容易出事故。几年前,章麟就曾带着一群外国人到南通黄海湿地看鸟,结果车子陷入海滩上的沼泽,要不是及时叫人把汽车拖上来,汽车就会被上涨的潮水淹没冲走。

"观鸟最大的考验是耐心。"章麟说到耐心,我很理解,人们所看到的鸟类是自由自在的,没有哪只鸟会停留在某处等人观赏,有时为看一种鸟,等上半天甚至一整天也很正常。

章麟接待的第一批外国客人是一对美国情侣,他们提出要看勺嘴鹬,因勺嘴鹬全球仅有五六百只,章麟接到对方发来的电子邮件订单时,他对勺嘴鹬的了解也不多。为此他花了足足一个月的时间,扑到了黄海湿地上寻找,从南通海门、启东、如东,一直寻觅到盐城东台的条子泥,最终,在东台条子泥他发现了珍贵的勺嘴鹬。

在章麟的导游下,那对美国情侣如愿以偿,看到了他们走遍美国都没有见过的勺嘴鹬。回国后,他们向朋友介绍章麟,帮章麟带来很多外国客人。"我先后带过美国、丹麦、比利时、加拿大等几十个国家的观鸟团队,他们对我的服务很满意,回国后都主动帮我宣传。"

章麟说:"通过观鸟,我向国际友人讲述中国生态故事,这也算是民间的生态外交吧。"说到这儿,章麟停顿了一会儿,目光盯向了远方,又由衷地感叹道:"中国的生态越来越好,这也是我做'鸟导'的自信和底气。"

章麟做过统计,勺嘴鹬是外国友人最喜爱观赏的鸟类。因此,勺嘴鹬的栖息地黄海湿地是他常来的观鸟地,几乎每个月他都要带团来江苏沿海湿地上走一走,他已经熟悉了这里的鸟类、滩涂、植物,在这里,他还结交了许多朋友。

"来了,快看,鸟群来了。"章麟从包里掏出一只望远镜给我。

我接过望远镜,镜头里清晰地出现一大群黑头白身的海鸥,它们展翅滑翔,张嘴欢叫,伴着浪花飞舞而来。章麟边看边对我讲解:"你看,那全身羽毛灰褐色、个头比麻雀大些的短嘴鸟,叫灰斑鸻;羽黄腹白背后黑、胸部有着黑环环的,叫剑鸻;那只长着弧形大长喙的大鸟,叫大杓鹬;快看,体量比大杓鹬还大些的,叫白腰杓鹬;头背腹部均黑色、下体大部白色的,叫黑腹滨鹬……"

"啊,看到它们了。"章麟欢呼起来。顺着他的方向,我用望远镜扫去,只见在远离鸟群的海滩上,两只比麻雀大些的水鸟在海滩上徜徉。它们走路的方式很特别,将嘴伸在光滩的泥水中破沙前行,或左右扫动,或转弯探行,当它们抬起头时,立马头靠头、嘴靠嘴,像是在交换觅食的情况,又像在传递劳累与否的关爱。

"这就是自带'饭勺'的勺嘴鹬!"我真不敢相信,我很随意地走上滩涂,就能一饱眼福,看到全球仅存六百多只的濒危物种勺嘴鹬。

虽然,此前我从李东明的照片里看过很多勺嘴鹬,但通过望远镜真真切切地观看勺嘴鹬,还是第一次。

我正在兴奋之中,这时,透过望远镜,我清晰地看到一只小虾惊跳出水面,一只勺嘴鹬敏捷地上前吞进勺嘴,转过身来与后面的同伴分享。

"我觉得自己更像一个业余的鸟类学家。"放下望远镜,我和章麟并排坐在悠长的海堤上,章麟说,"鸟导"是一份职业,在他骨子里研究鸟类才是根本,并且乐在其中,他喜欢反反复复看同一种鸟,"每一次都是不一样的,因为它们是动态的。对于它们生活习性变化的观察、研究和探索,为鸟类学知识填补空白,这让我很有成就感。"

章麟不仅观鸟、赏鸟,他还是一名鸟调志愿者,他牵头成立了公益组织"勺嘴鹬在中国",开展保护勺嘴鹬的公益宣传,在他的倡议下,该公益组织已从成立之初的几人壮大到1000多人,已线上线下开展公益宣传300多场次,公益讲座受众超过10万人次。

"中国的追鸟者还是太少,我希望这支队伍越来越壮大。"章麟告诉我,有一对英国夫妇,他们卖掉了房产,放下手中的一切,开始满世界"追鸟"。在一年时间里,他们找到了4265种鸟,并且打破了之前由一名美国人创下的3662种的吉尼斯纪录。

章麟给自己规划了一个小目标:尽快赶超这对英国夫妇,让中国观鸟人在世界的舞台上扬眉吐气。

我相信,他的愿望会实现的。

长江的"微笑天使"

滚滚长江,东流入海。

数千年来,长江激腾奔涌的浪花淘尽了无数英雄,也在淘洗着与之相伴的水生生物。长江江豚,就是其中之一。

长江江豚铅灰色的身体,圆滚滚的脑袋,成年后体长1.3～1.7米,体重为50～70公斤,因模样憨态可掬,被俗称为"江猪"。

长江江豚的额部隆起,且稍向前凸,吻部短而阔,上下颌几乎一样长,远远看去,它的面部似乎永远保持着微笑的表情,故而又被称为长江里的"微笑天使"。

长江江豚是南京人的"故友",东晋文学家、科学家郭璞在《江赋》中就提到长江江豚,这是"江豚"一词最早出现的文献。

可叹的是,在岁月的流逝中,由于干旱等自然因素及人为对生态环境的破坏,长江江豚的数量急剧减少。1991年,长江江豚的数量只有2700多头,到2006年仅剩1800头。

2012年春,长江大旱。长江江豚已不足千头。这一年,新华社发布了一幅题为"哭泣的江豚"的照片,迅速在网上广为流传。

照片拍自湖北石首天鹅洲长江豚类国家级自然保护区,当中国科学院的科研人员对江豚进行监测时,摄影师拍下了江豚眼睛里流出的一滴透明液体。

网友们惊呼:江豚哭了!

"我原来住在江心洲上,10岁左右时常去江边放牛,在玩耍和游泳期间,经常能看到江豚的身影。可后来的几十年,就再也看不到了。"今年82岁的朱方,是一位退休教师,当他跟我谈起长江江豚的记忆时,与许多老南京人一样,当年江豚戏水的美好场景,只能遗憾地留在记忆的深处……

然而,当时代翻开崭新的一页时,曾经消失在老南京人视野里的长江江豚又回来了!

为更好地保护长江江豚和长江流域的生态环境,2014年9月,江苏省人民政府批准建立南京长江江豚省级自然保护区,保护区自南京长江大桥至长江新济洲与安徽交界水域,总面积86.92平方千米。

一个月后,根据《江苏省生态红线区域保护规划》,新建的南京长江江豚省级自然保护区被纳入规划范围,并对镇江长江豚类保护区的功能区同步进行了优化完善。

保护区成立后,又专门成立了南京市豚类自然保护区管理站,并同步成立管理站科研分站及江宁、浦口、栖霞、六合沿江四区管理分站,实现保护与管理工作全覆盖。

2015年2月,南京市全面启动长江渔民转产上岸工程。实现南京长江二桥至三桥江段全部渔民的转产上岸工作,进一步减少了长江南京段的捕捞频次,为长江江豚打造温馨的栖息家园。

同年,保护区还推动成立了南京市江豚保护协会。志愿者们走进学校、社区,科普江豚知识、带领市民到江边观测野生江豚,还多次举办江豚艺术展、江豚绘画大赛、江豚宣传进地铁车厢等活动,呼吁市民关心身边的长江精灵,积极参与江豚保护与长江生态保护。

"了解江豚,走近江豚,才会更爱江豚。"南京市江豚保护协会副会长兼秘书长姜盟告诉我。近几年,长江江豚保护区在新济洲核心区水域、梅子洲核心区水域、中山码头水域设立了江豚观测点,聘请当地渔民作为监测员,并配备手机、望远镜、水质监测仪等设备,全天候监测记录江豚的活动情况。同时还借助南京"智慧农业"项目平台,在新济洲核心区、梅子洲核心区设置高清摄像头,对监控区域内24小时不间断地摄像监控,对江豚栖息水域进行常态化管控。

在这期间,还发生了与黄海之滨"为鸟让路"相类似的"为长江江豚让路"的故事——

2012年,南京市锦文路过江通道设计方案确立,该通道是连接江北新区和江宁滨江开发区的重要通道之一。可在正式实施时,设计人员发现,其规划路线恰好在新成立的长江江豚省级自然保护区核心区的边缘。

怎么办?

重改方案,必然会增加大量的人力、物力和财力;不改方案,原先规划的线路有可能影响到长江江豚的栖息。

在这道选择题面前,南京人毫不犹豫地选择了重改方案,为长江江豚让路。

过江通道开工建设前,南京市着眼长远、通盘考虑,将长江流域的整体生态环境保护列为所有设计和规划的首选项。在这一刚性规定下,设计单位对方案进行了重新调整,不仅把新桥梁线位从长江江豚自然保护区核心区边缘迁移到保护区的缓冲区,还取消江中桥塔,将原有的三塔悬索桥改为双塔悬索桥,两座桥塔分别位于新济洲和子汇洲上,完全避开了长江江豚保护核心区。

当人们对长江江豚和其他水生动物采取保护措施后,它的数量便有所回升,几近消失的"江豚戏水"场景,再次呈现在人们眼前。

2017年11月30日下午,两艘自芜湖港出发的长江江豚科考船在细雨中驶近南京中山码头。突然,一名科考员兴奋地叫了起来:"快来看啊,有江豚!"

已在江上奔波了近2000千米的科考队员们,正在为整个航程没看到长江江豚而泄气,听到这声呼喊,他们立马兴奋起来,迅速奔至甲板,他们的眼前,果然出现了一个长江江豚群,一头、两头、三头、五头……共有七头长江江豚在滔滔的江水中戏水玩耍,它们时而跃出水面,时而潜入水下,起起伏伏,转体灵活,场景颇为壮观。

在"江豚戏水"成为常见风景的同时,江豚研究也进入了新的阶段。2018年4月,国际《自然通讯》发表了南京师范大学教授杨光和美国加州大学方晓东教授等人的研究论文,他们通过大样本全基因组测序,将长江和中国沿海不同水域的49只江豚的基因组数据进行比较分析,发现了长江江豚与海洋江豚之间存在显著而稳定的遗传分化,已形成独立的进化支系。

"研究结果充分证明,长江江豚不再是窄脊江豚的亚种,而是一个独立物种。"杨光教授说,这篇研究报告的发表,标志着中国又增添了一个特有物种,也是近几十年来首次由中国科学家确认的一个鲸豚类哺乳动物新物种,对长江江豚与长江生物多样性的保护具有十分重要的意义。

万里长江,浩浩荡荡;生态保护,同向发力。

近年来,随着长江生态环境的持续改善,很多动植物都在江边安了家。走进镇江长江豚类自然保护区,扑面而来的是生机勃勃的盎然绿色。保护区的负责人告诉我,目前,该保护区生物多样性监测已记录白车轴草、苍耳等维管束植物162种;斐豹蛱蝶、棕静螳等陆生昆虫物种106种;华南兔、赤腹松鼠等哺乳动物4种;白鹡鸰、红嘴蓝鹊、灰椋鸟等鸟类86种;黑斑侧褶蛙、金线侧褶蛙等两栖爬行动物7种。其中,东方白鹳、震旦鸦雀等国家重点保护野生鸟类22种。

从南京到镇江,这片长江流域江豚最为活跃的区域,无论是保护区管理、巡查执法,还是生态修复、科普宣传等,都在不断加强。更为可喜的是,只要江面上出现江豚,过往船只就主动为江豚让道,对它们如待"故友"般尊重,这充分说明,人们保护野生动物的自觉意识显著增强。

在有力的生态保护下,长江江豚的种群数量近几年来呈现出积极的上升趋势,据不完全统计,长江江豚的种群数量现已突破了2000头,且逐年稳步增长。

从长江到黄海,从城市到乡村,江苏大地处处鸟语花香,水阔鱼跃,存在于史料深处或人们记忆深处的这些大自然的"故友",正以崭新的面貌来到人们的身边,与人们和谐共处。

第三章

现代综合交通运输体系建设

◀◀◀ 溧水"四好路"——枫香岭路

◀◀◀ 连云港港口

◀◀◀ "全国美丽乡村路"郭云线景观

◀◀◀ 太湖隧道入口

◀◀◀ 新亚欧大陆桥东起点地

◀◀◀ 泰州兴化千垛美路

◀◀◀ 天生桥大道

◀◀◀ 徐连高铁轨道面施工现场

◀◀◀ 作家们在连云港港口实地采访

◀◀◀ 作家王成章（左）采访港城物流情况

◀◀◀ 五峰山过江通道公路接线工程节段梁架设施工现场

◀◀◀ 五峰山长江大桥公路北接线北引桥

美丽乡村"幸福路"

——南京市溧水区"四好农村路"建设侧记

李 樯

随着社会主义新农村建设步伐的加快和各项配套政策、利好资源的不断完善,自2015年起,南京市溧水区上下齐心,真抓实干,经过7年来的努力,一片充分体现"强富美高"新江苏特色的农村公路网,在山水田林间纵横延展,成为带动地方快速发展的一条条支流。

郭云线:从一条乡村路的建设说起

2021年10月12日,中国公路学会公示了"第二届全国美丽乡村路"评选结果,全国24条县道获得殊荣,江苏入选两条,其中一条便是溧水区的郭云线(枫石、孔枫段)。

X201郭云线位于溧水区宁镇山脉之南,该地段为长江一级阶地及丘陵,地形南高北低,地势变化较大。郭云线全长54.67千米,连接着东屏、白马、晶桥、和凤四大街镇,是溧水东南部片区重要的出行环线。根据地理位置,郭云线分东白线、枫石线和孔枫线三个路段,其中获得"全国美丽乡村路"称号的为枫石线、孔枫线段,全长17.57千米。东起X305白明线,一路向西,途经红色李巷、S246、秦淮梅园、陈郭村,终至S204。全线按三级公路建设标准,路基宽10米,路面宽7米,道路于2015年12月开工建设,2017年11月完工,交工验收质量等级为合格。

要获得"全国美丽乡村路"的称号,仅评审指标,就有八大体系,近百子项的考核。八大体系为基本功能、路域治理、生态环境、路域景观、实景展现、旅游服务、社会评价和自定义项。

  基本功能中的路况水平检查，郭云线在四个子项指标上获得高分，完全做到了全线路堤、路堑边坡坚实，坡面无缺口、坍塌、滑坡。2020年，经过对全线路面状况的检测，路面PQI(Pavement Quality Index，路面使用性能指数)平均值为96.9，按现行规范评价为优，虽然局部路段存在轻微裂缝，但无明显病害，使用性能良好。也是2020年，溧水全区桥梁定检检测报告显示，郭云线全线桥梁涵洞设施完好，运行正常。交通安全设施设置规范方面，郭云线设置合理、规范、齐全，波形护栏线形顺适，标志、标牌板面平整、清晰醒目、反光良好，标线线形顺畅，里程碑、示警桩设施齐备。

  在路域治理体系中的路域环境七个子项的检查中，郭云线做到了路面整洁，清爽干净，落叶清理至绿化边缘；无垃圾，无乱倒垃圾和污水现象；美化线四线分明，并将"四线分明"原则贯穿于道路建设全过程，规划阶段的充分考虑、设计阶段的充分研究、实施阶段的充分落实，结合地形地貌，将公路的线型美发挥到了极致。定期对道路全线排水边沟进行治理，边沟内无淤积物、杂草、白色垃圾等，整体完好，排水畅通无阻。根据溧水区农村公路爱路护路乡规民约，结合道路巡查，郭云线也没有出现打谷晒粮现象。路田分界和路宅分界方面，郭云线用地均在规划红线内，分界位置采用绿化、边沟等形式隔离，同时完善了道沿、绿篱，增设绿化平台、硬质防护网、砖墙等设施，实现路、宅分界明晰。线路所经村庄社区，按规划建设的垃圾房、垃圾存放点远离公路，确保了路域环境整洁、美观。并灵活采用"遮、透、露、诱"的手法，通过近远景的结合，借景障景的运用，营造出自然多变的自然景观。

  作为社会主义新农村公路的典范之作，以"青山绿水就是金山银山"理念为指导，郭云线可以说充分利用了江南优越的自然条件资源，并深度融合本地民俗地貌，在生态环境和路域景观两大体系检查中高分亮相。除了公路沿线的绿化工程、动物通道等具有完善的养护方案，郭云线全线边坡均实现了绿化覆盖，消除光秃裸露现象，并结合日常巡查及养护，保障了边坡常年绿化效果。日常管养注重绿化保护，无绿化缺株区域，并能因地制宜选用绿化树种，实现了乔灌花草的合理配置。沿线根据道路两侧环境，选用榉树、合欢等本地优势树种作为景观树的同时，路线设计也与周边自然环境完美融合,在考虑行车安全条件的基础上,几乎没有破坏原来的地形地貌特征。溧水区公路事业发展中心定期巡查,路政执法人员不定期检查,道路全线两侧、临近的龙尚水库,无任何堆放或倾倒含有有害物质的材料或废弃物现象。

景观设计方面,郭云线全线依山傍水、显山露水,不截弯取直、不填塘,把以前一条宽约4米的水泥路,提档升级成了7米宽的双向两车道沥青路。原先道路狭窄,路面坡度起伏较大,不便于正常驾车行驶,且道路两侧没有相关防护设施,极易发生事故。现如今,不仅路面进行了加宽及黑色化升级,还对部分起伏较大路段进行降坡,全线临崖路段全部加装防护栏,更好地保证了当地群众的出行安全。桥涵、挡土墙等结构物造型遵循沿线建筑风格,毫无突兀感和分离感。溧水区特别设计的健康绿道农路品牌标志沿路可见,曲径通幽,深度融合,并着眼于还原农村生态美、自然美,不过分追求绿化造型,不留人工痕迹,营造出简单自然的效果。同时,郭云线沿线建设有5处公路景观节点,与路口转交、村庄入口相匹配,全线所有公交站台均实现了港湾式布局,并铺有红色陶瓷颗粒,既起到增色美化作用,又增加了行车安全性。

在匠心设计的背后,是道路与地方风貌、物种、人文景观等的有效融合,勾勒出郭云线特有的人文景观,如在红色教育、历史遗迹、考古遗址、名人故居、革命旧址等方面,郭云线贯穿了红色李巷、钟国楚旧居、刘氏宗祠等,展示了溧水深远的红色革命和深厚的人文历史。而20千米的自行车骑行道、"金陵四十八景"之一的秦淮梅园,更诠释出溧水绿色农村公路崭新的现代性。

郭云线建成通车后,先后获得溧水区、省级和全国等多项荣誉,2019年,溧水区也被江苏省人民政府评为"四好农村路"省级示范县。2020年,枫石线段被江苏省交通运输厅评选为"江苏最美小康路"。2021年更是被评为全国"四好农村路"示范区。这些荣誉,也为线路一举拿下"全国美丽乡村路"的殊荣奠定了基础。

嬗变：从"通上车"迈向"富一方"

4月的江南，花红柳绿，千里莺啼，疫情也无法遮掩江南大地的蓬勃生机。2022年5月21日，在溧水区交通运输局翁盼的指引下，笔者来到孔枫线，去石山下村，看千年古桂树，访中山刘氏宗祠；穿过一个村庄，又来到晶桥镇芝山社区曹庄村，只见白墙灰瓦的楼房错落有致地分布于花草林木间，干净整洁的步道四通八达，清澈的河塘倒映着岸边的风景。穿行在乡间公路上，到处绿树成荫、鸟鸣啁啾，空阔的平原上则是麦浪翻涌、金色无边。脚下的公路崭新平整，醒目的黄线分出双向车道，车辆、行人从容有序。

"我们村村民日常在村里企业上班拿工资，年底参与集体分红，两份收入让大家安心、舒心！这都是农村公路的提档升级给我们带来的实实在在的变化。"曹庄村芝山石燕合作社工作人员李其武说道。自郭云线建好以来，村里依托公路加速土地流转，走生态观光旅游与特色农业互利共生、和谐发展的新路子。

以交通条件的大改善来谱写振兴乡村、改善民生、助力群众奔小康这篇大文章，是溧水区推进交通建设的出发点和落脚点。村民一边领着土地流转补偿费，一边领着上班务工工资，年终按股分红，这在溧水区很多乡村成为常态。"要想富，先修路"是中国人关于交通的朴素想法，也是溧水区通过完善基础设施保障当地村民"钱袋子"的有效之举。

以前"坑坑洼洼行路难"是溧水区农村道路的真实写照，落后的交通严重制约经济发展。人民群众盼望修路，盼望致富，盼望"走出去"，修路成了当地百姓的迫切心愿。群众盼的，就是政府要干的。

近年来，区交运局强化突出规划引领，做好顶层设计，把美丽乡村道路融入宜居、宜业、宜游、宜乐的美丽家园建设。以创建农旅融合示范线路为目标，按照"因地制宜、突出特色"原则，结合公路现状及沿线自然风景、人文地貌，积极打造兼具生态、观光、旅游、文化、城镇发展诸多功能的经济带。

"原来的边角旯旮现在整治改造成池塘和农业用地，为产业发展盘活了土地资源。池塘边上都种了花，卫生也有人打扫了，现在大家都爱在这里转悠。"李其武高兴地说,"村里围绕美丽乡村路做足文章,芝山社区加大投入资金,修道路,搞绿化,做亮化,配备运动器材……大家的满意度很高,幸福感也越来越强了。"

铺路致富。"枫香岭路建成通车后,货车直接开进基地。几年时间里,枫香岭路周边还成立了8个苗木合作社,苗木产业成为重要产业之一。"枫香岭社区支部委员陶国建感慨地说。农路通了以后,农产品运出去了,农业产业化十分活跃,成为致富一方的支撑。

"我们依托郭云线培育了草莓基地、向日葵观赏园等农业项目。这在之前是无法想象的。新鲜蔬菜、水果对于运输的要求很高,没有好的道路支撑,长时间颠簸会造成很大损耗。"陶国建介绍,他们成立了蔬菜、水果等专业合作社,水泥路升级成沥青路后,大大降低了运输成本,这些"本地菜果"逐渐在南京人的餐桌上唱起"主角"。

枫石线上的白马镇的黑莓产业已经成为全区农业五大支柱产业之一,这里建成了全省最大的黑莓标准化示范园,被誉为"中国黑莓之乡",沿线村庄经济总收入增长,村民幸福感得到大幅提升。以白马镇石头寨村为例,该村主要是以黑莓、蓝莓、茶叶、水稻种植为主,产出稳定,农民收益良好。石头寨村现建有蓝莓基地5300亩,黑莓基地1900亩,蓝莓获评农业部"一村一品",黑莓被认定为国家地理标志农产品。2018年,石头寨村蓝莓总产量2200吨、黑莓总产量1200多吨,实现鲜果销售额超5500万元。一年一度的蓝莓采摘节吸引了数万游客前来观光旅游。2018年,石头寨村被誉为全国"黑莓第一村""蓝莓第一村",49户低收入农户2018年全面脱贫,2020年9月还被农业农村部评为"中国美丽休闲乡村"。线路畅通之后,这里成了长三角地区唯一的国家农高区,众多最新科研成果在此落地生根,国内外200余家优质科研院所和实体企业纷至沓来,每年近两百场的会展、会议将这里打造成了会展高地。

溧水区这种建好农路的同时,提升农路辐射带富功能,培育一村一品,打响产业融合特色牌,夯实乡村振兴基石的做法,高效助推着当地农业品牌化升级、发展的步伐。根据各村基础条件和资源禀赋,坚持"量身定制"发展,形成了以"五莓"经济为代表的经济林果、食味稻米、设施蔬菜、名优茶叶、特种水产、优质畜禽、休旅农业七大主导特色产业,建有全国最大的单体草莓种植基地、全省最大的设施草莓基地——金色庄园傅家边,以食味稻米为主的和凤镇两个国家级产业强镇。

聚焦产业,助力富民,打造创新多元的融合发展体系,一条路绘就了大农业。溧水区依托全域"四好农村路"的建设,织就了一串宜居宜业宜游的"美丽农村路",串联起无想山、红色李巷等休闲度假区和白马农业区、傅家边农业园、石湫影视文化园、新能源汽车制造等产业基地,走出了一条一、二、三产业深度融合的乡村产业振兴发展路径,吸引人口、资源、技术等重要因素向乡村回流,构建了"1+3+1"现代产业体系,带动沿线农民人均增收1.2万元。推动了农村公路由"通上车"向"富一方"、由"交通线"向"风景线"的质变。

质变:从"交通线"转向"风景线"

"伴随着交通格局的不断优化,溧水区从一个个曾经偏僻的小山村真正变成了'绿富美',成为农旅融合的精致样本。"晶桥镇农路办副主任翟俊说道。

近年来,溧水区先后培育了郭兴庄园、秦淮梅园等省级创意主题农业观光园;打造了三叶梦华苑和石湫玫瑰园全国休闲农业与乡村旅游四星级示范园区,实现了经济的大发展,2021年国庆期间就接待游客超百万。不仅如此,合作社还成了孩子们的农业实践教育基地,周末、节假日里,南京主城区市民开车过来采摘仅需一个多小时。条条美丽乡村路让城市和乡村紧紧联结在一起,在乡村体验吃喝游玩、回归自然,体验慢生活,正成为生活时尚。孩子们从小生活在美丽如画的乡村,徜徉在春风秋光中,陶冶了情操,提高了情趣,培养了素质。

据了解,自2015年以来,溧水区共投资46亿元,提档升级农村公路500余千米,成功打造了郭云线、无想景观大道、溧白生态大道、秋湖竹海大道等多条"四好农村路"。将公路修到村门口,一张以城区为中心、以镇街为节点、以建制村为网点的交通网络正在不断铺开。几年来,溧水建成的高标准

1206千米农村公路串联起259个美丽乡村景点,正可谓一条路带来八方客。

2021年1月,在江苏省交通运输厅发起的"江苏最美小康路"评选活动中,经过单位推荐、网民投票、专家评审环节,溧水区白马镇枫石线等5条农村公路被评为"江苏最美小康路"。白马镇枫石线连接着晶桥镇、白马镇,是溧水南部片区重要的连接道路,是该区美丽乡村线路上的重点道路。起自S246省道,经过李巷,至尤陈边,全长7.513千米。

枫石线的建成通车,为"红色李巷"的发展打通了关节,使李巷的红色故事广为人知。

由于位置偏僻、交通不便,大半个世纪以来,承载着辉煌历史的李巷并不为外人所知。"李巷三面环山,没有路。"据当地村民回忆,以前乡亲们大多外出打工谋生。2016年,李巷所在的石头寨村被列入市经济薄弱村。枫石线途经苏南反顽战役阵亡将士纪念塔和苏南"小延安"李巷后,当地开始着手挖掘红色资源,进行整体改造。苏南反顽战役阵亡将士纪念塔背依青山,面向广阔的田野,松柏葱郁,巍峨庄严。据统计,2019年,李巷接待游客超过30万人次,实现旅游总产值1560万元。"红色李巷"声名鹊起,成为江苏省委党校培训基地、南京市爱国主义教育基地、溧水区委党校党性教育基地。

另一个红色经典,则以石头寨村为核心,通过道路连接,红色文化产业辐射至周边的曹家桥村、芳山林场和晶桥镇部分区域,共36平方千米。红色教育与乡村旅游深度融合,掀起全民参与红色旅游的新热潮。枫石线不仅搭建了一条红色文旅微循环、产业聚集大循环的集成网络,更将"健康绿道"与历史文化深度融合,从周园到红色李巷,畅通的农村路网正进一步助力乡村文旅融合发展,一路传播着红色文化正能量。

而孔枫线,同样为周边发展送来了东风。线路上的石山下村,原本是一座有着近千年历史的古村落,村子以石头为建筑,山脉相拥,池塘相伴,是溧水区美丽乡村重点打造的旅游点之一。孔枫线通过村道支线连接起特色村落石山下村,为拥有两株南京市已知树龄最长的桂花树、现存完整的十三卷家谱、明朝的刘氏宗祠等众多古迹的石山下村带来了万千游客。周边还配套建设了20千米自行车骑行道、20亩野草花甸,给古韵十足的石山下村带来了青春动感,还为"金陵四十八景"之一的秦淮梅园带来"万亩梅园香似雪,十里梅林人如潮"的景象,打造出集梅花苗木培育、盆景制作、观赏、销售等为一体的多功能区。"一段一主题、一域一特色、一处一风景"的高标准绿化,将乡村公路装点得多姿多彩。

"金桂飘香芳满地,梅依疏影玉横斜。"孔枫线段不仅给当地村民带来了交通的便利,也带动了沿线农业产业化快速发展,催生了万亩良田、秦淮梅园、种植园等基地的兴起,使沿线乡村旅游发展蓬勃兴旺。

"大养护"机制:创造"畅安舒美"通行环境

按照"交通强国"的战略要求,溧水区深入贯彻落实习近平总书记关于建设"四好农村路"指示精神,全面深化改革,创新管养模式,高质量推进"四好农村路"管理体系和治理能力现代化建设。以溧水区交通运输局翁盼同志为骨干的交通人,在实践中不断创新、总结出了一套"大养护"制度。

一、坚持问题导向,深入调研掌握农村公路管养症结。

随着农村公路的迅速发展,农村公路里程的增加与农村公路管理养护滞后的矛盾越来越突出,管理和养护上不同程度地存在重建轻养、主体不明、责任不清、资金匮乏等问题,一度陷入前修后补、边修边坏的被动境地,使近年来农村公路建设的丰硕成果不能更好转化,形成新的"行路难"困境。其主要原因:一是管理人员不足。虽然区、街道两级政府都成立了农路管理机构,但无正式机构编制,镇(街、区)农路办工作专业人员配置严重偏少。二是养护资金不足。养护资金供给不足与来源渠道不稳定,尤其是乡村道路的保养,缺少资金来源。三是养护力量不强。街道农路办负责辖区内乡、村道的日常养护工作,但由于镇(街、区)农路办基本未成立专业养护队伍,仅是由行政村聘用附近居民进行简单的人工保洁,养护专业设备几乎为零。因此,一旦遇到路面破损尤其是新提档升级的沥青路面破损,无法做到及时、有效、规范地维修,更无法实施降路肩、清边沟、通排水、修绿化等预防性养护工作。四是路政管理不顺。一方面,由于老百姓"爱路""护路"意识不强,打谷晒场、乱堆乱放、侵占道路等现象屡禁不止,车辆超限超载和违法违规现象较多,部分农村公路"通而不畅""越变越窄""搭接随意",路域环境较差。另一方面,由于农村公路分布"离散性"较大,路政管理人员配置数量不足,执法水平参差不齐,无法对全区农村公路实行有效的路政管理。

二、建立"大养护"管养机制,创造"畅安舒美"通行环境。

溧水区按照"有路必养,养必优良"的要求,进一步明确责任、创新方法、强化保障,建立"大养护"机制,实现了县道优、良、中等路比率达99.8%,乡道优、良、中等路比率达97.9%,村道优、良、中等路比率达95.8%,在2020年全省养护质量考核中位居第一。

具体做法:

(一)推进养护专业化水平。大力推进街镇农路办标准化建设,规范农路办办公场所、制度、人员、装备,举办养护培训,提高养护水平,保障农路办高效运作。将巡查和保洁的职能移交属地街镇,城管市容管理模式充分融合,资源整合,统一标准,有效提高机械化作业水平。专业性较强的沥青道路维修等工作由区交运局统一组织实施,最大程度解决了街镇养护设备不齐、技术不强等问题。自2015年大力推进乡村道路建设改革以来,溧水区每年至少举办两次以上道路养护人员培训,培训内容主要有安全教育、护路员专题培训、政策讲解等,一次培训1~2天。授课形式也多样化,如邀请专家授课、工作人员详解政策、去外地实地教学、送学下乡等。

(二)强化信息化管理手段。为解决事后性养护的弊端,利用交通运输综合信息化系统对全区所有农路实行全天候实时监测,同时街镇交管所执法人员的巡查和护路员每天实时的数据上传,与公安、交通等各类视频监控设备实现信息共享,及时发现路损路害,第一时间进行处理,基本做到第一时间发现、第一时间处置。强化路面检测智能化,委托专业第三方检查机构,使用路面综合检测车、激光平整度仪等专业设备对路面、桥梁等数据自动采集,实现检测的自动化。全面建立农村公路养护工作投诉举报处理平台,主动接受社会和群众监督,及时解决道路、桥涵使用过程中产生的问题,保障公路完好通行。

(三)加大养护资金保障。明确所有资金的来源及资金详细的去路,将养护资金由原来省、市、区1∶1∶1配比大幅提升到1∶2∶2,其中县道由区财政全额托底,由区交运局扎口管理,统筹安排。其中日常保洁及水泥路维修资金根据定额,考核拨付。沥青道路日常维修根据实际发生情况全区平衡,由交运局统筹安排,发挥养护资金的最大效益。将大、中修工程列入年度城乡建设计划,由区财政安排专项资金。严格落实属地责任,将农村公路管养纳入对开发区、镇街的千分制考核体系,建立区月度考核机制、镇街每周自查考核机制,考核结果作为资金拨付的主要依据。

道路养护资金方面,日常保洁及小修保养费用按省、市、区1∶1∶1配套,2016年省、市、区养护资金总额1409万元。2022年日常保洁及小修保养费用按省、市、区1∶2∶2配套,资金总额为4600万元。费用主要用于农村公路的日常保洁和维修。区财政确保每年有4000万元专项资金用于道路大、中修工程。

三、完善"大路政"管理模式,有效构建"协调高效"管理机制。

溧水区按照依法治路的总要求,着力完善治理体系,提高现代化治理能力,建立"大路政"的管理模式,实现路政管理全覆盖,被评为江苏省交通运输信息化综合应用示范区,群众满意度再创新高。

(一)建立统一管理的创新机制。依托区路政大队,构建"区统一执法、镇街协助执法"的联动管理工作机制,实现路政管理全覆盖。深化交通运输综合行政执法改革和镇街综合行政执法体制改革,赋予镇街交管所乡村道路路政管理职能,并纳入镇街综合执法大队管理,实行双重领导,着力抓好源头治超和路产路权保护两项重点工作。

(二)完善综合协调的联动机制。加强内部联动机制,坚持日常监管与专项行动相结合,规范运输市场,维护市场秩序,行业安全得到巩固,群众满意度达到新高。建立行业联动机制,定期组织全区路政、公安、城管等有关部门管理人员在特定区域或特定时间集中力量联合执法。建立高效互动的跨区域联动机制,针对过境车辆超载超限开展源头治理,主动与溧阳、句容、博望、高淳、江宁等临近地区定期联合执法,有效遏制超载超限违法行为。

(三)搭建科技执法的管理平台。紧密结合交通运输综合执法改革,在全省率先布局覆盖交通全领域、全行业的手机终端应用程序,实现执法检查电子化、闭环处置信息化、上报派发智能化。全区13套货车超限超载运输非现场综合执法系统工程投入使用,实现溧水区范围内超限车辆的监测管控,并基于超限车辆的行驶轨迹挖掘分析,匹配分析道路超限车辆流量,实现超限车辆热点线路的挖掘分析,为执法人员开展超限治理提供依据,自动建立超限车辆重点库(黑名单库),实现超限车辆的跟踪布控。

四、溧水区还创新性发展了"大群管"管理方式,营造出"全员参与"的养路、护路的浓厚氛围。

在坚持农村公路交运局主管,各街镇为主体的管养体制基础上建立共管网络,大力推行区域管理制、基层自治、护路员制,全面履行基层单位农村公路保护管理责任,通过宣传乡规民约,建立护路举报、奖励机制,实现全民参与的农村公路护路氛围。

(一)面上实现一域一统管。将农村公路保护管理责任纳入区领导联系街镇职责,区交运局领导、职能科室领导均联系到镇街,形成"区域管理制",农村公路保护管理工作均纳入区对街镇年度千分制考核范畴。

(二)片上实行一村一群管。街镇、社区(村委会)建立农村公路群管协管网络,签订爱路护路责任书,行政村书记任组长、自然村村民委员会主任为组员的群管网络,全面履行基层农村公路保护管理责任。制定乡村爱路护路村规民约,提高全民爱路护路意识,减少主动破坏公路行为,在公路醒目路段设置养护公示牌,设置举报电话,最大限度地发挥群众监督功能。

(三)实施一路一路长。溧水区在全省率先试点"护路员"制度,每15千米配备一名专职护路员,实行一村一网络、一路一专管,建立"定路段、定路产、定路权、定职责、定考核"的"五定"护路责任制。深化科技治路,创新实施道路信息化管理模式,率先建设"溧水交通运输行业治理"手机应用程序,推行护路员+"智慧农路"模式,护路员每日进行道路巡查,对巡查过程中发现的问题及时通过应用程序上报街镇农路办,对发现的问题进行及时有效的处置,及时销号。

2019年溧水区创新推行"护路员"管理制,经过几年来的基层实践,"护路员"管理制取得了实实在在的成效。2021年溧水区根据《交通运输部关于全面做好农村公路"路长制"工作的通知》文件精神,结合护路员制度优势,构建"区、街镇、村社"三级"路长＋护路员"组织管理体系,全区设立路长102人,护路员114人。通过设置护路员岗位,溧水区不仅有效解决了部分贫困户家庭收入不达标问题,同时解决了全区1200余千米农村公路巡查频率不足的问题,既养好了公路,又带动了贫困群众脱贫。

深化改革,群众受益,发展共享共治的群众参与体系。先行先试的农村公路养护体制改革,将县、乡、村道日常保洁下放属地,沥青道路养护维修集中市场化,既整合了农村保洁力量,又实现了维修养护专业化。自2019年以来,溧水永阳街道、晶桥镇通过"合作社＋困难户"模式,开展农村公路日常保洁工作,充分调动道路沿线群众爱路护路积极性,提高他们的"造血"功能,增加农村"留守"群众收入,在全省率先开展的"护路员"制度,让沿线104名困难户找到了第二职业,使得一条路也成了就业路。57岁的东流村村民吴和平是首批护路员之一,他可以通过溧水交通运输行业治理应用程序上传发现的问题,以便管理部门及时处理。对他个人来说,每年可增收1万多元。

路的终点,只是幸福的起点

"十三五"以来,溧水区按照凡是贫困村必优先"提速"、革命老区必优先"提档"、经济节点必优先"提标"、旅游景点必优先"提品"的方针,高质量提档农村公路700多千米,危桥改造6座,实现了行政村宽7米以上沥青路覆盖率100％、居民集中区路网覆盖率100％、产旅节点覆盖率100％、县乡道安全生命防护工程设置率100％、三类及以上桥梁100％,构成了"一环、四轴、六区、多连"的农村交通网络。其中,一环指全域旅游环线,四轴指的是以国省道为主干线的交通脉络,六区指的是溧水的6个重点区域,多连指的是农村公路就像蜘蛛网一样把各个要素地点串联起来。

一路畅游,不知不觉间,就到了郭云线的终点,笔者仍然意犹未尽。看着近处的绿树繁花,远处的白云青山,忽然意识到,对一方百姓来说,这路的终点,分明是幸福的起点。

用肩膀扛起的桥

张文宝

一条铁路被叫作"桥",而不是"虹",多么美好奇妙的想象!

是"桥"就有桥墩。连云港到乌鲁木齐的"桥"有多少桥墩,说实话,我没有数过,不清楚,可我坚信它是世界上桥墩最多的一条铁路,不必有丝毫的怀疑。

我说的"桥"是东起连云港,西至荷兰鹿特丹的新亚欧大陆桥,连云港是"东方桥头堡"。

创造奇迹的时代,神奇的事情天天都在发生。

几乎是一夜之间,"复兴号"高铁像火箭一样穿行在徐州到连云港的大陆桥上,子弹一样的车身带有一种科幻感。"复兴号"速度快,每小时350千米,徐州到连云港220千米,仅用53分钟就能抵达。

徐州到连云港,两个城市之间因此没有了距离感,成了咫尺之地。

一日千里,这种景象过去只有在神话中才会出现,现在则成为平时出行的一种便捷方式,我们很难想象没有高铁的生活会是怎样的。

高铁在高架桥上飞奔,一座座桥墩举着高架桥,气势磅礴,如虹如练。

一个偶然的机会,在徐州与连云港这一段大陆桥上,我跑了跑,数了数"桥墩",一排排、一行行,坚挺在河流上、原野上,整整齐齐,像一个队列,像一支队伍,威武雄壮。

我总算弄清楚了连云港到徐州这一段大陆桥到底有多少"桥墩"。我说的"桥墩"是那些修建了徐连高铁的人,看呀,他们与"桥墩"是多么相像,深深扎根在泥土里,默默矗立在河流中,昂首挺胸,在狂风暴雨和冰天雪地中不动摇不屈服,用肩膀扛起徐连高铁,用钢筋铁骨的身躯驮起历史、使命、信念、责任……

一

连云港是全省比较晚开通高铁的一个地方,当兄弟城市的高铁呼啸而过的时候,朋友不无骄傲地对我说,他早上从南通乘高铁,九点钟就可以准时赶到南京会场上。我听了,惭愧了,羞赧了,觉得自己蓬头垢面,好像我的城市没有高铁自己也有一份推卸不去的责任。

长长的铁路一直伴着我的成长,那些少年不谙世事的欢娱,那些成长过程中的烦恼和忧愁,那些车上熬着长夜、盼望天明的焦渴,都是我与列车亲密接触的真实写照。我见过蒸汽机烟囱里冒着滚滚的黑烟,拖着如长蛇一般的绿皮车厢,慢慢腾腾地前行;我曾提开车窗,迎着刮来的长风,饱览外面如画的风景。

多少次,我在内心里焦灼地呼唤:连云港,你什么时候能通上高铁啊?

如今,中国已经步入高铁时代,高铁成了现代中国城市的标配,是文明和富强的象征。一座没有高铁的城市,在中国城市群里也矮小三分,黯然失色,一堆刺眼的词语通通属于她——落后、边缘化、跟不上时代、没有蓬勃向上的朝气。

连云港这个城市急于走出去,从狭小走进博大,从淮海经济区走进经济活跃的长三角经济区。这个城市虽不大,只有五百多万人口(2012年统计),却山清水秀、历史厚重。她是祖国的一块风水宝地,是陇海铁路东端起点,新亚欧大陆桥"东方桥头堡",国家东中西部合作示范区,"一带一路"强支点、"一带一路"合作倡议的标杆和示范项目地,也是上海合作组织国际物流园所在地、江苏自贸区三个片区之一,等等。很多实绩证明连云港应该开通高铁。

大海是何等的万千气象!

古城徐州听到了连云港海水扑岸的涛声,看到了大海飞扬的浪花,这座城市躁动了、热血沸腾了、迫不及待了,尽管是全国百大交通枢纽城市,淮海经济区中心城市,有陇海、京沪、郑徐、徐宿淮盐铁路线交汇在此,她还要拥抱磅礴的大海,踏上出海大通道,给庞大的工业城市带来源源不断的强劲发展动力,焊牢中心城市的地位。徐州下辖的邳州市、新沂市像两只小老虎,嗷嗷叫着要赶时间、抢速度、争效率,想要创造更大的价值。但它们短了一条腿,没有高铁。

没有人想被时代抛弃,没有人不想与时俱进。

创造奇迹的时代,就有创造奇迹的人。创造者都有"夸父追日"的宏大志向,都有"精卫填海"的坚定意志,不畏艰难。

那些日子里,徐州和连云港的领导者心里装着大事,跑北京、跑上海、跑南京,在一次次会议上,他们汇报时说得最多的就是修铁路,因为两地快速发展被扼住了"咽喉"。

是的,快速交通成了一座高高的墙,将连云港和东海县、邳州、新沂挡在了现代城市外面,与文明隔离开。他们无奈、尴尬之余,还要面对困窘的现实:唯一的铁路陇海线是客货两用线,运行速度缓慢,徐州到连云港的旅客列车平均运行速度只有每小时 90 千米。外地人嫌这四个城市路远,不愿意过来,当地人外出要赶到徐州高铁东站转车。

国家的目光看到了徐州和连云港。

作为国家《中长期铁路网规划》中"八纵八横"高速铁路主通道横向"陆桥通道"组成部分的徐连高铁开建了,全线设有连云港、东海县、新沂南、邳州东、大许南、徐州东等 6 座车站。这条铁路线以江苏省投资为主,是苏北地区设计的首条时速 350 千米的高铁,全长 185 千米。

徐连高铁开工建设的那些日子里,我经常从连云港坐火车经过徐州。

绿皮火车已经提速两次,可连云港到徐州还是得用上两个多小时。在这一段漫长枯燥的旅途中,我最大的乐趣就是看着车窗外连徐高铁连绵不断的建设工地,机器轰鸣、塔吊林立,挖基坑、建桥墩、铺桥梁,一派沸腾壮观的景象。工地上每一处新的变化都会令我新奇、欣喜。

这是一项浩大、复杂的工程,全线共有特大和大中桥 12 座、框架中小桥 14 座、涵洞 99 座、公跨铁立交桥 1 座。那些建设者都怀有一颗滚烫的心,与这条高铁签下了责任状,立下了铮铮誓言。

二

这条铁路开建背后,付出努力与汗水的人很多,很多。

迎头一棒就是拆迁问题。

徐连高铁全线用地近万亩,有耕地、农用地、拆迁用地、建设用地。徐州拆迁住房 2552 户,非住宅 165 户;连云港拆迁户 1600 户,其中住房1543户。

徐连高铁线徐州境内共 126.03 千米,占全线的三分之二还要多,线路长、拆迁量大,铁路还要"横穿"邳州市主城区,拆迁情况特别复杂,可以说把徐州段搞好了,徐连高铁的征拆大头就落地了。

徐州段的征地拆迁工作成了省、市政府着重调度的内容。

徐州铁路中心没有退路,必须拿下拆迁这块硬骨头!

王永是徐州铁路中心副主任,曾多年在乡镇一线摸爬滚打,用文学语言说,他用胸脯贴着大地飞行。他做事干练,说干就干,像下山的猛虎,虎虎生风。在徐连高铁线征地拆迁工作上,他摸出了一整套经验,总结成了一门艺术,比如做事"先急后缓,先易后难",先快速交出高铁线施工基本工作面,不影响工程整体顺利进行,对待个别困难事情,则拿出专门解决办法,特殊事情特殊办,逐个击破、逐一化解。

王永有句口头禅:"好钢要用到刀刃上。"他安排单位两个业务干将魏峰和侯圣权分别包挂新沂、邳州两个征地拆迁重点县区,下沉一线进行征地拆迁,让他们好好地炼炼火、锤打一番。

王永对他们要求很严,常对他们说,今天严一些,明天你在工作上就会尝到甜头。

王永的要求是严格,有时让下属感觉很无情,事情一旦明确了时间节点,到点必须完成,不能打折扣、找理由。事情进展到什么程度他都了如指掌,有哪些困难需要他出面协调的,他都会给解决好,剩下的事该怎么做,他也会安排到位。

有天晚上,已经七点多钟,投资建设科副科长侯圣权正在家里吃晚饭,王永打来电话,说是有个紧急的文件需要尽快送到北京国铁集团,让他今晚就出发,第二天早晨赶在国铁集团上班前必须送达。

文件不在侯圣权手上,到高铁站还得半个小时的车程,侯圣权怕没有高铁票,把顾虑跟王永说了。王永不容置疑地说:"这些事情你不用管了,驾驶员已在去你家的路上,估计十五分钟后到你家,最后一班去北京的高铁还有余票,晚上到北京的住宿宾馆也正在找人预定,你现在只需要拿着身份证做好出差准备。"

第二天早上,侯圣权刚把文件准时送到北京国铁集团,王永的电话就打了过来,得知文件顺利送达,他才放下心。

事后,侯圣权了解到,这个文件其实第二天下午送达也可以,但是王永怕第二天再有意外事情耽搁,他坚持要求需给工作留有余地。

强者是渴望波澜的,最美的风景都在波澜后面。

强大的干劲和韧劲,让徐州段的征地拆迁推进得飞快,创造了一个月征收2000多户居民房屋的"徐州征拆速度"。

王永有时和侯圣权一起出差闲聊,他说:"我们都是从农村走出来的,任何时候都不能忘了农村这个'根'。"

侯圣权心想:王主任也许只是嘴上说说而已。

徐连高铁征拆,侯圣权看见王永真是没忘农村的"根",怀揣农村情怀。

五月初,大许南站征地拆迁时,正值地里麦子熟了,风一吹,麦浪滚滚。

要开镰了!

一大片麦地都在征地范围内,可工期急迫,工程要求必须尽快吃下这片土地。

王永来到现场,看到快要成熟的麦子,断然说,征地工作可以再往后推迟半个月,让老百姓把麦子收了,随后再进场干活。

有人担心说:"这行吗?"

王永饱含感情地说:"如果我们这个时候把麦子铲掉,老百姓会难过的。"

微风中,麦香阵阵飘荡,沁人心脾。

王永沉思片刻说:"跟省市领导解释的工作由我来做。"

大家被王永的话深深震撼了,一首古诗在心底喃喃有声:锄禾日当午,汗滴禾下土。谁知盘中餐,粒粒皆辛苦。

王永站在麦地里,他告诉每一个工作人员,推迟进场不是代表我们工作停滞,在开始清表之前,我们要把丈量、分户、测算、补偿等前置工作做好,一旦麦子收割完,立即进场清表。

忠诚是生命的力量,更是一种照亮人心的爱。

在徐连高铁征地拆迁中,高磊快速地"成长"了。

高磊是中铁二十四局前期部部长,是个"秀才",也是徐连高铁征地拆迁的开路先锋。他负责的"一亩三分地",东起沂河,西至老沂河,有鱼塘6口、房屋24座、大型苗圃3处,涉及农户282家。拆迁工作不好做,要与老百姓打交道,人上一百,形形色色,什么人都有,有时免不了碰到不讲理的人,他耐着性子一遍一遍地讲政策,对个别事情还得"用计"才能做得顺畅。还好,徐州市铁路中心王永副主任、侯圣权副科长,新沂市铁路办王主任,草桥镇政府的陆俍部长,还有二十四局指挥部刘勇书记都是他强有力的后盾,他如期完成红线内交地的任务。

拆迁中的"成长",高磊获得的宝贵经验就是"耐心",耐得住寂寞,耐得住冷嘲热讽,耐得住不理解,还要耐得住糖衣炮弹。高磊还口占了一首七律:

铁军不为征迁难,新老沂河若等闲。
两三鱼塘腾细浪,农田地里走泥丸。
拆房无险令心暖,苗圃搬移束手寒。
更喜草桥全攻坚,三标同志尽开颜。

三

徐连高铁线从新沂过来就是东海县石湖镇。

石湖镇离连云港约有53千米,路程不算长,抬眼一看都是大平原,无遮无挡。连云港市铁路办的同志沿着拆迁的高铁线跑了跑,吃惊了,觉得两肩的担子很重,这条线上多的是鱼塘、稻田、树木、电杆线、地下管道、学校、企业、医院、养老院、民居,等等。

困难如山,一座"山"连着一座"山",铁路办的同志得想法子把它们搬走、挖掉。

而李汶轩正是个挖"山"不止的人。

他是连云港市铁路办工程处处长,45岁,在铁路办有十个年头了,算是个铁路办的"老人"。他曾在连云港高速公路指挥部做过拆迁工作,兴许沾着"高铁"和"高速"之"高"的光,他做事雷厉风行,浑身透着一股掩盖不住的活力。

不是挖"山"的人也到不了铁路办。铁路办工作人员不多,个个厉害,上通下达、沟通协调,吃得了苦,受得了累,踏石还有痕。

至于李汶轩是怎么挖"山"并摆平了一个个棘手的困难的,看看他办公室里的一大摞笔记本就知道了。做拆迁工作真是忙,每天,他忙得像个街道办主任,上面有千条线,都要穿过他这个小小的针眼。早上,他走出家门,晚上带着汗水回来,有时深更半夜才回到家里;徐连线拆迁和施工现场随时随地都有事情,他不问路多远,不问刮风下雨、酷暑难耐,一声召唤,总能及时赶到。每天,建设单位、施工单位找他,县区里、街道社区找他,甚至村民、拆迁户也找他;他穿着黑色休闲装、灰色运动鞋,像脚踏风火轮的哪吒,风风火火,从城市的东边跑到西边、从北边跑到南边。毫不夸张地说,他每天接听的电话有上百个,打坏过一个手机。遇到村民向他倾诉,他往往神情认真地听,一丝不苟地做好笔记,并耐心地解释、安抚村民。

一个个"山头"被接二连三地挖掉了。

而李汶轩最大的心病是海州区临洪西路老铁路桥涵洞。

这个涵洞是个交通隘口,北边住着2200户人家,附近有中石化的储油仓库,每天上班、上学的人群川流不息,油罐车来来往往,络绎不绝。涵洞下水道也不好,每逢暴雨,一片"汪洋大海",人和车都过不去。

施工单位中铁四局来了,涵洞来往的车辆更多了,简直挤成一团,常常堵得水泄不通。

涵洞成了口水仗爆发最多的地方,群众火呛呛地找施工单位"算账",施工单位心急如焚冲群众发泄无名火。

自强者胜,自胜者强。

李汶轩决心治好涵洞这块心病,给高铁施工提供一个畅通无阻的通道。

他很会弹"钢琴",把"平衡"工作做得滴水不漏,这边找到社区领导做好群众安抚工作,那边把施工单位、储油仓库领导找到一起,商量事情的解决方案。"三个臭皮匠顶个诸葛亮",一套方案拿出来了,施工单位和中石化车辆通行时间与居民上下班高峰期错开,施工单位安排专人维护通行便道,洒水、修整路面,在路口竖起车辆转弯反光镜,标出安全提醒标志,安装上围挡……

涵洞的交通状况有了改善,行人过往轻松舒畅,车辆进出井然有序……施工单位好事做到底,慷慨解囊,给涵洞便道铺上了水泥路面。

李汶轩不怕跑腿,不怕耗费唾沫星,登门找人、求人,给涵洞挖出了一条临时排水沟道,把水送到该去的河沟里。

一条便道的变化,让生活也变得缤纷多彩。

在大量繁忙琐碎的征地拆迁工作中,李汶轩最牵挂的莫过于连云港市康复医院。这家医院主要收治精神病患者和社会流浪乞讨人员。

医院紧临修建中的连云港高铁站,有十几个足球场般大的院落,曾因连盐、连镇铁路建设被占用了不少,徐连高铁红线用地又要穿越主要核心病区,医院被拆除殆尽了。

省市铁路办、建设单位决定将医院整体拆除,重新建一个医院。

李汶轩在院长的带领下,走进康复医院病区,迎面走来一个漂亮清秀的女孩子,二十几岁,亭亭玉立,面带微笑。

院长低声对李汶轩说:"女孩子长得不错吧?"

李汶轩说:"想不到这里会有'金凤凰'。"

院长说:"还是大学生哩。"

李汶轩有一点惊讶了。

院长说:"看不出来吧,她是个精神病患者。"

李汶轩愣住了,不是院长一语点破,谁能想到眼前看起来朝气蓬勃的女孩子是个精神病患者?

李汶轩想到自己要为这样一群特殊的病人找个新家,还要保障徐连高铁施工正常进行,顿觉责任重大,心头沉甸甸的。

他给领导当好"参谋",给康复医院寻找新"家",照着医院的特殊要求,跑遍了市区东西南北中,结果没有找到一处理想的地方。

天无绝人之路。

李汶轩盯上了还未拆迁的康复医院办公楼北侧篮球场的那片区域,这里不影响铁路施工,建上钢框架房屋,做个临时病区不是很好吗?

医院领导笑了,说这个想法好,贴近实际,可行;市交通运输局领导舒了一口气,肯定了这个方案。

临时医院迅速改造并装潢好,病人住了进去。

四

2016年秋天,建设者站到徐连铁路线上,成了一道惊心动魄的风景线,数千人发起了一场空前的"战役",激动人心。

秋风烈烈,战旗飘飘。

第一声开工的号子吹响,每一个人都铆足了劲,加班加点、拼死拼活地干,无惧风吹日晒雨淋,寒冬酷暑,爬高上低,顶风作业。

中铁四局徐连铁路一分部项目经理李明,34岁,身高171厘米,个头不算高,面对烫手难"啃"的工程,他没有皱过眉,没有害怕过,俨然一个无畏无惧、顶天立地的大汉子。他先后参加了甬台温客专及阜阳站改造,上海动车段、合肥南站及南环铁路、合福高铁、蒙华铁路等多个铁路建设,是一个架桥铺铁路的"老手"。

爱是力量,痛也是力量。

李明对铁路最难忘的经历,是上大学时买票要到火车站排上大半天的队,还不一定能买到,买到无座票也得带着行李往上挤。记得有一年,春节后父亲送他上学,赶上节后的务工潮,好不容易把他送上车,行李硬是被挤得没带上来。参加甬台温铁路建设时,他每次回家都要坐一天一夜的火车,买个卧铺票,六个人挤在一个狭小的空间里,火车每次过钢轨轨缝的"咔哒"

声都让人无法入睡。不过后来升级成高铁的无缝线路后,他在平稳、高速的"和谐号""复兴号"车厢里还挺怀念那个"咔嗒"声的。作为铁路建设者,李明最高兴的是铁路建成开通运行,而最伤感的莫过于建成通车时他没法享受这个福利了,因为要奔赴下一个铁路建设工地。

内心有了爱,看见的、听见的、想到的都是爱。

李明的爱就是修建铁路。

徐连铁路是李明修建的铁路中最难的一条。

他负责的12千米管段在海州城区内,附近有陇海铁路、青盐铁路,还要多次上跨,既要跨铁路线,又要上跨城市主干道、国道、市内行洪河道和通航河道,车流如织,舟楫穿梭,他夹在中间几乎伸展不开手脚,稍有一点处理不当,就会发生意想不到的险事。

眼前的巨大困难像一个"怪兽",挡住了去路。"怪兽"看着李明,挑衅着李明,看他能有什么妙招应对它。李明神情凝重,思考办法,并没有踌躇不前。

好猎手不怕"怪兽"。

李明实现了一次突围。在跨陇海铁路钢箱梁吊装的封锁施工中,克服了现场吊装场地狭小、履带吊车走动和旋转空间不大、进场道路狭窄等困难,用三个多月的时间完成了艰巨的任务。

其间所有的施工都是在午夜十二点到次日凌晨四点进行,快到五点时回到宿舍,休息一上午又开始下一轮施工。他习惯了熬夜,双眼常常熬得带着红丝,有时红得像小灯笼。在时间上,他有了错乱的感觉,分不清上午和下午。

那段时间,李明每天都能看到凌晨四点的连云港花果山。那时的花果山,在远远的东方,清风出岫,不是仙山胜似仙山,只有不怕苦、辛勤奋斗的人才能看到。

他认为,多一份坚持,多一份努力,光明就能廓清黑暗。

铁路人的性格像铁,坚硬刚强,宁折不弯。

是铁就要燃烧。

中铁四局徐连铁路一分部的刘泽涛是工班长,他来自山东临沂农村,三十几岁,中等个头,中专毕业,会游泳,他在铺架蔷薇河高铁大桥时,显示出了铁路人的硬性。

他修了不少铁路,却没有坐过高铁。有人拿他开玩笑说:"你修高铁,没有坐过高铁,真是白修了多年的高铁。"

老实的刘泽涛只是憨憨一笑,心里装满阳光一样的快乐。他没有告诉过别人,他把修铁路看成是世界上最美丽的一件事,每参加修建一条铁路,一个城市就跟自己联系起来,他就有了放不下的情感。

三月,春寒料峭,乍暖还寒。连云港的春天姗姗来迟,风吹在身上还是冷冷的,早春的鸟也不见飞了。

寒冷中,李明领着工人开挖河中桥墩的深坑,一个深坑要挖八米多深,眼看就要到坑底时,突然间,四周一块块排列严实的钢板桩咬合缝出现了漏水,先是一个地方慢慢漏水,后来是很多地方漏水,漏水越来越快,水流越来越急,像一个个小瀑布,眨眼间,坑底有了积水。

李明马上拿出现场紧急应急预案,一面准备塑料薄膜、塑料导管、木屑、黏土、煤渣,准备堵住锁口缝隙处漏水,一面迅速派人潜到河底,快速排除险情。

刘泽涛是工班长,冲在前面,二话不说,穿上潜水衣,腰上拴着两根绳子,喝了两口白酒,在船边慢慢地试河水,适应水温后,缓缓地潜下水。

河水冰冷,刘泽涛穿着棉衣,套着一层薄薄的潜水衣,挡不住河水扎骨的冷,如刀剜肉。河水混浊,刘泽涛的双眼看不清东西,摸索着一遍遍查看险情。漏水点太多了,他像一条鱼在水底游来游去,不停地用塑料止水薄膜塞住钢板桩之间的缝隙。

水下太冷了,像冰窟,在水里待上五分钟,刘泽涛冷得受不了,冒出水面,上了船,船上的人赶快用大衣裹着他。他真是泰山上的石敢当,不惧寒冷,喝上两三口白酒,暖暖身子,带着火辣的酒意,再次潜到水底。

由于多次下河,刘泽涛再上来时,浑身冻得瑟瑟发抖,脸上发青,嘴唇发白。李明心疼了,要换人下水,刘泽涛不让,说自己水性好,别人都不如他,只有他能下到水底。

终于,钢板桩的缝隙被塞住了,水不漏了。

铁的意志力属于最坚韧的建设者。

五

邳州境内的京杭大运河宽又长,连徐高铁横跨京杭运河,就要修建跨河铁路桥。

这是一条特大的桥,长14.9千米;中小桥9座,348延米,桥墩高17米、桥梁全宽14.2米,浇筑c55混凝土9780.3方,使用钢筋1974.34吨。

在高铁邳州特大桥建设现场,架桥机轻轻抓起一块长达30多米、宽12米、重近800吨的箱梁片,搭在巨型桥墩上,一片片连接在一起的箱梁,宛若腾飞的巨龙,蔚为壮观。

在岸边的施工场地上,来自河南的小个子电焊工戴着护目镜,埋头焊接一根根钢筋。

小个子电焊工年龄不大,脸上还带着孩子的稚气,可已经是经验丰富的"老将"。他是乡下人,总觉得低人一等,一天不讲几句话,拿着焊枪,低头默默干活。

他的电焊技术是跟别人偷学来的,开始看到有人拿着焊枪干活,火花闪耀,只是好奇。后来,他发现焊枪能挣钱,就拜师学艺了,干得多了,又肯用心琢磨,就成了好手。

小个子电焊工的电焊技术是顶呱呱的。钢筋对焊是个高技术活,控制电流特别重要,全靠手上拿捏。用劲大了,电流就会过大,容易烧伤钢筋;用的手劲稍小一点,电流跟着就会小,钢筋焊得不密实。小个子电焊工把一根根拇指粗细的钢筋放在对焊机上,老练的手法既扎实又轻盈,像绣花描凤,火花乱飞,一眨眼工夫就把两根钢筋焊接好了。

刚来邳州建运河高铁大桥时,小个子电焊工怀着跟过去建其他高铁大桥一样的心情,老老实实干活,拿好自己的一份工钱,家里孩子上学等着他挣钱,身体病弱的父母吃药治病等着他挣钱。

等小个子电焊工看到大运河后,心境一下就变了。他从小就知道大运河是隋代开凿的,工程量大,耗时长,历朝历代南北很多货物通过它运输,隋炀帝下扬州的龙舟、乾隆下江南的楼船,都会从这河上漂过去。他钦佩一千多年前的古人，在那样落后的条件下，能挖出这样长的大运河。他看着运河两岸一座座高楼大厦，交叉林立的公路铁路，繁荣整洁的村庄小镇，看着运河里穿梭如织的大船小船，豪情满怀，目光望着远方，暗下决心，要为邳州运河高铁特大桥好好地出上一份力，使自己成为运河的一部分。

在这样的时刻，他的内心变强大了，觉得自己不再仅是一个不为人知的进城务工人员，一个普通的电焊工，而是一个不一般的电焊工。他从人生为了活着、全家吃饱住好就是幸福和享受的生活标准中走了出来，找到了人生无限的意义，一个人在世界上要有所创造，每一天才会感到生活是新鲜的、是有意义的！

一条大河，让一个人忘了艰辛，辛苦并快乐着！

高空焊梁作业时，正是高温天气，小个子电焊工把自己裹得严严实实的，人还没有钻进梁里衣服就湿了。梁里面空间很小，极其闷热，他蹲着焊接，腰酸背痛了，不能转身，只能眼看着电焊火花从头顶不停往身上掉。焊接完了，他钻出梁箱，脱下衣服，这才看到焊花烧破了衣服，灼到了皮肤，已经起了水泡，有火烧火燎的痛感，滋味不好受。

人民是历史的创造者。

徐连高铁线上，每一根钢筋，每一个螺母，都洒满了建设者辛勤的汗水，他们没有惊天动地的壮举，一个个黝黑的脊梁上爬满的汗水大声告诉世人，正是他们推着高铁奔跑，推着时代阔步前进！

2021年2月8日，徐州到连云港的高铁开通了。

徐连高铁提前四个多月开通。

连云港到乌鲁木齐的高速铁路全部开通，形成了全长3422千米的陆桥高速铁路通道，从"花果山"乘高铁直达"火焰山"。东海县、新沂、沭阳、邳州、临沭、郯城等苏北和鲁南地区的旅客，前往徐州、南京、上海、杭州等一些城市的旅途时间大大缩短，徐州到邳州、新沂、东海县最快只需22分钟、29分钟、45分钟。新沂到南京、上海、杭州最快运行时间分别是2小时28分、4小时16分、5小时14分。

每次坐上高铁，我都同过去一样，坐在列车前进方向的反方向，车窗闪过的一道道风景，像是人生中的一个个记忆，令人浮想联翩。

我是个仰望者，我仰望徐连高铁线的每一尊"桥墩"，仰望祖国大地上的每一尊"桥墩"。正是他们带着倔强，热血无畏，在河流、原野上站成了永恒。

"桥墩"——不朽的记忆，不倒的魂魄。我用崇敬的目光向一个个建设者致敬……

港城联动，一座城市的丝路花雨

王成章

春风穿越大地，穿越云台山麓，一群海鸟从黄海海面飞来。

春天汹涌，一转眼进入了4月。

连云港的春天来得短促而又热烈。

成群的海鸥在蓝天和大海间高低盘旋，翩跹起舞。

在海边，在港口，它们时而漂浮在水面上游泳觅食，时而低空飞翔。

据说，海鸥的骨骼是空心管状的，没有骨髓而充满空气。翅膀上的一根根空心羽管，就像一个个小型气压表，能灵敏地感觉气候的变化，甚至能预见暴风雨。

海连着云，云连着山。连云港蜿蜒的海岸线，急浪喧腾，气象万千。

连云港，因面向连岛、背倚云台山，又因连云港港口，得名连云港。巍巍云台山，滔滔黄海潮，又与浩瀚的太平洋交接。几十里山海相连极其罕见，独有的地理特征造就了连云港神奇的文化地图。

有人说，连云港是一座氤氲着蔚蓝色的城市。

山里有海，海里见山。连云港市依港口而建，港城联动，相依相偎。从新石器时期开始，历朝历代，这片独有的山海地理诞生了诸多神奇。

东汉摩崖石刻被考古学家誉为"九州佛崖第一尊"，比敦煌莫高窟的佛教摩崖石刻还早200年。

更叫人称奇的是，孔望山东汉摩崖石刻中，竟然有一个凹眼凸鼻的西域胡人正在纵马弹笫。从西域到东海，如此遥远的距离为何惊现一个西方面孔的胡人，这里能不能算是一部中西交流史的石质插页，还有更多的神奇等待喜欢探秘的人去发现。

连云港有一个神话最为著名,它就是中国古典四大名著中最为奇幻、最为诡异、最为浪漫的《西游记》。

当然,还有《镜花缘》……

一座因港而名、因港而兴的城市

连云港人特别喜欢自己的城市。

因为它是江苏沿海大开发的中心城市、国家创新型试点城市、国家东中西区域合作示范区、国际性港口城市、中国十大海港之一。

银杏是它的市树,玉兰是它的市花。每年4月10日至14日,都会在东磊举办一次玉兰花会。

3个市辖区赣榆、海州、连云像是3颗璀璨的珍珠,各放异彩,把城市中心区拉长了,避免了大城市的过度集中和拥挤。

如果把连云港3个区的高楼加起来,不比中等城市少多少。

这是一片沸腾的热土,这是一座追日逐月的城市,一座立志"后发先至"的城市,一座跨越发展的城市,演绎着震撼人心的神奇。

连云港这座城市具备了发展之城的主要元素:有山、有海、有湖、有森林、有河流,山水是这座城的骨架。东倚花果山翠屏,西有盐河环抱,呈山水捧玉之势。园区内水系纵横,众多湖泊宛如大珠小珠落玉盘,具有得天独厚的自然资源优势。

有人说地球有双肺,那就是湿地和森林,连云港有一眼望不到边的湿地芦苇,还有国家级森林公园云台山。

沿着海滨大道穿行,市区BRT(Bus Rapid Transit,快速公交系统)站台像是一个个城市的精灵,面朝大海,凌空翱翔,简约时尚,流畅的线形象征着海滨城市的浪漫和美好。

郁郁苍梧海上山。面朝大海、背倚云台的连云港市,是一座因港而得名、因港而兴起的开放城市。

新亚欧大陆桥从连云港出发,沿陇海铁路大动脉,西出新疆进入中亚的哈萨克斯坦,经俄罗斯、波兰直至荷兰的鹿特丹港口。这是一条连接亚欧两大洲的世界上最长、最经济的运输线,也是辐射众多沿途国家的一条黄金贸易线。我国多年经营大陆桥运输,为连云港在丝绸之路经济带建设中争得先手,使连云港在中亚国家拥有了相当的影响力。

连云港是国家大盘的战略棋子啊!

2014年,连云港陆续来了一群外国高官。

他们分别来自塔吉克斯坦、乌兹别克斯坦、吉尔吉斯斯坦、哈萨克斯坦等中亚国家,还有一大群外国记者。

他们是来参加连云港"丝绸之路经济带"发展座谈会的。

他们惊叹连云港的山海风光,赞美连云港的美丽和可爱。

连云港市委书记说,我们在已经为哈萨克斯坦建立仓储物流基地的基础上,有能力也非常愿意为各国提供便捷、实惠、优质的仓储物流服务。

他还说,连云港要面向东、西抓好两个开放,连云港正积极融入我国"一带一路"建设新机遇中,积极打造新丝绸之路的海上门户。

所谓"一带一路",即"丝绸之路经济带"和"21世纪海上丝绸之路"。

连云港的位置从来没有像今天这样重要,在全球贸易的今天,连云港东与朝鲜、韩国、日本隔海相望,又是中亚、东欧等国的出海口,且不用说东欧,只要中亚四国都通过连云港过境货物运输,它就能成为中国最繁忙的港口。

"桥头堡"上听涛声,连云港作为"一带一路"的交汇点,密集出现于国家级战略规划中。

连云港港,是我国沿海27个主要港口之一,并被正式确定为国际枢纽海港。加快连云港的发展,对于振兴苏北,加快沿东陇海线产业带建设,都具有十分重要的战略意义。

而加快港口发展,要按照"以港兴市、港城联动"的要求,坚持港城统筹规划、统一布局。连云港市的城市规划、产业布局规划、综合交通运输规划、土地利用总体规划等,都应围绕港口发展战略,与港口规划协调衔接,及时做好调整、补充、完善工作。目的是把它建成上海和青岛之间最重要的集装箱干线大港。

这就是连云港,一个地理位置特别、充满活力的城市。

春天时无论走到连云港哪里,都是能找到诗意的。但连云港的建设者们没有这样的闲情逸致。

连云港正张开胸怀拥抱世界。

"东方大港梦"早已成为现实,连云港港的三大战略目标之一就是打造促进区域经济发展的组合大港,这个目标来得比梦更加璀璨,也更加真实。

连云港港的经济腹地包括苏北、鲁南、皖北、晋南、川北,以及河南、陕西、甘肃、青海、宁夏、新疆等11个省区,形成了一条横穿东西、中国跨度最大的陇海—兰新经济带,也自然成为中国中原和西北地区最短、最快的出海口。

观察连云港地图,你会发现一个饶有趣味的"交通图腾"——横穿中国东西、纵贯祖国南北的连霍、同三两条高等级公路,和纵贯南北的沿海铁路在连云港这里打出了一个大大的"中国结"。

如果再加上已有的陇海—兰新铁路,铁路与公路"两纵两横"的主骨架结点竟然都不约而同地选在了连云港,真乃可遇不可求的区位优势。

连云港海关与陇海沿线城市海关联手,推行进出口货物异地转关直通模式,还推出电子口岸服务,方便内地企业直接上网进行通关业务。

身处"战略要地"的连云港是"一带一路"交汇点建设的核心区和先导区。

提起家乡,港城人总少不了一句"一带一路交汇点,亚欧大陆桥'东方桥头堡'"。

从强调地缘区位的"交汇点""桥头堡",到强调战略功能的"强支点",连云港面临的,无疑是产业、功能、服务的全面迈进和巨大转变。面对新的要求和挑战,连云港紧紧围绕"一港两基地"总布局,汇点成线,打造顺畅"大交通",握指成拳,开拓新兴产业高地,展开新一轮交通港口建设和产业建设。

依港建市,以港兴市,港口是连云港最核心的资源,也是港城投身"一带一路"建设最好的切入口。

近年来,为了跟上国家"一带一路"倡议的建设需求,港口功能不断升级,服务范畴不断拓展,物流链网也越织越密。

在深入港口5千米的堤坝上,连云港市交通运输局党委委员、副局长、

30万吨级航道建设指挥部常务副指挥蔡辉为我们描绘了连云港港30万吨级航道工程的蓝图。他表示,作为江苏地区第一个,也是唯一的30万吨级航道工程,该工程将是连云港港口跻身世界深水大港,承担起"一带一路"出海口重任的关键性工程。

工程总体呈"人"字形布局,已经完工的一期工程,使连云港主港区拥有了25万吨级航道,徐圩港拥有了10万吨级航道。

"正在建设的二期工程,目标是让连云港区和徐圩港区的航道同时达到30万吨级,将有力地牵引和带动连云港港新一轮发展。"蔡辉介绍。这项工程的建设如今已初见成效,蔡辉指着水平线上的船影说,伴随着深水港的建设,连云港联合航运企业拓展远洋航线,加密近洋航线,正积极地融入国际综合交通体系。

4月温暖的阳光照耀在连云港火热的大地上,那一条条纵横的大道镀上了一层金色,一座座盘旋的立交桥如盘旋的五线谱……

笔者再车行徐圩新区,纵横交错的道路将大地划成一个个方格,路边绿树成行。有些土地上已建起公园、工厂、小区……更多的土地则已完成基础设施配套,虚位以待。

作为国家东中西区域合作示范区的徐圩新区位于连云港港南翼,东临黄海,与日韩隔海相望,西距连云港市中心20千米,南接长三角经济带,北通环渤海经济圈。辖区面积467平方千米,区内土地资源富足,环境支撑力强,交通优势突出,集港口运输、公路交通、铁路交通、海河联运于一体。

独特的区位优势,独特的资源优势,为开发徐圩新港区创造了得天独厚的条件。

连云港市区呈东、西带状结构,老港口所在的连云区人口约占市区人口的20%,中心城区则远在30多千米外,形成"一市双城"态势。

遥想2009年4月,启动徐圩新区开发建设时,首批进驻的40名从连云港市区机关抽调的同志,在市政府秘书长、管委会主任石海波的带领下挺进徐圩新区……

一个"无中生有"填海而建的新港口,新生的土地已难望边际。据了解,徐圩港的双堤环抱式港湾面积约74平方千米,填海形成陆域面积45平方千米。

2022年5月16日,我国单套规模最大的炼化一体化项目——盛虹炼化一体化项目在徐圩新区投料开车成功。该项目总投资约677亿元,年加工原油能力1600万吨,是连云港打造世界级石化基地的龙头项目,也是连云港贯通石化全产业链一体化布局、打造世界级新能源新材料产业集群的关键核心项目。

如今,"港城联动"正推动连云港港口从货物吞吐港向要素聚集港、产业支撑港和综合服务港转变。

走进连云港城市规划展示中心,巨幅沙盘展现出2030年的远景,向港口靠拢是这个城市未来十多年发展的主线。

打造中西部最佳出海口

虽然有疫情困扰,虽然是在冬天,但建设者的脚步不会停歇。

2022年1月6日,连云港市召开国家东中西区域合作示范区建设领导小组会议。

这次会议主题值得关注:加快打造服务中西部地区对外开放的重要门户。

2021年12月9日,江苏省、甘肃省共建"一带一路"合作交流洽谈会在连云港召开。连云港港口控股集团与甘肃(兰州)国际陆港管委会签署战略合作框架协议,正式开启共建"一带一路"陆海联运新篇章。

有媒体形象地把这次合作称为"把出海口搬到家门口",以两港合作为契机,连云港在打造中西部最便捷出海口中迈出坚实的一步。值得关注的是,青岛、宁波、天津等地港口都在积极承揽中西部货物,都要打造中西部地区最佳出海口。

坐拥多重优势的连云港,如何把优势变为胜势,加快破题,打造中西部最佳出海口这篇大文章,备受关注。

走进连云港港,铁路班列运转不停,从中西部拉来的煤炭、焦炭、铝锭、机械设备等货物,装载上船,运送出海。从国外通过海运集运来的铁矿石、氧化铝、有色矿、化肥、粮食等货物,也通过陇海铁路线,源源不断送往中西部地区。

从国内看,新亚欧陆海联运通道横贯中西部地区众多城市群,是连接8个省、自治区,仅次于长江通道的东西大动脉;从国际看,新亚欧陆海联运通道东连日韩、东盟,西接中亚、欧洲,是四条亚欧大陆桥中地理位置最好、运距最短、基础最优的通道,也是共建"一带一路"六大经济走廊之首。

连云港市发改委"一带一路"处处长佴华林介绍——

港口是连云港在东中西区域合作中最大的优势。连云港成为中西部地区最便捷的出海口,而中西部也成为连云港的发展腹地。

2011年5月,国务院批复同意在连云港市设立国家东中西区域合作示范区,这是唯一以"国家"两个字冠名的国家级示范区。

为实现互补共赢、协同发展,这些年,连云港港与中西部各省区先后签订城市战略合作协议、大陆桥物流联盟合作协议、共建国家东中西区域合作示范区战略合作框架协议,以港口为核心的现代物流业务合作日益紧密。依托陇海—兰新铁路,连云港将11个省区作为港口的经济腹地范围,其中包括苏北、鲁南、皖北、河南、晋南、川北、陕西、甘肃、青海、宁夏、新疆。连云港港口控股集团董事长丁锐说,近年来,连云港港在青海西宁、山西侯马、河南洛阳、陕西西安、宁夏银川等地建立内陆"无水港",海铁联运通道基本覆盖陆桥沿线主要节点城市。

2020年,中西部地区通过连云港港集疏运货源近7000万吨。"十四五"时期,连云港港将联动各方资源,构建起向东连接环太平洋、向西贯通亚欧内陆、沿海串联南北港口、内河通达苏鲁豫皖的物流大通道,打造成为亚欧重要国际交通枢纽、集聚优质要素的开放门户、"一带一路"沿线国家(地区)交流合作平台,为中西部地区提供更加高效、便捷的服务。

在2021年年底召开的连云港市委十三届二次全会上,市委书记方伟提出,建好国家东中西区域合作示范区,全力服务中西部,争取陇海线内陆省份在连建港、设立"港口飞地",打造中西部首选出海口。

国家东中西区域合作示范区迈入新一轮发展阶段,面对新的机遇,连云港市市长马士光表示,要提升发展能级、打造标杆示范、服务中西部、做足陇海线,加快建设亚欧重要国际交通枢纽和长三角港口群北翼强港,高标准打造陆海供应链走廊,高水平建设区域合作示范高地,推动形成东中西区域协调发展、协同发展、共同发展良好局面。

市政府成立港口建设发展协调工作领导小组,加强统一指挥协调,聚焦短板弱项,研究部署港口发展重点工作,解决重大问题,集聚各方资源力量,推进港口高质量跨越式发展。

打造中西部最佳出海口,连云港港与其他港口相比较,具备一定优势。

一是连云港港品牌影响力较大。作为国内最早开展国际过境运输业务的港口,连云港港作为新亚欧大陆桥"东方桥头堡"家喻户晓;2021年,《国家综合立体交通网规划纲要》将连云港确立为7条交通走廊中的大陆桥走廊的起点,并将连云港港列入11个国际枢纽海港之一,凸显连云港在全国发展大局的战略地位。

二是连云港港是江苏大型海港,是立足陇海线、专业服务中西部的港口,具有国内中西部省区、中亚地区最为便捷出海口功能,这是其他内陆省份所无法比拟的。连云港港还具备国际过境业务,影响力和服务范围更大。目前,以连云港港为起点形成"一港两基地四通道"的运输格局,班列线路覆盖中亚五国、蒙古、西亚、欧洲,业务范围覆盖进出口和国际中转出口(过境),尤其是国际中转出口班列带动形成的陆海联运特色品牌。

三是连云港是中国(江苏)自贸试验区的重要组成部分,港口区块面积4.43平方千米。在这个自贸试验区的政策框架下,新增哈萨克斯坦出口粮食过境中国指定离境口岸、我国多式联运监管中心等监管资质,具有综合保税区、国际贸易"单一窗口"、启运港退税试点等功能,海关实现全国通关一体化,检验检疫率先在中西部沿线实现"出口直放、进口直通",是我国首个集装箱铁水联运物联网示范港、首批16个多式联运示范项目、唯一与我国铁路实现全面数据交换的港口。

打造中西部最佳出海口,连云港初步形成"五个基地、一个港区、一个园区+中哈合作无水港"的思路。

与中西部合作不断深化。港口集团与甘肃(兰州)国际陆港管委会成功签约。加强与安徽省的合作,推动江苏省与安徽省在铁路、公路、内河航道等重大交通基础设施衔接,共同推动物流成本降低。

推进港口共建共享。依托徐圩港区一突堤、五突堤,规划建设连云港港中西部地区合作港区,布局通用散杂货泊位,争取陇海线沿线甘肃、宁夏、陕西、山西等内陆省份在连云港根据产业需要建设专用码头,探索"港口飞地"建设运营模式,推动连云港港成为中西部地区首选出海港。

对于连云港打造中西部最便捷出海口,江苏省高度重视。在徐圩港区一突堤,面积3平方千米的范围将成为连云港市与中西部地区的共建合作港区。岸线长度6千米,可建设10万吨级以上泊位20个,规划为通用散杂货功能。江苏省牵头负责示范港区的陆域和土地形成、疏港铁路和公路、港口码头、公共航道等基础设施建设,提供给中西部地区使用,建设计划和方案充分考虑中西部省份的需求与进度要求。

在上合组织(连云港)国际物流园西北片区,占地约2000亩的一片土地规划为仓储物流用地。江苏省负责牵头建设道路、内河码头、铁路专用线、堆场、仓库等物流基础设施,提供给中西部地区使用。初期,重点建设进口铁矿石、有色矿精选等加工业务;逐步发展为中西部地区大宗商品交易、交割、集散、中转、加工中心。

除了在硬件上优化功能布局、提档升级基础设施,连云港港强化哈萨克斯坦东门无水港作用,增强铁路到发能力,为中西部班列开行、外贸合作提供高效服务。同时计划加强与中西部地区政府、企业、重大平台等合作,提升现有新疆、银川、西安、洛阳等内陆场站功能,进一步加密布局内陆场站。立足信息化技术发展,为中西部地区客户提供全程跟踪、可视可控的差异化服务。按照"优先靠泊、优先进港、优质服务"等原则为中西部地区提供特色服务。

笔者留意到,2020年6月18日,徐州市委常委会明确,正式启动淮海国际港务区的筹建工作。将港产城一体化发展、一体化管理,落到实处。

由此,在江苏的版图上,徐州国际陆港、连云港海港、淮安空港形成互为支撑的黄金三角。

2019年8月16日,一列满载小麦的"徐州—连云港"铁海联运班列首发。

连云港港作为徐州对外开放的重要通道,未来将以徐州作为其在苏北地区的战略支点,通过港城联动,继续拓展淮海经济区内铁海联运腹地,不断推动徐连一体化建设。

"把连云港港作为徐州最便捷出海口",这句话从地理意义落实到了真正的物流层面。

下一步,连云港港将集聚货源,提高管内班列开行密度,提升班列品质,直接对接苏北地区客户需求,减少中间环节,降低物流成本,为客户提供"一票到底,一箱到底"的全程多式联运物流服务,实现"门到门"的陆海联通新模式。

壮阔东方潮,奋进新时代。改革的旋律,开放的风采,如诗如歌,谱写出令人眩目的乐章。

只要你不停止奔跑与飞翔,时光将让你收获一切。

港城联动提升产业层级

在连云港,你可以尽情领略面朝大海、春暖花开的意境,但这里的春天比较短,来得晚,走得早。

从冬到春,由春至夏的转变很快,快到让人急匆匆想去抓住春天,可不巧就摸到春天的尾巴。刚脱下羽绒服,就是短袖衫了,前几天还被冻得缩手缩脚的,忽然就是裙裾飞舞了。

正因为连云港春天短暂,所以春光珍贵,更要用力去捕捉春天的跳跃,去感受它的生命力。

正如春光充满着朝气,连云港工业兴、经济强、市民富,宛然一幅春和景明的优美图卷。而如何保持经济较快增长,同时也是摆在连云港市委、市政府面前的头等大事。

全市上下一盘棋,凝心聚力办工业,全心全意谋发展。

以推动新兴产业上规模、以推动临港产业增量提速、以跨越发展为抓手,加大项目引进建设力度,引导临港配套企业与骨干企业的衔接和集聚,加快高新技术、实用新型技术、现代信息技术推广应用,加快产业技术创新、技术改造和产品转型升级,推动产业向高端化、集约化攀升。

连云港优先发展石油化工、装备制造、新医药三大优势产业,做大做强新材料、新能源、新信息技术三大新兴产业,改造提升冶金、食品、精细化工三大传统产业,建设了28个特色产业园区。

梳理连云港百亿军团,可以清晰地发现百亿企业全部来自连云港港城的临港产业。而临港产业发展得益于江苏沿海开发战略的实施。

黄海之滨,近千里的江苏海岸线,春潮涌动。

好风凭借力,扬帆正当时。在"一带一路"倡议的引领下,连云港坚持工业立市、产业强市、以港兴市,重点推进大港口、大交通、大开放、大产业、城市大提升、城市大发展等方面的建设,致力于打造有影响力的区域发展中心、重点产业中心、综合枢纽中心,全力建设"一带一路"倡议支点。

港城联动,枢纽服务功能愈加强大。连云港充分发挥港口、区位等优势,已经发展成为联结"一带一路"的综合交通枢纽、国际物流中心和开放型经济发展新高地。加快重大基础设施建设,大力发展保税仓储、冷链物流、邮轮旅游等新业态,努力将连云港打造成枢纽港、产业港、物流港、贸易港。构建大交通,以港口为突破口,推动航运与铁路、公路、航空协同发展,构建海河江、铁公水的高效联动体系。

通过加快"深水大港、远洋干线、中欧班列、物流场站"无缝对接,在中哈亚欧国际运输通道上建设连云港中哈物流场站,打造重要物流"枢纽节点"。

百舸争流,奋楫者先。

连云港加速向技术高端前行,产业发展层次大大提升。

在海州区,2022年4月6日,中复神鹰碳纤维股份有限公司举行了上市敲钟仪式,成功在上海证券交易所科创板挂牌上市,成为中国建材集团旗下第一家科创板上市公司,也是科创板第一家碳纤维上市公司。

4月初的连云港,春暖花开,到处是一派生机勃勃的景象。忆起十几年来一路走过的历程,中复神鹰碳纤维公司董事长张国良无限感慨。

从当初海州湾一片芦苇丛生的盐碱地上艰难起步,到融入中国建材集团促进材料产业长远发展、解决"卡脖子"问题的国家责任战略部署,再到成为我国乃至全球碳纤维市场上的优秀企业,成为碳纤维"龙头股"。一路走来,中复神鹰经历了怎样的心路历程?

"回头去看,正是取决于当时我们做出的重大战略决定,奠定并开创了接下来10年里公司全新的发展格局。从2013年到现在,我们的干喷湿纺技术和产品系列不断取得新突破,产品一步步实现了全球销售。"张国良说。

被誉为"新材料之王"的战略性材料碳纤维,一直是世界各国在新材料领域的发展重点。碳纤维具有出色的力学性能和化学稳定性,密度比铝低,强度比钢高,产品已广泛应用于航空航天、风电叶片、体育休闲、压力容器、复合材料、交通建设等领域。

2018年1月,中复神鹰碳纤维项目荣获2017年度国家科技进步一等奖,这也是我国碳纤维行业所获得的最高奖项。2019年,中复神鹰碳纤维公司做出重要战略布局,"年产两万吨高性能碳纤维及配套原丝项目"落户西宁。2021年,万吨碳纤维生产基地成功投产,并入选2021年度央企十大超级工程。项目首次实现了单线年产3000吨高性能碳纤维生产线设计和高端成套技术自主可控。

从2020年下半年开始,我国碳纤维市场开始呈现出供不应求的火热行情。这种状况一直持续到现在。

像硅谷一样,"神鹰人"正在打造连云港的"碳谷"。

"国际著名的医药企业,都是在安静宜居的中小城市。连云港拥有青山碧水,连云港港口交通方便,跟欧美医药企业青睐的中小城市非常相像。更重要的是,连云港有非常好的产业基础,自主医药品牌,在全国数一数二,是最适合做健康产业的地方。"一位深谙港口经济的专家曾说。

依托创新能力领先全国的医药产业集群,连云港全力打造中国的"健康港"。医药行业是连云港市创新型经济快速发展的主要代表。

其实连云港早就致力于打造"东方药港"。

江苏恒瑞医药股份有限公司、江苏康缘药业股份有限公司、江苏豪森药业集团有限公司、正大天晴药业集团股份有限公司4家企业构成的连云港医药板块,创新能力位居全国前列。

建设东方药港是振兴连云港经济的一个重要的战略构想,产生了强大的"磁场效应"。我们在高新技术区内看到,碧绿的环境赏心悦目,一座座厂房鳞次栉比,优惠政策扶持骨干企业,产生了很大的集聚效应,靠的不仅仅是天时、地利,还有政策,以及连云港市委、市政府的高度重视。

新医药产业是一个技术密集型产业,也是江苏省确立的六大战略性新兴产业之一,具有投入大、周期长、风险高的特点。大力推进企业自主创新,以创新为驱动力,是做大做强新医药产业的必由之路。

如今,"东方药港"似芙蓉出水,仪态万方,笑傲群雄。

连云港市新医药、新材料、新能源"三新"产业规模快速扩容。

神奇的连云港人,正在山海间舞动着我们伟大时代的一条逶迤壮丽的彩练!

他们脚步匆匆,他们神采奕奕,他们目光灼灼。

这块令人激情澎湃的土地,正在谱写火一样的史诗篇章。

让我们放歌,让我们起舞,

连云港,让我们打开你的窗子、你的门,迎接未来更辉煌的时刻!

高质发展,后发先至

面朝大海,就是面朝博大与深邃。

徐圩新区构筑起国家东中西区域合作示范区,隆起连云港市新的增长极。犹如鼓满劲风的战船,乘风破浪,驶向一片蔚蓝。

嘹亮的歌从大海上升起,在徐圩新区激情似火地唱响着。

这里是板桥工业园。

一列列火车飞快地从港口驶出,掠过板桥工业园,夹带起一股强劲的风。

作为连云港"北翼"的赣榆区与山东毗邻,嗅觉灵敏的赣榆人早已把手伸过绣针河,握手岚山港。

柘汪临港产业区一片繁忙的景象。

"望崦嵫而勿迫""恐鹈鴂之先鸣。"两千多年前的屈老夫子在其不朽的《离骚》中写下了如此瑰丽的诗句,看来面对时光的紧迫感,古人和今人都有惊人的同感。

笔者在灌河半岛临港产业区采访，每时每刻都被这里的壮丽景象震撼，更为创业者朝气蓬勃的精神风貌所深深感染，他们务实能干，浑身上下充满了创业的激情。

灌河半岛——这艘航母悄然起航，灌南县毅然跳出传统的"一片树林（板材加工）、一瓶烧酒（汤沟酒业）"的老套路，迈开大步闯出一条多元融合五彩缤纷的发展大道：深沉的黑色冶金、浪漫的蓝色造船、鲜亮的绿色化工、光芒四射的金色物流和朝气蓬勃的青色田园，一路斑斓，一路辉煌。

这儿既有船只穿梭的港口景象，又有悠闲舒适的田园风光；既有大工业区的壮丽场景，又有生态园区的绿色环保；既有物流园区的繁忙，又有湿地公园的静谧……

吴承恩在《西游记》中有一段"孙悟空与二郎神大战灌河口"的精彩描写，当年"二圣斗变"的灌河口，真正迎来了"大变"的时代。

还是灌河，还是一体两翼的南翼。

在灌云县燕尾港的对面，一眼看去便会发现有一个小小的半岛，小岛上高大威猛的龙门吊屹立在岛上，那就是团岛，也是灌云的船舶工业园。

同饮灌河水，共享灌河利。与上游的灌南县相似，灌云县对打造现代船舶工业园区同样兴趣盎然且受益无穷。

在海边，无风三尺浪，无浪三级风。风力资源和太阳能一样是取之不尽、用之不竭的，是造福人类的低碳环保能源。

风力发电那伸向海天的巨大风叶，与大飞机的翅膀有得一比，但更像是大鹏鸟的翅膀，或是浴火冲天的凤凰的翅膀。

那正是象征连云港神速振动的南翼。

港城工业发展的巨幅产业卷轴画已经展开，一座崭新的工业之城正在崛起。

如果说连云港是一艘鼓满劲风的战船，乘风破浪，驶向蔚蓝。那么，徐圩新区就是它的旗舰。

无论是江苏沿海大开发、东中西合作、新丝绸之路，还是"21世纪海上丝绸之路"，西行路上第一个最华美的乐符无疑就是经济快速增长、城市魅力四射的连云港,她更是响应并汇入这一部部交响乐主旋律的最强音。

延伸西去的东陇海线锃亮的铁轨,如长得没边的五线谱,上面有铿锵的乐符跳跃。

连云港经济技术开发区是承载国家东中西合作示范区新医药、新能源、新材料产业的合作功能区,以高新技术产业为主,重点发展生命健康、高性能纤维、装备制造、消费电子、粮油加工等产业。

徐圩新区是承载国家东中西合作示范区产业转移、合作加工及重化工集聚的合作功能区,国际先进的重化工产业基地,构筑石化、精品钢、循环经济、重型装备和现代物流等五大产业集群。重点发展基础石化、精细化工、新材料、盐化油化、金属制品产业;发展现代物流产业,推进石油化工、煤炭、钢材、有色金属等大型商品交易市场。把徐圩临港产业基地建设成为江苏沿海新的经济增长极、苏北地区临港产业集聚区,使其在区域协调发展和东中西区域产业合作中发挥重要作用。

作为国际性海港城市,连云港的城市发展正跳出自我,以开放理念和全球化视野建设连云港,力争将连云港建设成为与全球城市体系相连相融的开放城市。

"现代化港口工业城市、国际性海滨中心城市、山海相拥知名旅游城市"的功能定位,要求连云港要实现跨越式发展。

港口、产业、城市在冲突协调中演进发展,一个最基本的趋势是实现港口、产业、城市一体化。

连云港遵循"港产城三方联动"发展战略,扩大"城市"范围,将新亚欧大陆桥沿线城市纳入联动发展之中。

回顾世界经济和城市发展历程,临港地区城市与经济的发展,莫不做"港"字文章。现代港口发展正形成港口航运、临港产业、港口城市三者良性互动的趋势。

城市的基础设施是港口发展的基本物质条件,城市的产业结构影响港口的性质和规模。

港口作为多式联运的重要节点,往往发展为地区一个重要的工业集聚点和重要的就业地点,成为地区经济发展的增长极。发展临港经济,在港口设置自由贸易区、出口加工区、保税区和保税物流园区,不仅有利于带动区域经济发展,更有助于增加就业。

连云港的发展不是神话,而是如一部大型交响乐呈示的随想曲,让人无限神往。

幸福都是奋斗出来的。一个有奋斗精神的民族,才是有希望的民族;一座有奋斗精神的城市,才是有希望的城市。

今天,连云港的发展正迎来千载难逢的机遇,更加需要用"辛苦指数"换得"发展指数"。

今后5年,连云港将进一步完善战略构建,推动各项事业加快跨越,日益展现新姿态、新亮点、新突破。

到2035年,实现共同富裕,主要发展指标超过全省平均水平,综合实力跻身沿海城市中上游。

到21世纪中叶,努力拥有高度的物质、政治、精神、社会、生态文明,打造"一带一路"崛起中具有大国气派的支点城市,令人民自豪,使世人向往。

在连云港,每一个人都焕发出生命的激情,每一个人都被创新的力量撞击着。

充满英雄情怀,人生才显磅礴大气。即使关山万里,仍然激情飞越。

连云港人责无旁贷,任重道远,凝聚起推动"高质发展,后发先至"的强大合力,为建设"强富美高"连云港做出新的更大贡献。

天光明媚,在一个叫作"东方桥头堡"的地方,一群大写的连云港人,正在党的领导下,市委、市政府的引领下,创造着、扩张着、进击着,一天天地挥写着属于他们的东方神话!

河流浩荡,你看那脉溪流,千回百转,最终汇入一条波澜壮阔的大河;也有的溪流流向大海,汇入一场更大的波澜壮阔中去。河流从不等待!

鹰在天空中翱翔、翻飞,速度疾如箭矢。

鹰翼之下,阔大的海洋、平坦的草原;

鹰翼之上,奇崛的山峰、蓝天和白云。

世人瞩目中,一艘巨轮出港……

我们的家,在遥远的工地上

钱兆南

古老的大地上,自有人类起,便有了建筑,它成为人类文明发展进程中最古老的化石。古往今来,无数的建筑精英,如鱼群遨游在波涛翻滚的大江大海深处,在看不见底的深渊潜泳。早在四五千年前的良渚古城,就有了内城、外城及河道,有了1万米的大祭台。今天的我们还在使用良渚人留下来的河道,还在用良渚人传承下来的20根竹子编扎的2米长、1米宽的脚手架。中国的建筑,不仅仅镌刻着历史的印记,更蕴藏着古人的匠心与智慧,凝聚着古代工匠的智慧结晶。古往今来的建筑匠人,他们背井离乡,一辈子在铺路建桥盖房的苦旅中披荆斩棘。他们是我们陌生而亲切的亲人。为了寻找他们,壬寅年春,我有幸走进全线通车后的五峰山长江大桥南北公路接线和苏锡常南部高速公路太湖隧道现场,去收集他们在建设中的动人故事。

一

一座座桥,连接起一条条路,造就的是整个时代。

每条路、每座桥,都刻下了建设者们的掌纹,平凡而坚实。通车后的路和桥,除了带给人视觉上的冲击力,最重要的是,他们锲而不舍的精神,永远镌刻在建筑者的骨髓里,在代代建筑人的血脉中奋勇流淌着。

2022年3月14日上午,江苏省交通工程建设局综合处的薛亚玲从省交建局出发,计划了四天行程,到镇江与我会合。我们计划前两天去五峰山长江大桥南北公路接线现场、苏锡常南部高速公路太湖隧道现场,一睹两处宏伟建设的壮丽。后两天去见这两个项目的总指挥李洪涛和夏文俊,面对面听他们讲述这两项超级工程建设中的辉煌与艰辛。

9时,我们会合,一路向东,往镇江大港新区圌山脚下的五峰山长江大桥进发。

雾锁大江,斜风微雨飘向车窗,进入匝道,从南引桥上大桥主体,"五峰山大桥"这5个飘展在4号主塔上方的红字越来越近。耸入云天的南北岸主塔如两个巨人矗立在大江南、北两岸,宽阔的八车道桥面上,左右两边白色的吊杆如琴弦,如诗如画,在江上弹奏着一曲万马奔腾的弦歌。交工验收通车后的五峰山长江大桥在建设者们的眼中美如少女,尤其是那两根直径为1.3米跨越长江的主缆,恰似少女头上扎的两根瓷实的粗"辫子",强有力地牵起了大桥刚柔并济的钢桁梁身躯,在千米长江上静如处子。

当年为写好《桥魂》这部长篇纪实作品,我曾吃住在工地很久,在施工现场与建设者们一起在大江之上披星戴月,共同进退,用一本书向平凡且卓越的他们致敬。我和他们中的许多人一样,至今没能走一回、看一眼这座对我和他们来说刻骨铭心的公铁两用特大桥。

五峰山长江大桥南、北公路接线工程指挥部综合部的同志早早站在高桥收费站路口翘首等候。在五峰山管理处指挥中心阔大的屏幕上,静静地观看五峰山长江大桥公路接线整条线路的全景图,每一处的景观都恢宏壮丽,而建设者们的身影从此消失在青山绿水间,繁华落尽的大地上,留下的是建筑人深深的履痕。

我们在五峰山大桥管理处指挥中心和智慧化的扬州广陵服务区行走,下午我们本应按原计划到张家港与已经转战张靖皋长江大桥建设的五峰山长江大桥公路接线工程项目总指挥李洪涛见面,可因疫情,行程被迫终止。

我们从大桥上原路返回时,天空晴朗,八车道高速公路的沥青路面闪着黑宝石般的光。回想2017年10月11日高速公路先导段正式开工,到2021年6月30日正式通车,这近4年时间里,在镇江、扬州的沃土上,从五湖四海聚集来的建筑大军,有十几家建设单位在不同工程节点进场,穿插在不同的工序间,他们胝手胼足、日夜不歇,扛起了这个浩大的工程。在项目建成通车不久,项目建设管理团队的这班人来不及洗去尘埃,又马不停蹄去了世界最大跨度悬索桥——张靖皋长江大桥建设工地。

5月,和两位总指挥的访谈不得不靠腾讯会议视频连线,得知李洪涛也曾在五峰山长江大桥施工现场工作过,我笔下的建桥人,许多是他曾经的同事,我们都倍感亲切。那时我在中铁大桥局连淮扬镇五峰山长江大桥项目部施工现场采访创作,李洪涛在五峰山长江大桥南北公路接线工程项目现场指挥施工,我们共同见证了世界上第一座能跑高铁的悬索桥——五峰山长江大桥的横空出世。

二

我和李洪涛在线上相见,从大桥主体说到高速公路上的接线工程,从施工组织说到工程中的重点与难点,才知道这个了不起的工程历经4年,真正是"吃螃蟹"的过程。

为确保万无一失,从省交建局局长蒋振雄、副局长夏国星到项目总指挥李洪涛,再到工程技术人员,为了死死地摁住这只横行的"螃蟹",他们这群人把十八般武艺都用上了,才有了后来的高品质智能高速公路。

身为工学博士的李洪涛,称自己是一名"老桥工"。有29年工龄的他和所有的工程人一样,在家的时间屈指可数,施工现场是他流动的家。无论在哪里看到高速公路和桥,总会心潮起伏,这是大多数路桥人的"通病"。

有人说,工地是粗粝的,李洪涛认为现在的工地是粗中有细,其中高科技革命带来的细腻,细到以毫米来计算路桥的精度。2017年,他被交建局党组任命为五峰山长江大桥公路接线工程的总指挥。

位于江苏中轴线上的五峰山长江大桥南北公路接线工程,是长三角高速公路网和江苏省"十五射六纵十横"高速公路网规划中"纵四"的重要组成部分,也是京津冀地区和长三角地区间南北向最便捷的过江通道,更是打通苏南与苏北的重要通道。

这个项目从一开始就注定了不寻常,它的定位是:要站在国内乃至世界高速公路的制高点上。

伟大常常始于渺小,创造一个伟大的奇迹必须从细微处做起。

近年来，随着国家新基建步伐的加快，省交建局党组全面贯彻落实交通运输部和江苏省委、省政府的决策部署，在省交通运输厅打造交通运输现代化示范区的令旗指引下，谋划绘就了面向未来的新一代智能公路"三部曲"建设图景。第一部是五峰山长江大桥南北公路接线工程面向未来的新一代智能高速建设；第二部是苏锡常南部高速公路面向未来的新一代智能隧道建设；第三部是正在建设中的面向未来的新一代智能大桥——常泰长江大桥。

五峰山接线项目建设团队感到喜忧参半，喜的是，这条路可是全国首条面向未来的智能高速公路，与传统意义上的公路有着天壤之别，可谓前无古人的创新之举，将是里程碑式的工程；忧的是，公路、铁路合建主桥早两年前已开工建设，要想与大桥同步通车，公路接线工程工期会紧张得要人命。

项目建设团队刚进场，连热身动作都来不及做，每一个人就像火线行动队员一样，各就各位，迅速进入了实战阶段。

在一次次方案讨论会上，蒋振雄局长把这三个"未来"掰开来讲，看图景说话。五峰山接线工程是规划中的第一个"未来"，是"三部曲"中的重头戏，掀开"智能公路"神秘的面纱，把它从神坛上请到大众面前来，这是他这个引路人要做的实事。

几年前，在全国交通建设部门，"超级公路"这个很超级的热词几乎传遍了大江南北的建设现场。江苏是"一带一路"倡议、长江经济带发展、长三角一体化三大国家战略的叠加交汇之地，非常有必要冲一冲。

时间到了 2018 年 4 月，省交建局党组在这个时代背景下果断提出了有别于浙江"超级公路"理念的新理念：我们是否可以建一条"面向未来的新一代智能高速公路"？智慧高速发展是一个过程，但不是目标，无论是智能化还是智慧化，都是不断迭进的过程。"超级"一词再怎么宏大，也不是拔根头发就能上天的事。

"匠心铸品，聚力筑梦"这 8 个字，是省交建局每个项目指挥部进门墙上抬头就能见到的新时代交建精神。

是的，有梦想才会有未来。蒋振雄局长告诉团队，我们要的是一步一个脚印，我们要让空中花园扎根到大地上，开出有生命质地的鲜花。

当务之急,交建局集中多方力量,结合江苏新一轮高速公路和过江通道建设,提出了"面向未来的新一代智能公路"的理念,借助新一代信息技术,积极探索建设交通强国的"江苏路径"。

这个规划是空前宏大的,也是雾里看花的。一张蓝图就这样悄悄地在五峰山脚下铺开,整个五峰山接线建设团队群策群力,把这张图纸按1∶1的比例放大拓展到33千米的接线工程上。他们注定成为首条"面向未来的智能高速"的第一批拓荒者。

当时他们只有一个信念:不负局党组的重托,勠力同心将这张蓝图一笔绘到底,让这条路像人一样,会说话、能思考、有温度、有情怀,并成为江苏高速公路的样本。

在交建局的精心组织下,多家单位联合研发,让每个细节从纸上落到地上。从借助5G通信技术起步,循序渐进推进建筑信息模型、大数据、物联网、云计算等技术与高速公路建设深度融合,通过车路协同、云平台＋人工智能、信息化管控等前瞻性、先进性技术,实现了八车道高速"五全"系统29个特色场景应用。其中,通过雾区诱导系统实现车路准确感知、诱导及警示,这是全国首条车道级雾天诱导系统;主动感知路面能够实现路面温度的自我调节,满足"夏季降温抗车辙、冬季除冰防裂缝"的智能控制需求,保障路面结构安全和行车安全;车路协同系统可支持小客车智能车辆、重卡编队等车路协同自动驾驶场景。

以上,就是交建人对"超级"和"未来"的诠释,以李洪涛、卢毅、林海峰、张向群等一大批工程精英为开路先锋去实施。这几匹"骏马"都是那种不需扬鞭自奋蹄的工地武将。

所有的高速公路运营,都离不开机电工程。东南大学机电专业毕业的卢毅,有27年工龄,五峰山接线工程的机电工程,他全程参与了这条全国首条"面向未来的新一代智能高速公路"的探索和建设。

在建设过程中,下属们经常跟着蒋振雄局长泡在现场。有人说:"蒋局长对每一个细节都不放过,特别是工程上存在的问题,他说得最多的话是:'工作不要抱球走。'意思是在工作中遇到困难时不要自己抱着这个球,要如实向他反映问题,他来帮助大家一起想办法解决。他经常为了工作上的事和我们一起展开头脑风暴,我们就是这样在他的引导下深耕技术,不断成长起来的。"

在交建局党组的领导下,项目建设团队用两条腿走路。第一条腿走的路是去调研国内外比较超前的、先进的、成熟的先进技术,收集调研资料,然后结合五峰山高速公路的特点,把技术变成一个个解决实际问题的共29个应用场景;第二条腿走的路就是边研究边总结提炼,用"安全保障全天候、出行服务全方位、运营维护全数字、绿色建管全寿命"阐释了面向未来的新一代高速公路的基本形态、内涵和特征。

比如场景之一:雾天行车地面诱导灯,要把那么多的诱导灯埋到地下,又不能影响路面,还要保证诱导灯的寿命。这是一个从零开始的开发过程,产品开发出来后,又做了一系列适应性测试,从施工工艺、施工机具的使用等,形成了一套标准。

在常人的认知中,不就是把灯埋到地下,再通上电吗?说起来容易做起来难。沥青路面不能大面积开槽埋线,灯的体积不能过大;诱导灯采用"太阳能充电+蓄电池"的方式,为了保持低功耗,平时要它静默休眠,当雾天要使用的时候,需要远程无线唤醒它;10千米的试验段共需要安装6000多盏地面诱导灯,闪烁频率需要做到同步。

29个场景,需要一群人的最强大脑去实现。毕竟,"智能高速"是一个新的课题,没有任何经验可借鉴,摸着石头过河,要学会利用高科技把它从普通公路的理念中剥离出来,为新一代的高速公路寻找新出路。

花开两朵,各表一枝。

一边研发,一边赶工期。接线工程中的芒稻河大桥是整个工程的关键控制性工程,李洪涛心中有数。一进场就了解到五峰山长江大桥主桥墩已全部建完,即将转入上部结构施工,预计2020年年底铁路桥要通车,而接线工程土地手续到2018年年底才下来。这样的工期怎么排?质量是百年大计,看似跟铁路同步通车的目标无法实现。

"我们的心里除了急,还是急。"李洪涛如是说。

芒稻河大桥的上下游都有桥,桥的净空不够,大型浮吊船无法驶进来,双壁钢围堰只能在现场分块拼装,需要很长的时间,在一个汛期内肯定完不成基础施工。如何拿出立得住、经得起考验的方案,对于省交建局五峰山接线工程建设指挥部和施工方来说,这是抉择也是挑战。

为了这份责任和担当,夏国星副局长带领指挥部和项目部有关人员南下温州、台州、舟山实地考察调研,通过对双壁钢围堰与钢板桩围堰在技术工艺、工期、投资造价、绿色环保等几个方面的对比,大胆提出超长钢板桩围堰施工方案。

然而,芒稻河大桥基础施工期间基坑的开挖深度达到25米,钢板桩长36米,水头差达到19米。别小看这几个寻常的数字,每个数字都是破纪录的。常规钢板桩围堰施工方案并不适用。钢板桩刚度小、变形大,在巨大的水压力下随时可将围堰撕裂。如果钢板桩围堰破防,水的压力像刀子一样扑过来,里面的人在顷刻间会被水腰斩,一个都跑不了。

这么深的钢板桩围堰江苏省内绝无仅有,国内也没有成熟的经验,安全是建设者面临的最大挑战。指挥部先后组织6次考察调研、11次专家论证,联合东南大学等单位组建科研团队开展科技攻关,对工艺、工期、造价、节能、环保等方面反复比选,拍板定案。项目经理王亭领着一群技术人员,拉开了5个水中主墩同步施工的序幕,先后成立了7个课题攻关组,用高清摄像头到水下探查,进行远程监测,为水下钢板桩的稳定性保驾护航,工地上的每个人都是安全员,领导班子分兵把守每个项目。整个施工过程中得到了业界专家的全力支持与指导,最终"先撑后挖"的钢板桩围堰施工方案得到专家认可。

2018年9月1日,一场与汛期赛跑、靠科技引领、用匠心智造品质工程的攻坚战,在长江夹江两岸迅速展开。

施工承台围堰抽水是钢板桩围堰施工中风险最大的工程项目,此时最大水头差接近19米,远远超过常规钢板桩围堰适用的15米最大水头差,而水头差哪怕多1厘米,风险都陡然增大。他们最怕的是水的压力一旦超过平衡点,冲垮基坑,水会像一头凶兽,把人包了饺子……

李洪涛领着专家们在现场反复查看研究。那一天晚上的会议结束,已是10点多,李洪涛去现场看情况,回到宿舍已是凌晨1点,才躺下就开始做梦,梦里,基坑里的几十号人被水的力量锯成两半,全部被包围,无一人生还。这情景把他吓出一身汗,惊醒后,细节历历在目。

每次抽水,李洪涛这一夜肯定睡不着,一直守在现场。等水抽完后,承台上开始钢筋绑扎,浇混凝土,周围填上石子后,他的心才能放下。

为了抢抓承台施工,尽量减少施工风险,指挥部组织党员突击队,下到25米深的基坑,为一线工人递钢筋、送支撑钢管、扣件等,仅仅用12天就完成了357吨承台钢筋绑扎,2400方承台砼浇筑,顺利度过施工最大风险。

千里之行,始于足下;九层之台,起于垒土。全线大部分路段位于沿江圩区,90%的路基为软土,深达30米,给施工带来了前所未有的困难。而芒稻河大桥的5个墩,就是这样在无休止的忐忑中、在两个汛期之间的备受煎熬中完成的,历时1年。天道酬勤,在大家的努力下,这个项目战果辉煌,发布1项团体标准、2个省级工法、7项专利,《基于围檩支撑水下整体安装的超长钢板桩围堰施工关键技术》在2020年全省公路水运工程施工工艺创新大赛中取得第五名的好成绩。

为了保证涉铁段顺利通车,春节他们注定要在工地加班。因为疫情,大部分人留在工地。四标常务副经理王通的孩子刚刚出生,还是早产儿,因为工地太忙,虽然家就在芜湖,但他一直还没能见到孩子。直到2020年8月上旬,这个连接主桥铁路段的"心脏"涉铁段全部完成,所有人的心才暂时放了下来。王通和所有的技术人员一起无缝对接两班倒,打下去的1339根钻孔桩全部检测为Ⅰ类桩。在现场架桥机多达7台、挂篮8对、塔吊17台,其他吊装设备有25台以上,他依托微信平台对安全隐患进行曝光,发动全员参与隐患排查,排除了安全风险。项目已经连续两年荣获省公路水运工程"平安工地",省级"示范工地"。

这些荣光的后面,是项目全体人员付出的艰辛,他们的故事令人感动。

副总指挥林海峰,在完成这个工程期间,他的父亲得了癌症。作为家中的独子,他成日忙于工程,患癌症的父亲由母亲和妻子照顾,直到父亲亡故,他回家的次数少得可怜,就算回家,也只是看望一下就走,母亲说父亲临终前的疼痛如万箭穿心,最后连儿子的面都没见到。每次提到父亲,林海峰泪如泉涌,怎么也控制不住自己,说自己是个不孝子。为了芒稻河大桥的5个墩安全出水,他每天都要下到围堰里面检查围堰变形和漏水情况,哪怕外面下着暴雨,他也要坚守在工地,身上经常脏得像泥狗子。回到宿舍来不及换衣服,匆忙和家人开视频,隔着手机屏,感觉怎么也看不够。另一位副总指挥张向群,在2020年做了心脏房颤消融手术,医生反复叮嘱要多休息,然而省内最大、智慧化程度最高的服务区建设正热火朝天,因服务区加油站要与高速公路同步开通,有十数个部门要跑、要协调,他根本歇不下来,前脚出医院后脚就回到了工地。

江苏交建局提出来的"面向未来"的新理念,推动了整个江苏智慧公路的建设,也给全国智慧公路的建设创造了一个样板。在五峰山接线项目"面向未来的新一代智能高速"成果评价会上,专家一致认为项目成果总体达到了国际领先水平。"江苏交建局团队在智能高速公路的建设探索过程中是非常务实的。"这是交通运输部原副部长、中国公路学会理事长翁孟勇给出的评语。

"国际领先"的后面承载的是更多的艰难。从这条面向未来的智能高速公路我真切体会到了这条路的了不得,它真的像江苏交建人想象中的那样:有了感知,学会了思考,它是一条充满人文关怀的高速公路,它正在颠覆人们对驾车出行体验的认知,它是面向未来的新一代高速公路。

念念不忘,必有回响。

在2021年度中国公路学会科学技术获奖项目名单中,《面向未来的五峰山新一代高速公路关键技术及示范应用》项目获得特等奖。全国建有许多高速公路,但能拿到这个奖的,真的是凤毛麟角。

2022年5月28日,我上了江宜高速公路,寻找芒稻河大桥这条夹江上的桥,未果。又绕道走过李洪涛参建过的三座桥,拍下泰州大桥的照片发给他。他说:"中铁大桥局的陈明指挥长就要到他现在的项目。"我说:"真好!天下造桥人,走遍天下都有一个家:桥家。"他还希望我去他所在的张靖皋长江大桥项目部住上一段时间,多写写造桥人平凡的故事。在疫情终于缓解的6月4日的一大早,李洪涛从张家港工地现场奔赴五峰山长江大桥南北公路接线,他带着我参观了节段梁涉铁段及芒稻河大桥,他站在曾经奋斗过的大地上对着蓝天白云倾情讲述。

下午3时许,李洪涛奔向张家港,张靖皋长江大桥建设在他的现场组织下已拉开了序幕。

三

从省交建局党组委派夏文俊到苏锡常南部高速公路任总指挥的那一刻起,他就做好了吃苦的心理准备,开启了长达4年多的远征。

这条全长43.9千米的高速公路项目中的关键节点工程,是国内最长的跨越太湖水域的湖底隧道工程,全线采用双向六车道高速公路标准建设。项目起自常州前黄镇,跨越锡溧漕河改线段、新长铁路,与锡宜高速公路交叉,下穿邀贤山后进入无锡马山境内,穿越太湖梅梁湖,终点在南泉接无锡环太湖高速公路。全线设置互通式立交7处,有太湖、邀贤山2处隧道和太湖湾服务区1处,清障救援处置点2处,互通匝道收费站4处。这条高速公路是沪宁之间第二条公路通道,建成后对沪宁高速公路的分流意义重大。有了这条高速公路,南京到上海走高速有了新的选择,也大大缩短了城市之间的距离。

一条路的诞生和一条生命的诞生一样,其因缘际会在冥冥中早有定数。这条高速公路的命运早在2002年就被论证过,像母亲孕育孩子,一直到2017年3月份,它才开始了艰难的分娩。

2017年5月26日,夏文俊带领工作团队入住项目指挥部,他从项目前期设计的施工图上看,就感觉到这将是他几十年从业生涯中遇到的最难啃的骨头,内心掀起阵阵波澜。上级要求将这个隧道项目打造成省部级的品质工程示范项目,意味着他要付出更多的心血,他将要带领一支建筑劲旅剖开太湖底,逆水而行。

为什么要打通太湖隧道而不建桥呢?建桥,更快更省钱;建隧道,花费多但更环保。

2018年1月8日下午,苏锡常南部高速公路太湖隧道工程施工合同签约仪式在无锡举行,三方签约。隧道主体工程每公里造价约为5亿元,项目总批复概算159.1239亿元,为全省交通建设系统历史上最大的工程,采取分仓施工,集超长水中围堰、长大深基坑、多种支护形式于一体。

对这些行业中的技术术语，外行人无法知道它的分量，只有内行人知道每一个字背后的力道。

长 10.79 千米，双向六车道，净宽 40.6 米，净高 7.25 米的太湖隧道，从隧道底到水面约有 15 米，要把 43.6 米宽、约 10 米高的箱体埋在湖底，首先要用钢板（管）桩做成围堰围起来，这中间要经历 4 个汛期，整个工序有几十道。每道工序都是高难度的活，好似下水捉蛟龙。

这个工程有别于南京的玄武湖，可以将湖整个围起来做，能够多投入人力、物力；这个工程是一根泥萝卜，得洗一段切一段，分成四仓来施工：一仓做围堰，一仓做开挖，一仓做主体施工，一仓回填回水，让太湖的水流动着，以保证湖水生命力不受影响。为此，指挥部邀请专家来给太湖把脉，不知道开过多少次论证会。

整个工程的土方开挖量达 1000 万立方米，这么多土不管运往哪里，堆在任何地方都是一座土山。

如果根据施工方案或别的项目以往的经验，是要把土全部运出去解压，代价太大了，关键是工期来不及。全部的工序就在 40.6 米宽、7.25 米高的箱子里挪腾，各种设备的运作、原材料的进出，得全部在这个螺蛳壳里做道场。对此，夏文俊是清楚的，也是清醒的。这是一个与众不同的道场，这经只能靠自己去念。

为了能顺利施工，夏文俊在南京开会时有幸遇到港珠澳大桥的总指挥林鸣。

林鸣告诉夏文俊："你们这个工程最大的困难是施工组织。"这么小的道场，人机混战，危险系数高到天花板，不出事不要紧，一出事就关系到一群人的生命安危，他哪怕有九条命，也无法承受这种生命之重。一个人对事物的判断一旦跑偏了，将成为历史的罪人，这并不是危言耸听。

整个施工组织的过程，挖掘机、运料车、吊装设备众多，大大小小的机电设备就有 10 多万台，仅通风的射流风机就有 216 台，轴流风机 26 台，每一台设备都要进行安装调试，每天过堂。隧道侧面用的搪瓷钢板，顶上用的防火板、电缆等原材料，全部要装进螺蛳壳这么点大的道场，施工作业队伍庞大，大体积的混凝土浇筑，多种工序在同时交叉进行，工人的号子声、机械的撞击声同时奏响,如喧天的锣鼓,各敲各的,有点像古战场,处处闻到冷兵器的味道,连太湖水都被震"瘦"了,少了往日的平静。就是在这样的工作环境中,夏文俊代表省交建局向交通厅立下"军令状",一定要打造出"滴水不漏"的太湖隧道。这个技术的要求是:主体结构混凝土不允许有一条贯穿裂缝。

为了做到"滴水不漏",省交建局与省建科院的两个院士团队合作研究课题,首先,从混凝土结构的自防水、温控的措施开展研究,从原材开始把关,所有进仓前的粗集料都进行水洗,把含泥量控制在0.7%。隧道建在水下,如何防渗漏问题?防水最重要的是混凝土的自防水。其次,混凝土箱体要一段段地拼接,施工缝、变形缝是薄弱点。因此,要应用一些止水钢板等。最后一道工序,在混凝土外包一层防水材料,等于给混凝土穿上了件雨衣,以此确保工程"滴水不漏"。省交建局蒋振雄局长挂帅的"超长超宽堰筑法隧道抗裂防渗与绿色建造关键技术"这一科研课题,研究成果2022年3月经专家鉴定,总体达到"国际领先水平",目前正申报省科技进步一等奖。

每一个工程,天时、地利、人和,这三样缺一不可,人的因素排在第一位。技术的难题好办,人的问题难办。项目好不容易才走上正轨,2020年春,新冠肺炎疫情暴发,项目部推进陷入困境,夏文俊的手机从早晨响到夜里,手机打得发烫。

夏文俊不知道给无锡市相关部门领导打了多少个电话,蒋振雄局长、缪玉玲副局长也亲自给分管市长打电话,请求政府解决工人进场这件头等大事。工人大多来自云南、贵州等偏远地区,每个人的活动轨迹都要弄清楚。施工队伍有中交第三航务工程局有限公司、中铁四局集团有限公司,疫情给年后的复工复产带来了前所未有的困难。

夏文俊急得吃不香,睡不着,牙疼得张不开嘴。大多数工地人都有这个毛病,他们在野外作业时间久,受寒气太多,劳累加休息不好,牙怎能不上火。

春节前有一大半工人回家过年,为了让留守在工地过年的工人心安,项目部让办公室给每个人的家庭写一封慰问信。对春节后回不来的工人,采取点对点包车的办法,项目经理直接到云南、贵州等地去把人接到工地来,全程闭环管理,最多的一天有500名工人进入工地。

周欣是副总指挥,主抓主体工程;卢毅也是副总指挥,主抓机电工程;朱红军是安全工程师,主抓安全。他们三个人是夏文俊的左膀右臂,一个都没有回去过春节,组织管理人员全部下沉到施工现场。

朱红军每天要去仓库领口罩,口罩储备越来越少,他急了。再困难,仓库里每天不能少于三万只口罩,首先要保证人的安全。工人们陆续归位,四千多人,每个人都要做核酸。政府部门要求在一天内把每个人的身份证及行动轨迹上报到疾控部门,项目部的群要求每天上报情况。从开始进人,到最后人只进不出,后来不进不出,现场扎口,全程管控。每个参建单位紧急筹建了一百多间隔离房间,以班组为单位隔离。大到全程工地巡查,小到食堂里的一米间距,实行分餐制,每天都要组织检查。

朱红军在2019年3月来到项目部,吃住全在现场,管安全的人员太少,没有人轮换。他每天累得脑袋发木,两条腿经常胀得像木头。

防控要求一次比一次高。一枝动,百枝摇,上面一有调整,下面马上就要响应。四千多号人的工地,要零感染,这是夏文俊在疫情期间立下的又一个"军令状"。

那段时间,让夏文俊感动的人有很多,特别是朱红军,翻开一本本施工日记,据不完全统计,朱红军一年下工地的次数达1300多次,每天下工地至少两到三次。在混凝土连续浇筑时,他通宵在现场。那年他的岳母因癌症要做手术,他也无法回去尽孝,每天扎根现场,哪怕是在比较紧张的几个月,他还得每天在项目上来回跑。

好不容易熬过春天的疫情,热死人的夏天说来就来了。基坑里狭窄的空间,每一次的混凝土振捣和钢筋绑扎,24小时连轴转,喝再多的水,在胃里跑一圈,立马变成了汗水蒸发掉,衣服的后背上是一层花花斑斑的盐霜,就是站在地面上啥也不做,也热得发慌。再好的设计方案,都得靠工人们一点一点做出来。

一场飓风吹走了狂热后,每年6月到9月之间的主汛期如期而至,压根就不想让工地上的人过几天好日子。每到汛期,省交建局蒋振雄局长、缪玉玲副局长都十分关注,要求做好围堰、基坑支护,并做好应急预案。多少次,夏文俊站在围堰边,面色沉得发黑,大太阳把他的脸晒成了古铜色,油光直闪。汛期一到,台风蠢蠢欲动,天上下雨,湖里的水位节节升高,整个项目被推到风口浪尖上,挖出来的土方堆在围堰边上,危险系数又加码。夏文俊最担心的是在基坑里的工人们,工人们每天加班加点,在横向土围堰外面封混凝土加固,而夏文俊则密切监控围堰的变形。

那段时间,南京大学的一位教授来工地指导,和夏文俊开玩笑说:"夏指挥,你这是顶着一湖水在干活。"

教授说的这话一点也不虚。

如果站在围堰上头往二十几米的深处看,下面是头戴安全帽的工人,那么多移动的安全帽和来回穿梭的设备,像密密麻麻的蚂蚁在深坑里行走,坑里的压力是明摆着的,而钢围堰外面的太湖水位已达 4.76 米,超过保证水位,水位还在不断升高,长江流域特别是无锡地区一直有持续强降雨,在 2020 年 7 月,太湖平均水位涨至 4.76 米(吴淞高程),超过保证水位。

那么多的工人全在基坑底下干活,他们被大水围着。工地上的两大法宝谁都知道:安全、质量。工人们早晨四五点钟坐车离开生活区,爬上项目部班车去上班,一年 365 天,每天要进行技术交底和安全交底,雷打不动。

再富丽堂皇的建筑,其根基都在泥沙上面。太湖下面的地基工程靠打桩船,工人们要将 24 米长、18 吨重的抗拔桩打进湖底 40 米深的土层里,每根桩要用 1.5 小时,他们要打 13000 多根桩,形成湖底隧道牢固的基础,防止隧道复水上浮。

工程有多大,安全就有多大的压力。夏文俊为了安全生产,专门给朱红军配了一辆安全专用车。朱红军是标准的黑脸包公,只要发现安全隐患,就会现场拍照,上传到安全管控系统里,让所有的人知道是谁犯了错误。

舌头和牙齿还有打架的时候,更何况挨在一起作业的几百台吊车,稍不留神,它们也会"打架",特别是在工序转换的时候。怎么办?朱红军每天到现场去,站在他的专车上嘴对着大喇叭喊:"兄弟们,如果你们出事了,老婆孩子没了依靠,父母没人尽孝,家产房子都成别人的了……"这一喊很有效,大家一致认为他这几句实在话,抵得上一万句大道理,直接摸到一个人灵魂深处的麻筋,由不得你的心不一抽一抽的。

朱红军在工地上经常喊得喉咙直冒烟,他的外号叫"大喇叭"。这不能怪大喇叭心狠,他的心里自有一把尺,宁可说点狠话让人恨一场,也不能装哑巴让人丧命。隧道太长,如果靠两条腿跑,无法跑得过来,这辆专车为整个工程的安全立下了汗马功劳。

朱红军抓安全,周欣抓生产。副总指挥周欣说到隧道的开挖法如数家珍。这次太湖隧道采用的是围堰明挖法。太湖里有蓝藻,要动用打捞船把蓝藻捞上岸,以保证湖水的清洁度。工程开挖从岸的两头往湖中挖,由两个单位同步施工,往中间会师。

项目从开工始,就是冲刺的状态,连热身都没有。2018年7月,第一次浇太湖隧道主体结构混凝土,加附属工程混凝土的浇筑,一共有200万立方米混凝土,这个数量在交通工程中是很大的。一进场就按混凝土量来算工期,肯定不能按期竣工。局领导和夏文俊一起跑去跟太湖管理局沟通,最后对方同意把围堰适当加长。马山的地质条件很差,这个地方是20世纪六七十年代围湖改造的地方,每年都有汛期。为了保证马山的防汛要求,项目部计划变更了几十次。刚进马山,就遇到淤泥段。有人以为太湖隧道就是普通高速公路上的一个箱式通道,开工后才发现,这个工程是独一无二的。

连续浇混凝土,工人的休息时间很少。在项目部的多次会议上,周欣提出要求施工方配足振捣施工的工人,保证他们休息。如果一个人累了,病了,别说做事,站着都困难,当周欣在现场观察到工人很疲惫时,他会提醒项目管理人员,及时安排工人去休息,毕竟磨刀不误砍柴工。

拼人、拼设备,是这个项目的特点,别无他法。2018年从5月份到10月份,工地上是人海之战,设备之战。200万立方米的混凝土量,1000多万立方的土方要挖,让所有人的压力都大到极致。几十支队伍在里面施工,如果再让几千车次的运土车在里面奔跑,再严密的安全措施都不管用。

周欣说:"每一天都如履薄冰,早晨眼睛一睁开就要想安全和质量这两件事,每天加班,并不是因为效率低,而是因为这个项目太复杂,复杂到颠覆许多理论上的认知。中国大交通的建设,离不开工人,国家更应该关注产业化工人的培养。要提高工人的经济待遇与身份待遇,这样的话,工地上才能有新鲜血液。"

疫情期间,工地的管控空前紧张,工序一环套一环推进,到2021年3月底,隧道底板才贯通,10月底,顶板才贯通,路面到12月18日才完成。好在老天爷帮忙,从10月以后,没下多少雨,冬天的时候并不算太冷,抢了不少活出来。2021年12月28日交工验收,12月30日顺利通车。

　　如今省交建局党组谋划的前"两部曲"已大功告成,后面的"一部曲"未来可期,修得圆满已成定势。

　　铁打的工地,流水的工地人。6月15日中午,在太湖隧道的湖中岛上,我见到了夏文俊、朱红军、卢毅等人。这个项目还有许多扫尾工作要做,估计要到2022年年底才能结束,下一年他们又将奔赴新的项目。

　　夏文俊说:"一个项目完工,就像自己的女儿出嫁一样。每一个工程都是从无到有。"通车的那天,夏文俊是高兴的,也是失落的,这么大的工程,以前天天盼着她长大成人,长成自己的样子,现在,这个女儿就要"嫁人"了,她像一只美丽高贵的凤凰,带着"父母"(建设者们)的宏愿飞向蓝天。

　　了不起的设计师们在设计太湖隧道时,是这么想的,也是这么做的。他们把隧道设计出蓝天、白云、星空的样子。谁说夜是黑的?夜其实是蓝色的,有了星星的加持,蓝色的夜空在太湖隧道深处如星辰大海,隧道中的搪瓷钢板做出了蓝黄绿腰线,建设者绘出三种不同色彩的腰带,像凤凰的彩翅在飞。

第四章

大运河文化建设

◀◀◀ 中国大运河博物馆

◀◀◀ 中国大运河博物馆内馆

◀◀◀ 大运河博物馆内陈列的
南朝陵口石刻

◀◀◀ 涟水县淮剧团被县政府表彰为"集体好人"

◀◀◀ 涟水县淮剧团艺校学生在排练节目

◀◀◀ 涟水县淮剧团艺校学生在学习中

涟水县淮剧团演出现场

涟水县淮剧团老师在给学生上课

2017年，杨兆群在德国柏林参加中国常州文化周展演活动

2016年，杨兆群在美国纽约曼哈顿联邦国家纪念堂举办的"风雅常州"中美文化交流暨艺术作品展现场展演刻纸

作家修白（右4）与古籍修复中心的各位老师合影

作家修白（左）采访古籍修复大师邱晓刚

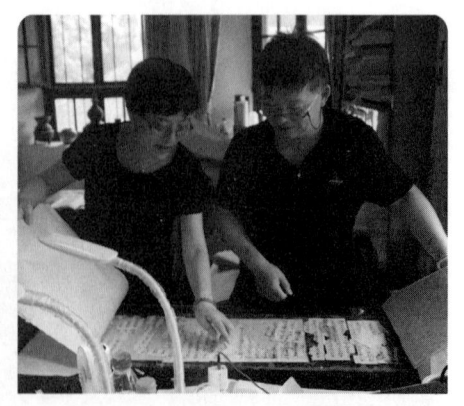

踏入一条河流

——扬州中国大运河博物馆开放一周年记

王　峰

与一条河流对话

小的时候，我在苏中平原生活，一条宽广的运河从门前经过，水位很高，河道总是白亮亮的，往来船只在上面呜呜作响，潮湿的风裹着远方而来的讯息，在高高的岸堤上徘徊不去，就像一声声召唤，让人一往无前；及至后来在六朝古都南京安顿下来，深深浅浅当中，水的声音总会在午夜时分时不时地侵袭而来，大水汤汤，溯流而上。我是谁？我从哪里来？我要到哪里去？

时间无可抵挡，河流奔涌不息。

坐在扬州三湾公园的运河边，河面蜿蜒向前，时窄时宽，小鸟啁啾而过，清晨的宁静和湿润正在阳光的照射中，交织出一幅柔软绵长的画卷。在三湾公园东侧，一个大大的"几"字造型交代了脚下这片土地的来由。三湾是明代水工遗产，扬州城北高南低，运河水在此倾泻直下，对航行安全造成威胁。其时，扬州知府郭光复带领百姓，将河道变直为弯，由于水流速度减缓，行船安全系数大大提高，达到了"三湾抵一坝"的效果。

河道变直为弯，也让时间在此打了个折，天高云阔，一切都慢了下来。这座因水而生、因水而兴、因水而盛的城市，它的来处，它的去处，都在文旅融合的视角下铸就成新的形象。

自古以来，水与人类的生存和栖息密切相关，人们总是逐水而迁、择水而居，运河就成了水的大容器。

中国大运河蕴含着中国传统文化的强大基因,最早可以追溯至春秋,它完成于隋,繁荣于唐宋,又取直于元,明清时期一直注重对其疏浚、管理和经营。包括隋唐大运河、京杭大运河和浙东运河在内的中国大运河,地跨北京、天津、河北、山东、河南、安徽、江苏、浙江8个省级行政区,贯通海河、黄河、淮河、长江、钱塘江五大水系,是沟通中国古代南、北、东、西的交通大动脉。

在看不见的历史里,经由水和时间的冲刷,有多少东西沉没了下去,又有多少东西能够再现于人眼前?

作为中华文明的重要标识,"中国大运河"于2014年6月被联合国教科文组织列入《世界遗产名录》。2018年,中国大运河博物馆建设着手启动,并明确博物馆馆舍建设由扬州市负责,博物馆展览和运营由江苏省文化和旅游厅负责、南京博物院具体组织实施。

时任南京博物院院长的龚良指出,按照省委、省政府的要求,力争将中国大运河博物馆建设成为展示国家精神、彰显历史文化、体现时代特色的标志性工程,要使其成为大运河文化带建设中的重要窗口和节点、大运河国家文化公园的展览展示平台和文化休闲场所,以及一座全面反映大运河历史概况、现今状态和运河创造美好生活的一流博物馆。

几经勘查,中国大运河博物馆最终落址三湾,由中国工程院院士张锦秋领衔设计。

2022年6月10日,应江苏省作家协会"我们这十年"主题创作邀请,我从南京来到扬州,切身感受中国大运河博物馆自开放运营不到一年时间,何以会成为大运河国家文化公园建设的标志性项目和旅游网红打卡地。

进博物馆之前,我在运河边坐了一会儿。面对奔流不息的河流,时空进入混沌之中,既指向现在和过去,也指向将来。那段时间,我再次想起自己在苏中平原运河边度过的懵懂而勃发的少年岁月。

不远处,中国大运河博物馆旁边人们在排队入场,那是一个主体像一艘船的建筑,这条船收藏着几千年的历史,既蕴藏着古人穿越时空而来的智慧,同时也启迪我们把目光投向未来。

中国大运河博物馆建筑分为展馆、馆前广场和大运塔三个部分,它融入运河文化景观当中,用其特殊的造型艺术语言诠释着大运河与扬州城千丝万缕的关系。随着镜头慢慢移动,从博物馆往南,越过剪影桥,越过凌波桥,一直处于静寂之中的镜头开始波动、喧闹起来,那是古运河大桥,桥上车辆穿梭不息,每每经过,就会传来一声呼啸,恰似一次古与今的对话。

"零文物"

运河是一部不断生长的历史,古与今,两者将在中国大运河博物馆如何对话?

展览第一部分即梳理大运河的历史,主要从五个关键时间节点展开叙述:春秋晚期开凿、隋朝第一次全线贯通、唐宋时期发展、元朝第二次大贯通及明清时期繁荣。

在此部分,"史前水利 文明发轫""运河肇始 诸侯争霸""漕运襄助帝王称雄""帝国一统 运河贯通""截弯取直 纵贯南北"等单元,展现了大运河的宏观发展史,并解答了大运河为什么在中国产生,何时何地因何产生——新石器时代,先民趋利避害,利用自然水系开挖人工河道、修建水利工程,进行农业灌溉、安全防御、水上运输,在黄淮大地和太湖之滨创造了发达的史前农耕文明……

展览还通过"天工慧光 中华勋业——大运河的科技成就",主要反映大运河的工程价值和科技成就;"融通九州 社稷鸿业——大运河的社会作用"反映大运河的国家管理和社会作用;"泽被天下 万民生业——大运河的经济文化"反映大运河的经济作用。

在大致的框架下面,负责中国大运河博物馆展览和运营的南京博物院还将面临具体的展品和陈列问题。事实上,在2018年7月,南京博物院在接受领导交办的任务时,最大的难题就是没有文物储备。

龚良在相关文章中写道:"考虑到中运博文物从零开始的现实和两年左右建成的要求,我们面向海内外多渠道征集与展览主题相关的各类文物和展品,联合多家科研院(所)通过野外调查和考古发掘获得文物,广泛开展资料收集、模型制作、动植物标本采集制作、数据采集和藏品复制等工作。目前已征集到遗址剖面、古墓葬、古窑、古籍文献、书画、陶瓷器、金属器、杂项、动植物标本、碑刻砖石等与运河相关的各类文物展品一万余件（套），为展览提供了较为丰富的文物展品。"

　　一块巨大的大运河河道剖面，占据了整整一面墙，是整个展厅尺寸最大的展品。它给人带来的震撼，不仅仅在于在它面前，人显得很渺小，还在于它完整而倔强地呈现了一条河在千年时光中的流转与变迁。漫长的时间被浓缩在细碎的泥土之间，无声无息，却又胜似千言万语。

　　这个大运河河道剖面取自河南开封州桥附近，长25.7米，高达8米，剖面上蜿蜒的线条标注着唐朝至现代的地层，经过历代叠压，达到数十个。剖面上布满了很多砖石颗粒，蕴藏着砖瓦、陶瓷、动物骨骼、金属类生产工具等历史信息。在距今1400多年的唐代，汴河河道很深很宽，及至北宋，汴京有汴、蔡、金水、广济四河流贯城内，以通各地漕运，合称"漕运四渠"。汴河的航运不仅保证了京师上百万军民的衣食用之需，也带来了汴京的繁荣。著名作家夏坚勇在《大运河传》中写道："宏观地俯视京师的地理形胜，可以把横向的汴河和纵向的御街作为两条坐标轴。汴河是京师的生命线，东南财赋，尽赖此河输挽入京。"汴河与御街即交会于州桥。此后，随着汴河地位逐步下降，河沙逐渐淤积，汴河河道逐渐变窄变浅。到了清代，曾经繁盛的汴河甚至成了小水沟，到了当代则完全淤积成为陆地。

　　为了让观众真切感受汴京"八荒争凑，万国咸通"的繁盛历史，策展团队利用先进的科技手段将汴河州桥遗址的汴河剖面完整揭取，最终置于展厅中直观展示。是用什么样的科技手段进行揭取的？如此巨大的河道剖面，是如何运输和安装的？在转移过程中，又是如何最大程度保证文物的原真性的？

　　在井然有序的观展人群中，这样的疑问会时不时地冒出来。我想，同样的场景，如果是出现在南京博物院这样有着深厚历史的博物馆里，想来观众会习以为常很多；但中国大运河博物馆实在太年轻了，开放运营才一年时间，可它又有着与这运营时间不相匹配的成熟度和从容，成为著名的打卡博物馆之一。观众络绎不绝，他们如潮水一般涌过来，又如潮水一般涌出去。

　　这一切，是如何做到的？

徐飞原来在南京博物院从事文物保护工作,现为中国大运河博物馆副馆长。

在他的叙述中,中国大运河博物馆的运营准备有一个非常清晰的时间轴:2021年3月至6月中旬,中国大运河博物馆处于开馆前的建设攻关期,时间很紧,工作量很大。在3月至4月,南京博物院龚良院长主持召开了一系列陈列布展设计讨论会、工程建设协调会,各个岗位随时跟随龚院长的项目建设小组,去扬州建设现场查看实际情况;2021年"五一"假期过后,在龚院长的带领下,南京博物院各类专业人员赴扬州开展开馆前的突击攻坚工作。

在此过程中,徐飞本人主持了大型遗址文物的修复整形及展示工作、4000平方米的研究部实验室建设工作,还主持了临时库房中数百件文物的保护修复工作。他说,那个阶段的中国大运河博物馆,展厅内粉尘飞扬、工程噪声此起彼伏,场内是一派繁忙的工地建设景象。但是,一切都调度有序,按部就班。工作非常艰苦,南京博物院有的布展团队,每天在展厅工作到凌晨,第二天早晨六点多,又去现场接着干。在采访期间,还有工作人员向我透露,赶工期间,甚至有工作人员直接睡在了展厅。

今天,这一切都从展厅消失,被抹得干干净净,诸多外来因素被隔绝在人和展品之外。亲历者的叙述,更衬得当时的惊心动魄。

南京博物院研究馆员林留根说,运河考古发掘的不可移动文物,如运河的河道、大堤、闸坝等,其河道的剖面、船闸的淤积层、闸坝的地钉和石块等都是展示运河原真性的极佳展品。如将江苏仪征拦潮闸闸体中的淤积层被切割成高2.6米、宽6.0米、厚1.0米的大块"土立方"运至展厅,其任务就是见证"潮闸"。所谓"潮闸",就是建在运河与天然河道相交段的船闸,主要作用是借潮水的上行抬高水位,而引停泊在河港的船只顺利进入运河。潮闸便于日常调节水量,具备引潮与借潮行运的功能。拦潮闸曾被誉为"江北第一闸",对沟通长江和仪扬运河之间的航运交通具有十分重要的作用,是大运河最具代表性的古代水利工程之一。

两座唐代船型墓葬整体提取自镇江,记录着一段来自唐代的爱情故事。两座船型墓葬发掘于镇江大运河边的大港镇龙泉村,其时,通过出土的开元通宝铜钱、陶壶和碎陶片等文物将墓葬年代锁定为唐朝。墓主是一对夫妻，墓葬之间有甬道相连。为防止墓顶坍塌，它们被运抵三湾时尚未清理墓中的泥土，这使得它们的重量达到 55 吨，无法从楼梯或电梯中运输，最后不得已，只得拆除了博物馆西侧部分墙体，才使它们被安放在博物馆内。

展厅中最高的展品是一条复制的沙飞船——明清时期扬州至杭州一带的舫船，也称"迎船""楼船"，是大户人家娶亲或看戏之船。船身长 21 米，加上桅杆高达 15 米，四周的视频投影令观众感觉站在船头景色向后退，它模拟坐船扬帆远行，沿着运河从杭州经苏州、无锡、常州、镇江一路航行到扬州的场景，使人将两岸田园风光和繁华尽收眼底。

为什么会摆放南朝石刻

正如在南京博物院从事博物馆藏品征集工作的研究馆员李竹所说，从征集"文物"到征集"藏品"，再从征集"藏品"到征集"展品"，博物馆的征集原则之一是可利用原则，即"博物馆征集的物品应该在当下或可预见的未来有研究、教育和欣赏的功用。博物馆的展品都应起到科研、教学、展陈、出版的作用"。征集的藏品只"藏起来"是不够的，还应该"展出来""用起来"，发挥其最大的社会效益。

中国大运河博物馆成为展示中国大运河的"百科全书"，展览设置以大运河的历史变迁为时间轴，空间上涵盖大运河全流域，适当突出江苏段特质。首要的就是两只陵口石兽。

是的，如果不加注意，人们会很容易忽略掉"陵口石刻"后面的"复制"二字，当然也会很容易把它跟南京的市标混淆在一起——事实上，它们一个是安放在帝王陵前的麒麟，一个则是用于王侯级别陵前的辟邪。

陵口石刻位于江苏省丹阳市陵口镇，夹峙在与大运河交汇的萧梁河两畔，是南朝齐梁帝王陵区的入口标志。

南朝齐、梁的统治者都姓萧，他们的家族是从北方迁移而来的。经过了百余年的繁衍，势力不断壮大。公元 479 年，萧道成迫使刘宋政权退位，建立了萧齐王朝；后来，同是本家兄弟的萧衍又取代了萧齐，建立了萧梁王朝。

当时,皇帝、皇后及早夭的太子,他们死后都是要从建康城(今南京)葬回曲阿(今丹阳)故里的。

西晋末年,"八王之乱""五胡乱华"相继发生,中原陷入无休止的战乱,大批北方人迁移到江南。这是中国历史上第一次衣冠南渡,中原文明中心第一次转向南方,对中华民族的融合和最终成型有着重要的意义。随着东晋、南朝宋齐梁陈的历史演进,独有的六朝文化得以形成。

在不断的融合中,中华文化走向新征程。今天,走近中国大运河博物馆,更能感受到中国传统文化的一脉相承。船在水中,水托举着船,建筑因此变得灵动起来,实现了厚重敦实与轻盈精致的统一,内庭院好似一个小型三湾公园,光、影、树、水交相融合,既体现出运河风光,又有中国传统园林的雅趣。无论是塔、仓,还是舟,都呈现出一派盛唐气象与恢宏气势,仅"中国大运河博物馆"这8个字就尽显唐风古韵,它们是从流传至今的颜真卿的各种书法作品中收集而成的。作为中国历史上较为重要的两位书法家,王羲之和颜真卿分别代表了中国书法史审美范式的两极:一个中宫收紧,另一个则向外扩张。颜真卿的字与盛唐的审美很合拍,体现了大国气派,表现出一种雄伟气势和刚正不阿的风范。更难能可贵的是,相对于初唐书风,颜真卿的字也是一种逆潮流而动的创新,并在王羲之之后,开创了新的书法审美范式。

运河文化精神就是沟通、开放、包容和进取,把陵口石刻安放在中国大运河博物馆内,其隐喻是显而易见的。

正是被沟通、包容和进取驱动,一条非常重要的人工运河将建康和曲阿连接在了一起,这就是大名鼎鼎的破岗渎,它由东吴孙权命人开凿而成。其开凿历史比隋炀帝开凿的大运河更为悠久。当时,南京是南方漕运中心,于东南方开破岗渎,西接秦淮河,东接江南河,即大运河江南段前身,与长江和太湖流域相通,成为连接建康城与太湖流域的命脉,为商旅交通、军资调配之用。

前人栽树,后人乘凉。南朝齐梁时期,这条人工运河也解决了住在建康(今南京)的皇帝怎么才能去陵区、怎么才能去拜祭的问题。南京大学教授张学锋指出,当时出了都城,到今夫子庙东南渡过秦淮河,那里有一座浮航叫丹阳郡城后航。在这里登上船,沿秦淮河往上游走,走到方山;然后从方山往秦淮河的北原上走,接着就能到达破岗渎;经过今江宁湖熟镇,再一路往东翻山越岭到曲阿的西城,即今丹阳市延陵镇西。到曲阿后进入江南河,在这里专门开了一条河道直通萧梁帝陵,这条河叫萧港,又叫萧梁河。陵口就位于江南河与萧梁河的交汇处。

南朝齐梁帝陵前的石兽造型是代表祥瑞的麒麟。修长的横S形,颇具动感的双翼,被刻成了一圈一圈的涡旋状,前脚虽然残缺,仍可想象它们极力往前伸的样子;麒麟舌头不吐出来,颔下的胡须往下垂。

在中国大运河博物馆内,自然会想到一个问题:作为东西文化交流的见证,麒麟又是从何而来?

张学锋对此做过详细的梳理:南朝麒麟中最早的一对,地点在麒麟铺,有人认为这是宋武帝刘裕的初宁陵,但也有人认为墓主应是刘裕的儿子宋文帝即刘义隆的长宁陵。据文献记载,刘裕、刘义隆父子的葬地靠得非常近。

那么刘宋的麒麟从什么地方来?书中留下了"于襄阳致之"的记载,意思是刘宋的皇帝是从襄阳得到麒麟的。襄阳原来属于南阳,南阳地区在东汉时期非常流行在墓葬前放置这种有翼石兽,而长江下游的江南地区则不然。所以江南地区的麒麟也好,辟邪也好,都是从襄阳学过来的。但是襄阳或南阳地区安置石兽的做法又是从什么地方学来的?如果把视角放得更远一些,今天的乌克兰、黑海、里海一带,是人类文明最早的起源地之一,最早在那里活动的人叫作斯基泰人。据研究,是他们最早发明、创造出了这种带着双翼形象的神兽,西方语言中叫作"格里芬"。格里芬有翅膀,会"飞"。战国秦汉以后,以格里芬为原型的有翼神兽造型在中国越来越多见,可以说被广泛地用于各种装饰。最后,格里芬飞到了江南,飞到了建康和丹阳。

把目光拉回到扬州古运河畔的中国大运河博物馆,在二楼,"世界运河与运河城市"则是馆内的常设展览。

除了人力,没有什么能阻挡一只船的涉水本能。

因运而兴

进入中国大运河博物馆大厅,显眼处悬挂着"中兹神州:绚烂的唐代洛阳城"特展布告。为了全流域、全时段、全方位阐释运河文化,扬州和洛阳,一南一北两座城市,再次因大运河深深联结在了一起。

在中国大运河博物馆,除了体现运河的发展变迁、运河的水工智慧、运河的水利作用、运河建设管理中的"国家意志"和"国家治理",另有"隋炀帝与大运河"等专题展览。即便如此,"中兹神州:绚烂的唐代洛阳城"作为中国大运河博物馆运河城市系列特展的首展,开展一个月就取得了巨大反响。展览以白居易的诗句为线索,通过三大版块"神都宫阙""市朝之城""伊阙佛龛"还原出一个盛唐时期的梦想之城。从隋唐洛阳城的形制布局到运河带来的江南趣味,城市的形神得以勾勒,从唐代的诗茶酒文化到龙门石窟里的大唐图景和造像艺术,世俗和宗教两个维度双峰并峙。展览背后还有一条暗线,对应着女皇武则天、诗人白居易、高僧神会和尚的故事,既囊括了洛阳的城市面貌,又由此呈现出运河国际大都会繁花似锦的社会景象。

穿越至千年之前。当时的洛阳新城"北拒邙山,南对伊阙,洛水贯都,有河汉之象",它不但是大运河的中心都会,也是隋唐两代的盛世神都,更是当时世界上最为重要的都市之一。在隋炀帝之后,唐代以洛阳为东都,武则天更以洛阳为神都,建立武周政权,并为开元盛世打下了基础。"忆昔开元全盛日,小邑犹藏万家室。稻米流脂粟米白,公私仓廪俱丰实。"这是杜甫在《忆昔》一诗中描绘的开元盛世,而这样的富足景象,也是隋唐大运河历史功绩的一种印证。

扬州因运而兴。夏坚勇在他的《大运河传》里写道:"历代的帝王大都定鼎于北方,目光又往往关注着更北方的大漠边关。在他们中间,杨广是比较早地开始关注江南的——岂止是关注,简直是一往情深。"可是,中国太大了,江南毕竟很遥远,那就建一条运河吧,从北方的洛阳到南方的江都,他笔尖一抖,长江和黄河随即挽起了热情的手臂。

但在千年之后,这种热情遭遇到挫折。疫情影响了很多工作的正常开展,中国大运河博物馆馆长郑晶当机立断,在遵循疫情防控政策的前提下,认为该做的工作还是要做起来,因为借展涉及中国社会科学院考古研究所、龙门石窟研究院、洛阳博物馆、洛阳市文物考古研究院及偃师商城博物馆等5家单位,所以相关工作人员在条件允许的情况下,可以前往当地运输文物,该隔离就隔离,虽然时间是拉长了,但整个的工作得以延续了下来。等文物到了扬州,在闭环管理的条件下,先让文物入库,工作人员再到相关地点进行隔离。郑晶说,这一方面是保证文物的安全,另一方面也是为了尽可能地节省时间,如果人和文物一起隔离,等隔离结束,势必会影响开展时间。

被大运河惠泽的城市何止是洛阳和扬州。

淮安人称京杭大运河为"母亲河"。明清时期,淮安更是凭借得天独厚的区位,成为全国漕运指挥、河道治理、漕船制造、漕粮转输、淮盐集散"五大中心"。中国大运河博物馆再现了它辉煌而荣耀的一面。淮安的运河段至今非常鲜活,极具生命力,例如清江闸,它始建于明朝初年,是中国大运河仅存的保存完好的古闸。

在众多因运河而兴的城市中,淮安的面目非常清晰,这让我不由得想起与它的一次亲密接触。当时,我站在大运河水上立交桥头,而在那之前,我一直觉得淮安是属于北方的。在淮安的两天,我去了河下古镇,走在青石板小巷中,静听那喧闹的市声忽远忽近,仍然觉得淮安的气质是偏北方的。一城古迹半城湖,流经淮安的水似乎被人多搁了半勺盐,总少了江南城市的那点秀气与灵动。

及至看到位于淮安城区中心的漕运总督府遗址——中国大运河博物馆对其进行了模型复制——恢宏严谨的布局,灰暗压抑的色调,更是佐证了我对淮安一直以来的印象——历史上的很多时候,南北贯通的运河之水体现的是北方政权的意志。换句话说,那时的淮安不是一个可以任性耍小性子的邻家丫头,它是中国的淮安,中华民族的经济和文化养分需要通过它输送到全身。作为"七省通衢"咽喉要地,淮安的命运早已与运河息息相关:在其漕运指挥功能处于鼎盛时期的明清两代,中央漕运管理机构都设于此,淮安也因此成为当时名副其实的漕运指挥之"都"。这就不难解释,在四大名著中,为什么除了《红楼梦》,其他三部都与淮安有一定关联——经济发达、交通通畅,以及人流频繁,都使得人的视野随之开阔,并迸发出惊人的想象力,从而创作出流芳百世的名篇佳作。

2019年8月16日,第十届茅盾文学奖揭晓,徐则臣的《北上》正是获奖作品之一。这部以运河为主题的30万字小说,有三分之一的篇幅与淮安有关。其创作就源于徐则臣自身对水的亲近及其在运河边的生活经历。徐则臣在淮安工作、生活了几年,每天在京杭运河的两岸穿梭,耳闻目睹的一切促使他重新审视运河与城市的关系,探讨运河对于中国政治、经济、地理、文化及世道人心变迁的重要影响。

这种基于认同的接续,揭开了一个民族奔腾不息的发展史。

如今,中国大运河博物馆的建成、运营,势必会成为这个民族发展史中又一个重要节点。

龚良在文章中指出,江苏是大运河的起源地,也是申遗牵头城市扬州所在省份。境内大运河流经8座国家历史文化名城、7个世界文化遗产区、28个遗产要素、5000多个各级各类文化遗产资源点,涉及103项重点非物质文化遗产项目,各项数据位居沿线省市第一,是名副其实的大运河遗产核心区域。江苏在大运河文物保护和申遗过程中发挥了积极作用,大运河江苏段至今仍是国家交通运输、南水北调工程的"黄金水道"。江苏用实际行动实现了在申遗之初做出的承诺——以一流的遗产管理工作和一流的运河保护成果,为大运河成功申遗做出江苏应有的贡献。因此,在江苏扬州建设中国大运河博物馆,对大运河文物保护利用和文化遗产保护传承,以及在利用、传承中的创造性转化、创新性发展具有重要意义。

2022年6月11日,江苏省政府发布最新职务任免信息,因为已到退休年龄,龚良不再担任南京博物院院长职务。在他的帮助下,很快举行了第一届中国大运河博物馆中长期发展会议。这次大会,除使中国大运河博物馆发展前景变得越发清晰之外,龚良对博物馆事业的高度责任感也得到了有序传承。

博物馆教育

中国大运河博物馆一直备受关注,其首任馆长一职更是万众瞩目。

1978年出生的南京姑娘郑晶正是在这样的背景之下走马上任的。

与出现在新闻镜头中不同，出现在我眼前的中国大运河博物馆馆长郑晶要平和、随性很多。用她"90后"同事的话说，像很多南京女孩一样，郑馆长平时看上去大大咧咧的，但做事很细致。年幼时父母给予的滋养，成为她日后不断挑战各种岗位的动源。20世纪80年代，大家还没有旅游概念，郑晶做老师的父母就开始出去旅游。他们会提前做各种功课，因为没有顾忌，自然会有很多惊喜和意外的收获。一路穷游，他们甚至一度向小学学校借过宿。郑晶说，回过头看，这样的经历无疑给了她开阔的视野。

郑晶自进入南京博物院工作后，辗转多个岗位，尤其是在南京博物院二期改扩建过程中，得到了极大锻炼。比如她参与了南京博物院相关杂物的招投标工作，这个杂物是什么样的概念呢——包裹文物的海绵，它的密度、阻燃性等，都是考量标准。

郑晶于2017年被聘为南京博物院社会服务部主任，全面负责社会服务部的各项工作，包括开放管理、社教活动、公众服务研究、志愿者工作等。2020年，她又被聘为南京博物院办公室主任，全面负责办公室的各项工作。多年深耕，郑晶在圈内也是声名远播，她协助了"大运河博物馆联盟"成立，组织召开"中国大运河博物馆（筹）"展览深化专家论证会、"文旅融合背景下高质量发展论坛"等，并成功协调举办"2021知识跨年大会"，这是全国第一场在博物馆举行的知识分享跨年夜活动。

近几年来，南京博物院在开放管理和社教活动方面取得的诸多成果，更是离不开郑晶及其同事的努力，他们采取升级公共服务软硬件设施、智慧导览覆盖一院六馆等措施，实施在线咨询答疑系统"问吧"，先后推出"南博公开课""微展演""文物小讲堂"等丰富多样的线上线下服务内容，还推出"清溪学堂"分众教育品牌。每年推出教育活动近千场次，相关项目和案例多次获得嘉奖并向业内外进行推介。此外，南京博物院"博物馆奇妙夜"开展7年，已成为中国博物馆界最著名的活动品牌，2020年作为"5·18"国际博物馆日中国主会场活动之一，活动获得圆满成功，受到广泛赞誉。

成为中国大运河博物馆首任馆长，对郑晶来说，不但意味着其职场生涯要重新开始，更意味着她要过双城生活。作为人妻、人母、人女，对郑晶来说,这是一个艰难的选择,对一直跟她生活在一起的父母来说,更是极大的挑战。当时,郑晶的母亲因为摔跤恢复不佳,日常行动并不是很方便,在郑晶去扬州工作后,大部分的照料工作只得落到同样年迈的父亲身上;郑晶的儿子正在读高中,需要花时间陪伴,特殊时期的诸多教育引导工作也只能交给同在博物馆系统工作的丈夫。疫情下的双城生活更是异常艰难,郑晶虽常被困于扬州,但她把不利因素变成动力,与同事积极沟通,在寻常的聊天中迸发出很多工作金点子。

对中国大运河博物馆的诸多现实因素,郑晶有着很清醒的认识。她说,博物馆的发展应注重特色和多样性,不能完全以文物为最基本的生产材料来发展,而应将博物馆融入社会发展中,以多元的展示手段满足观众多样的参观需求。

比如:"大运河——中国的世界文化遗产"作为常设展览,文物展示最为集中。它以解读大运河这一线性文化遗产为切入点,以传统的历史叙事方式对中国大运河的历史变迁、水利工程成就、国家管理治理、经济文化生活、申遗保护传承进行全面叙述,展品中突出体现了古为今用的案例,如古汴河的剖面、宋代的砖窑、唐代的船型双室墓等不可移动文物的活化运用,使文化遗产得到了再现。"运河上的舟楫"主题展览以舟楫为文化载体,以复原的船模为展品,利用增强现实技术提供互动体验活动,帮助观众直观感知舟楫在当时的运用状况,让观众在互动探索中学习;他们在高 17 米的展厅中复原了清代康熙时期一艘 20 米长的沙飞船,观众既可以登入船舱一探究竟,也可以站在甲板上观看 360°环幕,沉浸式体验船只在运河上前行;"因运而生——大运河街肆印象"既是展览,又是休闲与购物的空间,以城市景观再现的方式引入"实体"经营和"活态"展演模式,展厅可参观、可体验、可互动、可餐饮、可购物,观众在展厅中可享受文化休闲和旅游的一站式服务。

一句话,中国大运河博物馆的内容虽是古老的,但展陈的手段是非常现代的,包括它的建筑本身、它的呈现方式,都是一种语言,在向观众传递着某些信息。

与郑晶的对话是被一个电话打断的,她的儿子今年参加高考,电话里说,最后一门考试结束了。对这个在博物馆长大的孩子,郑晶负疚有之,欣慰有之。他将升入大学学习教育专业,这与郑晶的博物馆发展理念不谋而合。要知道,正是由于游戏本身具有的休闲性、放松性和非强制性特点,基于游戏开展的博物馆教育学习活动才能蓬勃兴起。

在中国大运河博物馆,我特意去了负一楼专为青少年准备的游戏项目——"大明都水监之运河迷踪"。这是一个角色扮演的互动游戏,玩家的身份是运河上的官员,因紫禁城内的皇帝突染重疾,必须护送鲁王回京担任储君。启程之后,为防止有人加害鲁王,玩家需要挑选一艘漕船,并仔细检查船身、桅舵;接下来的行程中,玩家需要操作船只,利用河工工具解决河道淤塞、河水暴涨等危机。在整个通关过程中,共有 10 个左右机械,涉及运河管理机构和漕粮仓储等相关知识,完成护送任务后就可以用手机打卡,生成成就令牌,可分享至微信、微博、QQ 等社交媒体。

结束观展。等电梯时,通道处突然涌来一批年轻人,这是中国大运河博物馆新招进的专业人员。事实上,从一开放,中国大运河博物馆就俨然成了博物馆界的一位"老人"。它的成功不仅得益于博物馆的准确定位和各个部门的通力合作,也得益于游览博物馆已成为当下人们的一种美好生活方式。无数人涌进博物馆,又走出博物馆,他们不断赋予博物馆新的内涵。时间只是在此转了个弯,有一些东西却不再是它原来的样子。

一座博物馆正以它既定的路线和速度在继续成长。

"涟水现象"惊艳戏剧舞台

龚　正

来涟水县淮剧团采访的这天,时令正好是小满。晌午时分,太阳照在头顶,明晃晃的,耀得人睁不开眼。

赶到淮剧团时,团长翟永军已经在大门口等我了。

一见面,翟永军就打开了话匣子,他说,因为近十年来涟水县淮剧团"村干部三部曲"和"党员三部曲"第一部《我的憨哥哥》的成功上演且屡获大奖,县里不仅解决了他们的办公用房和人头经费及办公经费,还特批了编制用于招录新人。除此之外,他说省委宣传部还奖励了一台近60万元的流动舞台车,用于剧团到外地和下乡去演出。说完,就朝进大门时的左手边的停着舞台车的方向指了指,眉梢上溢着满满的自豪。

涟水县淮剧团成功上演的几出乡土大戏,在江苏省被誉为现代戏创作之"涟水现象"。2017年7月初,《留守村民委员会主任留守鹅》在北京举行的全国基层院团戏曲会演中被推举在开幕式上演出,这样的惊艳,既在情理之外,也属情理之中。演出之后时任文化部党组书记、部长雒树刚在座谈会上主动要求发言,称这部戏"是老百姓的戏,是老百姓愿意看的戏,更是老百姓看完后能够记得住、传得开的戏,用栩栩如生的人物形象,把社会主义核心价值观,生动活泼、活灵活现地体现了出来。为全国其他剧团做出了示范,带了个好头,是全国剧团、特别是基层剧团学习的榜样"。

一个县级小剧团,能得到如此高的评价,让团里每一个人在心里乐开了花的同时,也对剧团近十年来走过的路充满着敬意。所谓十年磨一剑。在这十年的时间里,他们经历过"无米下锅"奋力挣扎的苦痛,经历过涅槃重生砥砺进取的焦灼,也经历过勇争一流锐意突破的喜悦。翟永军说,涟水作家吴强写过一部长篇小说叫《红日》,如今,他们团和涟水一样,把"红日"当成发展的意象,让戏曲事业冉冉东升,让戏曲温暖人们的精神生活。

《鸡村蛋事》,成功背后的艰辛

淮剧是广受淮安和盐城等里下河地区百姓喜欢的一个剧种,作为江苏的主要剧种之一,其以独有的淮调、拉调和自由调等风格和魅力享誉海内外,有的经典唱腔和剧目,还被作为非物质文化遗产保护名录,极具传统文化价值。

在江淮一带,有十几家淮剧院团,涟水县淮剧团能独放异彩,深受当地百姓的欢迎,也是历经艰辛,玉汝于成的。

涟水县淮剧团成立于1955年,在60多年的发展历程中,创作排演了大戏小戏300多部,这对经济欠发达、缺少经费、缺少演员、没有排练场的县级剧团来说,实属不易。剧团党支部书记张献忠跟我说,涟水县淮剧团是在当时来涟水演出的各地戏班子基础上成立起来的,由于岁月变迁、人事变故,后来从盐城艺校、淮阴艺校分批招录了一些演员和乐队队员。现任团长翟永军和几个主要演员,就是1979年从盐城艺校和1991年从淮阴艺术学校招录的。现在,全团共有在编人员24人,加上外聘和返聘人员,共有30来人。

十年前,穷是刻在涟水县淮剧团骨子里的最深的记忆。剧团最穷的时候,是20世纪80年代末到21世纪初,那时候,有的演员离开剧团做起了小生意,有的演员在乡民家的红白喜事上唱起了堂会,留在团里的人每月只能领到100元的生活费。为了生存,演员们有时去盐城演,有时去泰州演,有时还到兴化的水荡垛田里演,睡的是地铺,被子是从家里带的,连饭都是自己做,为的就是挣点演出费养家糊口。

张勤是剧团的工会主席,快60岁了,他说,他是司鼓,剧团那些年的难,痛在他们心里。他说除了生活的艰辛,艺术上也是困顿迷茫,就连办公场所也是不断搬迁,演员在行当不齐的情况下,只好老戏老演、老演老戏,根本谈不上新的剧目创作。但是,他们在戏剧事业处在低潮时,也没有丧失对演员职业的热爱,哪怕无戏可演失业在家,或是到乡村庙会唱堂会养家糊口,只要团里有排戏的任务,召之即回。

剧团书记张献忠说,剧团虽然穷得直不起腰,但他们没有看不起自己。他们的青春和生命都在一部部戏里,舞台上的戏词里有他们的梦想。张献忠虽然快退休了,有高血压、高血糖等疾病,但他始终工作在演出一线。讲到几十年来剧团所处的困境,头发花白、有些虚胖的张献忠几度哽咽,眼里噙满泪花。

剧团真正获得成功,被社会广泛认可,还要从 2010 年成功上演的大型现代淮剧《鸡村蛋事》说起。

2010 年,是全国文艺团体进行体制改革的关键之年,面对改革带来的春风和活水,涟水县淮剧团庆幸在排演《鸡村蛋事》大获成功后给剧团带来了活力。因为在此之前,剧团对自己的前途和发展进行了思考和定位,大家一致认为,只有闯,剧团才有出路,才有未来!

戏是一个剧团的立团之本,排演新戏,排演紧贴时代、反映社会热点和与老百姓生活息息相关的新戏,才能让剧团杀出血路,获得新生!

在排演《鸡村蛋事》中,还有这样一些故事。

2008 年年初,江苏戏剧工作座谈会在南京召开,与会的团领导找到著名编剧袁连成,希望他能为涟水县淮剧团写一个适合剧团排演的新戏,并且跟袁连成再三交代:"这部戏只能成功,不能失败。"

一口吐沫一个钉,排演新戏,钱从哪里来?巧妇难为无米之炊啊!

面对困难,剧团在 2009 年做了一个前所未有的大胆决定,全团停发三个月的工资,团长出 3 万元、班子成员出 2 万元、中层干部出 1 万元,东拼西凑了 60 多万元,以集资的方式破釜沉舟、背水一战,立志要为剧团的明天开辟出一片新的天地。

要为一个身处谷底的县级小剧团写一部小成本,且为剧团发展带来影响的现代戏,袁连成还是颇费了一番脑筋,他根据涟水县淮剧团的现有实力和特点,思考再三,还是决定写农村戏。袁连成说:"农村戏里的故事都发生在田头、场头和农家庭院里,不需要大制作和大包装,制作成本低,但能抓住人心，观众对身边的人物耳熟能详，容易引发农民群众和大多数观众的共鸣。"

为了写好这台戏，袁连成来到涟水养鸡产业发展比较好的保滩、黄营等乡镇，一头扎进农家，吃住在村里，采访感人的故事。经过一段时间采访，首批大学生村干部走进了他的视野和笔端，于是，带着泥土芬芳的《鸡村蛋事》被推上了舞台。

剧情是这样的：在当代苏北农村，村支书常有法在60岁生日当天，收到了村民送来的"为人民服务"锦旗。原来，就在几年之前，常有法带领村民家家养鸡，上规模，发鸡财，把村子建成了在市里、县里都有一定名气的养鸡村；但近些年随着市场的变化，鸡下蛋太多，形成积压，常有法只好带着村民将积压下来的鸡蛋做成变蛋，但由于市场的原因，并没有带来太大的改变，常有法变成了"没办法"。就在这节骨眼上，常有法的女儿常莹莹大学毕业，为了帮助父亲，回乡当了村干部，为了解决这鸡村蛋事，常莹莹缠学姐乡长，求分手男友，生产无醇鸡蛋，为乡村蛋业振兴和农村经济发展谱写了一首赞歌。

经过近一年时间的排练打磨，2011年10月金秋，在盐城举办的第六届江苏省淮剧艺术节上，《鸡村蛋事》大放异彩，获得了优秀剧目奖、优秀编剧奖、优秀导演奖、优秀舞美设计奖、优秀服装（造型）设计奖、优秀灯光设计奖、优秀表演奖等17项大奖，居全省参演县级剧团之首。同年12月，在南京举办的第六届江苏戏剧节上，又荣获了优秀剧目奖、优秀编剧奖、优秀演员奖等13项大奖，列全省20家参演院团第二名，在盐城、南京、淮安掀起了一波波《鸡村蛋事》的热浪。凭借思想性和艺术性的完美统一，《鸡村蛋事》还获得了江苏省舞台艺术精品工程精品剧目和江苏省"五个一工程"优秀作品奖。每当演出时，剧场爆满、掌声如潮，观众反响强烈。《中国戏剧》原主编姜志涛评价说："这是至今为止全国最好的一台描写大学生村干部的戏曲作品！"

"螺蛳壳里做道场""小药铺卖出了大人参"，面对同行投来的惊讶目光，涟水县淮剧团从这出戏中领悟到："只有坚持艺术的真实重于生活的真实之真谛，才能让剧中的人物站着说人话做人事，才能让戏曲艺术走进人们的心里。"

《留守村民委员会主任留守鹅》，村干部戏的又一次突破

2017年7月3日，由中宣部、文化部举办的全国基层院团戏曲会演在北京全国地方戏会演中心举行，这是来自全国基层院团特别是县级剧团的大聚会，是对基层院团传承发展戏曲艺术、服务基层群众、推动戏曲事业繁荣的一次大检阅。在参加会演的28台大戏中，现代戏有22台，而由涟水县淮剧团排演的《留守村民委员会主任留守鹅》以其喜感十足的苏北乡土俚语和既是生活化又是戏曲化的当代农村题材现代戏的有效实践，在开幕式上进行演出。

《留守村民委员会主任留守鹅》让首都观众耳目一新。《人民日报》、中央电视台、《光明日报》和《中国文化报》等媒体对开幕演出做了报道。微信公众号"新影戏曲台"在演出前发表了导赏文章《淮剧〈留守村民委员会主任留守鹅〉，村干部戏的又一次突破》，"国家艺术院团"在演出后发表《2017年全国基层院团戏曲会演拉开帷幕——淮剧〈留守村民委员会主任留守鹅〉》一文，介绍了剧种、剧团及剧目特色。

这样的"红盖头"，对涟水县淮剧团来说，是一个荣誉，更是一种荣耀！

谢柏梁、王亚勋、王英会、张秀云、陈友峰、孔培培、王静波等戏曲界专家在观看《留守村民委员会主任留守鹅》后指出，该剧以苏北农村为背景，紧贴时代、扎根生活，塑造了一个生动、鲜活、感人的基层干部形象，歌颂了农村基层干部心为民想、情为民系、利为民谋的高尚品德。该剧能够将戏曲的程式动作与现代题材有机结合起来，在演员调度、戏曲舞蹈动作设置上独具匠心，十分准确地把握了戏曲表演的节奏，并在短短1小时40分钟的表演中，轻松、明快地将一个完整的故事呈现在舞台上，精彩的唱段听来过瘾、流畅，尤其是"伴唱"的加入把人物的心理活动展现得淋漓尽致，他们认为，涟水县淮剧团作为一个基层剧团，能够有如此高水平的表演，值得其他县级剧团学习。

涟水县淮剧团首次登陆首都舞台就获此殊荣，这对从困境中走出来的

基层院团来说,是巨大的鼓舞。

《留守村民委员会主任留守鹅》是剧团和袁连成的又一次牵手合作。《鸡村蛋事》获得成功后,涟水县淮剧团上上下下就形成共识,他们要在党的文艺方针指引下,紧跟大时代,推出农村题材的三部曲,对当下农村生活进行立体挖掘,反映和讴歌农民新的精神面貌和新农村里的新变化。

接到这部戏后,袁连成再一次来到涟水农村,到高沟、成集等乡镇进行蹲点采风。脚下泥土的芬芳,对他来说,就是创作的源泉,笔端的乾坤。

《留守村民委员会主任留守鹅》的初稿在 2016 年就已经写好,在一年多的时间里打磨修改了 20 多次,在"村干部戏中形成突破"。

在中国,村民委员会主任官位虽小,但做的事情关系每个家庭。在全村男人都外出打工的情况下,带领全村的留守妇女养鹅致富的重担落在了"个子不高话不多、眼睛里见不得众邻苦、肩上拉着百家船、跌个跟头抓把泥"的老实巴交的村民委员会主任陆二黑身上。正当汇水村的汇水鹅在市场畅销时,想不到南方一家食品公司的老板来村找到陆二黑,告诉他侵犯商标法要求索赔 100 万元,否则起诉到法院。这 100 万元难坏了陆二黑。他不懂法,认为自己犯罪了,想得更多的是如何解决这个问题。他不回避、不退让、敢做敢当,通过"卖婚房""与恋人白天鹅辛酸分手""宾馆赔情"等一系列措施,使南方公司老板重新审视这个黑黑的苏北村干部和一群淳朴善良的留守妇女,村民委员会主任的努力和全村妇女的鼎力支持,打动了老板,老板撤了诉,和这个养鹅小村联合起来,一起走上共同富裕的道路。

2017 年进京演出后,《留守村民委员会主任留守鹅》火遍大江南北,剧团深入乡镇田头,将优秀的精神食粮送到千家万户。

2020 年 10 月,经过 4 年的精心打磨,《留守村民委员会主任留守鹅》在南京荔枝大剧院参加紫金文化艺术节会演。演员们精湛的表演和现代的布景、灯光、音乐完美融合,使整场演出精彩不断、高潮迭起,深深打动了现场评委、专家,以及 1000 多名观众,掌声和喝彩声此起彼伏。演出谢幕时,许多观众围拢在舞台前,迟迟不愿离场。

演出结束,观众发表了自己的观点。

从涟水特意赶到南京看戏的孙远说,作为一名老戏迷,在涟水曾经观看过《留守村民委员会主任留守鹅》，但听说该剧经过打磨后要在南京再次演出，特意买票前来观看。该剧生动的人物形象、朴实的人物语言及曲折的故事情节让他非常感动，尤其是现场热烈的气氛和雷鸣般的掌声让他非常自豪。

记者吴雨阳说，作为现实题材舞台剧，《留守村民委员会主任留守鹅》以大量乡村俚语入戏，轻松诙谐，充满质朴的苏北乡土气息，让观众听得过瘾。而音乐则以淮剧传统声腔曲牌为基础，融入苏北乡村民歌小调，清新自然，流畅感人。"你看见了吗？我的那个二黑哥，个子不高话不多，眼里见不得庄邻苦，肩上拉着百家船，跌个跟头抓把泥，老实巴交当村干部。哎呀，我的哥嗳，我的哥嗳，你的心窝就是妹妹的梦窝窝。"剧中，一曲由乡亲们反复吟唱的风情小调，唱出了鲜活生活中本真的情感，富有艺术观赏性。

观众徐晓玲说，这部戏生动真实地描绘了当代农村的生活面貌，以关爱农村留守妇女为切入点。剧目中的人物平实、朴实、真实，语言朗朗上口，是一幅具有浓郁乡土韵味的风情画。村干部不容易当，陆二黑宁愿自己吃亏，自己吃苦，也要为民造福。同时，剧里白天鹅扮演者许晴的表演很到位，有很多乡村俚语入戏，形象生动活泼，音乐更是以淮剧传统的声腔曲牌为基础，融入了苏北乡村民歌，广受观众好评。用这种老百姓熟悉、喜爱的传统表现形式，把老百姓身边的事搬上舞台，值得赞扬。

涟水县淮剧团副团长、国家一级演员许晴说："我们不需要'噱头'来哗众取宠，就是希望用这种老百姓熟悉、喜爱的传统表现形式，把老百姓身边的事搬上舞台！"

高质量的戏剧呈现再一次为涟水县淮剧团赢得殊荣，《留守村民委员会主任留守鹅》不仅获得了第三届江苏省文华大奖，还获得了第十一届江苏省精神文明建设"五个一工程"优秀作品奖。

涟水县淮剧团之所以能够获得成功，源自他们对艺术至高无上的追求。他们知道，剧团虽然小，但艺术水准不能低；剧团虽然缺少经费，但不能成为不排戏和少排戏的理由。一颗追求艺术的向上的心，永远让他们身处低位而真情歌唱。

涟水县淮剧团能获得成功，还和这个团弥漫着一种"傻气"不无关系。

由于全团只有二三十个人，所以"兼职"就成为常态。胡琴乐师周洪明兼任办公室主任，演员张小勇除了上台演出，还兼任剧务和宣传，就连开车的司机和做饭的厨师，也由演员兼任，能者多劳，成为一种自觉。他们都说，自己来自草根，都是从泥土中摔打锤炼出来的，不怕苦和"唱不死"就是他们的品性。

在演《留守村民委员会主任留守鹅》中，许晴对一幕场景记忆犹新，每当提起这件事就眼角湿润。她说，有次下乡演出，突然下起了雨，但老百姓都不肯走，打着雨伞坚持在雨中看戏，作为演员，能不在台上认真地演吗？

对于他们，一次次的艰辛痛楚砥砺了前行的勇气，一次次的情感爆发积蓄了艺海求索的能量。学海无涯，艺无止境，从低处起点的艺术，更显出审美的张力。

《村里来了花喜鹊》，文化扶贫风生水起

"一个剧团不排戏，就不可能成功。有了好戏，剧团才能翻身，演员才能挺直腰杆子。"从1991年就被分配到团里做演员，如今当了团长的翟永军，谈起演戏对于剧团和演员的重要性，可谓体会深刻，直截了当。

对涟水县淮剧团来说，事实已经证明，演好戏，演好现代农村戏，是他们最正确的选择。

"村干部三部曲"已经上演两部，排演第三部已是刻不容缓。翟永军认真地说，剧团要打出品牌，就要在排戏上出"重拳"，就像拳击台上的拳手，体现实力除了要有重拳，还要有连续击打的能力。

生活是创作的活水源泉，袁连成为了写好"村干部三部曲"的第三部戏，又一次来到涟水农村进行采访，这一次，他花了几个月的时间，把涟水所有的贫困村都跑了一遍，和村民进行访谈，终于挖掘出以文化扶贫助推农民致富、丰富村民生活的故事。《村里来了花喜鹊》初稿写好后，他还多次邀请专家和村民代表召开研讨会，剧本每修改一稿，他都让大家看，问村干部和村民写得像不像。

《村里来了花喜鹊》是江苏首部以精准扶贫为题材的大型现代淮剧，故

事通过一个干了28年临时工的文化站副站长下村扶贫,经考察调研,她觉得一些农民在经济贫穷的同时,精神贫穷更为突出,她以一名文化人的自觉和担当,挖掘古村落文化资源,保护抗日大食堂红色遗址等,建起古戏台,因地制宜开发乡村旅游市场,同时开拓民间曲艺淮海锣鼓商演市场,重振制鼓作坊等,不仅让村民富了口袋,更让群众富了脑袋,强调了在新农村建设中文化建设的重要性。

从故事可以看出,这是一部将乡土文化融入血脉的大戏,它立足于脚下的土地,将苏北文化中的饮食习惯、传统曲艺和红色记忆巧妙结构在一个舞台上,表达了一个基层剧团的创作理想和艺术追求。

在全国全面打响扶贫攻坚战的决战时刻,《村里来了花喜鹊》作为江苏省推出的精准扶贫大戏,更有一定的现实意义。

《村里来了花喜鹊》上演后,先后获得了江苏省紫金文化艺术节优秀剧目奖、江苏省淮剧艺术展演月优秀剧目奖、江苏省文华奖,还在2020年参加全国现实题材优秀舞台剧目展演,赴京参加全国脱贫攻坚题材舞台剧目展演。

好风凭借力。根据涟水县淮剧团近年来取得的突出成绩,在国家对传统戏曲加大扶贫力度,以及江苏省陆续出台的艺术基金、精品剧目扶持等各项政策的支持下,《村里来了花喜鹊》获得了江苏省文化旅游厅精品剧目200万元的基金扶持和淮安市"双名工程"的项目扶持,同时该剧目还被国家文化和旅游部列为2020年全国舞台艺术重点主题创作作品计划,入选此计划的,江苏省只有两部作品。

在这部戏的排演过程中,有几件事令人唏嘘。

演员王春华是年近60岁的老演员,在一次排练过程中,导演给他安排了一个翻跟头的动作,只见他一个跟头翻过去,舞台上传来了"咔嚓"的声音,他重重地摔在地上,原来,他的左脚踝关节脱位了。他满头大汗瘫坐在地上,歇了半晌,只见他抿着嘴、咬着牙双手抱着左脚痛苦地把脱位的关节进行了正位。围观的演员们都惊讶不已,而他轻声地说:"我没那么娇贵,排练要紧,不要因为我影响了进度。"

排演《村里来了花喜鹊》时,正好是2019年的夏天,用翟永军、张献忠、殷金龙、许晴等团领导的话说,他们是在排戏中享受"汗蒸",为了节约费用,排练场不开空调,衣服干了湿、湿了干,有时晚上还要加班加点。翟永军既是团长,又是这部戏的主演,一次累得痔疮发了,不能走路,他就用尿不湿兜着,趴在那里排戏。殷金龙的老父亲病危,但他还是白天坚持在排练场,晚上回家照顾老人;张献忠有静脉曲张等基础性疾病,他常常吃了止疼药后才能上场排戏。张献忠说,他们团90%的演员都来自农村,他们不怕吃苦,就怕没戏排、没戏演。现在,省委宣传部还奖励了他们团一台流动舞台车,每年都有200场左右的演出送戏下乡,真正做到为老百姓演出,把老百姓的所爱所想,通过舞台艺术表现出来。

"认准的路,爬着也要向前走。"翟永军随口说出的话,道出了涟水县淮剧团坚定的决心。

"哎呦,我的憨哥哥",整理行装再出发

从2010年起,涟水县淮剧团用十多年的时间陆续推出了反映当下农村热点题材的"村干部三部曲",受到了社会的关注和热评,"村干部三部曲"之后剧团怎么办?向什么方向走,成为摆在剧团面前最紧迫的问题。

紧贴时代,讴歌时代,颂扬我们伟大的党,是永远的主题。"胸中有大义、肩头有责任,笔下有乾坤,心中有人民"永远是艺术工作者的追求。

为结合党史学习和喜迎建党百年,涟水县淮剧团决定陆续推出"党员三部曲",力求以生动鲜活的普通党员的故事,丰富共产党人精神谱系里的先锋形象。

在涟水革命老区深入采访后,袁连成写出了《哎呦,我的憨哥哥》,作为"党员三部曲"的第一部,向党的100周年生日献礼!

《哎呦,我的憨哥哥》讲述的是苏北乡下螺螺村党员王补丁的故事。王补丁貌不惊人,简朴勤劳,时长穿着有补丁的衣服,闲暇时喜欢到小河小沟里摸田螺。2020年新冠肺炎疫情到来时,王补丁临危受命,担任"村疫情防控领导小组副组长"。任职之后,他使命在肩,不怕刁难,遇到问题挺身而出。在疫情防控中,他手拿小喇叭,日夜巡查,为村民"垫钱购物",拦柿子"月下追车",给逆行的女儿"夜织围巾",王补丁平时像小草,关键的时候是

中流砥柱，让村民在他的身上重新认识了"什么是真正的共产党员！"

2021年5月29日，《哎呦，我的憨哥哥》在涟水大剧院首演。从苏北泥土里生长出来的故事，以散发着泥土芳香的土味情话，表达出基层党员和人民之间的人间大爱。作为"党员三部曲"的首部作品，《哎呦，我的憨哥哥》实现了从技术层面到艺术层面的提升。如果说"村干部三部曲"写的是故事，那么"党员三部曲"写的则是人。在这个苏北村庄的抗疫故事中，有党员与党员的关系、党员与村民的关系，还有党员与自己的关系。通过人的命运和情感历程，挖掘出人心深处的东西，挖掘出共产党员的党性和人民性。

为了排演好这部戏，在连续40天的时间里，演职人员每天从早到晚加班加点进行排练，没有休息过一天。即便如此，团长翟永军觉得还不够。每天晚上，在排练结束之后，他都要拉着导演"开小灶"，谈想法。因为常年在基层工作，翟永军对"王补丁"这样的基层党员形象已经很熟悉，但要拿捏好剧中人"憨"的分寸感，让人物可爱、可敬而不呆板，他觉得只有不停地练，才能找到更为准确的状态。

许晴在《哎呦，我的憨哥哥》中扮演的是村民柿子，与王补丁因爱生恨，最终又从对立走向了和解。作为"彩旦"，舞台上的许晴依然光彩照人，角色动作、表情、唱腔、道白等都在她夸张的演绎中变得有情有趣。但观众不知道，此时的许晴正忍受着巨大的痛苦。因为腰椎间盘突出压迫神经，在排练期间，许晴经常头疼，"疼得直往墙上撞"。但"大战"在即，每天要排练，她只能靠吃止疼片挺着。一开始吃了药后，她整个人像"中毒"般麻木，到后面连吃饭喝水都想吐。每次疼起来，都像死过了一回！就这样一直坚持到了演出结束，才得以去医院诊治。已经退休但被返聘的她说："只要在舞台上一天，我都会认真地练，认真地演。演戏三分生，这不仅是对艺术的追求，也是对艺术的尊重。"

翟永军在这台戏中扮演男一号"憨哥哥"，他说："淮剧就是要用朴实的乡音唱身边的故事。这些年来，在党员的带动引领下，我们不忘初心，坚守阵地，凭着一股倔劲和拼劲，一路从泥泞走向坦途，成为基层院团传承发扬传统戏剧的'江苏样本'，这其中，就有'憨'劲。'憨'是笃实、是坚守、是心底最真实的声音和态度，简单的一个'憨'字，却能将我们的事业引向成功。"

在近十年排演大戏的过程中,涟水县淮剧团一部戏一个阶梯,人还是那伙人,但演员整体的素质已经发生了脱胎换骨的变化。许晴凭借在《留守村民委员会主任留守鹅》里饰演白天鹅,获得了第28届"白玉兰"奖配角奖;现在全团有31个人,有3个正高、9个副高,一级演员、二级演员一大群,这在其他县级基层院团是很难达到的。而且,通过和涟水淮剧团的合作,有外请的主角也因此获得加分,被评定为正高职称。

因为剧团演职人员水平的提高,在《哎哟,我的憨哥哥》这部戏中,除个别角色在重要演出时外请著名演员,其他角色全部由团里的演员出演。

在这部戏中,翟永军饰演男一号王补丁,许晴饰演女一号石榴,而女二号庄乡长则由外请的淮安市淮剧团著名演员靡丽丽担任。张文侠是翟永军的妻子,可她并没有因为是团长的老婆而获得特殊照顾。作为靡丽丽饰演的庄乡长的陪练,每次演出时,张文侠忙完其他剧务,就站在台口看靡丽丽的演出,晚上回到家里,她还对着镜子练,有时感觉动作不到位,就把翟永军拖过来一起练,一招一式,有板有眼。为了陪演好这个人物,她瘦了10多斤。她跟团里人开玩笑,排戏减肥,一举多得,是"憨哥哥"给她送来的美丽。如今,庄乡长这个角色通常都由张文侠来饰演,陪练让她在艺术表演上获得了成长。

该剧因为紧贴时代脉搏、紧扣主题热点,且在思想性和艺术性上取得了完美统一,在2021年的紫金文化艺术节上,再次获得了优秀剧目奖,为"党员三部曲"创作开了一个好头。

回望10年,涟水县淮剧团以几部大戏,见证了剧团奋力前行中的坚实脚印。

10年前,涟水县淮剧团没有办公场地,没有排练场,演员行当不齐,服饰道具也不齐。由于无法演出,演员每个月连工资都拿不到,剧团濒临解散,东拼西凑了钱才创排了《鸡村蛋事》。《鸡村蛋事》的成功,让剧团真正找到了生存和发展之路:一个基层剧团要想存活发展,必须靠精品力作作为支撑。

10年中,涟水县淮剧团和剧作家袁连成紧密合作,促成作家10年里有一半的时间在涟水农村采风,不仅完成了"村干部三部曲",还完成了"党员三部曲"第一部作品的创作。随着《留守村民委员会主任留守鹅》《村里来了花喜鹊》《哎呦,我的憨哥哥》等现实题材创作被业界称作"涟水现象",涟水县淮剧团自身也发生了翻天覆地的变化,新近还将搬入新的办公地点,以保证创作、排练的业务开展。

10年里,涟水县淮剧团被中宣部、文化部联合授予"全国服务农民服务基层文化建设先进集体"、被国家人社部、文化和旅游部联合表彰为"全国文旅系统先进集体",被江苏省委宣传部、省文化和旅游厅授予"双服务先进单位",获得的荣誉挂满了整整一面墙,荣誉和荣耀,成为他们攀登艺术高峰的信心与动力。

面对如此骄人的成绩,团长翟永军说:"我们只是一个县级的基层剧团,搞不了高大上的大制作,也没有那么多演员能上台,但我们有追求,有目标,有梦想,一专多能,哪怕在村民家门口,在农民的田间与地头,只要听到戏迷们如潮的掌声,便感到格外温暖。"讲这段话时,翟永军的眼眶里闪着晶莹的泪光。

如今,在江苏戏剧界,"涟水现象"更像一面旗帜,鼓舞着文艺工作者们扎根到火热的生活之中,以优秀的作品奉献给时代和人民!

他们，让非物质文化遗产之花绚丽绽放

修 白

春风穿越大地，穿越古城墙，一群白鹭从湿地水面飞来。

晨雾在树林里缭绕，在树叶上凝聚成露珠，露珠滚动着，汇聚成硕大的泉涌，沁润了湖面。

白鹭飞过树林的枝头，迎着朝阳的金线，把树林包裹在金色的梦中。

五彩的金线时浓时淡，青鸟在叶子上面，沙沙歌唱。

四处是静谧的水滴声。

春天如约而至。在这个美好的春天召开的全国"两会"上，"加强文物古籍保护利用"被写进政府工作报告。人类五千年文明进程中，中华文明是世界上最古老的文明之一，祖先留下的文化遗产，灿烂辉煌，是人类文明发展的见证，是文化自信的源头。

自党的十八大以来，我国的非物质文化遗产保护和传承工作取得了显著成绩。文化遗产是一个民族文化成就的重要标志，体现了民族文化的丰富性、多样性。在世界各民族文化遗产的交流和传承中如何讲好中国故事，展现中华文化的魅力，扩大中华文化在国际社会的影响力，是文化保护和传承的重要工作。做好文化传承的工作，对于建设社会主义文化强国，构建人类文化共同体，意义重大。

2021年，中共中央办公厅、国务院办公厅印发了《关于进一步加强非物质文化遗产保护工作的意见》，明确了非物质文化遗产保护的传承体系。

《中华人民共和国非物质文化遗产法》《关于实施中华优秀传统文化传承发展工程的意见》等一系列政策的出台，为文化遗产的保护和传承工作指出了明确的方向。

在人类文明的灿烂长卷上,江苏人杰地灵,人文荟萃,近十年来,更是熠熠生辉,成绩斐然。中华文化遗产的传承将会形成更多江苏标志性成果,勾勒出非物质文化遗产传承的动人画卷。

江苏非物质文化遗产的保护和传承一直在行动。表现记录非遗传承内容的电视系列片《传承人》,让古老的中国故事从历史的深宅大院走出来;从无锡的惠山泥人到金坛纸刻,从夫子庙的皮影戏到南京图书馆的古籍修复,我们一直在行动。

江苏的文化传承一直走在世界前沿,作为中华优秀传统文化的重要传播窗口,《传承人》在 now jelli(紫金中文台)面向东南亚国家播出 100 集;国内节目每周一期,已经播出 160 多集。

在这个美好的季节里,江苏非物质文化遗产之花绚丽绽放,让我们走近非遗的传承现场,感受博大的非物质文化遗产的文明。

一

清晨,白云在天空追逐,栖霞古寺的钟声鸣响。

一群身轻如燕的姑娘结伴走进寺里的文献修复中心,太阳纯净的光芒照耀在她们生机勃勃的脸上。窗棂上的雕花非常古老,一枝杏花刚巧从屋檐上伸过来,春雨抚慰着枝叶,红烛肥美。

屋檐的柱子又高又壮,而古籍是藏在曲深幽微之处的哲人,风轻抚庭院,掀起故纸堆里的史籍,姑娘们灵巧的指尖麻利地在碎纸片中穿行。

她们妙手回春,故纸堆里寻春秋,传承文化薪火。她们师出同门,她们的导师是古籍修复大师邱晓刚先生。

青砖,灰瓦。柚木门窗,地板。百年老建筑如实记录了流逝的时间,流逝带来的凋零和沧桑之美,关照自己和岁月之间横亘着的历史时空。这些时空因为人的介入,平添了城市文明的灵魂与风貌。我们一行人,沿着晨曦的光,进入这百年老建筑,到了古籍修复大师邱晓刚的工作室。

邱晓刚是江苏省非物质文化遗产"古籍修复"的传承人。他指导学生修复的《护国佑民伏魔宝卷》，修复前后实物对照，恍若涅槃重生。

21岁那年，邱晓刚进入南京图书馆古籍修复部门。领导问他能做什么工作，他说只要不与人打交道，他都能做好。显然，性格内敛、沉稳，不善言辞的他，适合修复古籍。这种工作需要格外静心，21岁正是蠢蠢欲动的年纪，他却守得住寂寞，一坐就是一天，一干就是一生。

他是一个幸运的人，刚出道，就站在大师的肩膀上。他的第一任老师，也是他从事古籍修复的启蒙者，是上海图书馆的潘美娣。潘师傅在教学中毫无保留地传授自己多年来丰富的工作经验。从糨糊的制作，纸钉、纸捻的分别，到溜、补、修、托等各种手法的训练，她把自己收藏的各个年代的纸样分割给4位弟子，这些历年保存下来的纸样给他后来的修复工作带来了帮助，他从中了解到古籍修复中各类用纸的信息和标准。他学到的不仅是传统古籍的修缮方法，更是影响了他一生的对待古籍修复的态度。

《蟠室老人文集》打开了他的眼界。从上海图书馆结业，尚未喘息，馆长潘天帧就让他见识了南京图书馆的镇馆之宝——宋刻本《蟠室老人文集》。这本文集目前是海内外孤本，是唯一注明近代修复者姓名的古籍，是"国手"张士达修复的。邱晓刚暗自思量，这本文集的修复水准是他以后修复工作的目标。此时的张士达从北京图书馆到了江西省图书馆，他把在北京图书馆时举办古籍修复培训班的传统带到了江西省图书馆，邱晓刚便追随到江西省图书馆学习。

在江西学习期间，他接触到了"蝴蝶装金镶玉"的修复方法。"蝴蝶装金镶玉"，是用双倍衬纸里的一半衬纸挖出书页大小的框子，用上好的皮纸做拉手，在书页后面拉住书页，这种修复技法得张士达亲传。寻找一种更好的修缮材料，如何尽善尽美修复古籍是师徒两个人一生的追求。

邱晓刚在《蝴蝶装金镶玉：一种古籍装帧新方法》中提道："蝴蝶装是册页制度最初的装帧形式，流行于五代、北宋时期。随着雕版印刷术的推广和普及，逐步又出现了包背装和线装，这些装帧今天都还能见到。而金镶玉，南方俗称'穿袍套'或'惜古衬'，这种装帧方法始于清朝。古籍在长期流传中，某些珍贵的善本古籍由于自然因素和人为的影响，纸张老化和破损，受害特别严重的古籍，天头和地脚变小，这种装帧方法使古籍的天头、地脚和书脑三面加宽,原来的书页不易再受到损坏,从而对古籍起到保护作用,这就是金镶玉。而蝴蝶装金镶玉是将蝴蝶装和金镶玉两者完美地结合,目的是既保持了古籍的原始装帧形式,同时也对古籍起到了保护及延长其寿命的作用。这一方法是由原北京图书馆从事古籍修补的张士达师傅首创于1965年。"

张士达82岁的时候,每天坚持步行一个小时到单位,看到需要修复的古籍,浑身舒坦,身体所有的不适都云消雾散。他的手触碰到古籍的那一刻,目光如炬,气定神闲。若是哪天下雨,没有去单位修书,就浑身不自在,度日如年,修书是他生命的唯一意义。这种执着的信念,也影响了弟子们的一生。采访中,我们看到书籍变脆的处理方法,用棉、皮纸把发脆的书页包好,碱水冲洗,清水过洗干净后,再用吸水纸吸干,最后装订。缺陷是书页、字迹易发生褪色情况。拿到任何一本古籍,他都习惯性核对书页,特殊的古书要清点字数。在订纸捻前还要再次清点。

在进行古籍修复时,鉴定版本一看字,二看题跋,三看纸张及印章,如此能看出版本的年代。有些古籍无序,无页码。拆卸后,不能做记号。将首页最后一行最后两个字记录下来,第二页的第一行的最前面两个字记录下来,以此类推,记录完成再做修补,如此便不会出现差错。

纸张是古籍修复不可缺少的材料,旧书上的旧纸是来源之一,而如今旧纸越来越少。缺乏旧纸,用新纸修补的时候,传统的方法是给新纸染色,做出来的书要与旧书色泽一致。时间长了之后,染过色的新纸颜色又发生改变,甚至和原来的书页反差更大。张士达主张新纸不染色,他在北京图书馆修复的大量宋、元善本,基本不用染色纸,旧纸从普通线装书上来,这样的方法经得住时间的洗礼。

自党的十八大以来,各级职能部门更加重视古籍保护和修复,江苏省文化厅根据古籍保护的迫切需要,依据我省全国纤维类文物保护研究中心的研究方向,以及南京图书馆的技术力量和研究条件,正式下达了"纸浆修补技术研究"的科研任务。邱晓刚作为该领域的领军人物,带领团队进行技术攻关,从纤维长度,到纸浆浓度;从纸浆修补,到笔的研制等,克服各种困难,完成了文化厅的任务。他的纸浆修补技术研究获得江苏省文化厅科技进步二等奖。2012年,为来自全国多家图书馆、博物院有关单位举办古籍修复培训班。

在他工作室的窗台上,摆放了一些坛坛罐罐。这是邱晓刚在做的试验。古籍修复中,使用面粉或淀粉制作的糨糊容易发霉,他便用羧甲基纤维素,制作简单,冷热水均可调制。在江西学习期间,他就跟张士达探讨过这两种糨糊的优劣,几十年过去了,他仍在不停地寻找一种既不会生虫,又有黏性的糨糊。他试图用艾灰调和到小麦粉制作的糨糊里,既不会发霉,也不会生虫,这是他在进行的各种尝试中的一部分。

几年前,他用纸浆修复法成功地修复了《叠雅》十三卷、《南成朱氏族谱》、《续江东白苎》、《金石补编目录》等。

今天重新审视这些纸浆修复过的古籍,没有发霉、生虫,效果达到预期目标。

古籍修复耗时、耗力。人为的修补远远赶不上自然损耗的速度。古籍的损毁对人类社会的发展和世界文明进程有重大影响。而江苏的古籍修复成就在古籍修复的文化河流中是一颗灿若星辰的明珠。

为了古籍修复后继有人,自十八大以来,在各级政府的关怀下,南京市莫愁中等专业学校创立了古籍修复专业,是全国率先开启三年制古籍修复专业的学校。

在由中国国家图书馆与英国国家图书馆联合举办的国际敦煌项目(Dun Huang Project,IDP)第六次会议上,中外专家共同交流古籍修复的新思路、经验和方法。会上,来自江苏的邱晓刚做了《全托裱修复方法之探讨》主题发言,赢得与会中外专家一致好评。

国务院办公厅发布《关于进一步加强古籍保护工作的意见》以后,"中华古籍保护计划"拉开序幕,古籍保护事业的春天到来。如全国各地广泛开展有关古籍保护的培训、推广、应用工作;召开各种文献保护与修复专题会议;完成多项纸质文献的保护性修复;开展各类研究工作,并相互交流经验。邱晓刚则发表了论文《张士达与〈蟠室老人文集〉》。

邱晓刚走出国门,吸取西方修复的精髓,因地制宜,因材施教。

根据教育部办公厅、文化部办公厅联合下发的《关于开展培养古籍修复人才试点工作的通知》，南京艺术学院人文学院在全国率先开设文物鉴赏与修复的本科专业，培养陶瓷、书画、古籍等方面的修复人才。他为本科生开设了"纸质文献保护与修复"课程，同时加快与之配套的"纸质文献修护工程实践"的建设，以适应古籍修复的进程。

经过长期研究，2009年他在《版本目录学研究》第一辑发表了《保护敦煌残片的根在中国——手工纸浆修补与保护敦煌残片之研究》，他还根据近年的理念，结合国内外先进的修复技能，对多种敦煌残片进行了保护性修复。修复后装订成册，于2019年重新检视，效果良好，比传统的丝网修复和加固经卷的效果更好。同时，他的论文《古籍修护技术走职业化教育所存在的问题》获得中国图书馆年会论文二等奖。

他承接了国家一级文物"吴熙档案"的修复，这批档案史料类别繁多，有奏折、信札、禀报、探报、公文照会底稿、军衔账册、厘金账册、报销底册、科举试题和书籍等多种古籍，横跨乾隆二十三年（1758）至民国初期，有的纸张已经出现粉化、脆化现象。根据多年积累的经验，他用科学、合理的方法整旧如"旧"，同时给后人留有修补余地，能修补的绝不托裱。根据不同档案，采取不同修复措施。经过几年努力，完成了对数千件吴熙档案的初期修复工作。蝴蝶装金镶玉拓展挖镶修复的封套一册现藏于太平天国历史博物馆，成为镇馆之宝。

在此期间，他发表了《保护古籍时别忘了人》《一个古籍修复一线工作者的心声》《张士达先生的修复理念与纸浆补书技术》等论文。

2013年，他参加"传承与发展——历史文献保护实践与展望"学术研讨会，在会议上提交了论文《从效率入手推广纸浆补书技术刻不容缓》。同时他做出了推广手工纸浆修补古籍短期培训班实施方案；参加了第一期"全国古籍修复技术与管理"研修班；从合理性、科学性、创新性角度谈论黄自先生《怀旧》乐谱手稿的修复设想。

2014年，经过一年的筹备，他与薪火文化公益基金会共同建成了"薪火文献修复室"。

2015年初春，一个文物保护与修复专业的学生，拿着从地摊淘来的一本破书《李乾修雁字诗》，找到邱晓刚。他凭着几十年的修复经验，"观风望气",他觉得这是一本不同寻常的书,立刻让学生修复,并让学生去全国各大图书馆查寻目录,却没有查到此书的任何信息,于是找到南京图书馆的沈燮元先生。通过一番查询,根据形式与内容推断,此书为明万历刻本。本书存世稀少,《中国丛书综录》《中国古籍总目》均未有此书记载,本书具有极高的文献价值。

2015年,他筹建了国家级"古籍修复技艺江苏传习所",任传习所导师。至此,非物质文化遗产代表项目"古籍修复技艺"进入校园。

2016年,他参加了"'十三五'期间古籍保护技术项目征集专家研讨会"。

2016年5月,经过多年努力,他所在的单位获得可移动文物修复证书。同年6月,他成为中山大学图书情报专业实践导师。

2017年是"中华古籍保护计划"实施10周年,保护中华文明,传承历史文化,根据国家古籍保护中心和江苏省文化厅非物质文化遗产处的要求,他对馆藏《金陵光》十二册开展修复保护工作,对馆藏地方志进行拉网式摸底调查,开办文献修复工作坊。

2018年,江苏省文化厅非遗处江苏省古籍保护中心主办、南京大学图书馆承办的"江苏省古籍修复高级研习班暨张士达先生古籍修复技术研讨会",在南京举行了开班典礼。他为全国古籍保护人才培养做出了特殊贡献。

多年来,邱晓刚淡泊名利,潜心修书,修书已成为他生命中的重要部分。这个整日面对古籍,眼里只有古籍的人,他高超的技艺正在得以传承。对他个人技艺的保护和传承,就是对中华古籍修复文化的保护和传承。我国的非物质文化遗产是全世界的宝贵财富,在世界文化宝库中享有极高的地位。中国古籍修复体现的价值观念已受到全世界古籍修复界的关注和重视。

碎片般的古籍来自比闪电更遥远的远方,如夜行的人看见闪亮的街灯,诉说着曾经发生的史实。

当这些千百年前的古籍,通过一条河流,呈现在博物馆里时,时间便被寻找回来。

二

每一个小孩都有自己心里的皮影戏。事实上,我童年时压根就没有看过真正的皮影戏,在学校组织看电影的时候,有个序幕,银幕上会免费播放宣传短片《半夜鸡叫》的皮影戏。周扒皮头顶瓜皮帽,半夜出来学鸡叫的时候,寂静的影院里一片哄笑声,这些人和动物是如何在荧幕上走动的,是孩子们心里的谜。

2022年的春天,我去省文化馆采访,看到非遗传承博物馆,之后又看了电视片《传承人》,其中的皮影戏传承人代表姚其德制作的皮影戏,在灯光下美轮美奂,呈现出一种梦幻之美,再次掀起我一探究竟的好奇心,试图去揭开童年埋下的谜团。

当我进入姚其德在南京江宁区的工作室之后,暗自庆幸,幸亏套了一件藏青色的风衣,我本能地扣紧了风衣的纽扣。

姚其德夫妇的工作室简朴得仿佛是20世纪的水泥房,基本没有装修,地面有一小箱西红柿,那是老两口中午做饭的食材。

一切都是简易的,夫人沈照林安静地坐在桌子边上描画,她画的是"树精"变成老农的形象,很仔细地比画、描好,然后交给大夫刀刻。刀刻是姚其德的绝活。

有时候,他还会挑剔她画得不够传神,让她重画。他有专门的刀片,有徒弟用坏了他的一块刀片,他很是心疼,因为这种刀片是他自己去工厂加工的,外面没有卖的,用一片少一片,所以他很节约。

皮影戏是分门派的,南北差异明显,在唱腔花调上,北皮影的唱腔花调比较华丽,平调流畅,音域独特、粗犷。南皮影戏的唱腔激越高亢,曲调却婉转优雅,配上唢呐、二胡、笛子,表演极其富有江南水乡的丝竹韵味。

皮影戏历史悠久,是最早的戏曲剧种之一。皮影戏起源于汉代,盛行于唐宋时期。传说汉代刘策做皇帝时,李娘娘病故,皇上思念娘娘,太监就按照李娘娘的体型做了一个人物。夜晚时分,请皇上在幕布前面观看。灯影之下,皇帝发现灯影像极了李娘娘,心生好感,遂留下这个娱乐项目。早期皮影来自宫廷的灯影,宫廷的材质昂贵,不宜保存。流传到民间,经过一代代改良,改用动物皮来制作。陕西一带动物较多,制作成本低廉,便于保存。灯影改皮影后,牛皮经过刮制、描样、雕刻、着色、整形、调试、组装,最后整平,操纵杆连接戏人的棉线改成鱼线,正式上演的时候,至少需要2~5人,才能完成表演。

皮影戏是没有剧本的,根据师傅口传心授,记到脑子里,全靠悟性。传统的皮影戏有《白蛇传》《西厢记》《西游记》《封神演义》《孟母三迁》《牛郎织女》《拾玉镯》《杜十娘》《五峰会》《白毛女》《小二黑结婚》《红灯记》等剧目。随着时代的进步,皮影戏有了改良,增加了许多新的元素。姚其德夫妇具有代表性的皮影戏是《西游记》《小青蛙历险记》《龟与鹤》《乌鸦与狐狸》《金斧头》《二小放牛郎》等。

这几年,他们的皮影戏增加了《仙鹤街的故事》《中华门聚宝盆的故事》《老鹰教小鹰飞行》《酒后驾车》等新剧本。这些剧本由他的儿子,区级非物质文化遗产传承人代表姚根华创作。

2022年,他们一家上演的剧目是《战疫情》。

这10年,作为非物质文化遗产的皮影戏得到地方政府的扶持,民间艺人的社会地位、文化地位得到提高。

皮影戏走进社区、高校、中小学,有些学校还开设了皮影手工课。

年近80岁的人,还是闲不下来,姚其德给我们展示他们的戏剧人物时,一边展示,一边说他们两口子太忙了,出门演出都是一路小跑,时间总是不够用。

转眼间沈照林已经在描绘她的第二个老农了。她一直在皮影戏的路上忙碌着,甘愿在幕后做默默无闻的配角,从没有想过走到前台被注视,然而这种付出是不能被忽视的。

自十八大以来,在各级政府的扶持下,江苏的皮影戏团队创作了更多的剧目,为青年奥林匹克运动会表演了20多场皮影戏,为40多个国家的宾客表演了中国传统的皮影,受到各国友人的好评。

中央电视台《夕阳红》栏目对其进行专访,先后在四个频道播出。他们获得各种表彰和证书,这些荣誉离不开幕后英雄的默默奉献,离不开十八大以后的新政。

江苏皮影走出国门,传播中国文化,做出了皮影人的奉献。

红雀落在长长的皮影上,一条红色的大路直达天空和海洋,波光之下,红雀欢快地在瓦脊上跳跃。

皮影人的故事,既平凡又精彩,像一本妙趣横生的书,让人在阅读中不会感到乏味。他们守着时代与欢乐,守着民间艺人的希望。

三

大地乃万物之母,泥土酝酿生命,生命回馈泥土。

黎明的晨雾消散在阳光里,时间征服了一切,泥土为证。无锡惠山,静寂无声,却盛产一种惠山黑土,这种在地层一米之下的黑泥,含碳量高,细腻又有黏性,便于造型,烘干后变得坚硬,成就了惠山泥人。

中国国家级非物质文化遗产惠山泥人的传承人徐根生,是在惠山长大的孩子。惠山泥土经过他手指的一番捏变,一番巧夺天工的刻画,便有了灵魂和生命。

他师从著名"渔翁李"李仁荣、马静娟、王国栋、柳家奎、王木东、蒋孝云等无锡惠山泥塑各门派名家,学习手捏泥人、雕塑设计、速塑人像等技艺。他把师父的教诲记在心里,鼓足了劲学技艺,既刻苦又勤奋,掌握了泥塑的核心要点。

从事惠山泥人制作工作几十年来,他从来没有放弃过对泥塑技艺的追求。成就一件好的作品不仅要泥巴好,还要技艺好、人品好。他在课堂上讲课,首先强调做人的哲学,不论尘世喧嚣,要耐得住寂寞。

几十年从艺之路,使他形成了特有的思维方式和行事准则。他把这些准则带进课堂,讲授给学生,苦口婆心。

工艺美术有着几千年的发展历史,各类手工艺品、传统艺术作品繁多,技艺高超、精湛,令人目不暇接。

2017年江苏省第五届大学生艺术展演,展出的作品有惠山泥塑香插、国际象棋盘、汽车挂件、摆件等实用性美术作品,他指导学生创作的《惠山泥塑创客工作坊》在展演活动中获一等奖,并获得了指导教师奖。

徐根生创作的很多精品被各国博物馆珍藏,美国芝加哥科学工业博物馆收藏了他的《嫦娥奔月》《孙悟空》《梁红玉》《反弹琵琶》。美国纽约名人纪念馆收藏了他的《世界名人铜像》(7座)。无锡博物院收藏了《敦煌舞蹈》3件/套,《小敦煌》10件/套。中国人民革命军事博物馆收藏了他的《共和国卫士塑像》14座。无锡东湖塘颜家桥新四军纪念馆收藏了《新四军浮雕》《党徽》《党旗》。江苏无锡宜兴范蠡文化陈列馆收藏了他的《范蠡肖像》《范蠡十米浮雕》《渔夫范蠡》《西施》《大型浮雕春秋行》《大型浮雕编钟乐舞》。马来西亚"朵云轩"艺术馆收藏了他的《大阿福》《渔翁》《孙悟空》。无锡中国民族工商业博物馆收藏了《打铁匠》等。

在现场塑像、雕塑、手捏泥人等领域,他闯出了自己的天下,惠山泥土在他手下被塑造成了栩栩如生的人物,这是他对泥土的回报。

从《渔翁》到《敦煌飞天》,他带着他的作品参加过奥地利世界博览会,出访过许多国家进行技艺交流。

2018年,惠山泥人再次走向国际,国际郑和大会"江苏文化周"在马来西亚马六甲举行。一把小小的泥土,到了他的手上,就是世间万象,他现场演示的泥塑,赢得满场嘉宾赞誉。

他热爱泥塑,从不想轻易放弃。他从陆地到长江游轮上,多次为游客现场表演他的泥塑,传播中华文化,讲述中国故事。这一干就是15年。这15年间,他阅尽天下事,而且手法极快,通常20分钟就能捏出一个大致轮廓,40分钟雕塑完成一个塑像。

在游轮上快速雕刻泥人塑像,他付出了常人无法想象的辛劳。他每天起床后的第一件事情,就是早早做好几十个泥胎,为了尽快掌握模特的神态、气质,他要做隐形人,十分专注地观察人物,由内而外地捏出人物的精气神韵。

夜幕降临,当游客睡去时,他把白天捏好的作品,一件件搬到船顶的烟囱旁烘干。随着长江游轮上各国旅客的往返,他的作品被世界各地人民收藏。

他不仅在游轮上制作泥塑作品,还在游轮上举办惠山泥人文化活动。

游轮是他的流动宣传站,他传播惠山泥人文化,开办惠山泥人知识讲座,讲的内容大到无锡惠山历史,小到惠山泥层的结构、演变。

这些年来,他参与了"一带一路"的文化传播,他的学生遍布世界各地。

离开游轮,他创建了陆地文化交流工作站。他还去学校给学生讲课,为了让留学生理解惠山泥人,掌握这门技艺,徐根生还学会用英语授课,让泥人技艺走进校园,传承到世界各地。

他作为江苏省乡土人才的"三带"名人,正在筹划和搭建一个更大更合理的平台,把从事惠山泥人工作的年轻人的作品推荐出去,用科技手段,把惠山泥人文化传承出去。

他让非物质文化遗产"活"了起来,扩大了中华文化在国际上的影响力。他一直在用自己独特的方法讲好中国故事,传承中国文化。

文化是一个国家和民族的灵魂,惠山泥塑是中华优秀传统文化的重要组成部分,是文明传承的生动见证。

他是中华文化交流的使者,

他把中华文化带到世界各地。

他是渡船,普度惠山文化,

滚滚江涛,奔涌,向东流去。

未有一滴江水开口诉说,

只有泥人内心的血液,在激荡、燃烧。

四

月亮假装挣扎,假装

害怕失去——

月亮知道,老把戏

在情人那里仍是新鲜的。

它再次经过剪纸艺人的手,

——仍没有一张纸能代替它,

> 那单薄的、撕碎的、剪坏掉的，
> 爱了就不能回头的。
>
> ——胡弦

没有女儿，他就把纸刻当作女儿去爱。为了这份爱，江苏金坛的非物质文化遗产传承人杨兆群为此奋斗了一生。

金坛有个"杨一刀"，说的就是杨兆群。

刻纸是个精细活，一刀不慎，全幅刻纸就报废。他很少报废，总是一次成型。他的刻纸构图精巧，刀法细腻，富有张力。

2008年北京奥运会前夕，他和队友殷卓宁、佘云祥、谈卫平、刘明，历时4年，共同创作的巨幅刻纸《从雅典到北京》被国家博物馆收藏，获得国际奥委会前任主席萨马兰奇的回函赞赏，为金坛刻纸赢得了国际声誉。他的作品《鹊桥会》获第二届中国剪纸艺术节银奖，在国际雕刻和水彩原创作品展上，被联合国教科文组织、国际艺术家联盟授予精品奖；作品《华夏一家亲，同为圆梦人》获江苏省民间文艺最高奖"迎春花奖"。此外，他的多幅作品还入选中央网络电视台公益广告作品。他创作的《丰收的喜悦》被中国国家博物馆收藏，《大团结》被中国农业博物馆收藏，《水乡盛开大寨花》（合作）被江苏省美术馆收藏，《三兔飞天藻井图》《梁祝化蝶》被上海美术学院收藏，《大运河》（合作）被中国扬州大运河博物馆收藏。另有10多幅作品分别被常州博物馆、江苏档案馆收藏。

他是国家级非物质文化遗产金坛刻纸代表性传承人。

这些年，民间刻纸艺人不断流失。随着老艺人年事已高，作品遗散时有发生。

为了传统剪纸文化得以保护和弘扬，他开始寻访100位中国民间剪纸艺人，搜集他们的剪纸精品，并用影像记录他们的剪纸技艺。他是一个有使命感的人，他热爱剪纸艺术，他为剪纸艺术的失传感到心痛，并着手抢救。他的足迹遍布江苏、陕西、河南、河北、山西、山东、湖南、湖北、福建、内蒙古等大半个中国，累计行程10万多千米。

他走访的70多位剪纸老艺人中，最令人难忘的是陕西安塞的高金爱老人。79岁的高金爱剪了100幅形态各异、惟妙惟肖的老虎。这些老虎作品让他爱不释手,但考虑到全套老虎剪纸的完整性,他没好意思开口要,只在她过去的作品中挑选了一些有代表性的作品带走。

当他和摄影师去山顶拍摄场景资料片的时候,忽然看见老人的儿子赶来了。那个年轻人对他说,母亲没有什么东西送他,只有这一卷报纸。他打开一看惊呆了,正是那些让他爱不释手的老虎剪纸里的50幅。

拿到这些作品后,杨兆群滋生了筹建博物馆的念头,他想让更多的人看到这些作品。走访前,他制作了专用的红包袋,袋上有自己的联系电话和邮箱,一旦这些散落在全国各地的民间艺人收到他的红包,就相当于找到了剪纸艺术的大家庭。

这十几年的寻找,耗费了他大量的精力、财力,他像寻找自己失散的女儿一样,不辞辛劳。

我采访他的时候,他深情地说,他只有一个儿子,没有女儿。他是把剪纸艺术当成女儿来爱,他要把全中国最好的剪纸作品收藏起来,传承下去。

2017年,他与五位志同道合的朋友创办了《当代剪纸家》微刊,与国内的剪纸同人,探索剪纸艺术,弘扬剪纸文化。

他出资、组织了"飞洋鱼杯"全国小幅剪纸精品邀请展,引起了国内剪纸艺术家们的热烈反响。

金坛市刻纸研究所成立后,他出资18万元,并担任名誉所长。

他成立了金坛剪刻纸文化发展有限公司,在发展精品刻纸的同时,开展剪纸服饰、产品包装、剪纸动漫等文化衍生品的研发。

其中,剪纸动漫MV《长湖荡歌》被《中华剪纸》报道,获得中华文化促进会"中华剪纸艺术创作成就奖"。

他推陈出新,将刻纸与自己的摄影爱好相结合,他研发的"立体感观剪纸刻纸作品裱装镜框",在LED(发光二极管)刻纸艺术灯上得以应用,并申请了国家专利,使金坛跻身"江苏省传统工艺美术特色产业基地",推动了金坛刻纸进入产业化发展道路。

2014年的全国工艺美术精品展上,他的作品《和谐》荣获"百花杯"金奖。

他不仅收藏、传承,还着力于培养新人。艺术需要年轻人的参与,传统需要现代的介入。

自党的十八大以来,他得到政府的大力扶持,积极培养新人,让剪纸文脉一代代流传下去。他与学生合作的《祥蛇纳福》《十二花仙子》连续两届获得江苏省工艺美术精品大奖赛金奖;《福禄寿喜盆景》获第八届花博会金奖、江苏省民间文艺最高奖"迎春花奖"。

为了把剪纸艺术传承下去,在当地政府的扶持下,他在多所中小学校免费开设刻纸培训课程,并在省内外多地举办主题讲座,不遗余力地保护和传承剪纸文化。

随着人们娱乐方式的多样化发展,民间艺术逐渐步入困境,金坛刻纸的前景也不容乐观。剪纸艺术有着深厚的文化底蕴,人民群众喜闻乐见,保护和发展这门技艺是前辈剪纸艺人的责任。他希望通过自己这一代人的努力,让剪纸艺术走进年轻人的生活,走向未来,让更多的人喜欢并了解剪纸艺术,让剪纸作为一种人们喜闻乐见的文化活动传承下去。

2016年7月,杨兆群携带25幅刻纸作品前往美国纽约、曼哈顿,参加"风雅常州"艺术作品展。他现场为中外来宾表演刻纸技艺,接受当地电视台的采访。2017年2月,他应邀参加在德国柏林举行的"常州文化周"活动,现场表演刻纸技艺,他的刻纸《柏林》现场拍卖1000欧元,他将其捐给当地慈善机构。一把刻刀、一张纸片,展示了剪纸艺术的迷人魅力。2018年,他当选"中国好人"。2019年,他获得常州市道德模范提名奖。2020年,他被评为"感动金坛十大人物"。中华人民共和国成立70周年之际,他邀请了大运河沿岸六省两市10位剪纸艺术家,共同创作了史诗级剪纸长卷《大运河》,呈现出大运河壮观的历史风貌和丰富的地域特色。《大运河》长卷裱好后,剪纸长103.8米,宽1.48米,是目前世界上最长的剪纸。2020年,《大运河》剪纸获得上海大世界基尼斯之最。2021年,《大运河》剪纸获得吉尼斯世界纪录。

一刀一世界,一纸一天下。杨兆群在收藏中国民间剪纸作品的同时,也不忘把中国剪纸文化推向世界。他怀着对剪纸艺术的赤子之心,满腔热忱地推动筹建中国剪纸博物馆。他想把自己一生收藏的4.5万余件中国历代刻纸作品捐献出来,这些作品的保存和展示需要兴建一家博物馆。他的建议引起金坛政府的重视。近来,博物馆的筹建已经列入议事日程。

第五章

美丽乡村和历史文化街区建设

◀◀◀ 宿迁屠园乡荷香园产业配套项目

◀◀◀ 宿城区埠子镇蚕桑村蚕农养蚕现场

◀◀◀ 古色古香的南京市小西湖小学

江苏路 25 号——修缮一新的吴光杰故居

南京小西湖堆草巷 31 号改造的虫文馆

平江历史街区上的一户民宅，一群居民在自弹自唱

◀◀◀ 千垛村风景一角

◀◀◀ 千垛村村民食堂

◀◀◀ 王官集镇朱海人家群众入住新房

⋘ 颐和路历史文化街区 11 片区，修缮后的韬园

⋘ 作家叶弥（左）采访平江路上的老民警谢理，听他说平江路的前世今生

⋘ 作家在熙湖里 29 号咖啡馆采访当地居民

回首看见平江路

叶 弥

我对平江路再熟悉不过了。以前苏州城很小,南边到人民桥轮船码头,东边到护城河那里,西边过了苏州饭店就是乡下了。而北边的车站,一到夜里就阴森森的,连灯都没有,完全是僻远之地。在这种情况下,凡是住在苏州小城里的人,没有不熟悉平江路的。推开门,走几步就到了。平江路四通八达,不管你从家里的后门还是前门走,也不管你在别人家里玩还是在任何大街小巷里逛,只要你想去平江路,任何一条路都能通到平江路。

我从出生到五六岁跟着父母下放苏北农村,十四岁独自回到苏州,一直到结婚后的住地,在苏州城里的住址变了五六回,但每回搬家基本上都在平江路周围,不超过2000米。后来苏州城变大了,我越搬越远,自然离平江路也越来越远。后来我搬到了靠太湖的地方,这在以前是不可想象的远。我妈说,以前到我现在住的地方,要坐船,听着水声、桨声,走一天的水路才能到。

现在大路宽敞,以前有水的地方大多数成了路,路边建了无数的房子,地下通着地铁。地铁站张着一个个大口,人从大口走进去,一瞬间就被吞没。这种司空见惯的情景,我每次见到,总是会想起《西游记》讲地涌夫人那一回,她虽被称为"夫人",却是一只金鼻白毛老鼠精,住在陷空山无底洞。那洞笔直深邃,光滑无比,进到洞底,别有天地。却说白毛老鼠精把唐僧摄入洞底,八戒前去寻找,碰到两位妙龄女郎挑着一对水桶走过来。八戒上前唱个肥喏,一番搭讪,没问出个所以然。两位妙龄女郎夸一声这猪头会搭讪,走到一个地方,忽然不见。八戒过去一看,只见女郎消失的地方有一个石洞,四壁油光水滑,包浆厚重,想来这个洞也有几千年了……我对《西游记》有诸多小怀疑,这个场景是其中之一。因为书上说这个洞口很小,两个人挑着一对水桶横着下去有点说不通,竖着下去吧,水会打翻。地铁站口全是宽敞的,挑一对水桶横着进站绰绰有余。进了站,那就是人类创造奇迹的地方,这地底下奔跑着时速80千米的地铁,陷空山无底洞哪能比?

言归正传。自己开车,从我现在住的地方一个小时内能到平江路。到了平江路,都是熟景,所以并不觉得眼前一亮,而是微微喘口气,从身体到精神都感到回到了熟悉的家园。这里有水,虽说水没有我小时候那么纯净;这里有一幢幢青砖黛瓦的平房,一个个老院子,虽说老街坊老邻居越来越少,但它终究是苏州人心里的家园模样。它是地面上的画,有水、有老房子,平和、安稳、水火不侵。白天有太阳,晚上有月光,遍地能长草,随处能种树。它能承载乡愁。现代社会,承载乡愁之地不再俯首可拾。所幸想起家乡、江南、水乡、安逸等这些美好的词,就会想起平江路。回一回头,就会见到平江路,梦里、记忆里全是它。

平江路其实是一条普通的路,至少在我童年、少年、青年时是这样。在我童年时,它普通得就像我家门外的任何一条小路,绝对不会有苏州人特意为了寻觅水乡风韵而踏足平江路。那时候的苏州城里,这样的街道还有不少。许多巷子都是这样的格局:一条河、一条路、一溜民房。但后来苏州越来越大,水乡却越来越小了。我读初中和高中时,从学校走到苹花桥需要六七分钟,从苹花桥走到平江路也要花费六七分钟。但我一向是走到苹花桥为止,大多数人也是走到苹花桥为止。因为那时候苹花桥头的苹花饮食店里有好吃的馄饨、馒头、大饼、油条……后来大家都朝观前街去。观前街上的物品十分丰富,所以它开始热闹了。夜里有各种地摊,摆出我们很少见到的外贸尾货。我记得我在观前街的地摊上买过一件出口转内销的淡绿色长袖厚棉外套。我把袖子剪短了当裙子穿,正好到膝盖。还有全国各地的土特产展览。反正每到街灯亮起,观前街上人山人海,即便口袋里没钱,也有闲去看稀罕。平江路虽然就在近旁,但谁会想起它呢?除了一些拍照的,对旧街和文化遗迹感兴趣的人才会去走走,探古寻幽。

对了,平江路周围簇拥着一大批文化古迹。这是它不普通的地方。经济发展时期,人人都找发家致富的路子,那些老街、小桥、流水、古迹受到了冷落。平江路之所以保存下来,没有受到大建设的干扰,不仅得益于那些历史文化遗迹,也得益于它一河一街的逼仄格局。但在南宋绍定二年(1229)李寿朋主持刻绘的《平江图》上,你看不到这种小格局,那是整个平江府。先有平江府,再有苏州城。在《平江图》上,光是宗教建筑就有80余处,桥梁300多处,河道20条。河网交错,园林众多。"缘波东西南北水,红栏三百九十桥。""君到姑苏见,人家尽枕河。古宫闲地少,水巷小桥多。"那时候的城市情景现在不复见,平江图里的"平江"二字,留存下来成了一条路的名字。平江路和平江府一样,历经繁华和沧桑,消失和重生一样都有着历史的偶然性。

多少年过去,大家口袋里有了钱,换了新房子,有了车子,到处自驾或跟团旅游时,赫然发现自己的小城已高楼林立,车水马龙,"东方威尼斯"的美誉渐渐无人提起,而城里保留下来的古老街道也成了别人嘴里的旅游胜地。这时候,平江路成了不再普通的一条路,然后平江路又成了平江历史文化街区。它焕发出新的生命,是我熟悉的地方,又是我不再熟悉的地方。它变大了,成了苏州的一个地标,一张文化名片。

为了了解平江历史文化街区的现状,我在2022年5月中旬的一天先去了苏州市姑苏区资源规划局,第二天又去了平江公司。这两个地方的外围马路都在修路。我开着车,到了地方也不知如何绕进去。只能伸长了头颈,慢慢找停车的地方。去姑苏区资源规划局,我是把车停在隔壁的饭店里。平江公司在大儒巷东头靠平江路的地方,我是知道的。但临顿路修得让人摸不着头脑,好不容易才找到了进出大儒巷的路口。

我在姑苏区资源规划局和平江公司采访了两位领导,他们所说的加深了我对平江路的了解。

平江历史文化街区是以平江路为主街,东起外城河,西临临顿路,南起干将路,北到白塔东路。面积约116.5公顷。街区内文物荟萃,积淀了极为丰富的历史遗存和人文景观。其中,有"历史文化遗产"耦园,"非物质文化遗产"代表作昆曲展示处——中国昆曲博物馆,省市级文物古迹 100 多处,城墙、河道、桥梁、街巷、园林、民居、会馆、寺观、古井、古树、牌坊等 100 多处古代城市景观基本保持完好。

苏州水好土沃,很少大灾。鱼米之乡,地方富裕。民风以读书为趣,并且学而优则仕。值得一提的是,平江历史文化街区里,有不少名士都曾生活于此。如明代状元申时行,清代状元潘世恩、吴廷琛,外交家洪钧,近代国学大师顾颉刚,文学批评家郭绍虞,著名医师钱伯煊。著名的潘宅有两个不同的版本,一个是"贵潘",潘世恩的宅第;一个是"富潘",潘麟兆家族的宅第。

一条平江路,半个苏州城。说的就是"贵潘"和"富潘",鼎盛时占了苏州半边天。

"贵潘"有多贵呢?潘世恩作为状元宰辅、"四朝元老",是历代状元史上第一人。他的家族共出了 9 名进士、36 名举人、21 名贡生、142 名秀才。李鸿章称誉潘氏家族为"祖孙、父子、叔侄、兄弟翰林之家"。潘氏后代潘达于女士捐出祖传的大盂鼎和大克鼎,分藏于中国国家博物馆和上海博物馆,潘家的文化、社会、经济实力可见一斑。

"富潘"有多富呢?在清乾隆、嘉庆年间,黄州流传着一句话,"明有沈万三,清有潘麟兆"。"富潘"的宅子"礼耕堂"是耗资 30 万两白银、历时 12 年才成就"江南第一豪宅"礼耕堂。礼耕堂坐北朝南,分五路六进,后通混堂巷,东到徐家弄,西抵平江路,占地 13 亩。规模庞大,屋宇高峻,装修精美。大厅之上,高悬"诗礼继世、耕读传家"匾额的"礼耕堂",见证了一个家族的鼎盛繁华。

看了"贵潘"和"富潘"的大宅子,恍惚觉得这两家有着相通的地方。"贵潘"也是豪华多金,"富潘"也向往诗书传家。"富贵"一词,原本是富不离贵,贵不离富。中国古人追求的境界也许就是两者合一。

富甲一方的潘氏家族,观前街的老字号元大昌酒店、稻香村糖果店、余昌钟表店等都是他家产业,他们的生意还做到了郑州、天津、北京。北京的著名老绸缎庄"瑞蚨祥"就是"富潘"产业。

作为写作者,我对顾颉刚更感兴趣。有一年想去四川李庄看顾颉刚居住地,因事未能成行,一直引以为憾。顾颉刚,是我国著名史学家,其学术气魄之宏大，近代以来罕有人比。他在史学界开辟的领域为后来者提供了研究途径。顾颉刚用历史地理学的观点写就的《禹贡》，使得历史地理学从民国开始而蓬勃发展了。他在史学界的巨大成就和价值远超"贵潘"的"贵"和"富潘"的"富"。这样的文化大家，是一个文化街区真正的文化含金量。把这样的人当成文化街区的"镇区之宝"，想必会吸引国内外一大批文化人。当然这是我的一家之言。

如果想听传奇，那就去唐纳故居。唐纳故居在平江历史文化街区的胡厢使巷25—40号，为市级保护单位。唐纳是20世纪30年代上海著名影评人，命运颇为传奇。他的故居基本保留了明清老宅的格局。东墙到仓街，西墙到旗杆弄。中路主轴线前有石库门墙，依次为门厅、轿厅、大厅、楼厅、后花园。虽没有"贵潘"和"富潘"宅第的大格局，但也是可圈可点。

如果唐纳的传奇还不足以满足你狂野的心，那么洪钧故居里肯定有你喜欢的冒险精神。洪钧故居，又叫桂荫堂。洪钧是清末状元，曾出使欧洲四国。他当大使的时候，身边携带的是第三房姨太太赛金花。他卸任归来，带着赛金花和一架钢琴回到苏州平江路，赛金花那时已讲得几门外语，自是与深宅大院里的太太小姐们见识不同。洪状元衣锦还乡才两个月，就不幸撒手人寰。而赛金花更不打话，抛下深深庭院里的分歧、争斗，转身就去了上海，开启她的名妓生涯。

状元夫人去上海滩当风尘女子，震惊了苏州各界。苏州地方上的几位名士结伙跑到上海劝说她回来，但她不为所动。后来的事，我们也知道了，那时候课本里有。鲁迅先生在他的《这也是生活里》说道："连义和拳时代，和德国元帅瓦德西睡了一些时候的赛金花，也早已封为九天护国娘娘了。"

她倒也没有成为九天护国娘娘，但她的仗义是真的。可惜又很乖张。因打死了家中侍女，吃了官司，从此一蹶不振。好在另有一位文学家、语言学家、教育家、中国新文化运动先驱刘半农在生命的最后日子里，为她写成了一本人物传记《赛金花本事》，使她成为一代传奇女性。

喜欢爱情故事的可以去看一看酱油弄那面"爱情墙"，上面写满了各种语言、各种字体的"我爱你"。然后再去耦园。耦园在平江路上，三面临水，一面靠街。江南园林以爱情为主题的，应该只有两座。一座是沈园，承载陆游和唐婉的故事。一座就是耦园了。耦园主人沈秉成，清同治年间官员，做过两江总督。后因病归隐，带着妻子来到苏州，设计了耦园。耦园的耦，与配偶的"偶"相通。园中景致多与爱情有关，东、西两园有双廊，一为筠廊，一为樨廊。谐音为"君廊"和"妻廊"。两个人在此卿卿我我，度过了8年浪漫时光。沈秉成后来携妻子再次外出赴任，妻子病故后，他独自一人回到耦园。

如果你热爱美食，那你可以在平江路上一展身手，先来一杯手冲咖啡，一边端着咖啡，一边到平江路上的角角落落去寻找美食。花间堂的茴香餐厅最好吃的是一盘清蒸太湖白鱼，一碗清清爽爽的特色奥灶面。墨客园的松鼠鳜鱼色香味俱全。但真正的美食不在于别人的介绍，而在于亲身去找，去享受找的过程。平江路一条主街上，支街如章鱼之触角，须得如同寻找爱人一样，四处寻找美食。而美食也一定不会辜负你。众里寻他千百度，蓦然回首，那人却在，灯火阑珊处。

有时候觉得，平江路也是这样。蓦然回首，容颜依旧。

同样的感受放在苏州博物馆，也不会有违和感。苏博是建筑大师贝聿铭晚年的手笔。苏州是贝大师的家乡，但也没让他有所羁绊，苏博被他设计得简洁明快，行云流水。一如他的睿智和风轻云淡。

平江历史文化街区东边的外城河，我曾经下去游泳过。20世纪90年代初，我还带着儿子去东边的外城河里游泳，把他扔在河边的竹排上。那时候河面上船来船往，从早到晚船声不断。没想到后来成了旅游打卡之地，没了来往频繁的船只，岸边也没有了成捆的竹排，一派祥和安宁之景。

还没想到的是拙政园和忠王府都成了平江历史文化街区里的一员。我小的时候，跟着加班到夜里的母亲走过这里，觉得这两个地方阴森可怖。前些天晚上我特地开车经过这两个地方，园还是那个园，府还是那个府，外面灯火通明，马路修缮一新，气息明朗开阔，完全没有以前的阴森可怖了。

平江历史文化街区自成立后，相继获得了"亚太历史文化保护荣誉奖""首批中国历史文化名街""首批中国历史文化街区"等殊荣。可以说，平江历史街区是姑苏区的一颗璀璨明珠。它还在不断地吸取经验，进行街区的内容拓展。

采访了领导们后,我似乎对平江历史文化街区的未来有了一些了解。

一是古城保护连线成片。通过不断改造更新,将历史文化街区、古建老宅、历史文物等连成一片,形成"大景区"格局。利用白塔东路北部可开发地块建设公共设施,完善白塔东路南部区域功能配套,形成整体片区风貌。

二是环境面貌显著改善。以景区标准,加大基础设施建设和城市管理力度,使环境面貌日渐优美,公共配套日益完善,交通组织日趋合理,百姓居住环境不断优化,人民满意度不断提高。

三是文旅融合不断彰显成果。通过业态引导和控制,将不符合古城保护的业态适当清退,使文化旅游全方位、多领域深度融合。

四是保护模式成熟推广。通过试点创新,在古城保护的主体责任、实施内容、资金投入、政策法规、运营管理等多方面形成一套可复制推广的模式,在古城其他区域推开。

为落实习近平总书记关于历史文化保护利用及对江苏的重要指示精神,紧扣《中共中央关于制定国民经济和社会发展第十四个五年规划和二〇三五年远景目标的建设》中关于"统筹推进城市更新"的建议,深入理解中共中央办公厅、国务院办公厅《关于在城乡建设中加强历史文化保护传承的意见》的工作要求,作为全国唯一的国家历史文化名城保护区,在城市更新与建设管理中坚定保护和传承历史文化、创新体制机制、完善城市功能、改善人居环境、促进绿色低碳、激发城市活力,打造向世界展示社会主义现代化的"最美窗口"。2022年3月,江苏省出台了《关于实施城市更新行动的指导意见》,力争打造一批体现苏州特色、代表江苏水平、在国内起到示范效应的城市更新试点项目。苏州国家历史文化名城保护区作为全国唯一的国家历史文化名城保护区,正积极探索在保护基础上的城市更新策略、路径和模式,并且已经按照《住房和城乡建设部办公厅关于开展推进城市更新试点工作的通知》(建办科函〔2021〕118号)有关要求,结合区域实际,初步拟定了苏州国家历史文化名城保护区专项更新试点工作方案。

苏州国家历史文化名城保护区于2012年成立,包括苏州市平江区、沧浪区、金阊区,其管辖范围与"姑苏区"一致。

这也是平江历史文化街区的一个新机遇。注入强大动力，打造独特魅力，是平江历史文化街区的新目标。

另外，作为住房城乡建设部第三批"城市双修"试点城市，苏州市以"擦亮苏州古城名片，提升苏州古城颜值"作为"城市双修"的出发点，以平江片区整体保护创新示范工程为突破口，围绕古城保护，推进古城河道、古建老宅、老旧公园等存量空间进行系统双修。

将要施工的工程，会结合现有规划成果，实施以下6个方面的内容：一是基础设施建设；二是房屋腾迁修缮；三是景观提升和环境整治；四是功能地块建设；五是景区综合管理；六是古城保护和管理大数据库建设。

我在采访过程中得知，平江历史文化街区除了大力发展年轻人喜欢的打卡点，还拓展了一个新思路，就是"人才优化"。在各方面提高引进平江历史文化街区的人的水平，以适应日新月异的社会需求。

走在平江路上，我最想念的还是从前在平江路上看到的景观。夏天，一条平江路上都是摇着扇子乘凉的人，蔚为壮观。乘凉的人吃着井水冰镇过的西瓜，有人喝着啤酒，说话声一波连着一波。也有人光着膀子，摇着扇子，从平江路这头走到那头，不为别的，只为了让自己开心。到了冬天，晴朗的日子，一条街上又都是晒太阳的人，嗑瓜子或剥花生，喝浓茶。冬天平江路上的景观没有夏天那么壮观，可也是令人感叹不已的。老式的邻里关系亲密良好，乘凉和晒太阳等于是增进感情的交际行为。要是邻里吵了架，晚上出来乘凉碰到，那得多堵心？所以还不如不吵，大家和和气气的。远亲不如近邻啊！

写作这篇文章，总觉得还缺少一些东西，应该还要采访一个人。这些缺少的东西可能是微小的，甚至是无关大局的，但缺了这些东西，就少了点趣味，少了点活泼。想了很久，想出一个人来。这个人叫谢理，是平江路上的一位老民警，于是我决定去采访他。

谢理是土生土长的苏州人，十几年前他调到姑苏公安分局当治安警，他办公的地方是大儒巷四十号。大儒巷是平江路的支路，现在也属于平江历史文化街区。从他上班的地方走十几步路,就到平江路了。他公司的对门,是著名的丁宅。那时候丁宅做成了一个菜场。他下班就从丁宅的菜场里带点菜回去。后来菜场搬走,丁宅恢复原先豪阔的样子,并且租给了"金海华"公司。

我把车停到大儒巷的地下停车场。出了停车场,劈面撞见"平江路商会"。因为已近中午,我和谢理约好在一家小餐馆碰头。从"猫的天空之城"对面的钮家巷进去,路过电视剧《都挺好》的拍摄地,路过太傅第,路过苏州状元博物馆,路过丁宅的南大门,来到一家门面很小的小餐馆。这家小餐馆是一对苏州的中年夫妇经营的,菜品新鲜实惠,每天都客满。但中式炒菜总是油多、盐多。每当我吃到油盐多的菜,就会想起猪八戒的口头禅:"油大、盐大才好吃哩!"

我们用完午餐,朝平江路上走去。再次路过丁宅南门口,我朝紧锁的门里望去,只见门后有一个小小的门厅,门厅后是一只小天井,天井里有一口老井,老井边杂草丛生,令人想入非非。

"平江路上有'鬼'故事吗?"我问谢理。

"苏州的小巷子每一条都有'鬼'故事。这就是小巷子有趣的地方。我带你去一条闹'鬼'的巷子吧。"谢理说。

没多远,我们到了一条窄窄的巷口。

"这就是闹'鬼'的巷子。"谢理说。

"这条巷子叫什么名字?"我问他。

"没有名字。无名小巷。"谢理回答我。

我站在巷口朝里面望,里面有一家家小店,咖吧、花店之类的,墙面粉刷得雪白,一点也不像闹"鬼"的样子。

谢理说:"以前这条巷子就像闹'鬼'的样子,又脏又乱,堆满了杂物,满地污垢。一到夜里,里面漆黑一团。哪像现在这么干净明亮。"

我说:"不管它,你就说说'鬼'故事吧。"

谢理说:"传说有一个人——大约是男人吧,因为以前的女人天黑了就不出来了。这个人晚上喝了点酒,就走进了这条无名小巷。那天晚上,这条巷子像往常一样漆黑无光,唯有一扇窗亮着灯。窗户内的光亮把一个女子的影子投射在弄堂里的隔壁上,看上去这女子在桌上摆弄一个圆形物。这男的借着酒劲放纵自己的好奇心,就想看看屋里的女人为什么深更半夜地在摆弄东西。于是他就凑到窗户边的门缝里朝里张望,只见一个穿着红衣的女人正背对着他给自己梳头,但她的头不是在脖子上,而是放在桌上……"

谢理说完,我突然记起自己十七八岁时,跟着几个朋友来平江路找一个人玩。那个人是位二十出头的女青年,她爱好文学,家里有一个小院子,院子外面墙角处有一棵大石榴树。我们当时坐在她家院子里,先谈文学、电影;然后话都说完了,她开始讲"鬼"故事,她说的鬼故事就是这个。快40年了,这个民间的鬼故事还在流传,收获一波又一波的尖叫声,一代又一代的恐慌。唯一不同的是,谢理的故事中,女"鬼"穿的是红衣。文学女青年的故事里,"鬼"穿的是白衣。白衣应该更有文学的味道吧?

接下来,我跟着谢理到处走。他走在平江路上,时不时地有居民和他打招呼,一看就是在平江路上待了多年的老民警。街区里既有高门大户,富贵宅第;也有破落小院,七十二家房客。高门大户用的墙砖都有编号,那是从国外跨洋运过来的。而众多房客聚集的弄堂内,衣服挂满竹竿,一只只电箱排列得像学生出操一样。

走过潘宅、丁宅、方宅、洪钧故居,走过探花府、松麟义庄、济阳义庄、黄丕烈藏书楼、安徽会馆、昆曲博物馆、苏州状元博物馆、平江街道新冠肺炎疫情联防联控指挥部……

走过石人弄、丁香巷、悬桥巷、迎晓里、南显子巷、肖家巷、酱油弄……

最后,我们听到小巷深处的一户民宅里传出悠扬的评弹声,不由得精神为之一振。前去一探,只见一户人家,客厅里坐着四位老者,弦子拉得欢,歌声落玉盘。边上的茶室走出来一位女孩,见我们惊喜不定,主动告诉我们,这几位老者都是专业的评弹演员,由于疫情不能演出,他们就定期在一起练练嗓子。

遇见平江路,没想到还遇见了台下的评弹。

一汪碧水润东罗

——兴化市千垛镇东罗村的十年变化

庞余亮

天生"一对"

蓝天、碧水、芦苇、鲜花。

村庄通道、村民广场、亲水平台、临水码头、滨河游路。

仿古桥、村史馆、穿越时空的大会堂、村民大食堂、二十四节气耘朵民宿。

"生态＋旅游""生态＋农业""宁静＋幸福""激情＋自信"……

已成为乡村振兴样板的江苏兴化东罗村,这几年的名气越来越大。

明星东罗村由原东罗、西罗、仲家3个自然村合并而成,村域面积6.4平方千米,耕地3655亩,水面3200亩。共22个村民小组,934户,3920人,党员91人。村集体经营性收入185万元,农民人均纯收入2.82万元。先后获得"中国最美村镇"、"全国乡村旅游重点村"、"江苏省文明村"、"江苏省民主法制示范村"、"江苏省首批特色田园乡村"、泰州市"最美乡村"、泰州市"全面小康建设特色村"等。

只要去过江苏兴化东罗村的人,都会为美丽的东罗村所折服,同时也会感叹东罗村的地理位置太好了,可以说是"命好":东罗村地处平旺湖北岸,紧邻兴化千垛景区、兴化李中水上森林。也就是说,东罗村的出生条件好。但是,符合"地处平旺湖北岸,紧邻兴化千垛景区、兴化李中水上森林"这个条件的,并不仅仅是东罗村一个村庄。如果细数起来,"命好"的村庄起码有

10个。

兴化之美,有两句著名的诗,是诗书画"三绝"的郑板桥先生撰写的:"河有万湾多碧水,田无一垛不黄花。"

郑板桥老先生说他的老家兴化到处都是碧水,到处都是黄花。而现在,兴化的"黄花"典型选择了千垛,而兴化的"碧水"则选择了东罗。这是偶然中的必然,更让人感慨的是东罗村的村支书的名字:罗宝田。

先来看一看村支书:从2007年起就担任村支书的罗宝田,很了不起,他不仅领导东罗村摘取了"碧水"代言的荣耀,他自己也先后获评江苏省农村基层党建工作特出贡献奖、江苏"最美人物"、江苏省"最美基层干部"、江苏省首批"百名示范"村支书、中国最美村镇产业兴旺奖、泰州市首批"骏马奖"。

有位北京记者站在东罗村口,在"碧水东罗"的招牌上找到了一个神秘的原因:东罗村天生有"碧水",因为东罗村拥有"宝田"。"碧水""宝田",天生"一对"!

天生"一对"的事就这样传开了。东罗村的村民说,"碧水""宝田",珠联璧合,东罗村的命真好啊!

憨厚而勤劳的罗宝田——这位乡村振兴道路上的马前卒,一句话就道出了东罗村的发展奥秘:"没有党中央乡村振兴的伟大战略,哪里有东罗村的今天!"

起得最早的人

1962年出生的罗宝田,今年正好60岁了。

但罗宝田绝对不像一个60岁的人,他身上永远有着使不完的力气,比如,他总是东罗村每天起得最早的人。

每次出门,他都会遭遇一阵又一阵云纱般的平流雾。这是平旺湖边的东罗村的特色,尤其在早晨的朝霞下,一阵又一阵平流雾顿时气象万千。

很多游客、摄影爱好者都特别喜欢有平流雾的东罗村。

罗宝田的目光却能穿越那美丽的平流雾,他会沿着全场的河道和巷子走一遍,河里或许有从湖里漂浮过来的水花生,巷子里或许有游客随手扔弃的垃圾。

"或许",是罗宝田担心的"或许"。

他不期待出现这样的"或许",但一旦有了这样的"或许",罗宝田会在第一时间通知负责卫生整洁的人来处理,他从来就不允许游客在他之前看到水花生或者垃圾:碧水东罗永远是整洁和理想的模样。

其实这样的"或许"很少发生。

因为罗宝田书记太顶真了。

头雁带对方向,群雁才能振翅高飞。大家已习惯了领头雁罗宝田书记的工作风格,工作都特别认真,"或许"的事情很少发生。

沿村巡视一遍之后,罗宝田会到村里的党群服务站签到。

他总是村干部签到簿上的第一人。

东罗村户籍上有1500多人,现在居住在村里的有400多口人。人口结构是老人多,小孩多,但就是这样的人口结构,还是有许多难啃的"骨头"。在村庄建设的统筹发展中,有几处违建需要他出面去处理。还有上访的几家思想工作要做。这几家上访户的理由也是"幸福的苦恼"。原来是嫌弃东罗村偏僻和落后,就把户口迁出了。等到东罗村发展了,又想把迁出去的户口迁回来。这几家的迁出和迁回其实都有更深层的诉求,那就是一旦户口迁回,他们就需要建房的房基。这比处理村庄统筹发展中的违建更棘手,他得上门一一做工作,讲清政策,解决他们内心的疙瘩。

村民们就喜欢听他讲政策。

罗宝田讲政策总是将心比心,因为公正,因为贴心,很多缠人棘手的事情都顺利化解了。

等上访工作做完了,他会回家,给自己下一碗面条。

他中午从来不休息,因为这两年的疫情防控,他每天中午都主动去卡口替班,卡口的事一点也不能松懈。

中午从卡口回到党群服务站,罗宝田会去村里的"初心馆"坐一个小时,这是他的自我学习时间。

党中央决定的乡村振兴目标鼓舞人心,催人奋进。

全面实施乡村振兴战略的深度、广度、难度,都不亚于脱贫攻坚。

到2035年,乡村振兴取得决定性进展,基本实现农业农村现代化。

到2050年,乡村全面振兴,农业强、农村美、农民富的目标全面实现。

这是他在这个中午在笔记本上抄下的三行战鼓般的话。

空心村的"蝶变"

勤劳、踏实、钻研,这是乡亲们为罗宝田总结的三大优点。

从小看老,罗宝田没有辜负大家的眼光。高中毕业后,自学成才的罗宝田考上了农村电工。做了9年电工之后,他开始拓展思路,先后办了两个效益不错的厂。一个是粮食加工厂,一个是橡胶制品厂。

本来他以为自己会在生产经营这条路上很顺利地走下去,他的家人也这样认为,生活无忧,幸福美满。

乡亲们没忘记这个高大敦实、人缘好的罗宝田。

东罗村位处江淮之间,是里下河腹地,河汊纵横交织,湖荡星罗棋布,但公路交通没有发展之前,这恰恰成了发展的障碍。

东罗村是有名的光棍村。

当年的东罗社员每人每月只分9斤稻,一家三口18斤稻,粮食短缺,只能靠吃皮糠、水草充饥,条件较好的时期才能吃上大白菜、胡萝卜代米饭。

再后来公路交通发展了,东罗村有了很大的发展,但由于农业生产缺乏吸引力,很多劳动力流到城市里了,整个农村缺乏活力,村庄格局缺乏协调性,成了非常典型的"空心村"。

2007年,组织和乡亲们都不约而同地想到了罗宝田,想请他回村当东罗村发展的领头雁。

罗宝田面临着人生的大选择。

但他的内心很想接受这样的挑战。

不过困难还是有的,第一,是两个厂的发展,如果答应回村里,那就得忍心放弃经营了这么多年的厂子。第二,爱人不希望他辛劳,做村支书的辛苦要远远高于经营两个厂。

忍痛放弃两个厂,他是可以决定的。爱人的工作是老丈人做通的。老丈人是共产党员,坚决支持女婿出山,做东罗村的领头雁,做东罗村村民的贴心人。

2007年7月,罗宝田当选为新一任东罗村的村支书。

当时,附近东旺的千垛菜花景区正在兴起,东罗离菜花景区很近,景区一旦兴盛起来,东罗就是它的大后方,到时村民可以在家办民宿、农家乐。而猪圈、露地粪坑等严重影响环境,游客怎么会来?况且村民也需要整洁的环境。

荒废的猪塘、露天粪坑、陈年的草堆塘,不好看,也不卫生,像陈年的疮疤遍布东罗村。从公路进东罗村,根本没有一条像样的通村道路,不方便,也阻碍村庄的发展。

为解决环境整治需要的经费问题,罗宝田三次召开村干部、党员、村民代表会议,达成了整治环境的共识。

所以,新班子的第一场攻坚战是整治三塘:猪塘、粪坑、草堆塘。

但这样的攻坚战对于村民是第一次,对于村干部也是第一次。虽然说猪塘、粪坑、草堆塘这些是"鸡肋",但一家村民也不愿意主动拆除。

罗宝田亮出了三大招。

第一,亮出了各家宅基地的区域,这一招是为了证明,每家村民的猪塘、粪坑、草堆塘均占用了集体的土地,拆除完全是正确的。

第二,村干部家,包括自己家,带头拆除。罗宝田说到做到,他带头平掉自家的猪塘、灰堆塘,填掉粪坑。

第三,带头建。连夜带领干部修建起既卫生又干净的水公厕。

就这样,边拆边建,所有的不好看也不卫生的猪塘、粪坑、草堆塘全部填没了。没有一起冲突,也没有一起上访,14座方便村民,也改变村庄形象的水冲厕建设起来了。

后来,村里在提前建好14座水冲厕所的基础上,将所有猪圈、露地粪坑公地收回,拆除了所有违规建筑,然后规划成房基,从而获得了30多万元收入。

由于整治有力,东罗村还获得泰州市首批新农村环境整治一等奖,奖金30万元。这样,就有了修筑村庄主街道的经费。

罗宝田和他的班子决定铺设东罗村的中心路,这是一条通向公路的大道,北部的20多家的房子需要拆干净,否则一条笔直的中心路就是锯子口。

这又是一场硬仗。

需要一家一家地做工作,有些村民的工作好做,有些村民需要反复上门做工作,好在罗宝田和一班人一起努力,把每项工作都前前后后想十几遍,找到最佳方案。比如罗发星家如果拆了,他没有砌新房子的实力,10多口人住什么地方?后来还是老支书晏中元打听到,同村的罗宝泉家有房子要卖,房子前后进,价格也适中,正好可以解决罗发星家的拆迁问题。

一条宽敞笔直的中心路就这样出现在东罗村。

偏僻的东罗村终于气血畅通了。

著名的"空心村",正在慢慢发生蝶变。

对于这次蝶变,罗宝田在他的笔记本上这样写道:

一场战斗的取胜,需要天时、地利、人和。

"天时地利人和"这六字中,"天时""地利"很重要,但"人和"最重要。

喜鹊报喜春天来

早起的人,总是与同样喜欢早起的喜鹊相遇。

东罗村的喜鹊几乎都"认识"了每天早起、走路风风火火的高个男子汉。每次见到罗书记,那些喜鹊总是喜欢对他叽叽喳喳地叫。

这是喜鹊在向他报喜呢!

刚刚召开的党的十九大做出了一项重大的决战部署:实施乡村振兴战略。

实现乡村振兴,这是决胜全面建成小康社会,全面建设社会主义现代化强国的重大战略部署,是新时代"三农"工作的总抓手。

机遇只偏爱有准备的人。

2017年6月,已在新农村的建设中实现了蝶变的东罗村迎来了新的发展机遇。东罗村成功入选江苏首批45个特色田园乡村建设试点村。

这是多么难得的机遇啊！

新时代的奇迹就这样出现了。万科企业股份有限公司,国内领先的房地产公司。东罗村,兴化市千垛镇的小村庄。这两个风马牛不相及的名字,最近被乡村振兴这一伟大的战略奇妙地组合在一起了。"国资平台＋社会资本＋村集体经济组织"的运行模式,启动了碧水东罗特色田园乡村建设项目。泰州市兴化国有资产投资控股有限公司负责承担污水处理、强弱电下地、房屋征收、道路建设等基础设施和破旧房屋收储投资。万科集团负责新兴产业开发、村内建筑、景观及部分公共载体的投资,以及项目的设计、工程建设和后期运营管理,村集体通过经济合作社将宅基地及耕地、水面等集体资源通过评估的方式作价入股。

这样的机遇真是千载难逢！

但万科方面最担心的是,项目进场后,作为天下第一难题的房屋征收怎么解决？

按照规划,第一次需要拆迁的人家就多达69户。

这69户人家,基本上都是已建好的房子,尤其是很多人家的新房子都建设在湖边。

但为了抓住东罗村千年难遇的机会,也为了东罗村美好的未来,罗宝田表示,肯定不是难题,他一定能够如期完成。

罗宝田和镇政府干部一起,把乡镇干部、村干部、党员、志愿者组成6个工作组,各部门密切配合,采用了"白＋黑,5＋2"的工作模式,大小工作亲自抓,并多次邀请老党员、老干部、老长辈等"三老"和村民代表为乡村建设献言献策,在房屋拆迁、隙地丈量、收藏赔偿等工作中,起早带晚逐户洽谈,有时候一户要跑20多次,宣传房屋征收政策,宣传特色田园乡村建设的美好前景。

69户,在不到20天的时间里,房屋征收难题就迎刃而解。没有发生一起闹心的事,没有发生一起上访的事。

这就是令人惊喜的"东罗速度"！

在这样的"东罗速度"后面,是罗宝田每天仅仅4个多小时的睡眠。

爱人怕他吃不消，但罗宝田说一想到蓝图上的东罗村，那是如诗如画的东罗村，他就有着用不完的力量。

除了作为民宿区的69家房子拆迁，雨污管网改造、明线入地改造等工程也都在如火如荼地推进。

"这是功在千秋的大喜事，我们必须拧成一股绳。"

这是罗宝田回答记者的心里话。

沐浴在"大喜事"东风下的东罗村很快就有了质的变化。村庄400多套老庄台民宅与150套新区建房并存，古村风格与现代农村气息和谐交融。

建于1953年的东罗大礼堂曾是当地"文化地标"，多年来早已破败不堪。按照修旧如旧的原则，对东罗大礼堂开展内外整修，墙砖用的是过去的红砖，大门上方的五角星、太阳光芒及三面红旗，都是原有格局。

为了留住乡愁记忆，东罗大礼堂被改造成"东罗秋实——兴化乡村发展展览馆"。为了征集展品，万科团队在乡间四处搜集20世纪50年代的老照片、农耕工具、生活工具等，团队甚至复原了过去的土夯茅草房。

东罗村还新建了一条文化创意街区。一些有特长的村民被请到街区开起了特色店，经营的项目包括酿酒、编织、做小吃等。

大力进行"厕所革命"，采取"政府补贴一部分，万科资助一部分，村民承担一部分"的模式，户均投入6000元左右，建造集成式卫浴设施，解决居民上厕所和洗澡难的问题。彻底改造出新村中河道，将河道清淤，两岸种植生态水草，重建小桥。补齐生态短板，打造宜居宜游农家环境。

24间民宿更是平旺湖边24颗璀璨的明珠。

独具苏中风貌的特色田园乡村就这样揭开了美丽的面纱。东罗村村庄面貌迅速改观，基础设施不断完善，垛田观光、渔村体验、互动游乐、康养度假等产品相继推出，它逐渐从一个依赖农业的里下河普通乡村，发展成为集旅游、休闲于一体，三产融合发展的魅力乡村。

游客慕名蜂拥而来，他们和枝头的喜鹊一样，每天都带给早起的罗宝田不一样的喜讯。

碧波荡漾平旺湖

"空心村"占比最多的劳动力是老弱病残。

这是无法出去务工,也没有富起来的老弱病残。

罗宝田从来没有忘记他们。

他决定带队去东台富安考察,引进让农业增效、农民增收的养蚕业,劳动强度不大,而且不需要离开家乡。

他在村庄的北部划出了100亩蚕桑地,这是由中国残疾人联合会扶持的项目,利用兴罗蚕桑专业合作社成立残疾人扶贫基地,为扶贫帮困创造条件,使弱势群体真正感受到组织的温暖,使他们自强自立,用实际行动践行共同致富政策。

拖着左腿走路的刘春平,因为养蚕终于挺起了胸脯。令他重拾信心的底气,源自罗宝田帮他们创建的蚕桑合作社。刘春平说,他养蚕基本上做的是技术指导,他的哥哥、嫂嫂一家子也参与进来,帮着他做具体的事。他一季养蚕20张纸,是合作社里的大户。一年养蚕收入在12万元左右。像刘春平这样的残疾人家庭全村有9户。

罗宝田说,为了不让残疾人在致富路上落下,他流转40亩位于村庄北侧的农田,创办了东罗蚕桑合作社,自任合作社理事长。从此9户残疾人家庭有了致富方向。罗宝田通过上级扶持资金,栽好桑树,帮每户建了养蚕室,然后根据各家庭劳力情况分配蚕桑地。为让他们养好蚕,罗宝田还请来兴化蚕桑指导站技术员跟踪指导。

刘春平说,自2008年开始养蚕,罗支书一直操着心,尤其在蚕"上山"的一周最忙的时段,他亲自带着村干部及家人,帮助采摘桑叶,在蚕室值班。

为增加残疾家庭养蚕收入,罗宝田在蚕桑指导站的指导下,又升级了蚕桑树品种,使原来不结桑葚的蚕桑一年结两季桑葚。

事实证明,罗宝田的眼光非常准,这个项目带动辐射全镇范围内残疾人53人,全年养蚕600张,年创收入60万元,每户平均收入1万元以上,达到了脱贫目的。

为了探索一条"建基地、创特色、树品牌、产业化"合作社发展之路,罗宝田把项目招商和人才招引相并举,鼓励和引导种养大户成立专业合作社和家庭农场。合作社发展需要土地流转。全村共有土地2239亩,合作社需要流转土地1800多亩。因为前期有流转土地的标准,为了顺利完成流转,而且不让村民的利益受损,智慧的罗宝田采用了十年三三四的计算方式,十年中的前一个三年是每亩700元。第二个三年是每亩800元。最后的四年是每亩900元,正好平均每亩830元。流转后的劳动力,除自己外出打工外,其余根据各人实际情况全部转移到村企业,或专业合作社的农副生产上。65岁以下的农民每人每年都可以拿到1万元以上的工资,实现了人人有班上,个个有事做,人尽其用。

东罗村还将18.49亩的2宗地块以540万作价入股合资公司——兴化市万兴商业管理有限公司,整个合资公司里就正式有了村集体的一个股东,村民今年就可以通过村集体持股享受入股分红,大约有8万元。村民除了村集体经营收益、闲置房屋入股分红,还可以获得从事旅游、餐饮、民宿等行业的劳务性收入。

1965年出生的村民罗春义种过田养过鱼,但都没赚到钱。后来手中的3亩地流转了。现在在家门口打工,他的爱人姜春英是做家宴的厨师。同时他们家还负责五缘民宿的晚宴食材,姜春英能吃苦,还挖掘出了游客现场体验拔菜的旅游小项目,挣的钱比过去要多上十几倍。

"过去羡慕城市人,现在轮到城里人羡慕乡下人了。"

这是罗春义的心里话。

每年兴化菜花节期间,东罗村的村民食堂和耘朵民宿日平均接待游客约800人次。旅游收入可达1430万元,其中餐饮收入136万元,民宿收入94万元。除万科经营的耘朵高端名宿外,东罗村还有本地农家房改造的民宿37间,每间的房价在200~600元,旅游收入45万元左右。

> 村庄环境美起来,
> 村级集体富起来,
> 村民腰包鼓起来。

万科还与台湾知名农业推广团队进行东罗村农业品牌合作，推出全新的特色农业品牌"八十八仓"。八十八，就是米的意思。碧波荡漾的平旺湖水孕育的大米，晶莹剔透、芳香四溢，像东罗村人的心情。

2018年6月21日，国务院关于同意设立"中国农民丰收节"的批复发布。同意自2018年起，将每年农历秋分设立为"中国农民丰收节"。

根据农业农村部通知，首届江苏·碧水东罗农民丰收节等6个活动，将纳入全国首届"中国农民丰收节"系列活动。一下子进入了国家级的展示，得到喜讯，东罗村沸腾了！

活动方案传来，罗宝田几夜都没睡好。

活动以"全球重要农业文化遗产地"兴化垛田、里下河水乡独有的农业特色为依托，以9—11月为时间经度，以乡村振兴的核心内容为纬线，以农民高度参与为主要特点，多层次、全方位体现产业发展、生态建设、村民风貌和文化传承的实践成果，将开展十一大主题活动，涵盖丰收节、中秋节、国庆节、重阳节和开镰节等与活动相关联的节日："社戏·江淮乡土艺术大赏；味道·东罗村的八十八种美食；花火·水乡垛上演出；诗意·原乡的乡村艺术创作；自然·农事研学游；评选·十大乡贤；家谱·耕读传家；万科·乡村大讲堂；农艺·农业文创设计节；丰收·开镰节；智库·江苏乡村振兴产业发展高峰会。"

2018年9月23日，是东罗村的"大日子"。

"大日子"是村里人对于办大事的说法。

在平旺湖水面上，渔民划着木船，张网捕蟹捕虾，鸬鹚起飞捕鱼。在湖边舞台上，有高难度舞龙灯和板凳龙、女声独唱《悠悠稻米香》、特色民俗表演《骑着毛驴看家乡变化》等。四面而来的16条渔船齐聚舞台，渔船上的船娘纷纷端着盛满丰收果实的花篮走向舞台，也通过中央电视台的新闻节目走向了全国。

这一天，平旺湖碧波荡漾，丰收的锣鼓和村民的笑声在平旺湖面上跳跃，靠水而生的东罗村沉浸在一片节日喜悦的氛围中。

水光潋滟晴方好

有了摇钱树,留得下本地的喜鹊,也引得飞出去的喜鹊再回来。

1996年出生的卜玥,是标准的兴化城人,她是江苏省旅游职业学院毕业的高才生。2017年年底来东罗实习,看到东罗村有如此美好的未来,就决定留下来,成为万科运营专员。她接待过很多外国记者,也接待过老将军陈炳德。

乡村振兴离不开人才,一批又一批年轻人返乡创业,就像飞回东罗村的喜鹊。

长得颇像电影明星陈小春的年轻人罗忠瑶,1993年出生。原来跟着父母在广东韶关广东华美达公司工作。2019年春天清明节回来,他看到万科公司"耘朵民宿前台主管"招聘信息,工作地点就在老家东罗村,报名应聘成功后,他果断辞去了广东的工作,回村工作。

1984年出生的罗中坤,原来在苏州越溪做包子,生意很不错,后来看到东罗村的发展后,赶紧返乡,同时用打工赚的钱买下了原来的村部,建成了东罗村最大的伍缘超市。除了超市,他还承包了万科耘朵民宿的食材供应,同时还有自己的民宿,16个房间的民宿几乎每天都是满额,年收入相当可观。

1991年出生的罗国康,原来在城里的电商产业园做电商。2021年返乡,在"拼多多"上卖千岛园。后来又在"抖音"上卖乡亲们的黏子玉米,3000多单,一单8根,一下子就卖脱销了。后来他又成功卖出了东罗村的龙香芋、紫山芋、菱角、荷藕,东罗村的金字招牌在微商这个行业越来越响亮。

在所有的返乡创业的乡村振兴人才中,最具代表性的是1974年出生的企业家戴香莲。她创立的"大地蓝"品牌是驰名商标,效益相当好,但她看到了家乡东罗的前景,开始返乡创立水韵蓝桥文化园,这是工业旅游的项目。其中,她的桑葚文化产品和丝绸产品极具创造性。

因为东罗村的桑葚面积越来越大,她决定在桑葚文化的工业旅游中,加入桑葚果、桑叶茶、桑叶酒,同时准备把千垛菜花的花海之美变成蚕丝被、丝巾上的图案。

"把最好的风景带回家。"

"把东罗的风景做成丝巾。"

戴香莲,这位东罗村走出去的骄傲女儿,因此成了"江苏最美人物"。

东罗村另一个入选"江苏最美人物"的人,是东罗村的好儿子:罗宝田。

如果说乡村振兴是全国一盘棋,探索出乡村振兴"东罗模式"的罗宝田就是国家战略棋盘上的"马前卒"!

随着乡村振兴战略深入实施,东罗村必将迎来更广阔的发展空间。

为了东罗村更加美好的未来,罗宝田依旧需要奋战,他的面前是同样需要付出智慧和汗水的碧水东罗项目二期工程。

罗宝田的笔记本(部分摘抄)

今天上午我再次邀请江海鹏老板前往沈学军家中再做工作,希望他能够以舅舅的面子说服沈学军,同意搬迁,可是江海鹏一上午苦口婆心的劝导后,还是无功而返。中午陈镇长重新调整工作思路,抽调镇相关单位负责人成立工作小组,划分两个工作小组轮流与沈学军父子进行思想沟通。19:30分由瞿如俊镇长带队又一次上门工作,虽给足了政策,加足了优惠条件,可沈学军父子还是不肯配合。

今天我们召集全体党员、议事代表召开了会议,会议就特色田园乡村建设一年多的时间我村取得的变化,以及给老百姓带来的实惠做了介绍,同时对72户拆迁户及各户的安置情况向广大村民做了通报、说明,也对沈学军父子两户拒不配合所提条件做了说明,会上党员、群众、代表成立了三个工作小组,并在每个小组合理分配几名去给沈学军父子做思想工作,力争用政策宣传打动沈学军父子,用亲情、友情感化他们的心灵,确保工作取得实效。

19:30 镇工作组又连番进行工作。

21:00 陈镇长主持召开了工作进展汇报会。

今天早上我走在村庄大路上准备前往村部上班,有群众向我反映了一个问题,老年意外保险,有些村民不愿接受,特别是老年人一听"交钱"就反感,说话也急了。听到如此一说,我立即改变了工作安排。早上先走访了几户农户,当走进沈金喜家时,一开始我并没有提保险一事,只是和老沈拉家常、聊农事、聊他们的孩子。我对他说:"老沈啊,你儿子很有出息,常年在上海打工,你也到了该享受的年纪了。"一句话说得老沈心里美滋滋的,脸上也露出了笑容,近一个小时的闲聊,终于让老沈打开心防。我开始细致地向他介绍养老保险政策,告诉他如果办理了养老保险后出现什么意外就有了保障,同时也减轻了子女的负担等,话还没说完,老沈就冲进屋里喊:"老伴,拿200元钱,让我上村部把老人意外保险交一下。"

老沈的事解决,我心里松了口气。这件事也让我明白了,基层干部要善于和群众"谈心",只要心交心,农村工作就好开展。

而后我又以同样的方法走访了几位老人,都取得了满意的效果。

今天又是星期日,按照计划安排,我要走访结对帮扶的几个贫困户。

我走访的第一户是"五保户"徐友珍家。他家旧瓦房里凌乱地摆了几件破旧桌椅,杂乱的木板床上,徐友珍倚坐着。见我进来准备起身,我连忙走过去,示意他躺下就好。徐友珍年近七旬,无儿无女,很不幸又中风,看病虽花了一大笔钱,但"五保"报销比例很好,自己也能承受,尽管如此,也已花尽积蓄。他看到我进来,非常激动,招呼我坐下,眼里饱含泪水,向我述说了他的病情和家里的困难,不知道今后怎么活下去。经过我一番开导,徐友珍擦干泪水说:"相信政府不会抛弃我们不顾的,政府给我办理了'五保',我很感激,你今天来看我,说明政府是关心我的,我会打起精神,好好面对生活。"

第二户是建档立卡户罗春龙家。走进家中,除了一台彩色电视机,几乎没有什么电器设备,更不用说家具之类的,只有一张正对门的八仙桌,桌面整齐干净,他端坐在门边上,眼睛注视着门外。

罗春龙80多岁,患有哮喘、心脏病、高血压等疾病,有一个女儿常年在外打工。我就着他坐下来与他聊天,我知道他想着在外务工的孩子,像所有的父母一样期盼着自己的孩子好好的。我起身走的时候,他嘴里念叨的依旧是他的孩子。当他听到我要走的时候,一个劲地对我说"共产党的政策好"。

下午我又走访了几户村民,他们除了一个劲地说政策好,让我记得最深的一句话就是"现在政策已经很好了,我们每月能领到上百大几十块钱。只要不生病,我们能照顾好自己,不给政府添麻烦"。多么简单而朴实的语言。其实他们要求并不高,只是希望多点人情的温暖。

今天上午,溱潼镇的镇村干部参观了我村人居环境整治工作情况,在整个参观过程中,虽然我村的整体形象得到了参观者的一致赞同和肯定,但在陪同过程中,我与溱潼镇的领导们相互探讨了工作经验,我深深感觉到我们还有很多不足之处,特别是水岸坡面不够整洁,水环境整理虽已到位但坡面整治还需用功。

下午参加了镇人居环境整治的"百日会战"行动动员大会,会上陈永松主任做了动员报告,观看了各村脏、乱、差的情况图片,找准了问题所在,拿出整改措施,各村负责人做了表态发言,贺书记、朱书记分别做了工作分工布置动员讲话,要求我们统一思想认识,找准问题所在,确保"百日会战"取得全面胜利。

19:30召开了全体村干部会议,对全村人居环境再提升做了动员,并分工布置了相关工作。

① 水环境提升、坡岸整治。

② 村庄环境保洁、墙面刷白出新。

③ 农杂船清理。

④ 一号水路码头建设。

⑤ 危桥拆除。

⑥ 沈学军家拆迁工作。

下午召开了环境整治工作会议,要求各村责任区要制订切实可行的行动方案,围绕既定目标,采取"两个结合"的方法将环境整治与土地复垦结合起来,并重点落实布置了当天工作:防汛准备、河长制河道岸边违建拆除、高标准良田建设。

晚上又上沈学军家做工作,直至24时回家休息。

今天上午,沿着果园两机耕大道在东罗回头走了一圈,首先查看了大小河道的环境,总体情况还算不错,河面没有杂草杂物,唯有走至五组生产河道,看到蟹塘污水连带水草直接往河里排放,河水已被严重污染。我走进看护小屋与蟹塘塘主进行沟通对接,要求他们停止排污,同时对已排放的水草进行全面打捞。蟹塘塘主立即表示同意整改,并马上执行。随后走到农户江兴仁、沈开来的田头与他们进行交谈,查看了小麦、油菜的长势,告诉他们加强后期田间管理至关重要,特别是对清沟理墒防水渍,防后期病虫害、赤霉病、白松病、蚜虫等,确保生产稳产等知识进行了说明与分析。

今天早上,我随地走访了几位保洁人员,发现罗开太扫地不够用心、马虎应付,随即与其进行沟通谈话,询问原因才知道,原来罗开太的老伴身体不好,在缸顾卫生院住院而子女又不在家,但自己的工作又不能不做,想快一点结束去医院服侍病人。我听后,首先对他的敬业精神进行了表扬,同时也对他进行了批评。我说:"你有困难应该告诉我们村干部帮你解决,因为村庄环境的好坏代表的是我们东罗村的形象,你若告诉我们,我们会帮你解决困难的,老人的身体很重要,你现在立即停止手中的工作,我会临时找个人代替你几天,不会扣你工资的,你安心去医院,直至老伴康复出院。"罗开太听后很是感动。而后又与沈开宝、江康仁等人进行了交接,并对他们认真负责的行为加以表扬。

今天,垛田街道人大代表到我村观摩特色田园乡村建设,而后是省农委、农业技能培训班100多位学员参观了解特色田园乡村建设及高效农业发展情况,并走进千岛园专业合作社与罗保全社长进行了交谈,了解合作社发展情况,建议他们放宽思路、着眼未来,打造绿色生态旅游、观光、休闲、娱乐、采摘、度假一体化的农业生态观光景区。

下午,工作组集中开会商量工作方案。

晚上,再次到沈学军家做工作直至12:30分回家。连日来的工作已初有成效,与沈学军约好明天继续谈。

一大早,我与工作组同志又一起到沈学军家中,再次做思想工作。经过反复交谈,认真沟通,最终沈学军父子答应下午签订拆迁协议。

下午,配合房屋征收组同志,同沈学军父子签订拆迁协议。

晚上召开了全体村干部、党员、群众代表会议,对拆迁工作进行了布置。村干部分成两组,配6辆三轮车。将沈学军的家具等搬移,准备让房。

今天一大早,我便召集了所有村干部按照昨天晚上的分工布置对沈学军家进行了搬迁让房。由罗春林、罗金泉各带一组,共配6辆电三轮,每组12人进行搬移,到18:00两户全部搬清,沈殿元一户顶莲瓦拆除结束。

上午,接待省委党校、泰州党校、兴化党校一行及2018届研究生50多人,调研东罗特色田园乡村建设。

领导们说:"东罗村特色田园乡村建设在没有改变乡村风情、风貌和风味的前提下,保存了东罗村'不可复制的美丽',东罗村作为乡村振兴的代表,让我们感受到农村人居环境整治行动的成果,感受到农耕文化的传承,以及乡村治理体系和治理理念的提升。"

我说:"我们如今的成绩离不开党员的带头和群众的理解,不管是什么项目,要先和村两委会商量,然后召开村民代表大会讨论,由于充分尊重村民意见,我们村近年来没有出现一起上访事件。"

下午为安全起见,本人现场指挥挖机拆除沈殿元房屋,直至完全清除。

上午,检查"九庄圩"东罗段发现,沈金宝前茔头大圩口太低需加土加固,罗保生巷道一处下水道水管直通圩外处堵塞,大泾沟大桥两侧存在两处缺口,脱水厂北净化池出水口直通圩外。10:30分回村部召集村干部立即分工落实,三天之内必须全部整改到位,完成任务。

下午又检查了高标准良田机耕路浇筑情况,发现几处存在质量问题,有裂纹缝,并立即通知监理单位、施工单位整改,加大质量管理力度,确保为民办实事、办好、办实。

上午组织部分村民对村庄环境进行整治，劳用杂工42人，对全村全方位进行了清理，清除了巷道内常年堆积的杂物、木材及建筑垃圾。对水环境进行全面清理，打捞水花生及水上漂浮物50多船。"双禁"值班人员日夜上岗，确保无一处火点。

徐连兄今年80多岁，平时靠低保金维持生活，所住房子是10多年前搭建的草棚，仅20平方米，随时有倒塌的危险，我一直放在心上。今年年初考虑到该户是贫困户，我们开通了绿色通道，及时帮助他申报了农村危房改造，通过询价施工，今天与瓦工对接协调达成一致，全部交由陈开道负责拆除清理，共花费2.2万元，在验收合格后付款，所有建筑费用不需徐连兄拿一分钱，全部由村负担，这样我也了却了一个堆积在心中的心思。

一汪碧水润东罗

东罗村出名了，村里有许多人也跟着出名了。

比如，喜欢画画和摄影的晏中和。村里的壁画《梦里水乡》是他画的，网站上的东罗照片是他拍摄的，他真正"成名"的是在2019年的丰收节上，他表演了一个特别节目。

一边唱歌，一边写空心字。

晏中和唱的歌曲是按照韩红的《家乡》的曲调重新填词的，歌词是他用了一个晚上写成的。

我的家乡
在碧水东罗
前面有个平旺湖
平旺湖里鱼虾多
那是因为生态真不错
东边有个千垛菜花
千垛菜花名扬天下
西边有个水上森林

水上森林也相当出名
噢来吧来吧快来吧
来到东罗看看吧
东罗是个好地方
碧水东罗真漂亮

我的家乡
在千垛东罗
村边有个大公路
大公路叫千垛美路
两边风景不用多说
村民家家住着别墅
人居环境越来越酷
后有农田还有果园
生活美满开心洒脱
噢来吧来吧快来吧
来到东罗旅游吧
碧水东罗好地方
如诗如画好风光

  这是晏中和的"高光时刻",他一边唱歌,一边写空心字,这行空心字他在心里练习了很久很久,是掏心窝子的话。
  一共五个字:
  "永远跟党走。"
  当晏中和把写好的这行字展现出来的时候,在场的村民们爆发出经久不息的掌声,而平旺湖把这些掌声全部"录"下来了。
  与"碧水东罗"天生"一对"的罗宝田书记也看到了,他眼眶一热,抹掉,再看湖面上的太阳,湖面上出现了一道美丽的彩虹呢!

延续历史文脉,塑造城市灵魂

——南京颐和路历史文化街区漫步

育 邦

> 窗外的环岛里,有个半圆形建筑。
> 据记载,它最早是圆形的,后来,
> 修江苏路时劈掉了一半,
> 那劈开的地方变成了它的前脸。
> 每天,它望着马路,望着自己的另一半消失的地方。
> 时间中总有暴力出没,它抢劫,且从不归还。
> 柔情只给予剩下的东西,直到
> 半圆变得完美,悖论变得完美;招牌
> 变黄,变黑,曾经的未来变得像个古董。
>
> ——胡弦《经过:从秦淮河到颐和路》

如果你偶然来到颐和路

时间的暴力曾经摧毁美与柔情,但令人惊奇的是,一种长久存在的对于美学和艺术的热忱会驱使人们修复这些业已残破的记忆,展示艺术、人性与美学的强大力量。南京颐和路历史文化街区的再生保护和利用就是一个明证。

长期以来,我国大量的古建筑、近现代历史建筑及部分文物保护建筑的保护陷入一个进退维谷的困境:一方面各级政府的保护资金捉襟见肘,限制了建筑的保护力度;另一方面部分已修缮的文物保护建筑因为维护、使用不当,需要二次乃至三次修缮,客观上加重了历史建筑保护的负担。老街巷,承载着一座城市的历史记忆与人文积淀,塑造着一座城市的灵魂。一座没有老街巷与旧建筑的城市,就好似一个失去记忆的人。如何处理好建筑与建筑、人与人、人与建筑这三者之间的关系,挖掘传统建筑本身的历史价值及街巷的原始肌理,在现代城市功能需求的背景下,通过再生利用的理念,进行空间重构,复兴传统街巷是值得我们思考的问题。

2002年以后,随着"历史文化街区"概念的出现与发展,古建筑与仿古建筑仿佛突然间变成了一种时尚,得到了社会各界的关注。然而在古建筑的使用上依然存在各种各样的冲突,不合理使用及古建筑保护状况、经营状况令人忧心。老城区传统建筑的修缮保护,更多的是要将合理的再生与展示陈列等文化运营的方式运用到保护方法中去。

建筑最大的价值在于使用。城市间的古建筑数量众多,且大多数都在实际使用当中,将传统建筑的保护性利用与合适的室内空间展陈结合起来显得极为重要,如何挖掘传统建筑的历史价值,将新的人群及"活化"业态合适地引入传统建筑当中是我们未来研究和践行的重点。

关于历史建筑"合适性使用"及历史街区保护与更新的研究和思考,是指在传统建筑改造设计过程中最大限度地保护现有遗存建筑形态及其构件,在不改变建筑原本风貌的基础上,适度对其进行合理改造(满足其安全性、功能性等),通过设计,提升内外部空间环境、设施的功能和质量,使历史建筑具有实际使用及现代展陈功能。这样既可以保护历史建筑不受损害,又能充分利用其自身价值,推动实现城市的有机更新。

朱自清先生曾言:"逛南京就像逛古董铺子,到处都有些时代侵蚀的遗痕。你可以摩挲,可以凭吊,可以悠然遐想。"隋唐建筑看西安,明清建筑看北京,民国建筑看南京。如果你想在南京看民国建筑,颐和路当然是不二之选。

如果你偶然来到颐和路,你会看到参天的悬铃木,它们收敛了都市里的喧嚣与骚动,那些随处可见的蔷薇和凌霄攀爬在围墙上,肆意开放;一座座深深庭院,一个让人难以置信的寂静街区就展现在你的眼前,恍如隔世,真乃城市山林、世外桃源,别有洞天。除去高大的悬铃木,你也会在路边发现清朗高瘦的青桐,它们就是我们古诗词里的"梧桐",这时你会自然地想起李后主的寂寞——"寂寞梧桐,深院锁清秋",想起李易安的闲愁——"梧桐更兼细雨,到黄昏、点点滴滴"。如果说中山陵、总统府、夫子庙是"抛头露面"的"交际花",那么颐和路历史文化街区更像"养在深闺"中的"大小姐"。

  颐和路历史文化街区东至宁海路,西至西康路,南至北京西路,北至江苏路,总占地面积约35.19公顷。2014年年底,继午门、外滩18号等项目之后,联合国教科文组织将中国第15个亚太地区文化遗产奖颁给了颐和路公馆区,这是一份实至名归的荣誉。2015年,颐和路历史文化街区成为住房和城乡建设部、国家文物局首批公布的30个中国历史文化街区之一,也是规模最大的民国住宅集聚区。街区反映了我国近代城市规划发展史的重要阶段,在全国乃至海外华人中有着较强的政治、经济、文化、历史影响力,它是南京城市灵魂的写照。

一条颐和路,半部民国史

  孙中山先生钟情于南京,他在南京就任中华民国临时大总统,先生去世后也归葬于钟山。南京城处处留下了中山先生的气息,先生的"博爱"思想已经成为南京城市精神和市民精神的象征。他在《建国方略》中盛赞南京城:"三种天工,钟毓一处,在世界之大都市诚难觅此佳境也。"

  其实在1927年南京成为国民政府"首都"之际,整座城市依然是"水不清,灯不明,路不平",破败不堪。1928年,国民政府成立了"首都建设委员会",蒋介石任"主席",孙科和孔祥熙任"主任"。委员会聘请了美国建筑师墨菲、古力冶为建筑顾问,清华留美学生吕彦直(中山陵的设计者)为助手,共同主持制订了《"首都"计划》。该计划的序言中明确了"首都"的功能定位,从城市建设的层面上讲,要使南京成为"文化精华之所荟萃",既体现"本诸欧美科学之原则",又要兼顾"吾国美术之优点"。

  1929年12月31日,《"首都"计划》正式公布,颐和路街区是计划确定建设的第一住宅区。到1933年,第一住宅区按计划实施,一批样式新颖、风格别致的花园洋房陆续建成。能进入颐和路街区居住的人,可以说"非富即贵",主要是政府要员和外国使节,因此,这里也被称为颐和路公馆区。

颐和路并不是简单的一条"路",而是错落分布在北京西路、西康路、江苏路、宁海路和宁夏路之间的一幢幢民国风浓郁的小洋房、公馆和别墅。这个片区内道路多用风景名胜命名,颐和路为中轴,琅琊路和牯岭路与其十字相交,赤壁路、珞珈路、灵隐路、天竺路、普陀路、莫干路、宁海路穿插其中,将颐和路公馆区自然分隔成片。

街区分区规划理念在路网格局、街道和风貌特色等方面均同步于当时国际上最为先进的城市规划水平,是近现代城市规划实施的珍贵范例。颐和路作为当时南京重点的建筑区域,除当时的西方主要流派和现代派之外,还形成了新民族形式的建筑风格,造就了百花齐放而又独具特色的民国建筑风貌。街区建筑大多采用两坡屋顶、青色砖砌,风格朴实,造型简洁,实用而不张扬。20世纪30年代,一批欧美留学建筑师归国,一时间各种建筑流派竞相登场,仅在颐和公馆区内,西班牙式、法国孟莎式、英国都铎式、美国乡村别墅式等建筑风格就纷纷亮相。这里不仅成了达官贵人买房置地的首选,也成了"海归"设计师的处女秀场。最终形成了整个颐和路公馆区1700多户宅院,几乎没有两家风格重复的盛况。其中不乏童寯、陆谦受、刘既漂等建筑名家的作品。历经数十载,到1949年片区格局初步形成,街区的基本格局与街巷形态一直保存完好,完整保存了民国时期的风貌。因此,颐和路街区是南京目前留存规模最大的民国时期花园洋房和外国公使馆区,是最具特色的"民国建筑博物馆"。

历来就有"一条颐和路,半部民国史"的说法,这并不夸张。由于相隔时间并不长久,民国时期的资料相当丰富,所以入驻颐和路的达官贵人基本上都是清晰可考的。

可以说,在民国时期,颐和路每天都在上演一幕幕恩怨交错、悲欢离合、爱恨离愁的活剧。

百年颐和,万国风华

历经近百年岁月的洗礼,颐和路街区内很多历史建筑主体结构虽在,但外表残破，室内更是岌岌可危，院落更是"藏而不露"，大量历史资源封闭其中，不是在闲置中荒废，就是用于杂居，凌乱不堪。很多院落，几十年来辗转易主，住户们对房屋肆意进行改造，如私搭乱建、过度拆分等，很多极具特色的结构和设计已被破坏，状况堪忧。

早在1985年前后，南京市规划设计研究院就编制了《颐和路民国公馆区环境整治规划》。随着保护理念的渐进式更新，到2016年已经由原来的"保下来"明确转变为现在的"活起来"，强调活化使用。

根据2017年批复的《颐和路历史文化街区保护和利用专项工作实施规划》，街区共285处院落，其中有264处具有民国风貌，纳入文物及规划部门保护的各类建筑有225处（省级文保3处、市级文保38处、区级文保11处、未定级不可移动文物172处、推荐历史建筑1处），并确定将其中79处院落纳入开放计划。

历史建筑不应长期"养在深闺人未识"，而是要通过活化利用，走进市民生活。2018年，南京市专门成立了街区保护利用工作领导小组，市政府成立了街区总设计师五人小组，鼓楼区政府和安居集团成立了项目现场指挥部，共同构成了街区保护利用工作领导机构。同年安居集团和鼓楼区政府共同出资成立了南京颐和历史建筑保护利用有限公司（以下简称"历保公司"），具体负责街区保护与利用工作，始终遵循保护性开发原则，致力提升功能，贯彻微改造理念，以保护居住功能为核心，部分区域植入文化产业功能，积极响应国家文化发展战略提出的文化保护传承、公共文化服务及文化产业发展的三个层次需求。

根据《历史文化名城名镇名村保护条例》和一些地方性《历史建筑和历史文化街区保护条例》，一般标准化的历史文化街区保护与发展流程包括评估街区价值、特点和存在问题；确定保护范围及保护内容；提出保护范围内的建构筑物和环境要素的分类保护整治要求，并提出改善交通等基础设施、公共服务设施、居住环境的规划方案等，重点强调保护街区的真实性和完整性原则及保护其空间要素，如格局、街巷肌理、尺度和风貌等。规划方首先对颐和路历史文化街区进行了价值研判：一是近现代珍贵的民国氛围展示地，颐和路历史文化街区的道路街巷布局、院落组织和建筑设计样式都较为完整地保留了下来,反映了民国时期的规划思想和特有的时代印记,成为南京市最具特色的民国风貌对外展示名片;二是形制丰富的院落组织模式库,作为当时民国高级住宅区,几乎每栋住宅都保留有完整且富于变化的院落空间组织模式,大大小小院落有上百处,每个院落的布局、尺度、私密性等都考虑得恰到好处,各具特色又不尽相同,围合出不同层级的院落;三是风格独特的民国建筑博物馆,街区的建筑多为西方现代和古典建筑风格,个别建筑外观采用中国传统大屋顶建筑形式,而内部结构、外观材料采用了西方的手法,丰富了中国近现代建筑的形式内容。

2018年,历保公司会同同济大学常青院士团队编制《颐和路历史文化街区复兴计划》。同济大学的常青院士曾成功主持上海外滩源、外滩、东外滩等地段再生规划与设计项目。他认为,"建筑很普通:它是一个为人服务的空间。建筑也很复杂:它不是恣意发挥的艺术,而是科学与艺术、技术与文化的结晶,背后有风土人情、文化习俗、经济社会、生活方式等一整套文明体系"。博士就读于东南大学建筑研究所的常青院士深刻理解颐和路历史文化片区的文化与价值,在他领衔的规划设计中,一以贯之地注入了他对于历史文化建筑再生的情感与人文艺术理念。最终规划团队确立了"百年颐和,万国风华"的复兴目标,对颐和路街区进行提质扩涵,筛选显化历史资源,展示街区国际风范。同时对推动南京历史保护与城市更新工作起着样本示范作用,通过文化复兴、产业创新、空间再生、实施引导4个方面探讨颐和路街区作为南京的标志性历史空间,如何在当前城市发展的背景下,在历史环境再生的语境下,做好"存真"(整旧如故)与"续新"(与古为新)一体两面的共生关系。探索历史建筑新"活"法。颐和路11片区的复兴更新,从一开始关注建筑转变到如今更关注建筑与人的互动。在保留院落文化的同时,清晰梳理慢行步道,形成多个出入通道。修缮老建筑,再造新空间,注入新业态,实现了历史建筑与现代城市融合共生。

颐和路复兴计划以"百年颐和、万国风华"为目标,建设风情休闲旅游区、艺术风尚街区、品质人文社区和南京国际交往中心。既让南京市民感受到城市记忆,也使其成为彰显城市发展活力的窗口。

在保护修缮上,颐和路街区按照"修旧如旧、与古为新"的原则,基于"整体性、真实性、最小干预、可识别、可逆性"的理念,弘扬精益求精的工匠精神,严格按照文物保护工程修缮建设程序开展结构加固、外立面修缮、室内装饰装修、景观绿化提升、设备更新等工作,遵循"留、改、拆、加"4种方式,对建筑内外装饰进行墙面、屋面、室内外门窗、木楼梯、栏杆等历史元素进行重点保护性修复并置入新的功能。既保证街区内院落的历史风貌,又赋予其适应性功能,让历史建筑原貌重现并赋予其新的使用功能,以更好地满足现代生活需求。另外,在建筑改造和景观整饬中,利用一些"补新以新"的修景元素,让街区的节点空间获得传统和当代的反差与张力。

在活化利用上,历保公司通过全球招标方式征集颐和路街区业态策划方案,优选国际房地产顾问"五大行"之一的戴德梁行作为项目业态策划单位,委托其编制了《颐和路历史文化街区业态策划》,划分了"一轴五区"的业态规划格局,确定了街区"保护＋文化＋商业"的运营模式,以此制订了街区业态策划与运营方案。

历保公司与南京古都学会、行业专家等展开合作,一方面,共同对街区的历史文化要素进行深度挖掘,完成了涵盖街区建筑、人文历史等全方位内容的30万字研究成果。另一方面,在街区业态和历史研究基础上,深入挖掘颐和历史文化街区可推广宣传的核心品牌知识产权,已完成《颐和路历史文化街区保护利用品牌建设研究》成果汇编,内容包含对颐和路街区品牌的价值分析、比较研究、建设思路规划和"理想家居""文学""和平""智慧街区"4个核心子品牌的策划方案。

活化利用实施工作中充分发挥街区独特的历史文化价值、优越的区位条件、高品质建筑特色,突破传统招商模式,对每个招商点位量身定做招商方案。在招商中,注重引进品牌的内核价值,关心商业和文化的有机结合,引导品牌主动发挥街区和自身的文化优势与吸引力,以期成为街区文化、城市更新的有机组成部分。民国风貌的建筑群落中自然融入了极具特色的国际化大品牌,高端、艺术、时尚的商业运营引导着人们生活方式的转变,丰富了人们的消费选择,将生活美学、人文底蕴、历史资源和自然哲学融入街区中。

活化利用,不仅让历史文化建筑新了起来,更让历史文化街区"活"了起来,不断融入百姓生活,在提升城市形象的同时,也为社会提供更多高质量的公共活动空间。

从美好蓝图到生动现实

从"纸上谈兵"到"沙场秋点兵",需要克服现实中意想不到的种种困难。颐和路历史文化街区复兴计划同样如此。开发施工部门在此过程中,付出了异乎寻常的艰辛。

南京市颐和路历史文化街区复兴计划首先在11片区展开。工程启动伊始,由历保公司牵头,在简化手续、管线改造和消防创新等工作上都卓有成效,推进顺利。

为加快推进街区11片区保护利用项目建设,考虑到开发建设手续繁杂、审批流程多、周期长等特点,历保公司创新工作思路,通过沟通协调,试以规划意见函容缺替代用地批准手续、建设工程规划方案设计审查意见、建设工程规划许可等要件,以告知承诺制方式容缺开展施工许可等相关建设工程前期手续报批报建工作,有力保障了11片区工程顺利实施并完工。

为解决街区11片区修缮前存在的难题,如未埋设燃气管线需满足餐饮店铺使用要求、消防设施设备用水量较大但给水管径偏小、需增大接入地块的给水管径、街区商业用电较大需扩大用电量等,历保公司积极对接各管线单位、街道、区城管等部门,多次协商论证,研究周边管线路径,尤其在接入燃气管线方面,打破常规接管路径,不断优化创新管线接入方案,克服地块施工难度,以保障街区开街前各管线顺利接通并使用。

针对颐和路街区存在建筑耐火等级低、防火间距不足、给水系统不完善等消防隐患,无法满足现行消防技术标准和规范要求等难点和堵点,历保公司创新思路,在南京市城乡建设委员会指导下开展街区防火安全保障方案的研究和编制,对改造过程中的特殊消防设计进行专项分析研究,形成了具有可行性和指导性的实施方案。该方案以街区面临的消防问题为导向,创造性地提出了街区消防技术保障措施,既补齐了既有建筑活化利用政策和技术短板,又有效打通了既有建筑改造利用项目过程中开展消防设计、办理消防手续的堵点,为今后其他片区消防验收提供了可借鉴的消防政策支撑。

自颐和路街区启动建设工作以来,相继完成了颐和路35号、莫干路2号、赤壁路5号,以及首发示范区11片区的修缮建设和招商运营工作。2021年4月,颐和路35号墨西哥驻中华民国大使馆旧址修缮工程和赤壁路5号民国建筑修缮工程,被南京市文化和旅游局评定为"首届南京市优秀古迹遗址保护工程项目",全市200多项古迹遗址保护工程项目中仅10项入选。2021年7月,颐和路街区成功入选江苏省历史文化保护利用奖补项目,获得1400万元奖补,是南京市三个入选项目中获得奖补数额最大的项目。颐和路街区深挖历史文化底蕴,推动城市品质提升的成功做法,也得到了中央电视台的认可。2022年1月6日,中央电视台《新闻直播间》栏目在报道中指出,颐和路11片区的成功改造,既运用了地区原有的特征文化符号,又引入适配的国际高端及属地特色品牌,赋予了街区全新的功能和空间秩序,塑造了历史与传承、古典与现代、商业与文化相得益彰的一方新天地。

历史文化的复兴不只限于建筑的修复,更在于利用科技的支撑,让颐和路历史文化街区散发光彩。已修缮完成的街区11片区,利用先进的倾斜摄影和GIS(Geographic Information System,地理信息系统)融合技术已完成颐和路街区全域三维模型即数字底座的创建,以及在该数字底座基础上的颐和路街区11片区智慧化建设,包括信息展示和综合管理两大平台的搭建,在技术上立足于利用云计算、物联网、数字孪生等新技术,实现在目标人群中主动感知颐和路的历史人文资源、商业活动等方面的信息,实现各种信息互动,从而达到对各类信息的智能感知、方便利用的效果,通过科技手段向管理方、运营方、公众等不同人群提供街区优质的服务,实现了街区空间数字化、建筑档案信息化、全域管理精细化、城市体验个性化,通过信息展示数字化和综合管理智慧化形成数字颐和与智慧颐和两大子品牌。

夜景照明可让历史文化街区在夜晚依旧生动形象,进一步突出建筑的特点和街区的风貌。照明是表现历史文化街区夜间风貌的主要手段,一方面通过照明突出历史建筑的细节,历史文化街区风貌在夜晚也能得到延续;另一方面可以通过夜景照明激活夜间经济,完善消费链条,打造新都市新消费。颐和路街区11片区照明设计以"百年颐和、博物之夜"为设计理念,旨在呈现出文物级别的建筑照明设计,通过多维度照明、沉浸式体验、智慧照明系统开启颐和路奇妙夜。

风华再现的背后,是一遍遍的衣衫湿透。在街区 11 片区建筑修缮的过程中,从业工作者发现宁海路 46 号建筑的外立面已在过去遭人为损毁并用水泥砂浆涂刷,严重改变了建筑的原状。他们通过实地勘测、寻访考证,运用专业技术剥除砂浆,还原了建筑清水砖墙面的最初模样。对于墙砖破损严重的予以更换,老化的予以修补,修补后采用文物保护建筑专用勾缝剂重新勾缝,一道一道细致入微地涂抹进砖与砖之间。除此之外,也对墙体下半部分高约 1 米的水刷石墙面进行了修复。在墙体涂抹一层掺杂了碎石子的水泥,稍后再用水轻轻冲掉,墙面露出石子,便与其他保存完好的水刷石墙面一样了。"文物建筑修缮是个细活,是要按照传统的工艺,恢复建筑原来的风貌,所以工人们做的都是绣花功夫。"历保公司的高青松总经理对我说。还有很多的工作者奋战在室内,虽然没有阳光,却像是走进了一个蒸房。他们用一根细棍子样的工具,蘸一点勾缝剂,就抹一点在墙砖之间。一会儿横着抹,一会儿竖着抹,如同作画一般。为尽早完成修缮保护任务,工作者们加班加点,顶高温冒酷暑,衣衫汗湿热情不减,街区的蜕变离不开历保匠人的艰辛付出。

我们常说的"工匠精神"在颐和路 11 片区的再生工程中得到了淋漓尽致的体现。历史建筑的保护修缮与高楼大厦的新建截然不同,虽不及那般庞大的体量,但需倾尽全力,用工匠精神再塑历史风貌并融合现代审美。街区近代建筑大多为砖木结构,由于年久失修,门窗、楼梯和楼面格栅梁都有不同程度的腐蚀。11 片区内多幢建筑木结构修复由手工木作大师马小明领衔担纲,耗时数月方才完成。马小明曾参与明城墙挹江门及城楼维修加固工程、夫子庙大成殿工程、灵谷寺志公殿翻修工程等大量重要古建筑的木作修缮,是一位技术高超、经验丰富、要求严格、精益求精的手工木作大师。沿着木楼梯拾级而上至二楼,抬头看楼面格栅梁,均由一块新木搭配一块老木构成。"街区建筑结构修复采用的木材,多采用进口花旗松,在治理病害后予以保留。同时采购新的花旗松,切割成相同样式,运用传统构造技艺制作安装并完成施工。为确保稳固性,横梁与横梁之间,以十字交叉的数十组小木条来支撑。相当于为老建筑做了一次物理康复治疗。"马小明介绍道。木梁修缮结束后,还需还原木质构件色彩并予以保护。工作者站在架子上,把所有木结构的地方全部用刷子上色,之后再用木油反复刷两道才能完工,这样隔绝了木制构件与外界空气、水分、阳光、酸碱液体、昆虫菌类的直接接触,使木制构件增加了耐湿、耐水、耐油、防虫、防腐、防蛀等保护性,从而延长了使用寿命。每当面对着历史建筑和文物,历保匠人们心里都有一种使命感,想倾尽全力让这些建筑还原最初的风貌,蜕变成精品。

在谈及颐和路街区与其他世界著名的历史文化街区的异同点时,高青松总经理如数家珍地对我说:"随着社会的发展,历史街区内的生活环境变得不如从前,对其进行保护与再利用就是为了复兴这个区域,增设新的业态,为这个区域注入新的活力。正如意大利圣母百花大教堂碧提宫历史街区、俄罗斯涅夫斯基大道、德国斯潘道老城、英国伦敦国王十字街、爱尔兰都柏林坦普尔吧及美国贝肯山历史街区等多个世界著名城市历史文化地标一样,颐和路街区的建设保护与再利用同样也具备活化历史区位、恢复城市肌理、保护建筑面貌三大使命。"

我们发现,在颐和路街区修缮与活化过程中,与其他世界历史文化名城几乎遵循着相同的理念。每一处世界著名城市历史文化地标在保护修缮过程中多注重对历史街区内建筑的维护和结构的加固,在建筑细节、装饰、涂料颜色等方面细致考究,对历史建筑破损的部位进行填补和修复,以还原建筑本真。在修复中,新加的构件要与旧的构件明显区分开,尽可能保留建筑的各种细节,使各个时期的建造都能在建筑上体现出来,这样的理念及做法正与颐和路街区"修旧如旧、与古为新"的修缮理念极为相近。每一处世界著名城市历史文化地标都承载了大量历史文化资源及良好的城市功能区位优势,既传递城市文脉,拥有历史记忆,又作为人们生活的真实载体,满足现代物质生活的种种需求。颐和路街区也是如此,街区原有的功能已经无法满足当代生活所需,在环境承载力、交通承载力、商业承载力及公共服务能力等方面都需要进行系统性的优化,以进一步提升街区居民和社会大众的美好生活体验。

在历史文化建筑的修缮和再生过程中,"求同"固然重要,"存异"却更为可贵。

颐和路街区相较其他历史街区,具有鲜明的独特性与属地特征,它作为规模最大的民国住宅集聚区,融汇了东西方建筑风格,体现了中西方建筑同文化的交流、碰撞和融合,体现了那个时期建筑师的积极探索和大力创新,也形成了独特的建筑风格与流派。它不仅具有重要的历史文化价值,还具有独特的审美价值。保护并利用好颐和路街区,填补南京世界级文化活力片区的空白,是完善并发挥好城市独特文化优势的需要。如何"存异"呢?规划和建设部门从三个方面保证其独特性得以张扬。

一是在保护利用过程中重现颐和路街区特有风貌,维持并突出街区建筑"中西合璧"的风貌特征。在街区内传统规划措施的基础上,保留了文保建筑的原有特征,对修缮的建筑增加更多细节性的关注,如清水砖、八角楼、坡屋顶、老虎窗及拉毛墙面等特有风貌。二是在保护利用过程中适当新增与街区历史风貌相协调的风貌建筑、构筑物,弥补公共服务功能的不足,新建风貌建筑的设计从城市、文化、精神、社会、空间、体量、构图、材质等方面综合考虑,具体问题具体分析,用严谨的态度、多元化创新的方法和手法,使新风貌建筑与历史环境真正做到和谐共生。三是在保护利用过程中通过"一轴五区"的业态布局,实现产业赋能,将颐和路街区打造为南京提升国际影响力的"文化客厅",进一步将民国建筑与现代文化充分结合,形成新颖的文化创意,打造独具特色的文化名片,凝聚和吸引公众的目光,进行创造性保护和挖掘利用,创造出经济效益。颐和路历史文化街区致力于用文化激活区域更新,推动产业升级,驱动区域可持续发展。

在时间的河流上

在南京颐和路历史文化街区保护与利用过程中,政府部门(南京市委、市政府,江苏省住房和城乡建设厅,鼓楼区委、区政府,南京市规划和自然资源局等)及其相关的公司(南京市规划设计研究院有限责任公司、安居集团、历保公司等)是主导和推动力量,而常青院士团队、戴德梁行、南京古都学会等都是重要的参与力量。除此之外,还有一些民间团体和学者型建筑设计师参与其中,这其中最为引人注目的就是陈卫新和他的南京观筑历史建筑文化研究院。

数十年来,陈卫新先后主持了颐和路17号、宁海路42号、赤壁路5号、江苏路25号的室内设计,老菜市8号荷兰大使馆展陈设计、江苏路3号颐和公馆黄仁霖故居、颐和公馆16—2梦桐墅的展陈设计。

南京有许多新的文化空间,比如柴门茶社先锋书店五台山店、南京青果文化发展有限公司、赛珍珠故居、民国美大纸行旧址、柴门茶社、宽渡艺文空间、云几茶餐厅、未见山民宿、荷兰驻中华民国大使馆旧址、锦上雅集、停云琴馆等都别具风味,既有传统的历史文化气息,又满足业主单位对于文艺空间的实用诉求。这些项目的背后,都是陈卫新在主理。

不管是先锋书店、"从你的全世界路过",还是青果、云几,似乎都能看到陈卫新对于空间设计独特的见解。他尊重历史,更想要保存记忆。有时候简单朴素,回归纯粹是最能打动人的,比如先锋书店的地下停车场,还有用一本本书垒起的收银台,再比如青果的一面由抽屉门拼接起来的墙,每个抽屉都藏有一个故事,锁着一个秘密。

陈卫新说,所有时间的痕迹都是重要的。我们不是希求穿越回到过去,而是寄希望于见证现在。于是有了如此多震撼的空间,让我们沉浸其中,追寻美好时光和珍藏的记忆。

对于中国传统元素在空间设计中的融入,陈卫新的认知是深刻的,多年来的研究和探索将他所坚持的传统建筑的"合适性"的理念表达至极致。

江苏路25号,吴光杰将军故居,民国公馆之一。吴光杰早年留学德国,曾参加两次世界大战。1935年,吴光杰斥资建成砖木结构西方楼房一幢,平房三幢,占地1051平方米。这座公馆十分考究,青砖建造,梯形屋顶,方方正正的小楼,西南角建成了六边形,稳重而又灵动,这栋建筑历经80多年风吹雨打,仍坚固如初。历史会随时间流逝,但建筑可以打破空间与时间的壁垒,留给世人品味时光韵味。陈卫新遵循"移旧入旧"的原则,将这处民国建筑改造成艺文空间。西式楼房的二楼阳台有一段铁艺栏杆,其铸造工艺是1920年兴起的新艺术运动的延伸。艺文空间的内部陈设也保留着民国风,从一桌一椅,到留声机、吊灯;从民国服装,到民国书籍……都让人感受到浓浓的民国风情。

陈卫新对笔者谈及城市更新时说："城市更新和城市历史文化遗产保护的对象都是已建成的城市地区,因此两者之间存在必然的联系。无论是在需要保护的地区,还是在需要更新的地区,都同时面临保护与更新两个方面的问题。差别只是,在保护地区中,需要受到保护的东西所占的比重较大,而在更新地区,需要更新的东西占了绝大多数。但是,它们的目标都是通过塑造一个富有特色的城市形象,通过改善城市的生活品质,去实现适应并促进城市持续发展的共同目标。"

在时间的河流上,颐和路历史文化街区是凝固的音乐,经过修复与再生,如今更是"活"起来的变奏曲,时而婉约悠远,时而激昂阔大。

乡村如画赛江南

——宿迁市宿城区农房改善纪实

张荣超

4月的苏北平原,气候温和,葱绿遍野,繁花绽放,田畴飘香。驱车前往宿城区采访,我们踏着吐露的青草,迎着和煦的春风,来到负有盛名的耿车镇。一路上错落有致的现代农房像镶嵌在一张望不到边际的水彩画里,树木葱茏,菜花盛开,流水潺潺,一辆辆崭新的轿车行驶在村道上,给人的感觉就如进入了江南小镇。

尊重群众意愿,留住乡音乡愁

宿城区是江苏省13个地级市中"三农"比例最高的主城区、座下区。农村房屋多是建于20世纪八九十年代初的老旧砖瓦房,农村人居环境建设相对落后,农民群众有着改善居住环境的强烈愿望。基于村庄布局零散、基础设施配套困难、公共服务难以有效覆盖等区情实际,2018年9月,省委、省政府启动了苏北农房改善工作。为落实省市部署要求,也为了顺应群众期盼,维护群众利益,切实改善农民群众住房条件,宿城区把农房改善作为推动乡村振兴的龙头工程、民生工程,与人居环境整治、公共空间治理、农业结构调整等统筹谋划,一体推进,成立了农房改善工作指挥部,下设办公室、规划设计和土地保障组、资金保障组、建设监管组、帮办服务组、社会治理和乡风文明建设组、产业发展指导组、督查推进组"一办七组",统筹推进农房改善工作。在充分征求群众意见、充分尊重群众意愿的前提下,重点推进偏远生态环境较差村庄、规划发展村庄,特别是建档立卡农户及不具备抗震条件农户房屋的搬迁改造工作,注重对历史文化名村、传统村落、美丽乡村进行改善提升。

据了解,2018—2021年,宿城区累计改善群众住房1.5万户,实施农房改善项目32个、1万余套,已竣工22个。连续三年考核全市第一、全省优秀,2021年度获省政府农房改善督查激励表彰,群众满意度95%以上,"5+4"监督体系得到省委主要领导肯定,先后创成省级特色田园乡村3个、省市示范项目9个。耿车镇刘圩村获评农业农村部2021年中国美丽休闲乡村、文化和旅游部全国乡村旅游重点村,刘圩、牛角淹等项目建设经验被作为省示范案例推介,央视《新闻直播间》、《人民日报》、《光明日报》、《中国青年报》等主流媒体多次宣传报道。

宿城区牢固树立以人民为中心的发展思想,满足群众需求,充分保障群众权益,尊重群众意愿,这是他们成功的法宝。坚持"大家的事大家商量着办",在要不要改善、怎么样改善、房子怎么建、安置方式怎么选等方面充分尊重群众意愿和权利,村民自己的事情自己做主,发放《意向和去向调查表》近5万份,通过全体村民大会、党员大会等形式充分征求群众对项目选址、房屋户型的意见,并进行多轮公示,让群众选择有余地、挑选有空间。严格按照先申请后实施、先付款后搬迁、先安置后拆除"三先三后"原则,做到搬迁补助安置价格、安置项目及户型、安置流程"三个讲清楚",坚决杜绝"被上楼""被改善"的现象。让利搬迁群众。通过提高搬迁补偿标准和进城入镇奖补、增加提前搬迁奖励等形式,努力把农民需要承担的迁居费用控制在可承受范围。强化兜底保障。将"四类重点人群"兜底保障工作作为农房改善的重中之重,针对不同农户情况,配建人均不超过25平方米、户均70平方米的暖心房,采取优先安置在一楼、共有产权和集中供养等方式进行兜底安置,切实提升搬迁群众获得感。

改善苏北地区农民群众住房条件,是省委、省政府立足苏北实际部署实施的重大民生工程,符合中央要求,顺应群众期盼,形成了以农房改善撬动乡村振兴的良好态势,逐渐探索出了农房改善"宿城模式"。而"宿城模式"的核心理念就是尊重村民的自主选择,自己的事情自己做主。

尊重乡土情结,不搞大拆大建。农村住房改善,不能简单粗暴地沿用城市建设的思维和路径,追求大拆大建。宿城区的理念是:对于满足条件的地方,在科学规划设计的前提下,延续村庄原有自然肌理,延续村民生活习惯,守住记忆,留住乡愁。

丁义录是耿车镇刘圩社区党委书记,他亲历了刘圩村由"垃圾村"到省级特色田园乡村、中国美丽休闲乡村、文化和旅游部全国乡村旅游重点村的转变。他说,宿城区耿车镇刘圩村的改造,正是这个理念的生动体现。"没有大拆大建、没逼百姓上楼、没破坏村庄原貌"的刘圩村静悄悄地赢得一片叫好声。漫步在这个省级特色田园乡村,感受到的不是"千篇一律"的乡村面貌,而是颇具特色的"老味道"——古井老树、小桥流水。随处可见的乡愁印记中,也透出点点现代生机:宽敞整洁的水泥路、带有自动感应功能的水龙头和垃圾分类设施……"一开始听说农房改善,我们村里几位老人都很担心要搬走,在这里生活了一辈子,哪儿舍得走呢!"工作刚启动时村民们有抵触情绪,后来省城乡院规划专家驻村考察,提出了一个"守得住乡土元素、留得住乡愁记忆"的改善方案,彻底打消了村民们的顾虑。

丁书记告诉我们,刘圩村能得到村民认可,关键是做到了三个坚持,首先是坚持生态优先,做精规划设计。邀请高水平规划设计单位,科学编制村庄建设规划,充分尊重村庄原有肌理,强化村庄特色风貌塑造,最大化保留乡村原有田园景观和乡愁记忆。充分利用村庄原有禀赋,沟通南、北两个环状"8"字形天然水圩,保留近60种包括柳树、苦楝、香椿、枣树、槐树等苏北比较常见的乡土树种,建设生态停车场、雨水收集系统、绿化墙,既确保了生活便利,又体现了绿色可持续发展。

坚持尊重民意,做优项目建设。以群众诉求为出发点,以群众满意为着力点,充分尊重农户意愿,对原有质量较好的住房进行改建;对原有住房较差农户,由农户自主选择就地翻建插建或委托代建,并由农户推选代表组成村民质量监督小组参与统规代建住房质量监管,切实保障项目质量。刘圩村310户农户完成了房屋改善工作,其中改建210户、统规代建70户、插建30户。

坚持弘扬传承,做足特色文化。注重传统保护,修缮保护"天圆""地方"两座古井,建设前王老宅乡情馆,充分挖掘历史文化、红色文化、乡贤文化。

加强文化传承,注重对唢呐艺术、刘圩腊编等非物质文化遗产的保护和利用。建设新时代文明实践站,制订《村规民约》,开设"道德大讲堂",布设"人情新风'宿9条'"文化墙,推动生产生活习惯、文明新风同步提升。

精塑农房品质,更好服务群众

一路走来,最大的感受是宿城区把每一处农房都当作艺术品一样去对待,化腐朽为神奇,让脏乱差变成农民理想中的田园风光、水美特色家园,关键还是在"统筹"上下功夫。区级做到统筹政策制定、统筹规划设计、统筹资金筹措、统筹手续办理、统筹建设推进、统筹监督管理"六个统筹",所有项目做到用地手续必须规范齐全、项目建设必须符合城乡规划、施工图纸必须通过审查审批、招投标必须合法合规、施工过程必须严格监管、工程建设必须实行监理、竣工交付必须通过验收、档案资料必须归档、不动产权证必须依法办理、管理队伍建设必须专业化"十个必须",高效推进各项工作,打造群众满意的民心工程、放心工程。探索多元建设模式。坚持因地制宜,镇区农房改善项目以多层带电梯为主,面积在80~120平方米;村庄项目以低层为主,面积在120~140平方米,居住规模严格控制在300户以下,既方便群众生产生活,也有利于社区管理。加强质量安全监管。创新建立五方责任主体,部门监督、专家组巡查、"两代表一委员"监督、村民代表参与的"5+4"质量监督体系,并专门成立区级专家组,每月对农房改善项目巡检不少于两次,对巡查发现的问题现场交办、限期整改、跟踪落实,相关做法得到省、市肯定并推广。强化公共服务配套。坚持把提升群众居住水平和生活品质作为根本,坚决做到公共教育、医疗卫生、健康养老、文化体育、公共交通、市政公用、公共安全、商贸物流、环境保护、政务服务配备"十个到位",切实让搬迁群众充分享受到与时代同步的现代生活,共享改革开放的成果。

房子好不好,适不适合老百姓,也是老百姓自己说了算,现在的老百姓经历了几十年的改革开放,大部分都有外出打工的经历,对外面的世界了解得很多,对现代生活的追求不比城里人差,所以说,老百姓愿不愿意搬,房屋品质好不好很重要。

蔡集镇牛角淹新型农村社区党委书记王武章说,宿城区蔡集镇牛角居委会老牛角组,是农房改善省级示范项目、省级特色田园乡村,也是西片区国家农业公园和古黄河生态富民廊道重要节点项目。建设过程中,紧紧围绕"水韵牛乡·耕读人家"的整体定位,突出"原址改善住房条件"和"老村人居环境提升"两大重点任务,着力打造以牛文化和农耕文化体验为特色的原址改善农房样板,项目建设经验被作为省示范案例推介,并被《人民日报》、新华网、《中国青年报》等媒体报道。

王武章书记说,项目要尊重群众意愿,建设"舒适和谐"美好家园。项目在建设过程中,要充分征求群众对项目选址、户型、颜色等意见建议,统筹推进统规代建和原址插建,合理确定新建与改建比例,同步规划社区服务中心、卫生室、幼儿园等配套设施。项目总规划占地407亩,新建185户,改建翻建188户,总建筑面积6.3万平方米。项目深挖乡土特色,展现"幸福牛村"美丽图景。项目采取"组团式布局""错落式排列""自然式生长"的设计手法,规划梳理老村保留区域和规划新建区域资源,对老树、老钟、老房子进行分类搬迁保护,融入"牛文化""农耕文化",形成融合村庄公共空间、乡土景观和文化展示于一体的村庄布局。充分发挥乡土人才在牛角淹乡村建设中的作用,动员组织一批牛角淹老手艺人参与项目建设,留住乡愁记忆,传承乡村文明。项目强化创业就业,打造"宜居宜游"富民样板。项目紧邻田洼智慧农业园、紫薇花开园艺基地和南侧的牛角淹生态景区,群众可实现就近就业。同时,引导利用闲置房屋改造建设为民宿或农家乐,构建"以农为本、以文为魂、以游带动"的产业联动体系,形成"大牛角淹"融合发展区。

彰显区域特色,打造田园乡村

《中共中央、国务院关于做好2022年全面推进乡村振兴重点工作的意见》中指出,要扎实稳妥推进乡村建设。落实乡村振兴为农民而兴、乡村建设为农民而建的要求,坚持自下而上、村民自治、农民参与,启动乡村建设行动实施方案,因地制宜、有力有序推进。坚持数量服从质量、进度服从实效,求好不求快,把握乡村建设的时效。立足村庄现有基础开展乡村建设,不盲目拆旧村、建新村,不超越发展阶段搞大融资、大开发、大建设,避免无效投入造成浪费,防范村级债务风险。保护特色民族村寨,实施"拯救老屋行动"。推进村庄小型建设项目简易审批,规范项目管理,提高资金绩效。总结推广村民自治组织、农村集体经济组织、农民群众参与乡村建设项目的有效做法。这里重点对保护特色村村落,"拯救老屋行动"做出了特别强调,这些政策就是指导农村搞好农房改善的指路明灯。

江苏省《关于"十四五"开展农村人居环境整治提升行动 扎实推进生态宜居美丽乡村建设的实施方案》中特别提到了"提升乡村风貌保护水平"。编制村容村貌提升导则,挖掘乡村特色风貌元素,加强村庄建筑特色、风格、色调引导,突出乡村特色和地域特点,鼓励有条件的地区在农村人居环境整治提升中加强与农文旅产业发展一体推动。扎实推进特色田园乡村高质量发展,到2025年,建成特色田园乡村1000个。分批次认定公布省级传统村落和传统建筑组群名录,积极推进传统村落挂牌保护,建立动态管理机制,到2025年,有效保护1000个左右省级传统村落和传统建筑组群。

回顾宿城区几年的农房改善实践,决策完全符合上级的文件规定精神,所以少走弯路,并且很快显现出它的社会价值。

刘圩社区丁书记说,宿城区耿车镇刘圩村,邀请省市级专家对村庄的整体风貌、水体整治、园林绿化、交通道路、公共空间等方面进行科学规划设计,要求"守得住乡土元素、留得住乡愁记忆"。丁书记认为,"锦上添花"做加法,多给百姓留好处。在新建的新型农村社区,不仅有党群服务中心、公共停车场、卫生室,还安装了路灯、铺设了雨水污水管网,并规划建设健身广场、文化礼堂……

牛角淹新型社区王书记说,宿城区蔡集镇牛角淹新型农村社区,"不搞大拆大建、不逼百姓上楼,不破坏村庄原有风貌,注重新老村庄结合"。注重保留乡土记忆,保留20世纪五六十年代土坯房、八九十年代砖瓦房,与新建新时代农房共同构成宿迁农房对比展览带,以实物形象充分展现农民群众居住生活环境的变化,打造一部鲜活的"农房记忆博物馆",把乡愁记忆刊刻在苏北大地上。

牛角淹社区的袁有亮谈起新家,兴奋的心情溢于言表。正在门前菜地里忙碌的袁有亮告诉我,他搬进来已经1个多月了,"我家是126平方米的三室一厅,平时只有我和老伴住,逢年过节孩子回来也住得下。社区想得周到,房前屋后的空闲地都分给大家种上了蔬菜,自家都吃不完"。

牛角淹社区不仅仅是原址重建,在社区的南侧,还保留了一部分砖瓦房,通过引入专业公司进行民宿改建,吸引游客走进牛角淹。

"牛角淹社区的旅游项目由我们公司运营,目前民宿已经对外开放,我们也在引导村民发展民宿、农家乐等,让更多村民获利。"宿迁漫耕文旅产业发展有限公司总经理助理杨衍照介绍,现在牛角淹有9间民宿客房,都是基于苏北传统砖瓦房改造而成的,基本天天爆满,目前各旅游项目中已录用绿化、环卫、安保等人员近60人,基本上都是当地村民。

突出创业就业,优化产业富民

无论农房怎么建,关键还是农民的口袋里能不能长期保持有收入,要想长期保持有收入,关键是在家门口能有充足的就业岗位,这是最根本的问题。

通过采访,我们了解到,宿迁市委、市政府《关于加快改善农民群众住房条件 推进城乡融合发展的实施意见》中对"强化产业支撑"做出了明文规定:发展特色产业,紧扣产业兴旺和农民增收核心,实施生态高效农业倍增计划,结合集中居住制订完善优势农产品功能区建设规划,生态高效农业项目优先向集中居住项目周边倾斜,引导项目主体与搬迁农户建立紧密的利益联结机制,不断增强农业产业对促进搬迁农民增收的带动作用。大力推进土地股份合作社发展,引导土地规模流转,同步优化高标准农田、农田水利、土地综合整治等规划,提升适度规模经营水平和农业基础支撑水平。加快农村一、二、三产业融合发展,加大新型经营主体培育力度,支持龙头企业发展优势特色农副产品加工和劳动密集型特色产品;鼓励特色村庄加快发展休闲农业、体验农业、农旅民宿等新业态;支持集中居住项目、新型农村社区加快发展现代涉农服务业和农村电商,拓展搬迁农民增收渠道。

宿城区坚持"安居"必先"乐业",系统推进农房改善、产业发展、空间治理,确保农民有事做、有活干,有稳定的收入保障、持续的增收来源,真正做到"搬得进、住得好、能致富"。夯实产业支撑。全区新建扩建配套产业项目21个,"家门口就业"载体26个,吸纳附近群众就业2.1万人。加快国家级现代农业示范园和国家农业公园创建步伐,累计建成高效农业面积26.6万亩,引进农业重大项目72个,培育出陈集葡萄、罗圩香茄、洋北西瓜、埠子蚕茧、王官集"花园酥梨"等5个国家地理标志农产品,有力带动了搬迁群众致富增收。突出创业就业。把搬迁群众融入产业链中,大力发展现代农业和农村电商,创成淘宝镇11个、淘宝村66个,成功入列全国十大淘宝村集群暨"电子商务促进乡村振兴十佳县域"。

丁义录书记介绍说,刘圩社区坚持宜居宜业,做强配套产业。统筹安排空间布局和产业体系,依托耿车镇市级生态农业示范园,采取"支书+大户+农户""龙头企业+合作社+农户"建设模式,已建成4300亩核心区、30万平方米温室大棚,培育多肉植物1000余种,2021年外销量已突破8000万株,创办家庭农场19个,园区交易额突破13亿元,先后创建"三品一标"农产品3个,注册农产品品牌15个;大力发展"电商+",实行线上、线下销售,有力带动群众就业增收,辐射带动当地300多人增收900万元。

院外的蔷薇在阳光下怒放,白墙黛瓦,两层别致小楼坐落在村口,这是特困户王一山的新家。走进小院,老王正在修理拖拉机。几年前,因病致贫,王一山一家的生活陷入窘困的境地,被村里纳入了建档立卡贫困户,一家7口挤在三间低矮破旧的瓦房里,当时他最大的心愿就是住上新房。2018年9月农房改善工作后,王一山家也被列为第一批改善对象,镇里给了1.5万块钱的建房补助,还帮他大儿子在附近找到了就业机会,镇、村两级免费帮助他完成了房子以外的配套,王一山在原址进行了翻建。

"九支路边高速路之旁,花草树木怀抱着村庄,我可爱的家乡坐落在这里。水泥路四通八达,仿古路灯天黑就亮,百年圩沟环绕整个村庄……看今朝旧貌变新颜,一切大变样。小车开到家门前,雨天花鞋无污染,舒适的居住环境,人们欢声笑语,生活幸福美满舒畅。这体现了社会主义新时代、新农村、新气象。"王一山在家中声情并茂地为我朗诵他自己写的诗歌《赞家乡美》,虽然语言直白朴素,几近大白话,但字里行间充满了对家乡巨大变化和党的好政策带来幸福生活的赞美与感恩。

突出党建引领，强化社会治理

新型社区建得好，更要管理好，宿城区始终把党建引领作为社区治理最好的抓手。宿城区进一步拓宽思路和方式，统筹规划基层党建、社会治理等工作，打造内外兼修的农房改善项目。突出党建引领作用。在农房项目现场成立由施工单位、监理单位、搬迁群众党员组成的党支部，由镇分管领导任党支部书记，将施工现场划分成网格、包片到党员，由包片党员对网格内房屋的工程质量、建筑安全、项目进度、劳动保障、选房安置等情况进行监督。

加强基层治理创新。大力实施"双网融合·党社共建"治理模式，充分发挥党组织领导核心、物业管理主体和业主委员会自治作用，全面推行"三位一体"基层治理模式，成立"一站式"服务中心，全力推进各类服务精准化、个性化、常态化，着力解决基层治理中的痛点、难点、堵点，不断提升群众幸福感和满意度。

创新农村精神文明建设有效平台载体。依托新时代文明实践中心、区融媒体中心等平台，开展对象化、分众化宣传教育，弘扬和践行社会主义核心价值观。在新型社区创新开展"听党话、感党恩、跟党走"宣传教育活动。在全区开展"村歌"征集活动，凝聚起强大的热爱家乡、歌颂祖国的集体情怀，认真组织好广场舞、农民运动会、农耕文化展演、农民丰收节等活动，把农民的生活激情充分发挥出来；有效发挥村规民约、家庭家教家风作用，推进农村婚俗改革试点和殡葬习俗改革，开展高价彩礼、大操大办等移风易俗重点领域突出问题专项治理；广泛开展"十星家庭""文明示范户""社区好人""道德模范""孝老爱亲""创业致富""优秀党员"等先进模范评比表彰活动，弘扬社会主义核心价值观，时刻保持新型社区朝气蓬勃的正能量。

普及文明健康理念。把转变农民思想观念、移风易俗、推行文明健康生活方式作为新型社区精神文明建设的重要内容，将改善农村人居环境纳入农民教育培训范围，把使用卫生厕所、做好垃圾分类、养成文明习惯等纳入社区常态化管理内容。推动养成文明健康、绿色环保生活方式，提高新型社区农民健康素养。

提升长效管护水平。全面建立有制度、有标准、有队伍、有经费、有监督的农村人居环境长效管护机制。配备农村社区人居环境整治管护队伍，优化运维机制，加强网格化工作体系建设，推动管护队伍专职化。将农村人居环境管护作为公共服务产品，探索建立农户合理付费、社区组织统筹、政府适当补助的运行管护经费保障制度，推动资金保障硬性化。

既有乡村的田园沃野，又有城市的道路交通，人们住得好，留得下，有事做，能挣钱，这不就是我们理想的乡村家园吗？

宿城区锚定乡村振兴目标，践行人民至上理念，着眼农业农村现代化发展大局，立足美丽乡村建设，全面落实"三个尊重"工作要求，正坚定扎实推进农民群众住房条件改善等各项工作，奋力谱写高质量发展崭新篇章。

留住记忆，以人为本

——南京小西湖片区重生记

杨莎妮

老宅院里的枇杷树

2021年12月的一天，73岁的徐庆老先生在经历了260天的漫长等待之后，回到了位于小西湖片区的老宅。说它是老宅，可它看起来并没那么老，还是青砖小瓦马头墙，外观结构利落整洁，风格鲜明。虽说一砖一瓦完整簇新，但在"整旧如旧，新生于旧"的轮廓布局中，似乎每一处都在讲述着古老的故事。

徐庆从出生就居住在这座已有160多年历史的老宅了，他说太爷爷的父母以种菜谋生，靠勤俭劳作在马道街39号建了这处房子，到目前已居住过7代人了。徐庆在这里出生、结婚、生子，一辈子没离开过这里，深厚的记忆和感情浸透在这里的每一片砖瓦之中。

"你快来看。"徐庆招呼着老伴，他一边抚摸着院子里的一棵枇杷树，一边絮絮叨叨地说，"你看，这棵枇杷树还在，保留得太完好了。房子都大变样了，它还好好的，仍然长得这么好。"这棵枇杷树是徐庆幼年时亲手种下的，看着它的枝干一点一点地长高变粗，感受它的根系一寸一寸地向下深扎，就像徐庆一生的故事，扎根在这里，无论时光流转，岁月更迭。

"别在院子里傻站着了。"老伴拉着徐庆往屋子里走，"你看，这墙刷得多漂亮啊！"老伴忍不住满脸笑意。"你快进来看。"老伴指着明亮的室内，"一楼这里是我们睡觉的地方。那边的玻璃棚下面，我们就把餐桌放在那里，在那里吃饭。不过现在院子这么干净,天气好的时候我们就在院子里吃。二楼那间我们给孙女备着。你看,这厨房、卫生间、客厅……"

老伴看着眼前布局合理,且舒适宜居的住宅环境,再回忆起过去的生活,觉得有些不可思议。那时候屋内一直没通燃气,老两口得自己扛煤气包。那时候卧室在最北边,去南边的卫生间需要穿过狭长的露天过道,下雨、夜间十分不便。那时候白蚁侵蚀严重,二楼的地板被蛀空,人根本不敢上去,实在要拿东西,得先试探着踩一踩,然后再小心翼翼地走过去。与眼前的亮堂敞阔相比,那时的种种生活场景,确实像是一张黯淡泛黄的老照片。

"你看,我说要改吧?你先前还不肯呢!"老伴笑着责怪徐庆。2019年的时候,小西湖片区正式启动更新改造,徐庆也思考过能否借机改善自家的居住环境,但一想到自己这么大年纪,还要忙翻建房屋的手续、施工和装修,就十分焦虑,更何况这样的老旧房子改造肯定要花不少钱,就这样犹豫了很久也没下定决心。

到了2020年,《老城南小西湖历史地段微更新规划方案实施管理暂行办法》正式出台。办法明确,私房的翻建费用由产权人自行承担,其中,经具备资质机构专业鉴定,属于C、D级危房的,翻建费用由市、区财政予以补助。经测算,徐庆家的重建费近60万元,但徐庆一家只需承担其中的40%,约24万元。

"这个政策太好了!"徐庆当机立断同意了改造方案。看到眼前这栋活力绽放,又延续着徐家烟火气息的房屋,徐庆十分庆幸自己当初的决定,改造得比想象中好,比想象中好太多太多了。

而徐庆不知道的是,老房改造,除常见的问题之外,为保留这棵枇杷树,更是要克服许多意想不到的困难。改造团队在充分考量、尊重老人的家族记忆和情感需求的情况下,克服重重困难,还是将这棵枇杷树完好无损地保留了下来。回忆、乡愁,在这个沉淀着7代人情感的小院里,像枇杷树一样葳蕤生长,传统的气质和现代的风范,在这座城市中芳华重焕。

历历往昔，似梦如烟

青砖小瓦马头墙，回廊挂落花格窗。串接夫子庙与老门东历史街区的小西湖历史风貌区，地处南京老城南核心区域，位于长乐路以南，马道街以北，箍桶巷以西，内秦淮河以东，是《南京历史文化名城保护规划》确定的22个南京历史风貌区之一。

常有人对"小西湖"的名称表示疑惑，毕竟现在无水可寻。"小西湖"之名，源于快园。快园曾是明代著名戏曲家、书法家徐霖在城南武定桥南建造的私家园林。清《同治上江两县志》引《待征录》称："小西湖，宋属清溪，明属市隐园，《吕志》属快园。"园内设丽藻堂、晚静阁、小西湖等景观。苏州画家沈周做客快园后，绘制了著名的《快园图》，写下的诗句"满堂雨气飒欲流，隔帘绿树啼春鸠。白云在家亲在眼，不倚太行歌远游"，堪称这座金陵名园的生动写照。

随着大明王朝定都金陵，南京城日益繁华，内秦淮河两岸开始形成一片片密集的居民区。明武宗两次南巡皆入住快园，让人对快园的美景无比向往。后此园数度易主，园林被废弃，池塘也被填平，发展为街巷，大致在清末败落。《东城志略》中写道："清虽废为邱墟，而春水鸭栏，夹以桃柳，乡土人犹呼小西湖焉。"到了民国时期，此园更加荒芜不堪，后此地改建为民宅，小西湖彻底消失了。但小西湖的名字保留了下来，一直沿用至今。

翔鸾庵、溥泉、市隐园、海月楼、柳浪堤、秋影亭、浮玉桥等这些曾经有过的雅致风景，曾引来"秦淮八艳"之一顾横波在此留下传说；中国动画大师万籁鸣四兄弟等文化名人也都曾是小西湖的居民。

近代著名作家、记者张友鸾，从1927年起就居住在小西湖10号。那时常有糖粥藕、糖芋苗、炒元宵、热老菱的叫卖声，在街巷中回响，这些都是张友鸾非常爱吃的南京民间小食。在这里，他写出了《胭脂井》《魂断文德桥》等长篇杰作。张友鸾笔下的江南民居式院落，是南京较为完整地保留下来的明清风貌特征的历史地段，也是南京古城南部为数不多的具有鲜明整体风格特征的历史遗迹之一，且蕴含着浓厚的"南京记忆"。

在这片区域内曾有过上江考棚、崇义堂、普育堂、翔鸾庙、普照庵、明代营房、小运河、衢歌巷舞、徐霖快园、金氏漆园等历史文化载体，蕴含着科举、教育、宗教、军事、手工业、民俗、传统商业等特色鲜明的地域文化，其中传统居住功能占很大比重，间有文教、行政办公、工业等。

光阴流转，白云苍狗，小西湖的这些名园美景渐渐消失，逐步形成了完整的街巷结构。大油坊巷、西湖里、朱雀里、堆草巷、马道街等胡同宽窄曲折，两侧串联式建筑形成了复杂的江南式园林风格，层层叠叠、曲折蜿蜒。

历史的烟雨卷过城南，留下一片斑驳琐碎。往昔历史留下的园林美景，早已不复存在。就在小西湖片区改造之前，如果站在大油坊巷和马道街交叉口的朱雀桥下，向北仍能望到靠河的外墙上砌有带飞檐的马头墙，而巷子东侧则是一片片破落的低矮平房。

经过多年风雨和变迁，21世纪的小西湖地区与现代城市的发展产生了巨大的差距。房屋年久失修、建筑混乱、住宅拥挤、阴暗潮湿，基础设施、公共广场、绿色公园等公共服务极不完善，历史建筑保护情况不容乐观。

"家家门口放着晒太阳的马桶，上公共厕所要骑自行车，夏天洗澡要把家里人赶出来。"这是南京作家叶兆言笔下的老城南，也曾是小西湖的真实写照。总占地面积不足5公顷，却住着810户3000多人，小西湖在很长一段时间里，俨然一个拥挤杂乱的棚户区，居住条件极其恶劣。

随着人口的老龄化，那些破败脆弱的老旧街区也在衰老，城市传统街区积淀下的复杂人脉和地脉使得街区往往呈现出混合居住的特征，这导致城市更新中的居住建筑更新面临诸多困境。生活在其中的居民，他们的生活越来越艰难。

像对待"老人"一样尊重和善待城市中的老建筑

城镇老旧小区改造，一直是党中央、国务院决策部署的一项重大民生工程和发展工程。自党的十八大以来，城市建设始终把让人民宜居安居放在首位，把最好的资源留给人民。通过历史街区更新，改善居民居住条件、生活环境和功能品质，让老百姓的生活既留得住记忆，又看得到未来。

在国家政策的指导下,2015年,南京市规划局发起三所在宁高校研究生志愿者行动,探索保护与再生策略。经专家评审,确定由东南大学团队承担规划设计,南京历史城区保护建设集团负责项目实施。项目组在居民意愿和逐户产权调研的基础上,通过规划编制、政策机制、遗产保护修缮、市政管网、街巷环境、参与性设计建设等一系列创新性探索,形成多元主体参与、持续推进的"小尺度、渐进式"的保护再生路径。

消防安全,重中之重

2019年,法国巴黎圣母院的一场大火,引发了世界对古建筑和历史建筑防火与消防安全的关注。对于有着五千年历史文明的中国来说,古建筑和历史街区的消防是一个逃无可逃的课题。

中国古建筑和一些老旧小区的消防设施很难达到现代消防安全的要求,小西湖片区的历史可以追溯到600年前,覆盖面积近4.7万平方米,除木质结构外,历史街区的其他特点也增加了消防的难度。

由于原来的小西湖片区遗留的消防问题较多,消防设施和消防用水都是缺失的。况且历史街区的用地功能比较混杂,包括居住和商业餐饮等,因此火源点比较多,火灾的风险较大,同时历史街区的街巷又比较狭窄,根本不适合消防车的通行,一旦起火极易造成蔓延。可如果直接增加消防用水,又可能会破坏原有街道的一些设计和其背后的历史价值。

除了每栋建筑都有的基础问题,现行规范在实际消防设计和节能设计方面也存在很多技术难点。例如由老旧外廊式住宅更新为青年旅舍的2号地块,作为公共建筑,消防疏散通道的宽度要求相较原住宅增加了100毫米,该如何满足规范的要求呢?

又比如,原有一栋两层高的外廊式宿舍,宿舍房间的外窗,距北侧临近多层建筑间距小于规范要求的6米。类似消防间距不满足规范的情况在项目中有很多,该如何加强管控和应急措施呢?

2021年3月,《南京市既有建筑改造消防设计审查工作指南》实施,提出"以鼓励改善、提升,确保不降低原建筑消防水平为原则";2021年6月至

2022年6月实施的《南京市既有建筑改造利用消防设计审查验收改革试点实施方案》则明确提出,探索建立适应城市更新要求的建设工程消防设计审查验收工作机制,覆盖消防设计审查、消防验收、消防备案(检查)等事项。这些都从制度层面为小西湖的微更新工程提供了可行的通道。

设计改造工程就是一个多角色相互牵制、合作、妥协、平衡的过程。设计者们在遵循整体空间格局和风貌设计原则的同时,也仰赖上级行政主管部门在政策和规范层面的支持,创新式地采用了一种微型管廊,为可能的消防作业提供用水,从而最大限度地对历史街区的路面和墙面进行保护。

小西湖片区的改造还在进行之中,在保留历史街区和历史建筑的基础上,现代消防设施正在逐步安装、启用。

诸般身份转变的背后

小西湖街区是一个典型的混合居住街区,其中既存留了明清以来的传统院宅、近代的独栋和联排住宅,又有1949年后建设的多层集合住宅。其中包含了公房、私房和小产权私房等不同权属类型的多样化居住建筑。

由于经年累月的居住过程中少有维护,加之居民家庭代际、租住关系迭代,小西湖街区的居住建筑逐渐陷入住户混杂、布局杂乱、空间拥挤、品质低下的困境。

面对这样的状况,既要解决异常高密度、小产权地块居多等传统街区中的问题,又要真切关注栖居于此的居民及其所串联的老城南街区中的独特人际网络,包括家庭代际、住户与友邻,以及更大时空范围内个人与集体(社群)之间的关系。

经过反复探讨,建筑师们采用了加法、减法、加减法等改造措施,以应对种种问题,确定了4个极具独特性与创新性的改造方式,既能解决面临的困境,又为后续的城市居住更新提供了参考和借鉴。

这4种改造方式是,沿堆草巷分布的典型居住建筑分别为独居模式下私园开放的"共享院"、合居模式下居住与社区空间叠用的"共生院"、混居模式下居住与商业复合的"共融院",以及集合居住与街巷生活交织的"平移安置房"。

"共享院"是刘氏家族的私家宅院,此宅院产权所属较为复杂,以内部墙体为边界,分别归属于刘家兄弟姊妹多人。由于搬迁需要面临祖产划分的难题,也因为对老宅旧院的依恋,和家人商量后,作为唯一居住于此的刘家后人,老刘夫妻决定留下来。经过多方协商,老刘一家将此前疏于打理的封闭的私家后院向巷道打开,并签署了涉及具体开放时间的共享协议。院墙转角做成镂空的弧墙,便于通行并向巷道开放。

与共享院南北相对、坐落于堆草巷31号的"共生院"在改造前为两组四合院式直管公房,建筑质量较差,多户承租家庭共居于此。更新意愿讨论阶段,除沿街的两户承租人外,其他居民均表示自愿搬迁。经多方协商,最终实施的更新方案为其量身定制了相应的居住空间改造方案,并分别增加了独立厨卫与二层小阁楼。同时,对位于东侧、北侧的腾退空间进行梳理,将其分别新建、改造为多功能文创空间与社区规划师办公室等社区公共设施。

位于堆草巷南侧31—18号的老龙家,地处巷道中段,错落的建筑布局直接界定了巷道的走向,是一座独特的、四面皆与非居住地块为邻的房屋。其用地权属也比较复杂,由东侧的秦淮区房地产公司住宅用地和西侧的私人住宅用地构成,后者由老龙及其兄、姐(现归属于其女儿,即老龙侄女)三家共同所有;与之相对应的,居住建筑属性分别为工商企业用房和个体私房。更新改造前,东侧地块被周边务工人员承租,西侧地块则由老龙夫妻二人居住。通过公房腾退和私房租赁,并基于居民自愿的原则,最终对这两个相邻的小产权地块实施了"共融式"微更新。

堆草巷8—10号的"平移安置房",北邻小西湖小学南门,东侧与"共享院"的合院住宅正门相对,西侧、南侧与秦淮区市场监督管理局相接,所在地块为区房产经营公司住宅用地。该房屋由原有的三层老旧直管公房加固改造而来,用于小西湖街区中居民的原地平移安置,旨在将没有外迁且现状居住条件较为恶劣的原公房租户安置到较好的居住环境中,以腾退出完整的单元院落加以更新。

经由长时间、多地块的居住建筑更新实践,居民的居住环境品质得到了显著提升,诸般身份有了向好的转变,逐渐过上了一种体面而良好的生活,小西湖逐步呈现出城市居住生活中迷人的多样性与充沛的社会活力。

独乐乐不如众乐乐

刘光纪的一天是这样开始的。

充足的光线渐渐洒满了卧室,刘老先生从床上坐起,伸了个大大的懒腰,望着窗外明媚的春色,心想:这将又是一个未知,但一定充满着惊喜的一天。

洗漱完毕,吃完早餐,在走出房间之前,刘光纪站到穿衣镜前上上下下、仔仔细细地照了照。衣领拉拉正,鬓角翘起的白发压压平。看着自己帅气的模样,忍不住嘴角向上扬了扬。自从自己小西湖片区堆草巷33号的这座宅子改造之后,他每天都觉得自己像个明星。

推开房门,一院子的花团锦簇呈现在眼前,花草植物,假山鱼池,错落地布局在院子里。正值春色大好,花草肆意盛开,姹紫嫣红的色彩在这庭院当中饱胀开来,围绕院子的镂空砖墙和篱笆早已关不住这份浓郁春意,惹得院墙外的行人纷纷驻足观赏。在市区里有这么一座私家宅院,一定是个"大户人家"。刘光纪站在院子里,笑呵呵地朝着墙外的路人招招手:"进来看吧,没事的。"

路人不敢相信地瞪大眼睛,小心翼翼地踏进院门。踏进陌生人的家里,本是一件让人拘谨的事情,但这个小院像是充满魔力,看着看着,整个人就放松下来。小水池里游着三五条锦鲤,花花草草不算名贵,但株株生机盎然,一位白头发的老爷爷一边忙活着浇花、除草,一边指点着告诉行人,这是什么花,这是什么草。

"这棵石榴树已经有一百多年了。"刘老先生自豪地向人介绍道。

"这里真美呀,简直就是市区里的一片世外桃源!"

"住在这里太幸福了。"

听着不同的人不同的赞叹,刘光纪越发地神采奕奕,南京人特有的"韶"和"拾搭"在刘光纪身上表现得淋漓尽致,也正是因为这个院子,他的生活丰富多彩起来。

改造之初，设计者们只是设想帮刘光纪家打造镂空院墙，让游客可以透过窗格看看院里的百年石榴树，也能领略老南京人真实的生活。没想到，老刘给出了一个更大胆的方案：把院门敞开，让游客进来。"独乐乐不如众乐乐，把这个后院子拿出来做一个展示，代表小西湖地区提档升级了。"刘光纪乐呵呵地说。

昙花盛开之夜，刘光纪邀邻居与游客同赏，原本一天和邻居们说不上几句话的刘家夫妇，如今成了"社交达人"。打开院门，街区改造的受益者，已经在不经意间，转变为城市更新的参与者。现代与传统的交融中，私家院落变成了共享景观，重塑着人与人之间的温度。

原来"热爱生活"并不是一句空话，刘老先生实实在在地在这座古老的宅院里感受到了对每一个明天的向往。明天要给哪株盆景修枝，明天又有哪一朵花要开，明天又会在院子里邂逅哪些人，明天总是那么让人期待。

一场精密的"微创手术"

"没有洗手间，就是痰盂，倒公共厕所。"住在南京小西湖片区堆草巷31号的老住户陈鸿荣回忆道，"就凑合，生活像一场战斗。""一到暴雨季节淹水，穿拖鞋在水里走，从里面往外舀水。""老屋四周一塌糊涂，孩子说什么也不肯在这里结婚。"

陈鸿荣和另外4户20口人挤在人均面积不足10平方米的公房里，生活因为拥挤而毫无亮色。直到，更新改造的通知来了……

"你有什么个人需求？"从签约改造起，这句话，陈鸿荣不知道听了多少遍。去留自由本身就是个意外，怎么改竟然也能自己说了算。

在充分尊重民意的情况下，堆草巷31号院落的15户居民中，有13户选择搬迁，2户居民因年龄偏大、故土难离而选择留下，由居民方、产权方、建设方共同出资对房屋进行改造，并根据院落位置及内部结构打造成"共生院"。

所谓"共生院"，就是在具体改造过程中，建设单位一方面通过院内释放出来的公共空间，为居民设计楼阁增加储物空间，并完善厨房、卫生间等功能性设施，极大地改善生活条件；另一方面利用已搬迁房屋引进社区规划师办公室及文创产业,实现了居民和新业态的共生共存。

坐落于堆草巷31号的"共生院"在改造前为两组四合院式的直管公房,建筑质量较差,多户承租家庭共居于此。更新意愿讨论阶段,除沿街的两户承租人外,其他居民均表示自愿搬迁。

经多方协商,最终实施的更新方案根据合居的两户居民的家庭构成、居住条件需求、生活习惯等特征,为其量身定制了相应的居住空间改造方案,分别增加了独立厨卫与二层小阁楼。同时,对位于东侧、北侧的腾退空间进行梳理,将其分别新建、改造为多功能文创空间与社区规划师办公室等社区公共设施。

那几天,陈鸿荣拿到了改造好的新房钥匙,即使已经开始忙活着给新家置办家具,他还是感到有些难以置信。在商讨设计方案的时候,他说需要储物空间,他们就给搭出个阁楼;他说喜欢亮堂,他们就在40多平方米的空间凿了8个窗户。他们就像神笔马良似的,画着画着,就变出了一座亮堂实用的房子来。

殊不知,为了最大限度地满足住户的需求,又要保留传统老城空间格局和肌理,施工团队小心翼翼地施展了"绣花"功夫。分段施工,每次只开挖20米左右,留足出行通道,施工机械都换成小号等,这种自下而上的反向操作,既是东南大学团队奉上的巧思,更是执行团队面临的全新挑战。

谈起新旧房屋的对比,陈鸿荣的喜悦之情溢于言表,他说:"这真是田螺壳里做道场,太不容易了。施工方替我们想得很周到。洗衣机摆在外面客厅,但进水和出水都在卫生间里,做得既美观又方便,可以说是真正的'私人定制'了。"

这是一场精密的"微创手术",既要舒筋活血,又不能伤筋动骨。看着住户满意,设计者们也露出了欣慰的笑容:"从来没有遇到过像小西湖这么细腻的题材,每一个局部都充满着丰富、复杂的变化。"

老城南奏出新旋律

随着一座座改造后的房子,小西湖片区蜿蜒曲折地串联起了夫子庙与老门东,愈发浓厚的老城南历史文化气息,像晕染在宣纸上的水墨画渐渐呈现在眼前。这里除了饱含故事的老宅,文化展馆、非遗工坊、文创零售、民宿餐饮、休闲娱乐也加入进来;生活,在这个曾经"步履蹒跚"的古老街区,就此迈开了轻盈的步伐。

街区里,24小时书店、咖啡厅、欢乐茶馆等陆续开放,保留老南京烟火气的同时,也开启了文创新空间;"夜宿""夜食""夜娱"等新业态的融合,与原居民形成共商、共建、共享的格局,激发出传统街区不可思议的活力。

摩登、前卫、古老、市井、烟火气交织,既有你不知道的小西湖,又皆是真真实实的小西湖。

如今的小西湖历史风貌区,已成为继夫子庙、老门东之后的又一座老城南新地标。沧桑的历史建筑焕发出新的生机活力,精品民宿、虫文书局、秦淮灯彩博物馆、转角咖啡馆、"我是迷"推理馆等艺术展馆与街巷烟火仅一墙之隔,时髦打卡地与居民老宅子共生共存。

建筑设计方面,在重塑原始建筑的同时,白色元素及不锈钢元素的大量运用,仿佛置身于美术馆、艺术街区。保留原始民居的同时,对外立面改造,增加木质元素及多种年轻活力的元素,形成了户外休憩、观赏的景观面,成为年轻人的打卡胜地。

小西湖翔鸾广场因明代的"翔鸾庙"而得名,虽然庙早已不复存在,但经过专家反复考证,在原址复原了一座戏台和楼台,变身成了社区戏台和百姓广场。"建起百姓大舞台,居民娱乐有去处",周边居民的文娱生活更加丰富了!

在小西湖街区的改造中,一些淹没数百年的历史遗迹也"浮出水面"。在马道街45号项目改造前的测绘中,发现了有着青石砌筑的高台及远大于相邻民宅建筑尺度的台阶。据专家结合《金陵玄观志》等史料考证,这一建筑遗址属明永乐皇帝年间的敕赐道观"三官堂"。在充分尊重历史文脉的前提下,规划师对三官堂台基和地垄墙内遗址进行保护性展示与活化利用,展现了古建筑遗址的新时代形象。

种种融合打造了一个独特而韵味盎然的小西湖。小西湖与夫子庙、老门东相融相促,与文化创意、文化旅游等产业充分融合,它成了具有原汁原味、看得见发展、留得住乡愁的和谐片区。老城南的故事在小西湖这里,找到了新的表达方式,奏出一段古韵悠扬的新旋律。

洋盘的熙湖里 29 号

洋盘,在南京话里大致是神气、得意、洋气的意思。谁也没想到,位于小西湖片区马道街口的熙湖里 29 号咖啡馆,一座小二楼网红咖啡馆的产权人,竟是一位 95 岁的老太太。

马道街临街的 29 号独栋二层小洋楼是一座拥有百年历史的老宅,老宅门口一棵枝繁叶茂的法国梧桐,正渗透着老城南历史的血脉,点点阳光洒在咖啡馆的庭院、天台。一楼全透明的玻璃房,二楼的露天阳台,一梁一瓦,保留了民国建筑的式样。踏上阶梯,上到二楼。光线温暖,深处繁华却远离喧嚣,连窗棂都像在诉说古老宅子的前世今生。

在某个阳光柔媚的午后,走进店里,有一种走进诗中的错觉。下午茶古朴而精致,三层梳妆台造型的茶礼盒里装着玛德琳、曲奇、泡芙等甜点。各个小巧精致,唇齿留香。阳光游移在桌上,斑驳在墙上,洒落在盘中,缱绻在甜点间,洋盘得很。

小西湖片区改造之初,95 岁的童奶奶既渴望改善居住条件,又对老宅子难舍难分。60 多年前,她在这里建成了房子,这座老宅的每个角落都充满了她的回忆。最初上门谈搬迁时,老人家一口回绝。

"我从 20 世纪 40 年代就住在这里了,在这里养育了 4 个儿女,邻居们关系融洽,一起洗衣做饭,就像亲人一样,我说什么也不离开。"

"如果不愿意离开,那么,租给我们可不可以?我们帮你改造,让房子增值。"改造方不厌其烦地和老奶奶讲解说明,经过数月的耐心沟通,最终与老人签下了长期租约。

刚开始改造时,老人家很不放心,在附近租了房住,为的是能每天都过来看看。当她看到房屋结构没有变,外墙青砖也得以保留,而且很多细节都做到位了,老房子又焕然一新,这才放下心来。

曾经老旧的熙湖里 29 号如今变身为文艺咖啡馆。改造后的老房子,外墙、门窗和楼梯都做了保护,甚至还保留了150年前的老家具。编织木椅、暖风旭日,背后是青瓦红砖的历史痕迹,前面是人来车往的马道街,沉溺在最市井之地,思绪翩然于天际。

除此以外,堆草巷31号改造的虫文馆,将自然教育与艺术生活美妙结合。

一入馆内,各种虫音入耳,未见其虫,先闻其鸣,一秒把人拉回童年的夏夜。馆内圆圆的洞穴造型墙壁上爬行着各种昆虫,仿佛自己也变成了一只小小的虫子。

虫文馆一楼有24小时书店、虫文展览馆、迷你影院和户外用餐区;通道画廊里,目前展览的是小西湖小学孩子们的画。二楼还有个360度全方位虫虫观景台,小时候梦想的上房揭瓦,似乎也能实现了。

腾讯在小西湖片区打造的腾讯棋牌IP(Intellectual Property,知识产权)场景"欢乐茶馆",背靠腾讯线上资源和腾讯棋牌IP的影响力,融入城市地域特色,借助网络传播的力量来提升小西湖片区的知名度与美誉度。一踏入"欢乐茶馆",就像进入了现实版的欢乐斗地主,高度还原游戏场景画面,店内播放着"欢乐斗地主"的背景音乐,摆放着各种玩偶。妙趣横生,妙不可言。

此外,小西湖片区还建立了木刻水印技艺馆信睦堂,现场展现以明代木刻彩印画集《十竹斋笺谱》的复刻工艺流程,再现木刻华彩技艺;"我是谜"推理馆带来了年轻人喜爱的沉浸式实景推理游戏……

即将入住的还有精品民宿花间堂,以及上海美术电影制片厂的文创项目。上海美术电影制片厂创作了500多部伴随几代中国人成长的经典作品,比如《大闹天宫》《小蝌蚪找妈妈》《黑猫警长》《葫芦兄弟》等。基于中国美术片创始人万氏兄弟的动漫文脉资源,结合小西湖万氏故居建筑,上海美术电影制片厂将在小西湖打造一个既承载大人童年美好回忆,又成为孩子们快乐天堂的"大闹天宫艺术馆"。

街区的时尚与市井的生活,静谧与喧嚣,皆为心之所向。一墙之隔,截然不同,艺术与生活和谐共生。

结　语

　　以人为核心,是小西湖改造的出发点,这次一改过去"留下要保护的、拆掉没价值的、搬走原有居民"的操作方式,转变强制征收的开发方式,建立产权主体自愿参与、多方协商的平台,以院落为单元渐进更新。尽管如此改造实在不能算是非常经济的选择,面临着特殊、复杂、不确定等因素,但本着对居民的尊重和理解,对既有空间的敬畏与融合,始终把适宜均衡地保留在设计中,让最终的结果呈现出纯粹的温度和质感。

　　一座城市的历史遗迹、文化古迹、人文底蕴,是城市生命的一部分。文化底蕴若毁掉了,城市建得再新再好,也是缺乏生命力的。要把老城区改造提升同保护历史遗迹、保存历史文脉统一起来,既要改善人居环境,又要保护历史文化底蕴,让历史文化和现代生活融为一体。这就是如今的小西湖,历史与现代、底蕴与时尚和谐共存,而老城南的故事正被更多人听见,新的故事才刚刚讲起。